LA
REGARDER
DISPARAÎTRE

OUVRAGES ÉCRITS PAR LISA REGAN

EN FRANÇAIS

DETECTIVE JOSIE QUINN

Jeunes disparues

La Fille sans nom

La Tombe de sa mère

Ses Ultimes Aveux

Les Ossements qu'elle a enterrés

Son Cri silencieux

Reste calme

Retrouvez-la vivante

Sauvez son âme

Ton Dernier Soupir

Chut, ma puce

Son Contact mortel

Les Jeunes Noyées

La regarder disparaître

Disparition d'une ado du coin

L'Épouse innocente

Ferme ses yeux

Mon enfant a disparu

LISA REGAN

LA REGARDER DISPARAÎTRE

Traduit par Laurent Bury

bookouture

Pour ma mère, Donna House, qui a nourri mes rêves et qui m'a relevée chaque fois que je suis tombée.

PROLOGUE
1994, PENNSYLVANIE OCCIDENTALE

Les hommes étaient visibles à travers une déchirure de l'épais store. Il y en avait au moins une douzaine, peut-être plus. Certains portaient un uniforme de police. D'autres étaient en costume-cravate. Certains arrivaient tout de noir vêtus, le torse enveloppé dans un gros gilet raide, un casque protégeant leur tête. Les uns étaient accroupis à côté de leur véhicule, les autres, debout, scrutaient les alentours. Tous étaient armés : revolvers et longs fusils lisses. Les hommes en tenue tactique furent les premiers à s'approcher de la maison, avançant à travers la pelouse envahie par les mauvaises herbes et jonchée de détritus. Leurs bottes martelaient le sol. Quand leurs pieds atteignirent le porche en bois, toute la maison trembla. Il y eut des cris, puis le bruit d'un gros objet utilisé pour enfoncer la porte principale. Le bois se fissura, et ils pénétrèrent dans la bâtisse. Cavalcade, hurlements, portes fracturées.

— Personne !

— Personne !

— Bon sang, c'est quoi, cette odeur ?

— Allez voir à l'arrière.

— Quel bordel, ici. Il nous faut des renforts.

Personne n'avait remarqué l'homme en jean et t-shirt noir uni qui tenait un pistolet. Il fut le premier à entrer dans la chambre à coucher. Suffoquant, il se mit à tousser, puis plaqua sa main libre sur sa bouche. Il fit le tour de la pièce, trouva la fenêtre et arracha le store. La lumière explosa sur une scène d'horreur. Le pistolet tomba à terre. À genoux, l'homme parcourut le plancher crasseux et prit la petite fille dans ses bras.

Ses cris finirent par attirer l'attention des autres. L'air résonnait de gémissements aigus, inquiétants. Pendant quelques secondes, la maison devint entièrement calme. Malgré toute l'activité environnante, un silence surnaturel s'abattit à l'extérieur. Puis les bottes se remirent à fouler le sol. Des ombres obscurcirent l'entrée.

— Bon Dieu ! Oh, bon Dieu.

— Quoi ?

— Qu'est-ce qu'il fout là ? Putain, qu'est-ce qu'il fout là ?

— Oh merde.

— Il faut le tirer de là. Il contamine la scène de crime.

Dans le vestibule, quelqu'un vomit.

— Comment il s'est introduit ici ?

— Oh putain, non.

Par-dessus la cohue devant la porte, des pleurs s'élevaient.

— Comment quelqu'un a pu faire une chose pareille ?

Une radio couina. Du mouvement dans le coin de la pièce attira l'œil d'un des hommes. Il émit un hoquet. Puis il hurla :

— Au secours ! On a besoin des secours !

1

AUJOURD'HUI, DENTON, PENNSYLVANIE

Lindsay Jones allait tuer quelqu'un. Le fait que ce soit le jour du bal de fin d'année lui importait peu. L'important, c'était qu'une sale peste de l'équipe de pom-pom girls du lycée venait de poster sur Instagram une story comme quoi le copain de Lindsay, Brody Ford, avait promis de la retrouver dans un hôtel après le bal. Et un des followers de cette garce sur Insta avait raconté toute l'affaire à la meilleure amie de Lindsay.

À présent, dans les toilettes des filles, à côté de la salle des fêtes du lycée de Denton East, Lindsay attendait sa meilleure amie, qui devait lui montrer la story. Penchée par-dessus le lavabo, elle vérifia son maquillage dans le miroir et se servit d'un de ses longs ongles pour retirer une boulette de mascara qui s'était logée dans le coin de son œil. Elle tapota ses longs cheveux blonds, dont le brushing avait coûté à sa mère plus d'une centaine de dollars ce jour-là, et examina sa robe. Elle était tout en fentes et en décolleté, d'un noir élégant qui mettait en valeur à la fois ses courbes et sa finesse. Lindsay ne comprendrait jamais pourquoi Brody ne s'en contentait pas.

Elle l'avait vu flirter avec d'autres filles de temps à autre : dans les couloirs du lycée avant le début des cours, et parfois lors des matchs de football, mais il lui avait juré qu'il n'avait jamais rien fait de mal. La remise de diplôme aurait lieu dans moins de deux mois. Ensuite, ils étaient censés passer l'été à voyager ensemble avant d'aller dans leurs universités respectives.

Lindsay n'allait pas laisser une petite pétasse de seconde lui pourrir sa dernière année.

La porte des toilettes s'ouvrit bruyamment, laissant entrer une bouffée de musique et de lumières clignotantes. La salle des fêtes était pleine de gens qui dansaient dans la pénombre. Vêtue d'une courte robe bustier bleue à strass, Deborah Hart, la meilleure amie de Lindsay, s'avança et lui tendit un téléphone. Une pellicule de sueur couvrait son visage rond et sa poitrine haletait.

— C'est le portable de Mary Jo Chachakis. Elle a fait un enregistrement d'écran de la story sur Insta. On devrait pouvoir la regarder.

Lindsay fit signe à Deborah de se rapprocher et elles visionnèrent la vidéo deux fois de suite. C'était aussi grave que Lindsay le craignait. Des larmes lui piquèrent le fond des yeux, mais elle refusa de les laisser couler. Son amie la contemplait avec une compassion si écœurante qu'elle en eut un haut-le-cœur. Lindsay lui plaça l'écran sous le nez.

— Elle est où ?

Deborah battit des paupières et la dévisagea.

Levant les yeux au ciel, Lindsay dit avec un soupir :

— Quoi ?

— Tu ne crois pas que c'est à Brody que tu devrais parler ? Parce que tu peux te déchaîner sur cette gamine de seconde, mais ce n'est pas ça qui l'empêchera, lui, de courir après les filles.

À son corps défendant, Lindsay dut admettre que Deborah avait raison. Ce n'était pas la dynamique ordinaire de leur amitié. Lindsay était la dominante, et Deborah suivait. Mais sur ce point, elle n'avait pas tort.

— Très bien. On va d'abord trouver Brody, et après on trouvera la fille.

Il leur fallut un quart d'heure de slalom entre les corps massés sur la piste de danse et quelques conversations hurlées avec une dizaine de personnes pour apprendre que Brody était sorti fumer. Quand Lindsay quitta la salle des fêtes et fonça vers l'avant du bâtiment, Deborah pressa le pas pour la rattraper. Ses talons claquaient sur les dalles.

— Tu vas où ?

— Vers l'alcôve, répondit Lindsay par-dessus son épaule.

— Comment tu sais qu'il est là-bas ?

Lindsay s'arrêta et se retourna vers Deborah.

— Où veux-tu qu'il soit parti fumer, bordel ?

Quelques minutes plus tard, après avoir convaincu les membres du personnel postés devant l'entrée qu'elles devaient aller chercher quelque chose dans la voiture de Lindsay, elles firent le tour du bâtiment. Elles traversèrent une zone herbeuse, du côté est, puis le parking utilisé par les gardiens. Sur la gauche, quatre bennes à ordures étaient rangées contre le mur. Lindsay passa devant, Deborah sur ses talons. L'alcôve était un petit espace à ciel ouvert, entre deux bâtiments, pas assez grand pour servir de parking. Bien avant la naissance de Lindsay, le lycée avait tenté d'en faire une sorte de théâtre de plein air, avec une quinzaine de gradins incurvés descendant vers une entrée en sous-sol. Tout en bas, près de cette porte, se trouvait une petite scène arrondie en béton. Il n'avait pas été prévu que la pluie, la neige, les feuilles mortes et les détritus s'y accumuleraient trop régulièrement pour que l'endroit puisse jamais être vraiment propre, et encore moins utilisé.

Peu d'élèves s'y risquaient. Le théâtre était sale et un peu effrayant, en général sans lumière. Ils préféraient s'asseoir contre le mur tout en haut des gradins pour pratiquer des activités interdites au lycée. Une seule lampe éclairait faiblement cette zone. Lindsay eut la chair de poule en s'avançant dans l'ombre avec Deborah. Elle sentit sa résolution vaciller. Elle était venue là très souvent avec Brody lorsqu'il fumait entre les heures de cours. En général, elle avait sa vapoteuse. Parfois, elle et Deborah y avaient fumé de l'herbe. Mais elles ne s'étaient jamais aventurées de nuit dans l'alcôve.

Les doigts de Deborah s'enveloppèrent autour du bras de Lindsay pour la retenir.

— Je pense qu'il n'est pas là.

Les yeux de Lindsay fouillèrent les ténèbres. Un petit cercle orange brillait au loin. Lindsay se dégagea de l'emprise de Deborah et fonça dans cette direction.

— Il est ici. Je vois sa cigarette.

Alors qu'elle avançait, les yeux de Lindsay s'adaptèrent à l'obscurité. Brody était assis contre le mur, la cigarette à la main, exactement comme elle l'avait affirmé à Deborah. Son meilleur ami, Mark Severns, était avec lui. Lindsay reconnut ses cheveux hérissés avant même de l'entendre rire et s'exclamer :

— Pris sur le fait !

Le cercle orange brilla, éclairant le visage de Brody.

— Je rentre, chérie. J'avais juste besoin de m'en griller une.

— Brody, où est-elle ? l'interrogea Lindsay.

Une lumière apparut à côté de Brody. Mark venait d'allumer la torche de son téléphone. Non, s'aperçut Lindsay, il les filmait, en réalité.

— Éteins ça, ordonna Deborah.

Mark ricana.

— Jamais de la vie. Ta copine va péter un câble, c'est un moment que je ne veux pas rater.

Lindsay déglutit et, face à Brody, se lança dans la tirade qu'elle préparait mentalement depuis qu'elles avaient quitté les toilettes, sans se soucier du fait que Mark enregistre tout. Qu'il filme donc, pensait-elle. Il valait peut-être mieux que toutes les filles du lycée et sur les réseaux sociaux voient que ce salaud voulait la tromper.

Elle n'était même pas à la moitié de sa logorrhée quand Deborah se jeta sur le portable de Mark. Il ne le lâcha pas, mais il perdit l'équilibre. Alors qu'il basculait par-dessus le mur, il se raccrocha d'une main à la veste de Brody.

— Frère, commença à dire Brody avant de passer lui aussi par-dessus bord, dans les ténèbres du théâtre, en contrebas.

— Oh, mon Dieu ! hurla Lindsay.

Elle courut le long du mur jusqu'au passage menant aux gradins.

— Deborah, viens ! Ça pourrait être grave ! Oh, mon Dieu.

Elle chercha son propre téléphone dans son sac à main. Les doigts tremblants, elle appuya sur le bouton pour allumer l'écran. Quelque part derrière elle, Deborah dit :

— Je ne vois rien !

Lindsay alluma son flash, à la recherche des garçons. Mais elle découvrit autre chose. Non, pas une *chose*, comprit-elle en descendant prudemment deux marches vers la scène. Une *personne*. Une fille, étendue sur le côté, une joue pâle posée sur ses bras croisés.

— Lindsay ? héla Deborah.

— Putain, s'exclama Brody, non loin de là. Ça m'a fait un mal de chien. Mark, ça va ?

— Oui, j'ai juste...

Il se tut quand Lindsay descendit encore un peu plus vers la scène, sa torche éclairant plus nettement la fille. Ses cheveux bruns étaient soigneusement arrangés en une grosse natte, avec un mince bandeau étincelant à l'avant de son crâne. Son maquillage était parfait. Elle semblait s'être simplement allongée et endormie. Lindsay laissa la lumière braquée un long moment sur son visage. On distinguait sous sa joue les roses rouges fanées d'un petit bouquet attaché à son poignet. Lindsay entendit Brody boitiller jusqu'à elle.

— Tu la connais ?

Lindsay secoua la tête.

La voix de Deborah surgit derrière eux, un peu plus près.

— C'est qui ?

Puis celle de Mark, qui rejoignait Lindsay de l'autre côté :

— Je ne la reconnais pas.

— On fait quoi ? demanda Deborah.

Lindsay avança encore d'un pas, examinant le reste du corps avec sa lampe. Une robe bustier moulait sa silhouette. Lindsay reconnut la couleur : champagne. Elle avait voulu s'acheter une robe de cette teinte, mais sa mère l'avait avertie qu'elle décolorerait au lavage. Elle allait parfaitement à cette fille, avec sa peau claire et ses cheveux bruns. Le corsage était brodé d'un motif floral en perles, et la jupe était en tulle, avec une tache rouge inattendue le long de l'ourlet.

Lindsay comprit que le rouge ne faisait pas partie du tissu environ une seconde avant que Deborah commence à hurler.

2

L'inspectrice Josie Quinn et son équipe attendaient l'émeute. Jusqu'ici, la soirée avait été exceptionnellement calme, ce qui mettait toujours Josie sur les nerfs. Aucun membre de la police de Denton ne se réjouissait de voir arriver le bal de fin d'année scolaire. Nichée au milieu de montagnes parmi les plus époustouflantes de Pennsylvanie centrale, la ville de Denton couvrait soixante-cinq kilomètres carrés pour une population dépassant les trente mille habitants, et davantage en période universitaire, avec un taux de criminalité plus que suffisant pour occuper la police locale. On y trouvait aussi plusieurs lycées, qui organisaient tous leur bal de fin d'année le même soir de mai. Josie ne comprenait pas pourquoi le conseil scolaire avait jugé bon d'avoir un même soir de bal dans toute la ville. C'était la pagaille absolue et, malgré le nombre d'agents déployés, ils semblaient n'être jamais assez face aux bagarres, aux incidents liés à la consommation d'alcool et autres délits allègrement perpétrés par les mineurs de Denton.

Pourtant, tous les inspecteurs étaient là, dans la grande salle, au premier étage du commissariat. Ils avaient déjà consommé quatre cafetières pleines. Tandis que Josie était à son bureau, tous les autres se tenaient autour du tableau en liège accroché derrière celui de leur attachée de presse, Amber. Le mari de Josie, le lieutenant Noah Fraley, pointa le tableau et déclara :

— Cette option-là me plaît.

Les inspecteurs Gretchen Palmer et Finn Mettner acquiescèrent. Finn tapota un autre papier punaisé.

— Cela dit, je pense qu'on en a davantage pour son argent avec ce forfait-ci.

Amber repoussa ses longs cheveux auburn derrière son épaule gauche et prit sa tablette sur son bureau.

— Il y en a trois autres que je peux imprimer.

— Je ne suis jamais allée à aucun de ces endroits, dit Gretchen. Ils ont tous l'air extraordinaires.

— Vraiment jamais ? s'étonna Amber.

Gretchen sourit et des rides se creusèrent au coin de ses yeux marron. Du haut de sa quarantaine, elle était la plus âgée et la plus expérimentée de l'équipe. Avant de devenir inspectrice à Denton, elle avait travaillé à la brigade criminelle de Philadelphie.

— Jamais, confirma-t-elle. Trop de travail. Le boulot, le boulot, le boulot.

Amber leva les yeux au ciel. Josie remarqua le coup de coude amusé qu'elle donna à Finn.

— Vous travaillez tous trop. Beaucoup trop. Mais j'apprécie, s'empressa-t-elle d'ajouter.

Finn passa un bras autour des épaules d'Amber. Il était le plus jeune et le moins expérimenté des inspecteurs. Il avait été promu par leur chef, Bob Chitwood. Quand Amber avait été embauchée comme attachée de presse, près de deux ans auparavant, ils étaient rapidement tombés amoureux l'un de l'autre.

— On sait que tu apprécies, commenta-t-il.

Derrière elle, le chef ouvrit sa porte. Il avait passé la majeure partie de la soirée dans son bureau. Les bras croisés sur la poitrine, il alla se planter à côté de Josie alors que tous les autres lui tournaient le dos. Le chef Chitwood se montrait rarement dans la grande salle, sauf pour leur transmettre une information importante ou pour les accabler de reproches. Il avait un côté papier de verre. Que les interactions avec lui soient bonnes, mauvaises, ou même inexistantes, tout contact était désagréable. À sa décharge, cependant, il accomplissait depuis six mois des efforts maladroits pour être moins revêche avec tout le monde.

Josie attendit qu'il se mette à hurler. C'était son mode de communication par défaut. Mais il s'exprima d'une voix normale :

— C'est quoi, ce bordel ?

Josie soupira :

— Ils préparent ma lune de miel.

Les quatre autres pivotèrent et regardèrent Josie et le chef. Noah, qui se laissait rarement désarçonner par Chitwood, adressa à son épouse un demi-sourire désarmant.

— On la prépare pour toi puisque tu ne participes pas. Tu y as un peu réfléchi ?

Elle fit signe que non.

— Ça fait plus d'un an que nous sommes mariés. On est déjà partis en vacances, depuis.

Amber fronça les sourcils.

— Mais vous n'êtes jamais partis en lune de miel.

Le chef fit quelques pas vers le tableau de liège. Gretchen et Noah lui ménagèrent une place.

Josie resta muette. Elle ne se rappelait pas qui avait eu l'idée qu'ils partent enfin pour une vraie lune de miel, ni comment ils en étaient tous venus à feuilleter les brochures sur des séjours dans les îles qu'Amber avait accrochées à son panneau.

— Tu adores la plage, fit remarquer Noah.

Josie eut un sourire crispé. Il avait raison. Elle adorait la plage. Elle aurait adoré être à la plage en ce moment. Simplement, elle ne voulait pas avoir à décider, à prévoir. À se demander pourquoi ils n'avaient pas encore eu de lune de miel.

Un an auparavant, le jour de leur mariage, un corps avait été découvert sur les lieux de la noce. Ils avaient été précipités dans une enquête sur un double meurtre aux multiples rebondissements, qui avait entraîné l'assassinat de la grand-mère de Josie, Lisette Matson.

Enfant, Josie avait été enlevée par une femme qui l'avait ensuite fait passer pour sa fille biologique. À son compagnon d'alors, Eli Matson, cette femme avait affirmé qu'il était le père de Josie. Eli et sa mère, Lisette, n'avaient aucune raison de ne pas la croire et ils avaient tendrement aimé la petite fille. La femme que Josie prenait pour sa mère était tyrannique, plus que malfaisante, inventant sans cesse de nouvelles façons de lui faire du mal. Après la mort d'Eli, Lisette avait consacré des années de sa vie et jusqu'à son dernier cent pour obtenir la garde de l'enfant. Quand elle avait fini par l'obtenir, Josie avait quatorze ans. Lisette représentait les fondations sur lesquelles Josie avait bâti une nouvelle vie, libérée des sévices que sa ravisseuse lui avait infligés. Sa grand-mère avait été tout pour Josie : son roc, son ancre, son gouvernail, son phare. Depuis son assassinat, Josie était perdue, elle tâchait de trouver sa place dans son nouvel univers, dont toutes les surfaces étaient couvertes de chagrin et dont toutes les joies, même les plus petites, étaient teintées de tristesse.

Comme s'il devinait qu'elle pensait à Lisette, Noah ajouta :

— Tu sais très bien que Lisette aurait été contrariée si elle avait su que tu ne partais pas.

Sur ce point-là aussi, il avait raison.

Le chef désigna un prospectus montrant un dîner aux chandelles sur une plage déserte, entourée de palmiers.

— C'est joli, là-bas. Du moins, ça l'était quand j'y suis allé, il y a environ un siècle...

Il n'acheva pas sa phrase, indifférent à tous les yeux fixés sur lui. Chitwood ne parlait jamais de sa vie privée. Ils ne savaient pas même s'il était marié et s'il avait des enfants.

Noah s'éclaircit la gorge.

— En lune de miel ?

Il y eut un long moment de silence pendant lequel le chef continua à contempler la photo. Puis il gloussa dans sa barbe.

— Non, non. Pas du tout. J'étais jeune et stupide, et je me croyais amoureux. C'était avant Kel... C'était une erreur. Je cherchais à impressionner une femme. Je l'ai emmenée là-bas. J'ai dépensé un argent fou. Me suis bien amusé. Ça n'a pas duré.

Se retournant vers Josie, il battit des paupières, comme s'il émergeait d'une sorte de stupeur.

— Vous devriez y aller, Quinn. Vous avez bien mérité ces vacances.

Josie pouvait compter sur les doigts d'une main le nombre de fois où le chef lui avait adressé un compliment. Abasourdie, elle croisa le regard de Noah. Il haussa imperceptiblement les épaules. À côté de lui, Amber retint un sourire. Gretchen et Finn se contentèrent de lever les sourcils.

Josie se leva.

— Bien. Voyons ce que vous avez trouvé.

Avant qu'elle ait pu faire un pas, le téléphone sonna sur son bureau. Tous l'observèrent comme s'il s'agissait d'un objet extra-terrestre qui venait d'atterrir là.

— C'est une blague, dit Noah.

Josie décrocha.

— Quinn à l'appareil.

Elle écouta, mémorisa les informations communiquées par le standard. Puis elle raccrocha.

— Nous avons un corps.

Gretchen soupira.

— Et voilà, ça commence.

3

Depuis toutes ces années qu'elle travaillait à Denton, Josie n'avait jamais découvert de cadavre le soir du bal de fin d'année. À présent, Noah et elle se trouvaient dans la fosse obscure de la fameuse alcôve de Denton East, leurs torches braquées sur une jeune fille couchée dans une mare de sang. Josie n'avait pas besoin de vérifier son pouls pour savoir qu'elle était déjà morte. Le corps était d'une immobilité surnaturelle, et la peau avait déjà pris un aspect cireux. Sous la jeune fille, le sang se figeait en flaques noires.

Comme s'il lisait dans ses pensées, Noah dit :

— Le principal lui a touché la gorge, mais il n'y avait pas de pouls.

— Ça doit faire un moment qu'elle est morte.

— Il nous faut plus de lumière ici.

Il y avait une pointe de tristesse dans la voix basse de Noah.

Josie éclaira une fois de plus le visage de la défunte. Elle semblait s'être simplement allongée pour une sieste. Ni sa coiffure ni son maquillage n'étaient altérés. Josie ne distinguait aucune blessure défensive, du moins dans la position qu'avait le corps. En l'examinant de plus près, elle crut l'identifier, mais ce ne fut qu'une impression fugace.

— Tu la reconnais ? demanda-t-elle à Noah.

— Non, et toi ?

Josie contempla encore un peu le visage de la jeune fille, cherchant où elle avait pu l'apercevoir. Au café ? À l'épicerie ? Lors d'une enquête récente ? La livreuse de pizza de la semaine dernière ? Rien ne lui revenait en tête. Avec un soupir, elle répondit :

— Non, pas vraiment. Bon, écoute, on doit appeler l'équipe d'identification criminelle.

Noah se retourna vers le haut des gradins. Les agents présents sur place avaient sécurisé la zone du théâtre pour empêcher quiconque d'y pénétrer, mais cela n'avait pas dissuadé un groupe de badauds de se rassembler près du mur en haut des gradins. L'attroupement semblait augmenter à chaque minute qui passait. Il y avait une poignée d'adolescents, le principal, deux enseignants, un agent affecté aux écoles et deux agents de Denton en patrouille, munis de lampes torches. Les autres avaient le visage illuminé par leurs portables. Gretchen avait sorti son bloc-notes pour griffonner ce que lui apprenait un des lycéens. Mettner interrogeait un enseignant et retranscrivait ses réponses sur son téléphone.

— Tu penses que c'est un homicide ? reprit Noah.

— Je pense que c'est suspect. Il y a beaucoup de sang. Et puis, qu'est-ce qu'elle faisait là ?

Noah continua à scruter la foule au-dessus d'eux.

— Tu n'es jamais allée à l'alcôve quand tu étais élève ici ?

— On savait ce qui s'y faisait, même sans y venir. Mais quand j'étais au lycée, les élèves y allaient pour fumer ou se droguer. Pas pour... ça. Je pourrais comprendre si cette fille avait consommé une substance illicite et qu'elle s'était évanouie ici, mais ça n'explique pas tout le sang.

— Il ne se passe jamais rien de bon ici, marmonna Noah. J'ai du mal à croire qu'elle soit venue seule.

Il se retourna et braqua une fois de plus sa torche sur le sol autour du corps.

— Il n'y a pas de traces, pas de gouttelettes, pas d'éclaboussures. Je ne sais pas ce qui lui est arrivé, mais ça ne s'est pas produit ici.

— Tu as raison.

Il promena son faisceau lumineux vers l'unique porte qui donnait accès au théâtre. Peinte en gris ardoise, elle se trouvait à droite de la scène. Des détritus, des feuilles et de la terre s'étaient accumulés contre le bas. Une toile d'araignée brillait sur la poignée.

— Cette porte a l'air de ne pas avoir été ouverte depuis longtemps, commenta Josie.

— Selon le principal, il y a un cadenas de l'autre côté. Trop de gamins se glissaient ici pendant les cours.

— Le cadenas est là depuis quand ?

— Quatre mois.

— Il a été vérifié ?

— Pas par le principal, mais par son adjoint. Il a accouru après la découverte du corps, pour s'assurer que personne n'avait pu s'en aller par là. La serrure est intacte.

— Ce qui veut dire que cette fille est arrivée par en haut, pas par en bas.

Josie contempla les badauds.

— Il nous faut les téléphones de tout le monde. Surtout des gamins qui l'ont trouvée. Je ne veux pas que le visage de cette pauvre fille ou un autre détail de cette scène horrible soit partagé avec tous les gens du lycée, ou pire, sur les réseaux sociaux. Il faudrait essayer d'obtenir toutes les photos et vidéos prises à l'intérieur du bâtiment, pour voir si elle apparaît dessus. Il faudrait aussi contacter le photographe du bal pour qu'il nous fournisse tous les clichés où elle figure, ainsi que son cavalier, si elle en avait un. Nous devons absolument trouver le garçon en question, le plus vite possible. Quelqu'un sait forcément qui elle est. Elle doit avoir des amis. Je n'ai pas vu de téléphone ou de sac à proximité. Si elle ne les a pas laissés à l'intérieur, ils pourraient être sous sa robe ou à un endroit pas immédiatement visible, mais nous devons les localiser. Il va falloir interroger tous les élèves et les profs, Noah. Et on doit convoquer la docteure Feist.

Alors qu'ils remontaient les gradins, Josie poursuivit :

— Il faut aussi que quelqu'un prévienne les parents. La rumeur se propagera dès qu'on annoncera aux jeunes qu'ils ne peuvent pas partir avant qu'on les ait interrogés. Les parents rappliqueront tout de suite, en panique.

— Je vais mettre Gretchen sur le coup, répondit Noah. Appelle l'équipe d'identification criminelle et la docteure Feist pendant que je demande aux gars en uniforme d'élargir le périmètre de la scène et de veiller à ce que personne n'y entre. Je récupère les téléphones des gamins qui ont trouvé le corps et je vois si le principal peut nous prêter une salle où questionner tout le monde.

Josie sortit son téléphone alors qu'ils atteignaient la dernière marche.

— Je vais aussi faire venir quelques unités de patrouille. Il y a beaucoup d'ados ici. Il nous faut du monde pour les tenir tranquilles.

Tandis que Noah emmenait tout le monde loin des gradins, Josie passa les coups de fil nécessaires. Lorsqu'elle eut terminé, il ne restait plus que quelques policiers en uniforme. Dans son souvenir, l'entrée de devant, à cinq minutes de marche de l'alcôve, était le seul moyen d'accéder au lycée depuis l'extérieur. Josie partit dans cette direction, levant les yeux vers les deux murs de brique qui délimitaient l'enceinte à droite et à gauche. Du temps où elle était élève, il n'y avait pas de caméras de sécurité, et il n'y en avait toujours pas.

Elle jeta un dernier coup d'œil en arrière avant de prendre le virage, songeant à cette fille, seule, tout en bas de l'alcôve sombre. Ses amis la cherchaient-ils ? Sa disparition avait-elle été remarquée ? S'agissait-il d'une histoire de harcèlement qui avait très mal tourné, ou d'une querelle avec son petit ami ? Josie sentit une douleur dans sa poitrine à la pensée des parents qui avaient vu leur fille partir pour le bal ce soir-là. Ils l'avaient sans doute complimentée sur sa robe, son maquillage et sa coiffure. Ils avaient dû prendre une centaine de photos d'elle, la faisant poser maladroitement avec ses grands-parents, ses frères et sœurs, ses voisins, dans la maison et dans le jardin. Ç'avait été une parfaite journée de mai, ensoleillée, la température dépassant les vingt degrés. Cet après-midi-là, en allant au bureau, Josie avait vu plusieurs participants au bal se faire photographier devant leur maison avec leur famille.

Elle allait maintenant devoir annoncer aux proches de la jeune fille que leur pire cauchemar était devenu réalité.

4

Les quelques heures suivantes passèrent à toute allure. Il y avait tant de choses à faire, plus de quatre cents jeunes à interroger – le bal réunissait les lycéens de tous les niveaux. Josie savait qu'ils en auraient jusqu'à l'aube. Les adolescents qui avaient trouvé le corps furent questionnés, leurs parents, convoqués, et ils reçurent l'ordre formel de ne parler à personne de leur découverte, au moins jusqu'à ce que la jeune fille soit identifiée et sa famille informée. Josie ne voulait pas que les parents l'apprennent par une rumeur ou par les réseaux sociaux. Seul un des ados, Brody Ford, avait pris une photo du corps et, d'après un examen approfondi de son portable, il semblait ne pas avoir eu le temps de l'envoyer à quiconque ou de la poster où que ce soit. Josie lui prit son téléphone, devenu une pièce à conviction, décision qui fut à peu près aussi bien accueillie que la soudaine annulation du bal.

Les parents arrivaient, et Gretchen les mena vers des salles proches de l'entrée, tandis que Josie, Noah et Mettner affrontaient dans la salle des fêtes la foule des élèves et des membres du personnel. Noah interrogeait les adultes dans une classe voisine et Mettner recevait les lycéens dans une autre. Comme ils ignoraient encore qui était la jeune fille et comment elle était morte, et puisqu'aucun des élèves n'était questionné en lien avec un crime ou en tant que suspect potentiel, ils purent s'entretenir avec eux sans que leurs parents soient présents – mais ils les laissaient venir si les ados en faisaient la demande. Le principal et son adjoint, ainsi que plusieurs agents en uniforme, montaient la garde autour de l'alcôve, pour être certains que personne ne s'en irait sans avoir parlé à la police.

Il ne restait plus rien de l'humeur festive qui battait son plein quand Josie et les membres de son équipe étaient arrivés. Plus de musique, plus de lumières stroboscopiques colorées. Ni danses, ni rires. Les élèves étaient maintenant assis à des tables, à un bout de la salle, l'air épuisé. Ils étaient avachis sur des chaises. Beaucoup de garçons avaient enlevé leur veste et l'avaient suspendue sur le dossier de leur siège. Plusieurs filles avaient ôté leurs talons hauts. L'étincelante énergie juvénile qui semblait émaner de chacun d'eux quand Josie était entrée dans la salle des fêtes, avant que le principal mette un terme à la soirée, avait entièrement disparu. Ils étaient maintenant tour à tour moroses et nerveux. Certains jouaient sur leur téléphone ou dévisageaient les policiers. D'autres bavardaient tout bas mais, à leurs chuchotements, Josie comprit qu'ils essayaient tous de deviner ce qui pouvait bien se passer. Dès qu'un jeune avait été interrogé par Noah, il partait rejoindre ses parents. Josie tentait de voir la scène avec les yeux des ados : leurs camarades s'en allaient avec un inspecteur et ne revenaient plus. Bien sûr, à en juger par les sons divers et variés émis par tous les portables, l'information circulait.

Josie se tenait dans le coin où le photographe officiel s'était installé. Il avait transféré toutes ses photos sur un ordinateur et elle les examinait. Assise à une table pliante, à côté du fond disposé pour le shooting, elle revoyait chaque cliché pour la troisième fois. Derrière elle, le photographe se rongeait l'ongle de l'index droit. Josie lui donnait une trentaine d'années. Grand et mince, cheveux bruns hirsutes et bouc bien taillé, il portait un pantalon de toile marron, une chemise blanche et une cravate noire, qui pendaient sur sa carcasse comme s'il les avait empruntés à quelqu'un de plus gros que lui.

— Vous êtes sûr qu'il n'y a rien d'autre ? redemanda-t-elle.

— Absolument. Je vous l'ai dit, c'est tout ce que j'ai. Toutes les photos que j'ai prises ce soir.

Il n'y en avait aucune de la morte. Josie poussa un soupir de frustration et ferma l'ordinateur.

— Elles avaient été payées d'avance ?

— Oui. Tous les forfaits sont payés avant le soir du bal.

L'inspectrice se leva.

— Vous en faites beaucoup ?

Le photographe haussa les épaules, se rongeant toujours l'ongle.

— Ça paie bien, donc oui.

— Il y a souvent des lycéens qui refusent ?

— Difficile à dire. Je sais combien de lots de photos on m'achète, mais je ne connais pas le nombre total de participants au bal.

Du temps où Josie allait au lycée, il fallait acheter des billets d'entrée pour le bal de fin d'année. Elle remit sa carte de visite au photographe.

— Vous pouvez partir.

Il souffla longuement, soulagé, et sa posture se relâcha. Avec un pâle sourire, il marmonna :

— Merci.

Josie le laissa remballer son matériel et traversa la salle pour se diriger vers l'endroit où le principal tapotait furieusement sur le clavier de son téléphone.

— Monsieur Broadbent ?

Il leva les yeux de son écran et s'efforça de sourire.

— Inspectrice Quinn.

— Le lycée a-t-il vendu des billets d'entrée pour le bal ?

— Oui, je peux vous indiquer combien…

— Avez-vous le nom des élèves qui en ont acheté ?

— Ah. Eh bien, oui. Écoutez, je suis vraiment désolé de ne pas la reconnaître, cette pauvre fille. Vous savez, avec la quantité de jeunes que nous avons dans tout le lycée…

Josie l'interrompit.

— Je comprends tout à fait, et il est possible qu'elle ne soit même pas élève ici. Elle était peut-être la cavalière d'un de vos lycéens. Elle pourrait venir d'un autre établissement de Denton et avoir échoué ici. Dès que nous en aurons terminé, mon équipe vérifiera auprès des autres écoles si nécessaire. Pour le moment, je tente d'apprendre si elle était scolarisée ici. Nous en aurons une bien meilleure idée quand mon équipe aura fini d'interroger tout le monde. En attendant, il me faudrait la liste des élèves ayant acheté des billets pour le bal. Et le *yearbook* des promotions en cours.

— Oui, oui, bien sûr.

— Et les caméras de sécurité ? Où sont-elles placées ?

Du temps où Josie était élève à Denton East, il n'y en avait pas, mais les lycées étaient désormais des monstres d'une tout autre espèce.

— Nous n'en avons aucune dans cette salle, hélas, répondit Broadbent. Il y en a dans toutes les classes et à l'administration. Aucune sur les parkings. À part le bal, la rentrée et quelques spectacles en cours d'année, l'essentiel de l'activité du lycée se déroule en pleine journée, pendant les cours. Nos agents patrouillent régulièrement sur les parkings. Nous n'avons jamais eu de problème.

L'absence de vidéosurveillance aurait pu sembler absurde à beaucoup de gens, à l'heure où les caméras de toutes sortes étaient omniprésentes et où la violence était endémique dans les écoles américaines, mais Denton était une petite ville, en grande partie rurale, au milieu de la Pennsylvanie centrale. Les établissements scolaires n'y étaient pas exempts de tout souci pour autant, mais la criminalité y était relativement faible. Même les petites infractions étaient limitées. Josie voyait pourquoi il avait été choisi de ne pas investir dans des caméras coûteuses sur les parkings, quand les besoins les plus urgents concernaient le matériel éducatif. Dans d'autres lycées, comme Bartz, dans South Denton, le niveau de délinquance était tel qu'ils consacraient la majorité de leur budget aux mesures de sécurité.

— Et à l'extérieur du bâtiment ? s'enquit Josie.

Il baissa la tête.

— Nous avons des caméras devant, pour voir qui entre et sort dans la journée. Pendant les cours, toutes les issues sont fermées sauf l'entrée principale. Si une autre porte est ouverte, une alarme se déclenche à l'administration. Tous les visiteurs doivent utiliser l'interphone pour se présenter et exposer la raison de leur venue. Puisque nous faisons en sorte que tout le monde passe par cette entrée, les seules caméras sont là.

— Et il n'y en a aucune à l'arrière ?

Penaud, il fit signe que non.

— Inspectrice Quinn, nous avons la chance, à Denton East, d'avoir des élèves assez peu agités, en général. Quand nous avons condamné la porte extérieure donnant dans l'alcôve, pour ne plus avoir à y envoyer quelqu'un chaque fois qu'un gamin déclenchait l'alarme en vapotant entre deux cours, les choses sont devenues encore plus calmes, donc non, nous n'avons pas de caméras extérieures à l'arrière du bâtiment.

Elle désigna l'entrée de la salle des fêtes, dont les doubles portes ouvertes révélaient une étendue dallée de bleu. Une banderole confectionnée par les élèves clamait : « VIVE LES GEAIS BLEUS DE DENTON EAST. » Quelqu'un avait ajouté à la main « Équipe de foot », et un autre avait complété le dernier mot par la syllabe « ball ».

— C'est par ici que l'on pénétrait dans la salle, ce soir ?

Il acquiesça.

— Exactement. Les participants remettaient leurs billets à un membre du personnel, devant l'entrée principale, puis je les accueillais ici, je leur indiquais leur numéro de table et je les orientais vers le photographe. Ils étaient censés trouver leur table et se faire photographier aussitôt.

Josie mit une main sur sa hanche.

— Vous êtes en train de me dire que vous avez regardé en face tous ceux qui étaient présents ce soir, mais que vous ne reconnaissez pas la fille de l'alcôve ?

Le principal s'empourpra, du col de sa chemise bleu ciel jusqu'au sommet de son crâne dégarni.

— Inspectrice Quinn, je vous le répète, nous avons plusieurs centaines d'élèves à Denton East. Je suis désolé, je ne les connais pas tous de vue.

— Mais vous vous rappelez avoir vu cette fille entrer ? Vous vous rappelez lui avoir donné son numéro de table, à elle ou à son cavalier ?

Il secoua la tête.

— Je regrette, non. Là encore, nous avons des centaines...

— Je sais, le coupa Josie. Des centaines d'élèves, rien que pour le bal.

— Dont des participants qui viennent d'ailleurs. Certains de nos lycéens sont accompagnés par des élèves d'autres établissements.

— J'en ai conscience. Avez-vous des caméras dans ce couloir ?

— Ah oui, je suis sûr que nous en avons. Si vous voulez bien me suivre, je peux vous conduire au bureau des agents affectés au lycée, et ils vous aideront. J'ai convoqué tout notre personnel de sécurité.

Le téléphone de Josie gazouilla, indiquant qu'elle avait reçu plusieurs textos. Tout en quittant la salle des fêtes pour se diriger vers les locaux de l'administration, elle sortit son portable. Les notifications provenaient du groupe qui leur servait, à elle et à son équipe, à se tenir au courant de leur progression.

Gretchen avait écrit :

Pour modérer un peu l'hystérie générale, j'ai ordonné à tous les parents de contacter leurs enfants s'ils ne l'avaient pas encore fait. Pour le moment, on a localisé tous les gamins dont les parents sont venus.

Mettner avait réagi :

Pour la même raison, j'ai dit à tous les élèves d'appeler immédiatement leurs parents si ce n'était pas encore fait. J'ai demandé à un agent de l'école de transmettre le message à tous les gamins encore dans la salle des fêtes.

Noah annonçait ensuite :

J'ai presque fini avec les enseignants et le personnel. Personne ne sait qui pourrait être cette fille.

Josie tapa un message expliquant que son entretien avec le photographe officiel n'avait rien donné, et résuma brièvement sa conversation avec le principal. Il faudrait sans doute vérifier auprès des autres lycées de la ville, une fois leur enquête terminée à Denton East.

Mettner écrivit :

Pour le moment, pareil de mon côté : personne ne sait qui peut être cette fille. Personne ne se rappelle l'avoir vue. Pas de cavalier ou d'amis qui la cherchent. Il y a encore du monde à interroger.

Noah répondit :

*Je conclus avec les adultes et je te rejoins pour les autres
gamins.*

— Par ici, inspectrice, dit le principal en franchissant une
double porte et en la conduisant vers un autre couloir à gauche.

Juste avant les locaux de l'administration, une lourde porte
vitrée arborait l'inscription « Police du lycée ». À l'intérieur, la
lumière était allumée et deux agents en civil étaient penchés sur
des ordinateurs.

Le principal les présenta, et les deux hommes firent
visionner à Josie les vidéos de la soirée.

— Monsieur Broadbent, il me faut ce *yearbook.*

— Oui, je vais vous le chercher.

— Dans l'idéal, j'aurais aussi besoin de ceux des deux
années précédentes, au cas où nous aurions affaire à quelqu'un
qui aurait déjà quitté le lycée.

Le principal s'en alla et Josie s'assit devant l'un des ordinateurs. Son téléphone gazouilla de nouveau. Cette fois, c'était
Hummel, le chef de leur équipe d'identification criminelle.

*La docteure Feist est là. On termine seulement. On ne va
pas pouvoir la mener jusqu'au corps tout de suite. Venez
quand vous pourrez.*

OK, répondit Josie. Puis elle consacra son attention aux
vidéos de sécurité.

5

Les vidéos n'étaient pas aussi éclairantes que Josie l'avait espéré. Dans la salle des fêtes, les caméras étaient fixées très haut, à un angle qui ne permettait pas de voir les visages de face. La plupart des élèves arrivaient en groupe, ce qui rendait plus difficile d'isoler les personnes. Deux filles auraient pu être celle qu'ils recherchaient, mais il lui était impossible d'en être certaine sans avoir réexaminé le corps. Josie prit note des minutages, puis s'intéressa aux vidéos de l'entrée et des autres couloirs. Elle trouva des images de Brody Ford et de Mark Severns sortant à 19 h 47, suivis un quart d'heure plus tard par Lindsay Jones et Deborah Hart. Aucun autre adolescent n'avait quitté le bâtiment, ni avant, ni après.

Elle rembobina jusqu'au début, et regarda arriver les lycéens enthousiastes. Une fois encore, elle repéra les deux mêmes filles parmi un groupe d'ados, ainsi qu'une troisième dont la robe était semblable à celle de la victime. La résolution n'était pas assez élevée pour que Josie puisse être sûre d'elle. Elle n'avait vu la fille que pendant quelques instants, dans l'alcôve, éclairée par une lampe torche. Pas très fiable, comme impression. Josie nota les minutages des autres vidéos, puis demanda à l'un des agents de lui faire des copies de tout. Plus tard, s'il s'avérait que la fille avait été tuée, ils devraient étudier les faits et gestes de tous les enseignants et de tous les membres du personnel au cours de la soirée.

Le principal était revenu avec une pile de *yearbooks* qu'il déposa sur une table étroite, à côté de la porte. Josie se leva et s'étira les bras au-dessus de la tête. Il était tard, elle avait les yeux secs. Elle décida de rester debout pour feuilleter les albums. Comme sur les vidéos, elle repéra une poignée de filles qui ressemblaient à leur victime, mais Josie aurait besoin de revoir celle-ci de plus près. Elle corna les pages concernées et glissa les volumes sous son bras.

Remerciant les policiers et Broadbent, elle se dirigea vers les salles de classe où Noah et Mettner interrogeaient les adolescents. Elle passa la tête par la porte et vit Noah avec un jeune homme.

— Lieutenant ? Un mot ?

Dans le couloir, Josie confia les *yearbooks* à Noah.

— Tu as quelque chose ?

Il secoua la tête.

— J'ai de plus en plus l'impression qu'elle n'était pas d'ici mais qu'elle accompagnait un élève. On n'a pas encore trouvé son cavalier. Et les vidéos, ça donne quoi ?

— Rien de concluant. J'ai demandé des copies pour qu'on puisse les revisionner ensemble, après les interrogatoires, si besoin. Voici les *yearbooks* du lycée. J'ai corné les pages où il y a des filles qui lui ressemblent. Vous pouvez comparer avec vos listes, Mettner et toi ?

— OK. Où vas-tu, maintenant ?

— Dans l'alcôve. Hummel devrait bientôt avoir fini, et la docteure Feist voudra inspecter la scène.

— Très bien. J'ai aussi demandé aux agents de patrouille de fouiller sous les tables, au cas où il y aurait des sacs à main ou des téléphones oubliés. Rien.

Josie soupira.

— Tu penses que c'est son cavalier qui a fait le coup ? demanda Noah, envisageant les mêmes possibilités qu'elle.

— Eh bien, c'est ce qui semble le plus évident, non ? La violence au sein des couples adolescents est un vrai problème. On vient d'avoir un cas au lycée de Bartz, quand un garçon a tenté d'étrangler sa copine, tu te rappelles ?

Noah grimaça.

— Comment l'oublier ? Ils n'avaient que seize ans. D'accord, disons qu'elle n'était pas élève ici, contrairement à son cavalier. Il l'amène au bal. Ils ont une altercation. Ils se sont peut-être disputés, même si personne n'a rien vu de ce genre, et ils sont allés dans l'alcôve. Ça s'est aggravé. Il l'a tuée.

— Sans répandre de sang nulle part ? objecta Josie.

— Je ne sais pas. On ne connaît pas encore la nature de la blessure. Avec un peu de chance, la docteure Feist te renseignera quand tu iras là-bas. S'il s'agit d'un meurtre à coups de couteau, l'assassin avait peut-être du sang sur lui, mais il est parti avant l'hémorragie, ce qui expliquerait pourquoi il n'y a pas d'empreintes de pas.

— Mais, Noah, il aurait fallu qu'ils sortent de la salle des fêtes pour venir ici, or personne n'est sorti de bonne heure. J'ai visionné les vidéos. La seule issue était l'entrée de devant. Si le tueur était sorti par une autre porte, il aurait déclenché une alarme dans les bureaux de l'administration. Aucune ne s'est mise en marche ce soir. Les seuls à être sortis sont les gamins qui ont découvert le corps.

— Aucun d'entre eux n'avait de sang sur lui. Ils ont tous présenté la même version des faits, cohérente. En plus, si l'un d'eux avait fait le coup, les trois autres l'auraient su. Ils mentiraient tous. Combien de temps s'est-il écoulé entre le moment où Brody Ford et Mark Severns ont quitté le bâtiment et celui où Lindsay Jones et Deborah Hart les ont suivis ?

— Un quart d'heure à peine. Je crois que les garçons n'auraient pas eu le temps de la tuer, puis de se débarrasser de l'arme du crime et de leurs vêtements ensanglantés, dit Josie.

— Exact. Sauf si l'assassin n'est jamais entré dans le bâtiment et est allé directement dans l'alcôve après avoir garé sa voiture. Le petit ami la tue, puis rentre chez lui sans pénétrer dans la salle des fêtes.

— Dans ce cas-là, nous devrions pouvoir déterminer son identité en comparant la liste des personnes ayant acheté un billet et la liste des personnes présentes. Pour le moment, il faut que je retourne à l'alcôve.

Elle n'eut même pas besoin de lampe. Hummel avait installé tant de lumières que la scène de crime devait être visible depuis l'espace. L'accès au parking était désormais interdit. Un agent en uniforme, debout devant les rubans jaunes, surveillait les lieux. Il la laissa se diriger vers le théâtre, où l'équipe d'identification criminelle avait déposé son matériel et où une ambulance était prête à transporter le corps. À quelques pas du véhicule se tenait un homme en jean et chemise à col boutonné. Josie l'avait déjà rencontré. Un professeur d'université, si elle avait bonne mémoire. À ses pieds gisait un drone. Il était avec l'agente Jenny Chan, membre de l'équipe d'identification criminelle. Josie s'approcha.

— Le drone a filmé l'endroit ? demanda-t-elle.

Chan acquiesça.

— Avec une scène aussi sanglante, en plein air, nous avons dû commencer par les vues d'ensemble avant de nous rapprocher. Le drone permet de garantir l'intégrité des images initiales. Comme ça, on est sûrs de ne rien oublier et d'avoir bien tout documenté avant de rechercher les traces de sang, même si Hummel a déjà commencé. Vous vous souvenez peut-être du professeur Chris McAllister. Il enseigne à l'université de Denton, mais il nous offre ses services en tant que consultant quand nous avons besoin de prises de vues par drone.

Josie réussit à sourire à l'homme, lui serra la main et se présenta.

— Bien. Les drones sont hors budget.

Chan pointa le doigt par-dessus l'épaule de Josie.

— La docteure attend son tour.

Josie se retourna. Une autre zone avait été sécurisée, partant des gradins vers le théâtre, gardée par un agent muni d'un calepin. Personne ne pouvait entrer ou sortir sans que ce dernier lui ait fait signer une feuille. La docteure Feist se trouvait à deux mètres, sirotant du café dans une tasse en acier inoxydable arborant le slogan « Un légiste vous aime pour ce qu'il y a en vous ». Elle portait déjà une combinaison de protection et des surchaussures. Ses cheveux blond argenté étaient rangés sous une charlotte. Elle adressa à Josie un sourire sans joie.

— Ils sont presque prêts.

— Hummel t'a résumé la situation ?

La docteure Feist hocha la tête et posa sa tasse de café à terre, à côté d'une sacoche en cuir.

— Je dois déterminer où l'hémorragie a démarré. Je prendrai quelques photos, puis ils pourront l'emporter.

Du coin de l'œil, Josie vit Hummel sortir du théâtre. Il leur fit de grands signes et trottina vers elles.

— Nous n'avons trouvé aucune arme, aucun effet personnel, mais nous n'avons pas déplacé le corps, dit-il. Il est possible qu'il y ait quelque chose sous elle. À part la flaque de sang, nous n'avons repéré que deux autres gouttes sur les marches, que nous avons marquées et photographiées. On est prêts, docteure.

Anya Feist tira de la sacoche un appareil photo et des gants.

— Enfile une combinaison, ordonna-t-elle à Josie. Tu pourras venir avec moi.

6

Sous la lumière crue des halogènes installés par l'équipe d'identification à différents points du théâtre, le spectacle était bien plus perturbant. La scène était jonchée de brindilles, de feuilles, de terre et de détritus. La fille couchée en son centre semblait appartenir à deux mondes bien différents : le haut de son corps était propre et, avec son corsage délicat, son maquillage soigné et sa coiffure élaborée, elle était ravissante, tandis que le bas de son corps baignait dans le sang désormais caillé sur le béton couleur ardoise. Josie en eut l'estomac retourné. Elle vit où Hummel avait marché pour prendre des photos en gros plan, et où ses surchaussures avaient ensuite laissé des traces de sang. Plus elle s'approchait, plus l'odeur cuivrée s'intensifiait.

La docteure Feist fit le tour du corps, se servant de son appareil avant de s'agenouiller dans la flaque de sang.

— Tiens-moi ça, dit-elle à Josie.

Josie passa au-dessus de sa tête la bandoulière de l'appareil, en prenant soin de ne pas déranger la charlotte qu'elle avait mise en même temps que le reste des équipements de protection. De ses mains gantées, la docteure Feist décolla doucement la jupe des jambes de la jeune fille. Comme sa robe et ses talons de cinq centimètres, ses jambes baignaient dans le sang.

— Je ne suis pas sûre que tu aies envie de regarder, annonça la docteure, je dois lui séparer les cuisses pour m'assurer que nous avons affaire à un seul corps.

Josie eut de nouveau l'estomac barbouillé. Elle s'était tellement focalisée sur la délimitation de la scène et sur l'interrogatoire de toutes les personnes présentes qu'elle n'avait même pas songé que ce n'était pas forcément un homicide.

La docteure Feist se mit au travail, marmonnant toujours.

— Tu te rappelles la gamine de quatorze ans, l'an dernier ?

Josie reprit la formule de Noah tout à l'heure.

— Comment l'oublier ? Elle avait accouché dans les toilettes d'une supérette et s'était vidée de son sang.

— Et ça ressemblait à un meurtre, pas vrai ?

Josie se remémora la scène, refoulant la nausée qui l'accompagnait. Dans son travail, elle voyait le pire du pire. Des choses atroces qui souillaient si profondément son psychisme qu'il aurait fallu une intervention de Dieu en personne pour réparer les dégâts. Pour une partie de ceux qui exerçaient ce métier depuis aussi longtemps qu'elle, la nausée, le dégoût et la tristesse passaient pour des signes de faiblesse. Pour Josie, cependant, cela signifiait que son humanité était intacte. Les sentiments ne l'empêchaient pas d'accomplir sa mission – cela la rendait même plus motivée pour assurer la sécurité de la communauté –, mais elle tentait de ne pas trop s'attarder dessus.

— Absolument. Malgré tout, si celle-ci avait été en train de mettre un enfant au monde ou de faire une fausse couche, tu ne crois pas qu'elle serait un peu plus... débraillée ?

La docteure Feist releva la tête vers le visage de la fille.

— La Belle au bois dormant... Je suppose que tu as raison, mais on ne sait jamais. Tu te souviens de notre conversation sur les facteurs de santé individuels, la dernière fois que nous avions une victime de meurtre sur ma table ?

— Tout à fait. Tu es en train de me dire que certaines femmes peuvent accoucher sans suer une goutte ?

Anya Feist éclata de rire.

— J'aimerais bien voir ça. Non, ce que je dis, c'est que les gens sont tous différents. Elle avait peut-être une tolérance à la douleur supérieure à la plupart des filles, ou alors elle s'est évanouie avant de se vider de son sang, ou elle peut avoir consommé une substance qui l'a rendue somnolente...

Elle laissa sa phrase en suspens. Josie attendit qu'elle reprenne le fil de ses pensées, mais la docteure émit un grommellement, ses mains palpant l'intérieur des cuisses de la fille.

— Ce n'est pas ça du tout, lâcha-t-elle, d'une voix soudain plus insistante.

— Comment ça ?

La légiste changea de position, le visage plus près des jambes de la fille, ses doigts touchant une chose que Josie ne pouvait encore voir.

— Elle n'a ni accouché ni fait une fausse couche. Il y a une plaie.

— Un coup de couteau ?

— Tu sais que je ne peux pas en être certaine tant que je ne l'aurai pas sur ma table. Enfin, oui, je crois qu'elle a été poignardée assez profond pour atteindre l'artère fémorale, mais comme je le disais...

— Oui, oui. Tu n'auras aucune certitude avant l'autopsie. Je ne te demande rien d'officiel, juste tes impressions.

— Tout ce que je vois pour le moment, c'est apparemment une unique blessure infligée au couteau, ayant sans doute sectionné l'artère fémorale.

— Si tu as raison, ça ne lui laissait pas beaucoup de temps pour appeler au secours.

La docteure Feist tendit la main pour récupérer son appareil photo, que Josie lui restitua. Tout en prenant des clichés en gros plan, elle déclara :

— Si l'hémorragie est partie de l'artère fémorale, elle a dû perdre connaissance au bout d'environ trente secondes. Sans intervention, elle serait morte en moins de cinq minutes.

— Les hémorragies artérielles provoquent des giclées, observa Josie.

La légiste continua à photographier.

— Oui, mais, vu la façon dont elle était placée, sa jambe droite a pu rediriger beaucoup de sang vers le sol. La personne qui l'a frappée a dû être éclaboussée, mais lui a rabattu sa robe, ce qui a évidemment endigué un peu l'hémorragie, le sang formant une flaque sous le corps au lieu de jaillir vers le haut et vers l'extérieur.

— Le meurtrier a couvert sa nudité, murmura Josie, pour elle-même plutôt que pour la docteure.

Pour limiter les giclées, se demanda-t-elle, ou parce qu'il éprouvait une forme de remords ? Ou les deux à la fois ? Malgré le côté sinistre de la scène, la victime avait été laissée dans une attitude plus digne que la plupart des cadavres que Josie voyait dans le cadre de son métier. Souvent, l'état dans lequel le tueur abandonnait sa victime en disait long sur sa santé mentale et sur ses sentiments envers elle. Étant donné l'emplacement choisi, le meurtrier avait clairement opté pour une mise en scène bien particulière. Josie secoua légèrement la tête, s'obligea à se concentrer sur l'instant présent.

— Les deux gouttes de sang que Hummel a trouvées sur les marches... Elles viennent sans doute des éclaboussures qui ont atterri sur le tueur et qui ont coulé alors qu'il s'en allait.

La légiste rendit l'appareil photo à Josie.

— Oui.

— Tu as vu une arme ?

— Aide-moi à la retourner.

Josie suspendit de nouveau l'appareil à son cou, dans son dos pour qu'il ne tombe pas sur le cadavre. À contrecœur, elle s'agenouilla dans la flaque à côté d'Anya Feist. Elle plaça une main sur la hanche de la fille et une autre sous son bras, tandis que la légiste manœuvrait le bas de son corps. Même à travers ses gants, Josie sentait le froid glacial de la mort, différent de tous les autres. La jeune fille commençait à succomber à la rigidité cadavérique. Ensemble, elles la firent rouler sur son côté droit, mais ne découvrirent que davantage de sang.

— Celui qui a fait ça est reparti avec son arme, commenta Josie.

— Ça m'en a tout l'air, confirma la docteure Feist. J'ai terminé. Ils peuvent l'emporter. Je la veux sur ma table le plus tôt possible.

7

Le soleil se levait quand Josie et l'équipe quittèrent le lycée de Denton East. Au cours de la nuit, Noah et Gretchen avaient été envoyés dans d'autres quartiers de la ville pour s'assurer que la jeune fille n'avait pas disparu d'un des autres bals. Les élèves de Denton East et leurs parents s'étaient lamentés sur les réseaux sociaux à cause de la terrible conclusion de leur fête et, à un moment donné, la chaîne de télévision locale, WYEP, avait été mise au courant. Une camionnette attendait sur le parking, ses occupants se ruant vers Josie et les agents en uniforme pour leur crier des questions dès qu'ils sortirent du bâtiment. L'inspectrice répéta « Sans commentaire » comme un disque rayé. Les autres policiers restèrent impassibles.

À 8 heures du matin, Josie, Noah, Gretchen et Mettner étaient tous de retour dans la grande salle. Alors qu'ils s'attaquaient à la rédaction de leurs rapports, Amber arriva avec des cafés achetés chez *Komorrah's Koffee*, leur établissement préféré, dans la rue du commissariat. Elle les distribua, son sourire radieux s'affaiblissant peu à peu.

— Dure nuit ? demanda-t-elle tout bas à Mettner.

Il lui pressa brièvement la main.

— Plutôt, oui.

Amber déposa ses affaires sur sa table. Elle tenait un dernier gobelet de café et ses yeux se posèrent finalement sur la porte fermée de Chitwood.

— Où est le chef ?

— Parti prendre son petit déjeuner, répondit Noah. Il a passé la nuit dehors. Il est passé nous voir au lycée, puis il est allé faire son tour. Nous avons reçu quelques autres appels, mais il n'y avait rien d'aussi sérieux que ce qu'on a trouvé à Denton East.

Gretchen dirigea son regard vers le gobelet qu'Amber avait encore en main.

— Tu lui as acheté un café ?

— Eh bien, oui.

— Il t'a expliqué comment il le voulait ? vérifia Josie.

— Je lui avais posé la question.

— Et il t'a répondu ? ricana Mettner. C'est le monde à l'envers : le chef est en train de devenir... cordial ?

— Je n'irais pas jusque-là, répondit Noah.

Tout en sirotant son café, Gretchen ne lâchait pas le sujet :

— Alors, il l'aime comment ? Noir ? Il serait bien du genre à l'aimer noir.

— En fait, c'est un Red Eye, révéla Amber. Du café filtre plus un double expresso et deux doses d'arôme vanille, avec une mousse de lait demi-écrémé.

Ils la dévisagèrent.

— Cet homme est un mystère, conclut Mettner.

Amber secoua la tête, posa sur sa table le café destiné au chef, puis alluma sa tablette. Prête à entrer en action, elle se posta devant eux.

— Parlez-moi de l'affaire de Denton East. Je dois déjà avoir reçu des messages de journalistes.

Josie se frictionna les joues avec ses deux mains.

— C'est sûr et certain. WYEP était là quand on est partis.

Un cadavre au bal de fin d'année, c'est le genre de chose qui s'ébruite très vite.

— Vous avez un nom ? demanda Amber.

— C'est tout le problème, répondit Noah. Personne ne sait qui elle est ou, du moins, personne ne veut nous le dire.

— On a interrogé plus de quatre cents gamins, ajouta Mettner. Il ne manque personne.

— Ils sont tous venus avec un ou une partenaire, mais personne n'est porté disparu, précisa Noah.

— Les parents de cette fille ne se sont pas manifestés, compléta Gretchen. Mett et moi, on a contacté les autres lycées de la ville. Tous les ados sont rentrés au bercail. Ils ont comparé leurs listes de billets vendus et leurs listes de présents, tout colle. Tous ceux qu'on attendait sont venus, tous ceux qui devaient être accompagnés l'étaient. On a réveillé les photographes officiels et on a examiné leurs images. La fille ne figure sur aucune photo des bals. On a quand même exigé les *yearbooks*.

— Elle n'était inscrite dans aucun des lycées de la ville ? s'étonna Amber.

— Apparemment pas, dit Josie. Noah, ça a donné quelque chose, les *yearbooks* de Denton East ?

— Toutes les filles que tu avais repérées ont été localisées. Une d'elles n'est pas allée au bal, mais d'autres élèves nous ont donné son numéro, on l'a appelée, et elle va très bien.

— Les vidéos ?

— On doit encore les visionner plus en détail, avoua Mettner, mais je ne crois pas qu'on trouvera quoi que ce soit.

Josie se retourna vers Amber.

— Soit quelqu'un ment, soit cette fille n'est jamais entrée dans le bâtiment. Et la liste de ceux qui avaient acheté des billets ? Noah ? Mett ? Vous avez fait le rapprochement avec ceux que vous avez interrogés ?

— Oui, répondit Mettner. Tous les acheteurs de billets ont

été interrogés. Ils vont bien. Et aucun n'a perdu son ou sa partenaire.

— Des gens ont-ils acheté des billets pour finalement ne pas venir ? demanda Josie.

Mettner fit signe que non.

— Tous les deux, vous avez vérifié que la fille n'apparaissait sur aucune vidéo, aucune photo, même à l'arrière-plan ?

— Elle n'est nulle part, confirma Mettner. Josie, je crois qu'elle n'est jamais entrée dans le lycée.

— Quelqu'un avait peut-être invité deux filles, observa Gretchen.

— Et après ? L'une des deux a appris l'existence de l'autre ? ironisa Noah.

— Je ne sais pas. Il y a peut-être eu du grabuge, l'une des filles s'est sentie trompée...

— Dans ce cas-là, quelqu'un aurait vu ou entendu quelque chose, rétorqua Mettner. Les ados adorent se donner en spectacle. Une affaire pareille ne serait pas restée un secret. Déjà, si ces gamins ont découvert notre victime dans l'alcôve, c'est parce qu'une fille pensait que son copain la trompait. Tout s'est joué sur les réseaux sociaux, semble-t-il.

— Alors il faut qu'on étudie ce que les jeunes postent sur les réseaux, déclara Gretchen.

Noah fit la grimace.

— Ils sont plus de quatre cents. Pas sûr que ce soit faisable. Et puis, leurs comptes doivent être privés, il nous faudrait leur consentement ou un mandat pour mettre le nez là-dedans.

— Ce qui signifie que nous devons réduire la liste des jeunes dont il faut examiner la présence sur les réseaux sociaux, affirma Josie. Néanmoins, comme ils savent tous qu'un corps a été trouvé, ils ont dû supprimer tout ce qu'ils avaient posté. Avec un mandat et l'aide d'un informaticien, on pourrait récupérer des infos, mais il faudrait pouvoir se focaliser sur un ado ou un groupe, et nous n'en sommes pas encore là.

— Il y en a forcément un qui ment, ou plusieurs, dit Mettner.

— C'est une possibilité, admit Noah.

Josie but une autre gorgée de café, qui descendit dans sa gorge comme un baume pour ses nerfs. Elle ne pouvait pas chasser de son esprit l'image de la jeune fille dans sa robe ensanglantée. Mais il y avait autre chose, qui lui semblait encore plus alarmant.

— Ni au lycée, ni ici, personne n'est venu signaler la disparition d'une jeune fille.

— Après le bal, est-ce qu'ils ne vont pas tous à l'hôtel ? Ou ailleurs ? questionna Gretchen. C'était la tradition, à Philadelphie. Ils passaient la nuit dehors, et en général une bonne partie de la journée suivante.

— Oui, enfin, si j'étais père, je m'attendrais au moins à ce que ma fille me contacte par téléphone, m'envoie un texto ou quelque chose.

— Elle a peut-être des parents nuls, suggéra Mettner.

— Ou bien elle est dans une famille d'accueil, ajouta Gretchen. Où personne ne la cherche encore.

— J'ai le sentiment qu'on passe à côté de quelque chose, dit Josie.

Amber soupira.

— Vous en saurez peut-être plus après l'autopsie. Pour le moment, je vais devoir affronter la presse. Qu'êtes-vous prêts à divulguer ?

Josie prit une nouvelle rasade de café.

— Le corps d'une femme, d'une adolescente, semble-t-il, a été trouvé hier soir dans l'enceinte du lycée, pendant le bal de fin d'année. Tu peux donner sa description : blanche, cheveux bruns – appelle la docteure Feist, au cas où elle pourrait t'indiquer la couleur des yeux –, environ un mètre soixante, peut-être cinquante-cinq kilos. Tu peux préciser que personne ne se rappelle l'avoir vue au bal, et qu'elle n'était vraisemblablement accompagnée par personne. L'autopsie est en cours. Toute personne ayant des informations peut nous contacter. Nous publierons un autre communiqué avec les conclusions de la docteure Feist si nous ne l'avons pas identifiée d'ici là.

Amber tapota sur sa tablette, les lèvres pincées.

— Veux-tu décrire la robe ?

— Oui.

Josie déplaça la souris de son ordinateur et son écran se réveilla. En quelques clics, elle ouvrit le dossier sur leur victime anonyme. Hummel y avait déjà transféré les photos de la scène de crime et la prise de vue par drone. Josie choisit un cliché qui montrait seulement le haut du corps et le visage de la jeune fille. En l'agrandissant, elle commenta :

— Elle est d'un genre de beige doré.

Amber passa entre les tables et regarda par-dessus l'épaule de Josie.

— C'est la nuance champagne, je crois.

Elle en prit note sur sa tablette.

— Faute d'avoir un nom et un prénom, on peut essayer de savoir où cette robe a été achetée, proposa Noah.

— Bonne idée, approuva Josie. D'habitude, la docteure Feist charge Hummel de s'occuper des effets personnels. Je suis sûre qu'il va ajouter au dossier des photos et des informations dans les heures qui viennent.

Josie s'aperçut que les doigts d'Amber ne bougeaient plus. L'attachée de presse fixait la photo de la victime. Ce n'était pourtant pas l'un des clichés les plus affreux. On ne voyait que le haut du corps, sans aucune trace de sang. Enfin, la photo d'un cadavre pouvait toujours être perturbante, quelles que soient les circonstances.

Comme s'il devinait le changement d'humeur d'Amber, Mettner lui demanda :

— Ça va ?

Amber battit des paupières et leva les yeux.

— Sa tête me dit quelque chose.

— Quoi ? s'exclamèrent en même temps Josie et Mettner.

Amber pointa l'index vers l'écran de l'ordinateur.

— Elle ne vous dit rien, à vous ?

Mettner, Gretchen et Noah vinrent tous trois se placer derrière Josie et Amber. Josie zooma sur le visage de la fille. Quelque chose lui avait-il échappé, leur avait-il échappé à tous ? Ils travaillaient non-stop depuis la nuit dernière, avant tout soucieux de sécuriser la scène et d'interroger les personnes présentes. Un détail la tracassait, pourtant.

— Je ne pense pas, dit Noah.

Ni Gretchen ni Mettner ne la reconnaissaient.

En se retournant, Josie vit que Mettner avait posé la main sur l'épaule d'Amber.

— Désolé.

L'attachée de presse secoua vivement la tête et leur adressa à tous un sourire tendu.

— Non, c'est moi qui suis désolée. Je ne sais pas pourquoi j'ai dit ça.

— Parce que son visage te rappelle quelque chose. Moi aussi, la première fois que je l'ai vue, j'ai eu l'impression de la connaître, mais je ne sais vraiment pas où j'aurais pu la rencontrer. Tu l'as peut-être vraiment vue quelque part, c'est tout à fait possible. Réfléchis-y un moment, au cas où ça te reviendrait. En attendant, on va finir notre montagne de paperasserie et on se relaiera pour rentrer chez nous dormir.

Le téléphone de Josie sonna.

— Qui pourrait bien avoir besoin de dormir ? demanda Gretchen.

— Quinn à l'appareil, dit Josie en décrochant.

Elle écouta quelques secondes, puis déclara :

— Merci, docteure. On arrive tout de suite.

8

TROIS MOIS AUPARAVANT,
PENNSYLVANIE CENTRALE

Elle fut réveillée par une lumière éblouissante, qui lui brûlait les pupilles, une douleur qui la transperçait jusqu'à l'arrière du crâne. Fermant les yeux, elle plaqua un bras sur son visage. Quelque chose de froid toucha son épaule nue et elle poussa un cri de surprise, agitant tous ses membres pour se dégager. Mais c'était impossible. Il lui fallut plusieurs secondes pour comprendre que la douleur qu'elle ressentait venait de doigts enfoncés dans sa chair. Puis surgit une autre main, qui lui maintenait les épaules.

— Arrêtez ! cria-t-elle.

Rouvrant les yeux, elle n'eut qu'une image floue de la chambre où elle se trouvait – un matelas, des draps blancs froissés, des boiseries, une silhouette indistincte qui se dressait au-dessus d'elle. Puis la pression sur une de ses épaules se relâcha et la lumière inonda son champ de vision, effaçant tout le reste.

Une voix désincarnée s'éleva :

— Arrête de bouger.

Mais elle ne voulait pas arrêter de bouger. La panique s'accumulait dans sa poitrine, lui emplissait le cœur, les poumons, pressait si fort sur son diaphragme qu'elle n'avait plus d'air. Elle avait la tête lourde. En fait, son corps semblait entièrement ramolli, comme le jour où elle avait bu presque toute la vodka de sa mère, en remplissant d'eau la bouteille quasiment vide pour que ça ne se voie pas tout de suite. Tout paraissait brumeux, sauf la terreur qui lui avait fendu la poitrine comme un couteau brûlant.

— Où suis-je ?

Les doigts pesaient tellement sur sa poitrine qu'une vague de nausée déferla dans son estomac. Elle s'obligea à se tenir tranquille, sans être sûre d'y parvenir. Entre le brouillard dans sa tête et la lumière aveuglante chaque fois qu'elle ouvrait les yeux, rien ne semblait réel, pas même son propre corps. Était-elle morte ? Était-ce l'enfer ? Allait-elle enfin payer pour toutes les conneries qu'elle avait faites, comme le disait sa mère ? « Un jour, tu regretteras », hurlait toujours la vieille.

Pourquoi ne l'ai-je pas écoutée ?

— Tu es exactement là où tu dois être, dit la voix, sur un ton qui lui donna l'impression qu'un serpent rampait sur sa peau.

— En enfer ? couina-t-elle.

Les doigts enfoncés dans sa chair se retirèrent, et la douleur s'atténua en partie. Un instant s'écoula, ou peut-être une heure. C'était difficile à déterminer. Tout était sens dessus dessous, déconnecté, et son cerveau ne fonctionnait pas normalement. Puis vint un bruit qu'elle ne put d'abord assimiler parce qu'il semblait incongru. Des éclats de rire. Mais pas une hilarité communicative. Plutôt des rires effrayants, glaçants, qui tout à coup cessèrent. Puis la voix dit :

— Tu verras.

Elle roula sur le côté et vomit.

9

La morgue municipale se trouvait au sous-sol du Denton Memorial, l'hôpital perché au sommet d'une colline surplombant la ville. Leurs pas résonnaient dans le long couloir sur lequel débouchait l'ascenseur. Malgré un nettoyage régulier, il avait toujours l'air sale, ses murs recouverts d'une pellicule de crasse accumulée des décennies durant, son carrelage jauni. À mesure que Josie et Noah approchaient de la salle d'examen de la docteure Feist, ils percevaient de plus en plus distinctement les effluves uniques et parfaitement désagréables de la mort et de la décomposition, combinés à une forte odeur de produit chimique.

À l'intérieur, un corps était étendu sous un drap, sur une des grandes tables en acier inoxydable. Compte tenu de sa taille, Josie était certaine que c'était leur victime. L'ordinateur portable de la légiste était ouvert sur l'un des plans de travail longeant le mur du fond, mais Anya Feist n'était pas là. Noah lui envoya un rapide texto. Quelques minutes plus tard, elle entra dans la pièce, sortant de son bureau adjacent. Elle était vêtue d'une blouse bleue et ses cheveux lui tombaient sur les épaules. Josie remarqua des cernes sous ses yeux. Portant un gobelet en carton à ses lèvres, elle en but tout le contenu avant de le jeter.

— Désolée, dit-elle. J'en avais grand besoin.

— Comme on te comprend.

Marchant vers le bout de la salle, la docteure tapota le pavé tactile de son ordinateur et l'écran s'anima.

— Est-ce que vous avez pu identifier cette fille, de votre côté ? Hummel a recherché ses empreintes dans l'AFIS, mais il n'a rien trouvé – ce qui n'est pas étonnant, vu son âge.

L'AFIS était le système automatisé d'identification des empreintes digitales.

— Non, on ne sait toujours pas qui elle est, répondit Noah. Je suppose que tu n'as découvert aucun effet personnel en lui retirant ses vêtements.

La légiste secoua la tête.

— Rien. Hummel a emporté tous ses habits. Elle n'avait pas de sac à main.

— Des marques distinctives ? demanda Josie.

Anya Feist leva l'index, une étincelle dans le regard.

— Là, j'ai peut-être quelque chose pour vous. Commençons par le commencement.

Elle s'avança vers la table et rabattit avec précaution le drap jusqu'au cou de la jeune fille, dévoilant sa tête. La victime avait encore son aspect paisible, malgré sa peau devenue plus pâle. La légiste l'avait complètement démaquillée et avait retiré les pinces, barrettes et bandeau qui lui retenaient les cheveux. Débarrassé de tout le maquillage, le visage semblait différent, mais encore curieusement familier. Une fois de plus, Josie passa en revue ces dernières semaines pour tenter de se rappeler où elle avait pu croiser cette fille. Dans la rue alors qu'elle promenait son chien Trout ? Chez le glacier, le jour où elle s'était arrêtée, en rentrant chez elle, pour acheter un sundae à la banane ? Pendant son jogging dans le jardin public ? Elle ne pouvait se remémorer aucune rencontre avec assez de précision pour retrouver où elle l'avait vue.

— Je situe l'âge de notre inconnue entre seize et dix-huit ans, déclara la docteure Feist. Comme vous vous le rappelez sans doute, on se sert du cartilage de croissance pour déterminer l'âge des victimes, surtout quand il s'agit d'adolescents. De toute évidence, cette fille était une ado. Le cartilage de croissance le confirme. On examine en priorité les os longs, comme le fémur. Un os long se divise en trois parties : la partie centrale, ou diaphyse, la partie où il s'élargit, vers le bout, appelée méta-physe, et la calotte finale ou épiphyse. C'est là que se situe le cartilage de croissance. Chez les enfants et les adolescents, il y a un écart entre le cartilage de croissance et le bout arrondi de l'os, entre l'épiphyse et la métaphyse. Le cartilage de croissance situé à l'extrémité proximale du fémur fusionne avec la méta-physe entre quinze et dix-neuf ans. Celui de la victime n'est pas fusionné.

— Donc elle pourrait même avoir quinze ans ? s'enquit Noah.

— Je crois plutôt qu'elle en a seize, puisque son radius distal est fusionné. Cela se produit à seize ans. Cependant, en général, la fusion du cartilage de croissance de la clavicule, sur la face médiale ou latérale, ne se produit pas avant dix-neuf ans, et celle-ci n'a pas eu lieu chez la victime, donc elle n'avait pas encore cet âge-là.

— Ça réduit considérablement la fourchette, commenta Josie. Merci. Que peux-tu nous dire d'autre ?

— Elle est bien nourrie, cinquante-sept kilos pour un mètre soixante. Je n'ai pas trouvé de meurtrissures, lacérations ou abra-sions récentes à part la blessure fémorale, à laquelle je revien-drai dans un instant. Elle ne présente aucun signe d'agression sexuelle, même si son hymen n'est pas intact. Cela pourrait signifier qu'elle était sexuellement active, mais je ne peux pas le certifier. La seule chose que je puisse raisonnablement affirmer, c'est que rien ne suggère qu'elle ait eu un rapport sexuel dans les soixante-douze heures ayant précédé sa mort. Hormis cela...

La légiste se plaça au bout de la table et désigna une partie de la chevelure de la jeune fille.

— On lui a coupé les cheveux, une seule mèche, apparemment. De dix centimètres de long, à supposer qu'ils aient été de la même longueur que le reste, et sur cinq centimètres de large.

Josie et Noah se penchèrent pour mieux voir. La docteure avait peigné les cheveux de la victime pour qu'ils se déploient autour de son crâne comme une auréole. La partie manquante était bien visible, une fois les cheveux dénoués.

— C'est bizarre, jugea Noah.

— Oui, en effet.

— Le tueur a peut-être voulu prélever un souvenir, suggéra Josie.

— On est toujours entourés de dingues, dans ce métier, murmura Noah.

Anya Feist se dirigea vers le côté droit du corps et replia le drap pour révéler un avant-bras pâle. Elle en retourna la paume vers le haut et montra du doigt la partie charnue, juste en dessous du pli du coude. Josie et Noah firent le tour de la table ; Josie remarqua cinq traits horizontaux d'un rose décoloré, comme des rayures en travers de la peau.

— Vous pensez qu'elle se mutilait ? demanda Noah en s'approchant encore.

— Difficile à dire. Mais ce sont incontestablement des cicatrices, qui paraissent provenir de blessures intentionnelles.

— Toutes les lignes sont identiques, observa Josie. Quelle longueur font-elles ?

— À peu près cinq centimètres.

— À quand remontent-elles ? demanda Noah.

La docteure Feist eut un sourire de regret.

— Je ne peux pas dater une cicatrice. Les facteurs individuels de santé, vous vous souvenez ?

— Oui, oui. On est tous différents. Alors, sur le plan temporel, ces cicatrices sont compatibles avec quoi ?

— Tout ce que je peux affirmer, c'est qu'elles semblent correspondre à des blessures datant d'il y a moins de six mois, expliqua la légiste. Et ce n'est qu'une estimation. Elles pourraient être plus récentes ou plus anciennes, de plusieurs semaines, voire d'un mois ou deux. La règle des six mois n'est qu'une approximation. Chaque personne guérit à sa façon. Tout dépend de l'emplacement et de la nature de la plaie. Ces coupures linéaires et assez nettes se referment plus vite, d'ordinaire. Cependant, si elles avaient été infligées il y a plus de six mois, elles devraient être argentées ou pâles plutôt que rouges. Je sais que ça ne vous aide pas beaucoup.

— Et les marques distinctives ? insista Josie. Tu as autre chose ? Qu'on puisse divulguer au public ?

— J'ai bien peur que non. À part ça, d'après le contenu de son estomac, elle avait mangé quelques heures seulement avant sa mort. J'ai envoyé des échantillons au labo, mais j'ai l'impression qu'il y avait du homard, des pâtes et du cheesecake au menu.

Noah se tourna vers Josie.

— Quel repas servait-on au bal du lycée ?

— Pas de homard. Mais il est possible qu'elle ait dîné ailleurs avant d'arriver. Quand nous étions en terminale, Ray et moi, nous étions allés au restaurant le plus chic de Denton avant le bal de fin d'année. Nous n'avons pas même touché au poulet grillé et aux pommes de terre sautées qu'on nous a servis.

— On devrait peut-être faire le tour des restaurants qui ont du homard à la carte, au cas où quelqu'un se rappellerait l'avoir vue, proposa Noah. On pourrait peut-être même trouver des bandes de vidéosurveillance où elle apparaît.

— Ça risque de faire beaucoup de restaurants, déclara Josie. Mais nous n'avons pas grand-chose d'autre, donc allons-y. J'envoie un texto à Gretchen pour qu'elle établisse une liste des endroits qui servent du homard et qu'elle téléphone à chacun pour savoir s'ils ont reçu des participants au bal la nuit dernière.

La docteure Feist attendit que Josie ait rangé son portable avant de poursuivre.

— Il y a autre chose. En temps normal, je n'en parlerais pas maintenant, pas avant l'analyse toxicologique, parce que je n'en suis pas certaine à cent pour cent, mais je...

Elle ne termina pas sa phrase. Ses yeux se posèrent sur les orteils de la jeune fille. Josie remarqua pour la première fois qu'ils avaient les ongles vernis en rose pâle.

— Qu'y a-t-il ? demanda Noah.

La légiste releva la tête, ses yeux allant et venant entre ses deux visiteurs. Josie savait avec quel soin et quelle conscience professionnelle elle formulait ses conclusions et rédigeait ses rapports. En cas de meurtre, elle devrait témoigner devant un tribunal. Si un bon avocat l'attaquait sur le moindre détail au sujet duquel elle n'était pas en mesure de se prononcer catégoriquement, c'en serait fini de sa crédibilité. Elle ne pouvait pas se permettre d'avoir tort, ni même d'être vague, ou d'exposer une opinion ou une théorie personnelle. Seules les preuves matérielles comptaient, et ce qu'elle pouvait affirmer avec certitude sur le plan médical.

— Dis-nous tout, ça ne sortira pas d'ici. Nous ne l'écrirons nulle part, sauf si la toxicologie confirme tes soupçons.

Se tordant les mains, la docteure Feist s'accorda encore un instant de réflexion.

— C'est un cas troublant.

— C'est vrai, confirma Noah.

— Des cas troublants, j'en vois passer beaucoup.

— Nous le savons.

La légiste hésita encore un peu. Noah jeta un coup d'œil à Josie.

— Dis-nous ce que tu penses avoir trouvé dans l'estomac.

— Du Benadryl.

Il y eut quelques secondes de silence.

— Tu veux parler du médicament contre les allergies, qu'on peut acheter sans ordonnance ? s'assura Josie.

Anya Feist hocha la tête.

— Là encore, je n'en suis pas certaine. J'ai simplement aperçu quelques petits blocs qui ressemblaient à des comprimés en partie dissous, et ils avaient la même couleur rose que le Benadryl. Mais ça pourrait aussi être autre chose.

— Alors pourquoi penses-tu que c'était du Benadryl ?

Elle haussa les épaules.

— Le Benadryl l'aurait assommée sans forcément la tuer. Enfin, il en aurait fallu une quantité énorme pour la tuer. Simplement, ça a pu la rendre plus...

— Docile, compléta Josie.

— Oui. Et puis on peut s'en procurer facilement.

— Elle a été poignardée. Pourquoi lui aurait-on d'abord donné du Benadryl ? s'étonna Noah.

— Pour pouvoir la poignarder, répliqua Josie. Sans qu'elle proteste. Sans même qu'elle le sache. Elle était peut-être endormie quand on lui a mis le coup de couteau. Ça expliquerait pourquoi elle n'a pas du tout l'air de s'être débattue.

— Ce n'est qu'une théorie. Comme je le disais, il faut attendre l'analyse toxicologique.

— Ça peut prendre des semaines. Voire des mois.

— Oui.

— Tu penses qu'elle est morte d'une overdose de Benadryl ? demanda Josie. Et qu'elle aurait été poignardée ensuite ?

— Non. Elle est morte d'une hémorragie. Je vais vous montrer la blessure.

La légiste releva le drap, dévoilant le haut des jambes de la victime. À l'intérieur de la cuisse gauche, presque au pli de l'aine, Josie vit la plaie, nettoyée et béante sous l'éclairage cru de la morgue. La docteure Feist esquissa un triangle autour de la blessure, en partant de l'entrejambe, s'éloignant de quelques centimètres vers l'extérieur de la cuisse, puis descendant un peu avant de remonter vers son point de départ.

— C'est le triangle fémoral, qui est localisé sur la face supéromédiale de la cuisse. Il y en a un de chaque côté.

La légiste plaça sa main sur l'autre cuisse, et appuya un doigt sur le triangle fémoral.

— Vous voyez, il y a un creux ici, dans les muscles de la cuisse. Pour simplifier, disons que c'est par là que beaucoup de choses importantes passent du pelvis vers la cuisse. Il y a des muscles, des ligaments, des veines, des nœuds lymphatiques, des nerfs...

— Et l'artère fémorale, glissa Noah.

— Exact. En fait, c'est là qu'on palpe le pouls fémoral. Vous pourrez essayer sur vous tout à l'heure, c'est très facile à trouver. Comme vous le savez probablement, l'artère fémorale est le principal fournisseur de sang dans le bas du corps. Son rôle est considérable. Comme nous en avons discuté sur place, Josie et moi, une artère fémorale sectionnée peut vous faire perdre connaissance en trente secondes, et sans intervention, c'est la mort en moins de cinq minutes. En fait, la cause du décès, ici, est l'exsanguination due à une blessure au couteau. Il faut aussi préciser que ce genre de coup – à cet endroit, sur l'artère fémorale – n'est pas courant. Je n'en ai constaté qu'après des bagarres d'ivrognes. La situation dégénère et quelqu'un reçoit par inadvertance un couteau dans cette partie du corps. J'ai aussi vu des accidents étranges, des blessures pénétrantes avec du verre et d'autres matériaux. Mais nous avons affaire à quelque chose d'inhabituel.

Josie s'endurcit pour jeter de nouveau un coup d'œil à cette plaie terrible. Elle pensa à la manière dont la victime avait été disposée. Mise en scène, même. Tout dans ce cas était inhabituel, jusqu'ici, y compris l'aspect singulier de la blessure.

— Il n'y a qu'une plaie ? vérifia Josie.

— Oui. Et très nette. En plein dans l'artère.

— Celui qui a fait ça savait exactement où frapper, résuma Noah. Soit il n'en était pas à son premier meurtre, soit il a fait des études chirurgicales ou médicales. Ça peut même être les deux à la fois.

— C'est probable, acquiesça Josie. Sinon, on verrait la trace de tentatives préalables.

— Tout à fait, confirma la docteure Feist. Comme nous l'avons dit, si elle était sous sédatif, la frapper à cet endroit devait être plus facile. Si vous regardez l'angle et la netteté de cette blessure, il paraît très vraisemblable que la victime ne bougeait pas du tout. Je n'ai même pas trouvé de trace suggérant qu'on ait remué le couteau pour trouver l'artère. Le criminel savait parfaitement où et comment frapper et, selon toute vrai-semblance, la victime n'a opposé aucune résistance. Je n'ai pas relevé de blessures défensives.

— Pas même de bleus ? s'enquit Noah.

— Rien qui indique qu'elle était assez consciente pour se défendre quand on l'a poignardée. J'estime que la lame mesurait entre un centimètre et demi et deux centimètres de large et de cinq à huit centimètres de long. Aiguisée, à simple tranchant, non dentelée. Le coup était extrêmement précis.

— Était-il précis parce que la victime était inconsciente ou parce que le criminel s'appuyait sur une expérience médicale ?

La docteure Feist fronça les sourcils.

— Je n'ai aucune certitude en la matière. Le travail est soigné, mais je ne suis pas sûre qu'il soit d'une précision chirur-gicale. Et comme je l'ai dit, trouver l'artère fémorale à cet endroit-là n'est pas compliqué. Il faut des compétences en anatomie pour comprendre ce que fait l'artère fémorale et la localiser, mais une fois qu'on a trouvé la pulsation, il n'est pas nécessaire d'aller très profond pour trancher l'artère, du moins pas dans le triangle fémoral.

Noah se frotta le menton.

— Pourtant, tu as qualifié d'inhabituelle ce genre de blessure.

La légiste rabattit le drap vers les pieds de la victime.

— Les homicides par arme blanche que je vois défiler sont souvent des violences ayant entraîné la mort sans intention de la donner. Violences conjugales, rixes dans un bar, des scénarios qui dégénèrent quand l'une des personnes impliquées prend un couteau et attaque.

— Autrement dit, les gens ne cherchent pas le pouls fémoral avant de frapper.

Le visage d'Anya Feist afficha un compromis entre la grimace et le sourire narquois.

— Exactement. Je ne peux pas affirmer que je sais ce qui s'est produit ici, et je ne pourrai rien faire figurer dans mon rapport parce que je ne sais pas ce que le criminel avait dans la tête, mais je ne vois rien qui trahisse une rage intense, contrairement à ce que je constate souvent dans le cas des morts par arme blanche.

— C'est très propre, marmonna Noah. Celui qui a fait ça semble presque...

Il se perdit dans ses pensées, et Josie devina, aux fossettes au coin de sa bouche, qu'il n'avait pas envie d'en révéler le contenu.

— Presque quoi ?

— Le tueur semble presque avoir eu pitié d'elle. D'une façon perverse, tordue. Imagine : il la drogue pour qu'elle ne sache pas ce qui va lui arriver, il l'allonge pour qu'elle ait l'air de dormir, et même après l'avoir poignardée...

— Il couvre sa nudité, acheva Josie pour lui. Il lui baisse sa jupe pour lui donner un semblant de dignité, du moins à ses yeux. Oui, je vois ce que tu veux dire. S'il avait voulu l'humilier, il aurait pu la mettre dans une position différente, ou même la laisser dans un lieu plus fréquenté. S'il avait voulu la faire souffrir, il aurait pu agir ainsi. Mais il l'a tuée de façon que la mort soit rapide. Il y a des chances qu'elle n'ait eu aucune idée de ce qui se passait.

Noah se mit à imaginer tout haut la succession des événements :

— Elle s'habille pour le bal, elle fait un bon dîner mêlé d'un sédatif – l'analyse toxicologique le confirmera – et elle commence à se sentir patraque. Fatiguée. Elle s'évanouit, ou elle s'endort, et quand elle se réveille...

— Elle ne se réveille pas, le coupa Josie. Parce qu'elle est morte.

10

Ils rentrèrent au commissariat, Noah au volant. Josie regardait par la vitre, côté passager, les rues de sa ville qui défilaient en une ribambelle de couleurs floues. Le printemps était arrivé en fanfare, avec sa verdure opulente et ses fleurs éclatantes. La vie semblait s'épanouir partout où c'était possible. Dans les parterres, sur les pelouses, dans les jardinières, et même dans les fissures des trottoirs. Pourtant, la victime reposait dans un tiroir de la morgue, froide, inanimée, entièrement seule dans la mort comme elle semblait l'avoir été dans la vie.

Josie se triturait de nouveau les méninges pour se rappeler où elle avait pu voir cette jeune fille. Amber aussi l'avait reconnue. Où pouvaient-elles toutes les deux l'avoir rencontrée ?

Arrivés au commissariat, ils sortirent du véhicule, évitèrent les questions des journalistes à propos de la « Mort d'une reine du bal », et se réfugièrent dans le bâtiment. Parvenus dans la grande salle, ils trouvèrent Gretchen à son bureau, derrière un emballage de plat à emporter, un téléphone contre l'oreille. Ils s'assirent et attendirent qu'elle ait terminé son appel.

— Jusqu'ici, ça ne donne rien, du côté des restaurants, leur expliqua-t-elle.

Elle chaussa ses lunettes de lecture et feuilleta son bloc-notes, posé à côté du téléphone.

— Il me reste quelques endroits à contacter. Sinon, Mett est parti dormir mais il a d'abord fini de visionner les vidéos des couloirs du lycée, et il a pu identifier toutes les filles qui ressemblaient à la victime. Elles sont toutes saines et sauves.

— Donc rien ne prouve que la morte soit entrée dans le lycée, conclut Noah.

— C'est bien ça. On a aussi reçu les *yearbooks* de plusieurs autres lycées de la ville. Je les ai consultés, sans repérer notre victime. À mon avis, on devrait plutôt enquêter sur la robe. Il n'y a pas tant de magasins en ville qui vendent des robes de bal. On pourrait avoir plus de chances de trouver quelque chose si on cherche où elle a acheté sa tenue.

Josie alluma son ordinateur et ouvrit les photos de la robe prises par Hummel, en cherchant celles où l'on voyait le moins de sang. Elle en isola deux qui feraient l'affaire. Elle ne pouvait utiliser de clichés de la tenue entière, mais un gros plan sur le corsage et le haut de la jupe suffirait. Elle y joignit une photo de l'étiquette fixée à l'intérieur de la robe, notant la marque et la taille.

— Je vais faire une liste des boutiques, pour démarrer. Rentre chez toi et, quand Mett arrivera, nous irons nous coucher, Noah et moi.

Gretchen ne se fit pas prier.

Quatre heures plus tard, Josie et Noah avaient pris un déjeuner rapide et bu plusieurs cafés. Ils avaient aussi fait la tournée de toutes les boutiques où l'on vendait des robes de bal, mais ils étaient revenus bredouilles. Trois points de vente proposaient des robes de la même marque que celle de la victime, et deux vendeuses dans deux boutiques différentes croyaient se rappeler avoir eu ce modèle en stock, mais un rapide examen de leurs registres n'avait rien donné. Les gérants des trois établissements avaient promis d'étudier de plus près leurs archives, mais cela prendrait du temps, de sorte que la victime resterait anonyme une nuit de plus.

Quand Mettner regagna le commissariat pour prendre la relève, vers l'heure du dîner, Josie et Noah tombaient de sommeil sur leurs bureaux. Une fois rentrés chez eux, ils ressortirent quand même pour promener Trout, leur Boston Terrier. Leur amie Misty était passée plusieurs fois le nourrir et le sortir pendant qu'ils travaillaient, mais Josie savait que le chien serait trop excité de les voir de retour pour s'endormir tout de suite. Lorsqu'ils l'eurent bien fatigué, tous trois purent s'écrouler dans leur lit.

Le lendemain matin, ils n'avaient toujours eu aucun appel, aucune information sur la victime. Pas de parents inquiets, en larmes. Même les journalistes étaient partis, en quête d'une actualité plus prometteuse. À midi, les quatre policiers avaient repris leur place à leurs bureaux et se regardaient dans le blanc des yeux. Amber les observait depuis son poste de travail, sa tablette serrée contre sa poitrine. Ils avaient passé en revue toutes leurs hypothèses, mais aucune n'expliquait pourquoi personne ne recherchait cette fille, pourquoi personne n'avait reconnu sa description.

— On fait quoi ? demanda Mettner. On n'a rien.

— Elle est peut-être portée disparue dans un autre secteur, suggéra Gretchen.

— Disparue, répéta Noah d'un air songeur. Combien de disparus réapparaissent lors d'un bal de fin d'année ?

— Gretchen a raison, déclara Josie. Cette fille a peut-être fugué, ou bien elle vivait chez un parent qui n'a pas officiellement sa garde. Ça vaut la peine de chercher. On devrait vérifier les alertes du Crime Information Center de Pennsylvanie.

Le CIC envoyait chaque jour des mails aux forces de l'ordre de tout l'État concernant divers points, des véhicules suspects aux personnes disparues.

Josie ouvrit sa boîte mail et fouilla parmi ses messages. Tout en remontant vers la semaine précédente, elle reconnaissait certains visages. Elle consultait chaque jour les messages du CIC. La communication entre services était un bon moyen de résoudre les mystères et de lutter contre le crime.

Josie avait vaguement conscience d'une présence derrière son épaule. Elle entendit Amber s'exclamer :

— Tu as raison. Elle était dans une des alertes. C'est pour ça que son visage m'était familier.

Josie s'interrompit et se retourna vers Amber.

— Tu ne les lis pas, en général.

— Non, parce que je ne suis là que pour m'occuper de la presse...

Dans un coin du cerveau de Josie, quelque chose se mit en place.

— Mais elle était si jeune, compléta-t-elle.

Noah, Gretchen et Mettner ouvrirent de grands yeux.

— Oui, je vous avais parlé d'elle.

— Ça y est, ça me revient ! dit Josie, tout en fouillant frénétiquement parmi les alertes plus anciennes. C'était il y a des mois.

— Combien de mois ? demanda Gretchen.

— Juste après le Nouvel An. En janvier, je venais juste de reprendre le boulot. J'ai vu l'alerte. Elle me rappelait... ma sœur et moi quand on avait cet âge-là. Ça m'a bouleversée.

— On en a discuté ensemble, confirma Josie.

Mettner vint poser la main sur l'épaule d'Amber.

— Tu ne m'en as jamais parlé.

Peu avant Noël, Amber avait été enlevée et avait bien failli être tuée, après que des secrets de famille longtemps gardés étaient tombés en de mauvaises mains. Pour elle, le retour à la normale avait été mouvementé. Ils faisaient de leur mieux afin de l'aider, aussi souvent que possible.

— C'est idiot. Je ne sais même pas pourquoi je m'en suis souciée.

— Après un traumatisme, nous avons tous nos déclencheurs, Amber, dit Noah. Simplement, nous ignorons quelle forme ils prendront tant qu'ils ne se sont pas manifestés.

Josie comprenait cela mieux que quiconque. Elle jonglait encore entre les traumatismes liés à son enfance et celui dû à la perte de sa grand-mère à l'âge adulte. La plupart du temps, elle allait très bien, mais certains jours, un mot ou une image suffisait à la faire basculer dans un état dépressif qui rendait difficile le simple fait de respirer, sans même parler de tenir jusqu'au soir.

— Tu te rappelles son nom ? demanda-t-elle.

— Ça commençait par un G.

Josie se plongea dans les mails de janvier, en tâchant d'affiner la recherche. Elle finit par trouver l'alerte en question.

— Je l'ai !

Elle cliqua sur « Imprimer » et, dans un coin de la pièce, leur antique imprimante à jet d'encre se mit à ronronner avant de cracher lentement une page. Gretchen, Noah et Mettner rejoignirent Amber derrière le fauteuil de Josie, se bousculant pour voir l'écran de l'ordinateur. Une fille de quinze ans aux longs cheveux bruns et aux yeux bleus leur souriait. C'était une photo scolaire prise en extérieur. Derrière elle, un champ verdoyant se déployait au loin. Elle se tenait à côté d'une clôture en bois, le corps tourné à quarante-cinq degrés vers la clôture, mais la tête face à l'appareil. Ses deux mains reposaient sur un des poteaux. Elle portait un pull rouge vif et un jean, avec des bottes noires jusqu'aux genoux. Comme toujours, en la voyant en vie, même dans cette pose artificielle, Josie fut frappée par cette étincelle dont la mort privait les individus. Lorsqu'elle avait vu la défunte dans l'alcôve, puis sur la table d'autopsie, celle-ci lui avait paru familière, mais jamais elle ne l'aurait associée à cette jeune fille souriante.

— Gemma Farmer, lut Noah. Quinze ans. De Keller

Hollow. Disparue le 2 janvier de cette année. Vue pour la dernière fois chez elle.

— Keller Hollow est à une heure d'ici, précisa Mettner. C'est à peine un village.

— Oui, à peine, confirma Gretchen. Quand on était sur l'affaire de l'Artiste aux ossements, j'y suis allée avec le chef. C'est littéralement quelques maisons de part et d'autre d'une très longue rue. Ils n'ont même pas de police locale.

Josie étudia l'alerte, notant les détails.

— Bien. Je pense qu'il y a entre trois et quatre cents habitants. Le shérif gère l'essentiel de leurs problèmes mais, cette fois-là, la police d'État a dû intervenir. Le dossier a été confié à l'inspectrice Heather Loughlin, apparemment.

— Vue pour la dernière fois chez elle, répéta Mettner. Qu'est-ce que ça signifie ? Elle a disparu de chez elle ? Elle a été enlevée ? Ses parents l'ont laissée seule à la maison et, quand ils sont rentrés, elle n'y était plus ?

Josie fronça les sourcils.

— Je n'en sais pas plus. Appelons plutôt Heather. Je mettrai mon téléphone en haut-parleur et nous apprendrons tout ce que ce rapport n'indique pas.

Ils avaient tous travaillé avec Heather Loughlin à un moment ou un autre au cours de ces dernières années. C'était une enquêtrice sérieuse et exigeante, que Josie respectait. Et elle décrochait toujours quand on l'appelait, comme elle le fit alors, en aboyant « Loughlin » dans le téléphone.

Josie prit quelques minutes pour expliquer la raison de ce coup de fil, et notamment la probabilité que la victime soit en fait Gemma Farmer. Lorsqu'elle se tut, il n'y eut pas de réponse. Josie compta trois secondes avant de dire :

— Heather ?

Derrière eux, la porte de l'escalier s'ouvrit et se referma. D'un regard par-dessus son épaule, Josie vit le chef s'avancer vers eux. Il haussa les sourcils. Noah se glissa vers lui et, à voix basse, l'informa des dernières nouvelles. Josie n'entendit que des bribes de cette mise à jour. Autopsie. Blessure fémorale. Mèche de cheveux coupée. Portée disparue. Gemma Farmer.

— Heather ? répéta Josie, tout en contemplant le visage du chef dont les joues rougeaudes, grêlées, pâlissaient à chaque mot de Noah.

Finalement, Heather prit la parole :

— Gemma Farmer a disparu de son lit il y a quatre mois, Quinn. Qu'irait-elle faire à un bal de lycée à Denton ?

Josie attrapa sa souris et ouvrit le dossier.

— Je vous envoie une photo, vous me direz.

Une fois le mail parti, ils attendirent tous, en silence. Le chef se fraya un chemin jusqu'à l'épaule droite de Josie. Ils entendirent un cliquetis au bout du fil, puis une longue expiration.

— Oh non, fit Heather. Non, non, non.

— C'est bien elle ? demanda Mettner.

— Oui, tout à fait, répondit l'inspectrice avec un lourd soupir. Je vais devoir contacter les parents pour qu'ils identifient le corps. On est dimanche matin. Votre légiste pourra nous accueillir à la morgue ?

— Elle sera là si nous la prévenons, répondit Josie.

Noah sortit son portable.

— Je l'appelle tout de suite.

— On peut se retrouver là-bas dans une heure ? proposa Heather.

— Bien sûr, consentit Josie. Vous avez besoin d'aller à Keller Hollow ?

— Non. Il me faut juste le temps d'aller jusqu'à la morgue. Ses parents sont à Denton en ce moment.

11

Après cette conversation téléphonique, ils se dispersèrent et chacun se rassit à son bureau. Seul le chef resta à côté de Josie. Elle leva les yeux, pensant qu'il allait lui crier des ordres, mais il avait le regard vitreux, lointain, comme s'il visionnait un film que lui seul pouvait voir. Josie suivit son regard à travers la pièce : il contemplait un mur nu.

— Chef ? demanda-t-elle tout bas. Je peux vous aider ?

Il secoua la tête sans un mot.

Josie attendit qu'il parle ou se retire dans son propre bureau, mais il resta à côté d'elle, perdu dans ses pensées, jusqu'à ce que Noah s'approche.

— La docteure Feist est déjà à la morgue. Ça ne lui pose aucun problème qu'on se retrouve là-bas. Elle nous attend. Je t'accompagne.

— OK.

— Je viens aussi, dit le chef.

Ils ne discutèrent pas. Josie supposa qu'il exigerait de monter dans leur voiture, mais il prit son propre véhicule.

— Tu as une idée de ce que le chef a en tête ? demanda Noah alors qu'ils roulaient vers l'hôpital, tout en jetant de temps à autre un coup d'œil dans le rétroviseur pour s'assurer que Chitwood les suivait toujours.

— Pas du tout. Mais je suis sûre qu'il nous le dira quand il sera prêt.

À l'hôpital, le chef resta muet, dans l'ascenseur qui les conduisit au sous-sol, puis dans le couloir menant aux salles occupées par la docteure Feist. Avant d'y entrer, Josie entendit les cris d'une femme. Ce son la perfora, lui déchira les entrailles. L'expression du deuil. Son âme se mit au diapason, mais elle garda le menton haut, les yeux pleins de fermeté et de résolution. Cela faisait partie du métier. C'était le pire, mais elle avait signé pour ça. Ils avaient tous signé pour ça. Voir les proches affronter l'intolérable, puis tenter de leur apporter la froide consolation de la justice.

Dans la salle d'examen, Anya Feist, l'inspectrice Heather Loughlin, un homme et une femme entouraient l'une des tables. Les parents de Gemma Farmer. Le corps de Gemma était là, recouvert d'un drap blanc jusqu'au cou. La mère se jeta sur sa fille, secouée par des pleurs incontrôlables, sous les yeux de Heather et de la légiste. M. Farmer secouait lentement la tête, une main sur le dos de sa femme.

— Non, gémissait Mme Farmer. Pas mon bébé. Pas mon bébé.

Josie, Noah et le chef s'arrêtèrent sur le seuil et attendirent, à une distance respectueuse. Il fallut plusieurs minutes pour que Mme Farmer se calme. Son mari la détacha de Gemma et la serra dans ses bras, en lui tapotant le dos. Il garda les yeux sur sa fille dont la légiste recouvrit le visage. À la porte de son bureau, elle frappa deux coups secs. Son assistant, Ramon, apparut un instant après et emporta le cadavre hors de la pièce.

Heather fit signe aux nouveaux arrivants.

— Wes et Diana Farmer, je vous présente mes collègues de la police de Denton, l'inspectrice Josie Quinn, le lieutenant Noah Fraley et le chef Bob Chitwood. Comme je vous l'ai dit,

Gemma a été retrouvée ici, dans leur secteur, et c'est donc eux qui mèneront l'enquête criminelle.

— Toutes nos condoléances, déclara Josie.

De près, elle put distinguer la ressemblance de Gemma avec ses parents : le menton pointu et les joues rondes de sa mère, les lèvres minces et les yeux de son père. Sa mère avait les cheveux teints d'une couleur presque aussi foncée que celle des cheveux de Josie, et son père avait une tignasse couleur rouille. Gemma devait sans doute sa chevelure brune à Diana Farmer. Alors que leur fille était mince et souple, les parents portaient autour de la taille le poids de l'âge mûr. Tous deux étaient plutôt petits. Gemma dépassait sans doute sa mère de plusieurs centimètres.

Diana renifla, la tête appuyée sur la poitrine de Wes.

— Qui a pu faire ça à notre bébé ?

— Nous ferons de notre mieux pour le découvrir, madame Farmer, promit Noah.

— Le jour de son anniversaire ! ajouta Diana. Qui a pu lui faire ça pour ses seize ans ?

Pour la première fois, le chef ouvrit la bouche :

— Son anniversaire tombait quel jour ?

Wes pressa l'épaule de sa femme.

— Vendredi. C'était vendredi soir. Le jour où vous l'avez trouvée au lycée.

Ce cas devenait de plus en plus curieux. Le chef lança un regard à Josie mais elle ne put deviner ce qu'il cachait. Heather se tenait entre les Farmer et eux, en tailleur brun, ses cheveux blonds attachés en queue-de-cheval.

— Monsieur et madame Farmer, je dois m'entretenir avec l'inspectrice Quinn, le lieutenant Fraley et leur chef au sujet de Gemma. Ils auront sans doute besoin de vous parler très bientôt.

Josie sortit aussitôt sa carte de visite, qu'elle remit à M. Farmer. Il la prit et l'examina, perplexe.

— Je veux parler maintenant, affirma Diana en redressant la tête. Je veux savoir qui a fait ça. Comment est-ce que mon bébé est allé à un bal de fin d'année, d'abord ? Où était-elle depuis sa disparition ?

— C'est ce qu'on doit découvrir, répondit Josie. Heather s'apprêtait à nous mettre au courant des avancées de l'enquête en cours.

Wes Farmer fixa sur Heather un regard intense.

— Alors faites-le. Je ne veux pas perdre une minute de plus. Quelqu'un a tué ma fille ! Vous devez l'arrêter.

Josie sentit la tension dans la posture de Heather, mais celle-ci conserva son professionnalisme, se tournant vers les policiers.

— Le 2 janvier, Mme Farmer s'est levée à 6 heures du matin ; son mari partait travailler, et elle voulait veiller à ce que Gemma mange avant d'aller en classe. M. Farmer a quitté la maison à 6 h 30. Gemma n'était pas encore descendue prendre son petit déjeuner, donc Mme Farmer est allée voir dans sa chambre, qui était vide.

— Toutes ses affaires étaient là, précisa Diana. Son lit était défait comme si elle y avait dormi, mais elle avait disparu.

— Avait-elle laissé son téléphone ? s'enquit Noah.

— Oui. Son téléphone et le petit sac à dos qu'elle emporte partout.

— Et ses vêtements ? demanda Josie.

— Elle s'était changée, dit Wes. C'est ce que nous pensons. Parce que son pyjama était à terre à côté de son lit.

— Et ses baskets n'étaient plus là, compléta Diana.

— Donc, si l'on en croit les apparences, elle se serait réveillée, habillée, et elle serait partie ? résuma Josie.

— Quelqu'un l'a enlevée ! s'exclama Wes. Jamais elle ne se serait enfuie comme ça ! Pas sans nous prévenir.

— Pas sans son téléphone. Elle avait toujours le nez dessus.

Wes lâcha sa femme, introduisant quelques centimètres d'espace entre eux. Presque à voix basse, il lui rappela :

— Je t'avais dit de limiter son temps d'écran.

Diana se crispa instantanément.

— Limiter son temps d'écran ? C'est une ado de quinze ans. Si tu voulais qu'on limite son temps d'écran, tu aurais dû être un vrai père pour elle...

Elle laissa sa phrase en suspens, ses yeux s'écarquillant à mesure que la réalité la percutait une fois de plus : Gemma était morte. C'était manifestement une dispute régulière entre eux, et Diana y était si habituée qu'elle avait défendu sans réfléchir sa position habituelle. Josie vit ses genoux trembler. Par chance, son mari eut pitié d'elle à la dernière minute et la rattrapa avant qu'elle s'écroule. La docteure Feist tira d'un coin de la pièce une chaise métallique à roulettes et attendit que Wes y installe son épouse. Diana se prit le visage entre les mains et sanglota de nouveau.

La bouche de Heather se réduisit à un trait mince.

— Monsieur et madame Farmer, vous devriez rentrer chez vous. Si les inspecteurs ont besoin de précisions complémentaires, ils vous appelleront ou ils passeront vous voir.

12

TROIS MOIS AUPARAVANT,
PENNSYLVANIE CENTRALE

Lorsqu'elle se réveilla la fois suivante, elle n'avait pas les idées plus claires, mais, au moins, elle y voyait quelque chose. La douleur se mit à pulser sous son crâne lorsqu'elle tenta de se redresser, donc elle se recoucha, sur le côté, ses yeux rougis remarquant les détails de la petite chambre. Le soleil s'insinuait tout autour des stores épais fixés à la fenêtre face à elle. Les murs étaient couverts de vieilles boiseries sombres. Un dégât des eaux avait parsemé le plafond blanc de taches dignes d'un test de Rorschach. Moquette verte à poils longs. Une poignée dorée brillait sur une porte en contreplaqué qui menait... où ? Elle l'ignorait. L'effort d'inspecter cette pièce inconnue l'épuisait. Elle ferma les yeux et tenta de comprendre ce qui lui arrivait, ce qui lui était arrivé.

Avait-elle imaginé la voix ?

Non, impossible. La voix l'avait aidée à se nettoyer après qu'elle avait vomi partout, lui avait donné à boire, et un médicament pour son mal de tête. Son nez ne détectait qu'une vague odeur fleurie de lessive, mêlée à un genre de désinfectant. Rouvrant les yeux, elle vit qu'elle portait un pantalon de pyjama et un t-shirt qu'elle ne connaissait pas. Mais que se passait-il donc ? Quelqu'un l'avait-il enlevée, ou bien sa mère avait-elle fini par l'envoyer en cure de désintoxication comme elle l'en menaçait constamment ?

Sa mère. Elle pensa à la dernière fois qu'elle l'avait vue. Disputes, cris, bagarres. Comme d'habitude. Elle était partie. Pas pour la première fois, mais pour la dernière.

— Pour la dernière fois, marmonna-t-elle.

Elle se redressa si vite que le vertige lui fit l'effet d'une gifle, et elle retomba sur le lit.

Elle avait eu un endroit où aller. Enfin. Un endroit sûr. Un endroit sympa, sans parents pour l'engueuler, la juger, ou chercher à lui pourrir la vie. Un endroit sans toutes ces règles. C'est pour ça qu'elle avait laissé son téléphone, pour qu'ils ne puissent pas la suivre à la trace. C'est pour ça qu'elle était montée dans la voiture. Pour ça qu'elle n'avait pas fait attention à la direction dans laquelle ils roulaient, qu'elle avait accepté la bouteille de schnaps à la pêche, sucré et poisseux, qui glissait dans son gosier comme du jus de fruit. Et ensuite les comprimés dans sa main, parce que pourquoi pas ? Une nouvelle vie allait commencer, et elle se sentait bien.

Et puis plus rien.

Ce n'était pas la nouvelle vie qu'on lui avait promise. Cette fois, elle se prépara à la douleur et s'assit, inspirant plusieurs fois jusqu'à ce qu'elle se sente la force de se mettre debout. Ce fut bien plus facile que prévu. Elle se précipita vers la fenêtre et releva les stores. Des arbres à perte de vue.

Elle poussa un juron.

Se tournant ensuite pour tenter d'ouvrir la porte, elle découvrit l'autre côté de la chambre, le matelas sur lequel elle avait dormi et, au pied de celui-ci, recroquevillée sur le sol, une autre fille, nue, couverte de bleus, et enchaînée.

Elle ne put retenir le cri qui lui jaillit de la poitrine.

13

Quand les Farmer furent partis, l'équipe sortit dans le couloir pour discuter de l'enquête, laissant la légiste et son assistant vaquer à leurs occupations. Le chef était toujours aussi silencieux, mais Josie sentait émaner de lui une étrange tension, qui remplissait l'espace autour d'eux. Heather le regardait avec insistance, comme s'il allait lui poser une question ou formuler une suggestion, mais il se contentait de la dévisager, les yeux brûlants d'intensité, les bras croisés sur la poitrine.

— Pourquoi ne pas commencer par un résumé de la situation ? proposa Noah.

Heather jeta un coup d'œil vers l'ascenseur dans lequel les Farmer s'étaient engouffrés, puis soupira.

— Pour être franche, je pensais qu'elle avait fugué. Rien n'indiquait qu'elle ait été enlevée ou emmenée contre son gré.

— S'était-elle liée à quelqu'un sur les réseaux sociaux ? demanda Josie. Quelqu'un de plus âgé, qui aurait échangé avec elle avant sa disparition ?

Heather secoua la tête.

— Moi aussi, j'ai pensé au trafic d'êtres humains. Évidemment. Une jolie fille de quinze ans... C'est une des premières pistes que nous avons étudiées, mais non, aucune indication qu'il s'agisse de quelque chose de ce genre.

— Un copain, ou une copine ?

— Ni l'un ni l'autre. Nous avons parlé à tous ses camarades. Rien à signaler. Aucun élément inquiétant avant qu'elle disparaisse. Ses amis disent que ses parents passaient leur temps à se disputer – au cas où vous ne l'auriez pas remarqué – et que ça l'usait mais, apparemment, ce n'était pas nouveau.

— Ils ont emménagé à Denton après sa disparition. C'était prévu ?

— Hélas, oui. C'était une des raisons de leur mésentente. Le père devait venir travailler ici comme gérant d'un magasin *Spur Mobile*. Selon lui, ils n'arrivaient pas à joindre les deux bouts avec son job précédent. Il allait gagner plus. Gemma ne voulait pas quitter ses amis. Diana a essayé de le convaincre de les laisser toutes les deux à Keller Hollow jusqu'à la fin de l'année scolaire mais, financièrement, ce n'était pas faisable. Il fallait vendre la maison tout de suite. Je me suis même demandé si elle avait fugué à cause de ça, mais comme on ne l'a pas retrouvée tout de suite et qu'elle n'est pas rentrée, je me suis interrogée. Ça a bien failli tuer Diana de vendre la maison car, si Gemma revenait, ils n'y seraient plus. Ils ont demandé aux voisins de les appeler aussitôt si elle ressurgissait, mais ça ne s'est pas produit.

— Elle est partie sans rien emporter ? s'enquit Josie.

— Rien, d'après les parents. La seule chose inhabituelle qu'ils aient relevée s'est déroulée quand sa mère l'emmenait faire les boutiques, durant les mois précédant sa disparition. Dans le grand centre commercial au milieu de nulle part.

— Oui, je vois duquel il s'agit.

Le centre commercial d'Oak Ridge était situé près de l'autoroute, à une demi-heure de Denton. Il était entouré de montagnes mais d'accès facile pour toutes les petites villes éparpillées à l'est de Denton.

— En arrivant, elles avaient l'habitude de partir chacune de leur côté et, quand Mme Farmer allait rejoindre sa fille dans l'aire de restauration, elle repérait Gemma qui bavardait avec une inconnue. La mère pensait connaître tous les amis de sa fille, mais celle-là, elle ne l'avait jamais vue.

— Gemma la lui a présentée ? supposa Noah.

— Non, répondit Heather. Selon Mme Farmer, dès qu'elle s'avançait vers elles, l'autre s'en allait. À chaque fois, même scénario. Elle a craint un moment que la fille vende de la drogue à Gemma, ce genre de chose, mais elle n'a jamais rien trouvé dans sa chambre, et Gemma n'a jamais rien fait qui laisse supposer qu'elle consommait des substances illicites.

— Combien de fois les a-t-elle vues ensemble ? demanda Josie.

— Peut-être trois ou quatre fois en quelques mois. La fille était blonde et maigre, un peu plus d'un mètre soixante. On a questionné tous les amis de Gemma et son ex-petit copain, mais ils n'ont reconnu personne. La description ne correspond à aucune des employées du centre commercial, et on n'a rien vu sur les vidéos de surveillance.

— C'est peut-être une rencontre sans importance, dit Noah. Rien sur le téléphone non plus ? Les réseaux sociaux ?

— On a écumé Snapchat, Instagram, TikTok et Twitter : rien, et rien non plus sur son portable. On a consulté les casiers judiciaires de son entourage, tout le monde est blanc comme neige.

— Tout le monde est blanc comme neige, mais elle a disparu, objecta Josie. Vous nous dites qu'elle s'est levée en pleine nuit, qu'elle s'est habillée et qu'elle est partie en laissant toutes ses affaires dans la maison ?

— C'est ce qui s'est passé, apparemment.

— Où a-t-elle pu aller ? Elle n'avait pas vraiment l'embarras du choix, à Keller Hollow.

À ces mots de Josie, Heather hocha la tête.

— C'est vrai. À moins qu'elle soit partie chez un voisin. C'est une zone rurale sur des kilomètres et des kilomètres.

— Donc soit elle a passé tout ce temps chez un voisin à Keller Hollow, soit quelqu'un l'a enlevée, résuma Noah. Quand vous dites que vous avez effectué des recherches sur tout le monde, j'imagine que ça inclut les voisins.

— On a fait du porte-à-porte. Je ne suis pas en train de dire que, si un des voisins l'avait cachée, on l'aurait forcément su, mais j'ai plutôt tendance à penser que quelqu'un l'a emmenée ailleurs. Ce que je n'arrive pas à déterminer, c'est si c'était quelque chose de préparé ou d'improvisé. Si c'était prémédité, nous aurions dû voir quelque chose sur son téléphone, sur les réseaux sociaux. Mais si c'était improvisé, quelles étaient les probabilités, à Keller Hollow, qu'elle se fasse récupérer en pleine nuit par un inconnu ?

— Elle n'a pas pris son portable, dit Josie. Elle savait ou elle soupçonnait qu'on pourrait la suivre à la trace. Sinon, pourquoi l'aurait-elle laissé chez ses parents ?

— Donc vous pensez que c'était préparé ?

— Je pense que les ados sont plus malins, plus futés, plus rusés qu'on ne le pense, répondit Josie.

— Et les mutilations ? s'enquit Noah. Elle a des coupures sur le bras. Quelqu'un y a fait allusion quand elle a disparu ?

— Non, il n'en a jamais été question. Ses parents ont affirmé qu'elle n'avait ni cicatrices ni taches de naissance. Cette gamine n'avait juste pas envie de déménager, et je pense qu'elle avait de très mauvaises relations avec ses parents, surtout avec son père, mais elle n'était ni en dépression, ni en détresse. Ça l'énervait de voir ses parents se disputer, et elle ne voulait pas quitter ses amis au beau milieu de l'année scolaire. Ses problèmes s'arrêtaient là. Ni ses parents ni ses amis n'ont mentionné de mutilations.

— Ce qui ne signifie pas qu'il n'y en ait pas eu, souligna

Josie. Connaissait-elle du monde ici, à Denton, par hasard ? Des élèves de Denton East ?

— Non, personne. C'était son grand souci quand ses parents ont parlé de déménager. Ses amis disent qu'elle était anéantie à l'idée de devoir redémarrer à zéro sans connaître quiconque, expliqua Heather. Et avant que vous posiez la question, non, elle n'a jamais parlé d'aller au bal de fin d'année, surtout pas ici. Nous n'étions qu'en janvier quand elle a disparu.

— Vous vous êtes intéressés aux parents ? demanda Noah.

— On a commencé par eux, dit Heather. Ils se fournissent mutuellement un alibi.

— Parce que tout le monde était à la maison cette nuit-là, compléta Josie. Le père et la mère dorment dans la même chambre ?

— Oui, aussi surprenant que ça puisse paraître. Du moins, c'est ce qu'ils prétendent.

— Donc on ne peut pas complètement les rayer de la liste des suspects. Ils pourraient se couvrir l'un l'autre, ou le père pourrait même avoir fait le coup pendant que la mère dormait.

— Vous avez raison, acquiesça Heather. Je ne les ai pas disculpés entièrement, mais nous n'avons rien trouvé de bizarre dans la maison. Pas de traces de sang, pas de tombes récemment creusées dans le jardin.

La voix du chef les fit tous sursauter :

— Ce n'étaient pas les parents.

Ils se tournèrent tous vers lui. Heather étrécit les yeux.

— Je ne crois pas non plus mais, comme je l'ai dit, le fait que chacun serve d'alibi à l'autre est tout à fait contestable. Surtout dans la mesure où ils n'étaient que trois à la maison cette nuit-là, dont une mineure qui n'est plus de ce monde.

Josie fit un pas vers Chitwood, dont toute l'attention était fixée sur Heather.

— Avez-vous une théorie, chef ?

Il ne tint aucunement compte de sa question.

— Fraley, allez avec l'inspectrice Loughlin récupérer tous les dossiers qu'elle a. Rapportez-les ici. Rédigez vos rapports. Que tous les papiers soient en ordre. Vous, Palmer et Mettner, vous étudierez toutes les pistes en attendant notre retour.

Les yeux de Noah allaient et venaient entre le chef et Josie, un sourcil haussé.

— Votre retour ?

Sans un mot de plus, le chef pivota sur ses talons et partit vers l'ascenseur, les laissant tous trois bouche bée. Il cria par-dessus son épaule :

— Quinn ! On y va !

14

Le chef ne parla ni dans l'ascenseur, ni durant le trajet jusqu'à sa voiture. Il ouvrit la portière côté passager et fit signe à Josie de monter. Elle n'était encore jamais entrée dans sa Lincoln Continental. Il y régnait une odeur de cigarette, ce qui était curieux, car elle ne l'avait jamais vu fumer, et il ne sentait jamais le tabac. Sur la console centrale reposait un gobelet de *Komorrah's Koffee*. Josie se demanda si c'était un café ordinaire ou un Red Eye, sa boisson habituelle. Un regard à l'arrière révéla plusieurs objets entassés au hasard sur la banquette. Un blouson de la police de Denton, des dossiers arborant le logo du commissariat, des sacs en plastique vides. Elle sentit bourdonner son portable contre sa hanche. C'était Noah.

Raconte-moi ce qui se passe dès que tu le sauras.

Elle tapa :

Promis.

Le chef s'installa derrière le volant et claqua la portière. Il fit démarrer le moteur et quitta le parking pour descendre la longue colline allant de l'hôpital vers le centre-ville. Josie observait son profil. N'y tenant plus, elle lâcha :

— Vous allez m'expliquer ce qui se passe ?

Il resta muet.

— Parfait. Vous pouvez au moins me dire où nous allons ?

— Il faut que je vous montre quelque chose, répliqua-t-il sèchement.

— Maintenant ?

Au lieu de répondre, il dit :

— Gemma Farmer. C'est vous qui pilotez l'enquête. Quelle est votre opinion ?

Comme d'habitude, Josie eut l'impression que Chitwood la mettait à l'épreuve et qu'elle allait forcément échouer. Plutôt que de bafouiller, elle prit quelques instants pour mettre de l'ordre dans ses pensées.

— Disparue depuis plus de quatre mois, mais aucun signe qu'elle ait été torturée ou même attachée. Rien n'indique qu'elle ait été enlevée, mais elle a bien dû habiter quelque part pendant ces quatre mois. Elle a rencontré quelqu'un. C'est la seule possibilité. La question est comment et où, si elle n'avait pas son téléphone, surtout dans un patelin paumé en zone rurale comme Keller Hollow.

— Le meurtre, Quinn. Je parle du meurtre.

Josie laissa s'écouler encore quelques secondes de silence, le temps de se remémorer les détails du crime.

— Une seule blessure fémorale, une mèche de cheveux coupée. Déposée dans un lieu public, le jour de ses seize ans. Ce n'est pas la première fois que le meurtrier frappait. Voilà ce que je pense. Nous avons affaire à un tueur expérimenté. Gemma Farmer a été retrouvée pendant un bal de fin d'année, mais je pense que son meurtrier n'est pas un lycéen ni même un adolescent. Dans la mesure où il n'y avait pratiquement aucun indice, et étant donné la mise en scène et la préparation, je pense que l'assassin est plus âgé. Je ne sais pas si c'est un tueur en série, mais le meurtre de Gemma Farmer présente un degré de sophistication que je n'ai rencontré qu'une ou deux fois – avec des *serial killers*. Ils revivent leurs fantasmes à l'infini, en raffinant les détails jusqu'à devenir... meilleurs. De meilleurs meurtriers. Plus doués pour créer le scénario qui les obsède. C'est ça que vous vouliez m'annoncer ? Que c'est un tueur en série ? Vous auriez pu me le dire à l'hôpital. Que se passe-t-il ?

Chitwood tourna pour s'engager sur une route menant vers le Sud-Ouest de la ville. C'était une zone rurale et Josie savait que, dans quelques kilomètres, ils chemineraient parmi les fermes dispersées au milieu des champs, à la frontière des comtés d'Alcott et de Lenore.

— Je ne sais pas si c'est un tueur en série. Ce que je sais, c'est que nous avons un problème.

— Nous ? Vous allez finir par vous expliquer, ou est-ce qu'on va rouler toute la journée pendant que vous prononcez des phrases mystérieuses ?

Il lui lança un regard sombre et elle regretta aussitôt son ton. Il ne la réprimanda pourtant pas.

— Nous allons chez moi. Il y a une chose que je dois vous montrer.

Josie sentit monter son angoisse, sans savoir pourquoi. Elle n'avait pas l'impression que le chef représentait une menace, malgré son comportement étrange. Néanmoins, elle ignorait où il vivait, tout comme le reste de l'équipe. Il était à la tête du service depuis près de cinq ans, et ils ne savaient presque rien de lui. Il ne laissait filtrer aucune information personnelle.

Ils avancèrent en silence sur quelques kilomètres. Les montagnes cédèrent la place aux champs ondulants, avec des fermes des deux côtés de la route. Chitwood ralentit devant une boîte aux lettres noire et tourna dans une longue allée de terre. Josie s'accrocha à la poignée de la portière alors qu'ils cahotaient en direction d'une petite maison à un étage, au bardage blanc et aux volets rouges. À côté, un cube de béton équipé de portes industrielles servait de garage pour deux voitures. Chitwood gara la sienne entre les bâtiments et sortit. Josie le suivit et se dirigea vers le porche de la ferme.

— Pas ici, lui cria-t-il. Dans le garage.

Josie regarda la maison. Elle avait peine à maîtriser sa curiosité maintenant qu'elle était si près du domicile de Chitwood, mais elle obéit. Un trousseau de clés apparut dans les mains du chef. Il les manipula jusqu'à ce qu'il trouve celle qu'il cherchait, puis s'en servit pour ouvrir le cadenas au bas d'une des portes. Empochant le cadenas, il déchaîna une série de grincements et de craquements alors qu'il soulevait la porte. De l'intérieur, un tourbillon de poussière jaillit au soleil. Le centre du garage était occupé par un tracteur, entouré d'étagères métalliques supportant des caisses en carton qui ressemblaient à celles de la salle des pièces à conviction, au commissariat. Josie savait que le chef avait une longue carrière derrière lui. Elle se demanda combien de dossiers d'affaires classées il avait accumulés. En général, les policiers n'avaient pas le droit de garder les documents ou d'en faire des copies, mais certains services les autorisaient à conserver leurs propres notes et à photocopier les pièces jugées non sensibles.

Contre le mur du fond, une scie et divers outils étaient placés sur un établi en bois entaillé. Au-dessus, une planche avec des crochets, auxquels étaient suspendus d'autres outils encore. Au milieu, entre un marteau et une clé à molette, une photo, jaunie par le temps.

— Entrez, l'invita Chitwood.

Il longea le tracteur du côté gauche, scrutant les caisses. Josie ne vit aucune étiquette. Elle passa par le côté droit, attirée par l'établi et la photo. En s'approchant, elle vit qu'il s'agissait d'une adolescente aux longs cheveux blonds et au large sourire. Elle portait l'uniforme d'une école catholique, un tablier vert à carreaux par-dessus un chemisier jaune. D'épaisses chaussures bicolores et des socquettes complétaient la tenue. Elle se tenait devant une grande bâtisse en pierres, précédée d'une longue volée de marches. Elle avait les bras déployés. Josie se pencha pour examiner son visage. Le cliché n'avait pas la netteté des images modernes. Les traits semblaient flous, mais pas au point de rendre invisible la ressemblance entre cette jeune fille et le chef.

Chitwood se mit à tirer des boîtes des étagères et à les apporter sur l'établi. Josie désigna la photo.

— C'est votre fille ?

Sans la regarder, il retira le couvercle d'un des cartons et fouilla dedans.

— C'est Kelsey. Ma sœur.

Josie fut navrée. Si c'était la photo la plus récente qu'il avait de sa sœur, il était probable que Kelsey ne soit plus de ce monde.

— Elle est morte, déclara-t-il, en réponse à la question qu'elle n'avait pas posée. En fait, c'est pour ça que je vous ai amenée ici. Pour vous montrer le dossier de Kelsey.

Il se mit à extraire des enveloppes kraft de la boîte et à les étaler sur l'établi. Josie aperçut une date inscrite sur l'une des chemises : « 1997. »

Elle le dévisagea, attendant qu'il s'arrête, qu'il remarque sa présence, qu'il dise quelque chose de raisonnable. Comme il continuait à sortir des dossiers du carton, elle reprit la parole :

— Chef, je pense que nous ne devrions pas...

Il s'interrompit et posa ses mains sur ses hanches, baissant les yeux vers elle. Pour la première fois de la journée, Josie eut l'impression qu'il la voyait vraiment.

— Quinn, c'est important.

— Je n'en doute pas. Mais nous pourrions peut-être rapporter ça au commissariat. Mettre l'équipe sur le coup quand nous aurons le temps. Le meurtre de Gemma Farmer est notre priorité, pour le moment. C'est... Et comment vous êtes-vous procuré ça, de toute façon ?

— Ce n'est qu'un détail. Quinn, vous devez étudier ces dossiers. J'ai besoin de savoir ce que vous voyez.

Étalant les pages devant elle, Josie parcourut rapport après rapport. Beaucoup des documents avaient été rédigés sur du brouillon par le chef lui-même. Les autres étaient des documents officiels. Josie savait qu'il devait y avoir là quelque chose d'important, mais elle ne voulait vraiment pas laisser au meurtrier de Gemma Farmer plus de temps que nécessaire pour commettre un nouveau crime.

— Je serais ravie d'examiner tout ce que vous souhaitez, chef, mais nous irions peut-être plus vite si vous me parliez de cette affaire, tout simplement.

Il désigna d'un de ses longs doigts les papiers posés devant lui.

— J'ai besoin de savoir ce que vous voyez, Quinn. Une deuxième occasion comme celle-ci ne se présentera sans doute jamais. Écoutez, je sais que je ne suis pas tendre avec vous, et c'est parce que vous êtes la reine des emmerdeuses. Je ne sais même pas comment Fraley peut rester marié avec vous parce que, quand vous êtes sur un dossier, il n'y a plus que ça qui compte.

Josie leva la main.

— Laissez mon mariage en dehors de tout ça, s'il vous plaît.

D'un geste, il balaya cette objection.

— Quinn, écoutez-moi bien, parce que je ne le répéterai pas, et sûrement pas devant un tiers. Vous êtes la meilleure enquêtrice que je connaisse. Je veux que vous examiniez les rapports sur l'assassinat de ma sœur.

L'assassinat. Tout comme Josie elle-même, tout comme Noah, Gretchen et tant d'autres qu'elle avait rencontrés au cours de sa carrière, l'un des proches du chef avait connu une mort violente. C'était une souffrance qu'elle ne souhaitait à personne, une croix que l'on portait toute sa vie. Le temps apaisait un peu la douleur, sans jamais que la blessure ne se referme complètement. La vie revenait toujours gratter la croûte, qui ne disparaissait jamais mais changeait simplement de forme.

— Chef, dit tout bas Josie, je suis désolée.

Il secoua la tête.

— Ce n'est plus le moment d'être désolée. Plus du tout. J'ai uniquement besoin de votre aide sur ce dossier.

— Je peux vous aider. Mais, chef, cette affaire remonte à vingt-cinq ans. Et je dois prioriser Gemma Farmer.

— Les deux crimes sont liés. Je pense que le meurtrier de ma sœur a aussi tué Gemma Farmer.

15

— Commencez par le commencement, demanda Josie.

Chitwood se détourna pour aller chercher d'autres cartons sur les étagères, posant à terre ceux qui ne trouvaient pas place sur l'établi. Il retira les couvercles et se mit à fouiller dedans.

— Kelsey avait quinze ans lorsqu'elle a disparu. Presque seize.

— Elle avait quinze ans il y a vingt-cinq ans ?

— Elle a disparu pendant quatre mois et dix-sept jours.

Josie fit le calcul.

— Attendez. Vous deviez avoir la quarantaine. Vous aviez une sœur ado alors que vous étiez quadra ?

Chitwood se figea, penché au-dessus d'une boîte, et releva la tête.

— Nous n'avions pas la même mère, bien sûr.

— Votre père s'était remarié ?

Chitwood aboya un rire. Il se redressa, l'irritation visible sur ses traits.

— Alors, je vous le dis tout de suite, mon père est un salaud. Une ordure, un vieux tas de merde qui ne mérite pas de profiter du soleil du bon Dieu. Mais il est encore de ce monde. Il a toujours été là, comme un cancer qui vous bouffe. On ne peut pas l'en empêcher.

Josie haussa un sourcil.

— C'est un monstre, à vous entendre. De quoi l'accusez-vous ? D'être un tueur en série ?

— Pire. Il était flic.

— Où travaillait-il ?

Avant de répondre à Josie, Chitwood s'agenouilla et replongea les mains dans le carton.

— Il a commencé en tant qu'agent de patrouille, puis est devenu inspecteur à Brighton Springs. Il y a passé cinquante ans.

Josie reconnut ce nom, mentionné dans les rapports officiels qu'elle avait sous les yeux. Brighton Springs se trouvait en Pennsylvanie occidentale, au nord de Pittsburgh. Elle n'était pas aussi grande que cette dernière, mais tout de même assez pour avoir un département de police conséquent.

— C'est là que vous étiez avant de venir ici ?

Chitwood secoua la tête.

— Je n'ai pas travaillé là-bas. Je n'aurais jamais voulu être dans le même service que lui.

— C'était un policier corrompu ?

— Jusqu'à la moelle. Et ce n'était pas non plus un père formidable. Il a trompé ma mère dès le premier jour, il la délaissait tellement qu'elle s'est mise à boire pour oublier l'humiliation. À l'époque, le divorce n'était pas une option évidente. C'était presque une gamine quand elle l'a épousé. Je ne sais toujours pas comment il a fait pour lui passer la bague au doigt avant ses dix-huit ans. Mais, en gros, elle était bloquée. Mariée à ce connard qui contrôlait tout, y compris l'argent. Et elle n'avait aucune compétence professionnelle. Elle me disait toujours : « Bobby, ton père m'a tendu un piège et je suis tombée en plein dedans. » Elle a tellement bu qu'elle en est morte avant que j'aie vingt et un ans.

Il en parlait avec détachement, comme s'il résumait un feuilleton et non sa propre vie.

— Je suis désolée.

Il ignora le commentaire de Josie.

— Je pense qu'à sa mort, mon père a été soulagé. Il n'avait plus à l'écouter pleurnicher. J'avais vingt-cinq ans quand il est arrivé chez moi avec un bébé, dont il m'a déclaré être le père.

— Kelsey ?

Il hocha la tête et ferma la boîte qu'il fouillait, puis se leva pour en prendre une autre.

— Il couchait avec une indic. Une droguée. Il l'a mise enceinte. Elle n'avait aucune envie d'élever un gosse, et lui non plus. Je ne vois même pas pourquoi il s'est donné la peine de me l'amener.

— Il a amené cette enfant chez vous ?

— Oui. « Bobby, il faut que tu m'aides », a-t-il dit. En matière de gamins, il n'y connaissait absolument rien.

— Et vous ?

Josie se demanda de nouveau si Chitwood avait quelque part toute une famille dont ils ignoraient tout. Il ricana.

— Moi non plus ! J'avais vingt-cinq ans, j'étais agent de patrouille. Je ne m'intéressais qu'aux femmes, et je rêvais de tomber sur une affaire plus intéressante qu'un refus de priorité.

— Je ne comprends pas.

Chitwood jeta à terre un autre carton et soupira.

— Il m'a laissé le bébé parce qu'il savait que je m'en occuperais. Il savait à quel point je le détestais, il savait que je ne voudrais jamais lui ressembler. Ma mère n'était pas parfaite, mais ce n'était pas un monstre. Il savait que j'avais toujours essayé de lui ressembler à elle plutôt qu'à lui.

— Vous avez élevé votre sœur.

Chitwood tira un mouchoir de sa poche et s'essuya le nez. Josie ne l'avait jamais vu en proie à une telle émotion, les larmes brillant dans ses yeux.

— Je lui changeais ses couches, je lui préparais ses biberons, je l'emmenais chez le pédiatre, je chantais des chansons idiotes avec elle. Je lui ai appris à lire et à compter. Le premier mot qu'elle a dit, c'est « bah ».

— Pour Bobby, interpréta Josie, la gorge serrée.

Il acquiesça, se tamponna le coin des yeux.

— Et ça m'a coûté cher. Vous vous rappelez la femme dont j'ai parlé ? Celle avec qui j'ai passé un week-end sur une île exotique ? Je pensais que ça marchait entre nous, mais elle n'avait pas envie de s'occuper de Kelsey. Elle voulait qu'on fonde notre propre famille, pas qu'on élève l'enfant d'un autre. Elle me trouvait lamentable de ne pas tenir tête à mon père, de ne pas l'obliger à assumer ses responsabilités.

Se rapprochant de lui, Josie observa le visage de Chitwood alors qu'il revisitait le passé.

— Mais il ne s'agissait pas de responsabilités, murmura-t-elle. Vous aimiez cette enfant.

— Comme si j'avais été son père, croassa-t-il.

— Vous dites qu'elle a disparu à quinze ans. Que s'est-il passé ?

— La même chose qu'il est arrivé à Gemma Farmer. Voilà ce qui s'est passé.

16

Chitwood sortit le tracteur dans l'allée, puis Josie l'aida à étaler les rapports et les photos de la scène de crime sur le sol du garage. L'affaire Kelsey Chitwood avait suscité beaucoup de paperasse, principalement au cours des presque cinq mois écoulés entre sa disparition et sa mort, autour de ce qui s'était avéré n'être que de fausses pistes. D'après le nombre de documents manuscrits, il était clair que Chitwood avait mené sa propre enquête privée. Il tentait de tout ranger par ordre chronologique. Josie commença par lire le rapport initial signalant la disparition.

— Kelsey a disparu d'une école catholique ? Un pensionnat ?

— Oui. À quatorze ans, elle est devenue un peu rebelle. Toujours en délicatesse avec la loi. J'ai réussi à lui éviter la maison de redressement parce qu'elle avait des ennuis dans le secteur de Lochfield, où je travaillais. C'est à une heure de Brighton Springs. Je croyais que je pourrais régler le problème. Hélas, comme je n'étais pas son tuteur légal, quand ça s'est un peu aggravé, il a fallu impliquer mon père dans l'histoire. Sa solution à lui a consisté à la retirer du lycée public où elle était, où elle avait tous ses amis, pour l'enfermer dans un pensionnat catholique. J'étais totalement contre cette idée, et elle aussi. En plus de ça, elle vivait désormais plus près de lui que de moi, parce que cette école était à Brighton Springs.

— Votre père ne voulait pas que vous soyez le tuteur légal de votre demi-sœur ? Alors que vous l'éleviez depuis quinze ans ?

Chitwood fit signe que non.

— Vous n'avez pas porté l'affaire devant les tribunaux ?

— Si, bien sûr. Mais il avait le juge dans sa poche. Après un tas d'audiences, et malgré toutes les preuves confirmant que j'avais élevé Kelsey, le juge a décidé que je n'étais pas apte à avoir sa garde. Mon père a gagné, comme il le prévoyait.

— C'est affreux, murmura Josie.

Chitwood haussa les épaules.

— Comme je le disais, c'était un salaud. Et c'en est toujours un. Il a dans les quatre-vingt-dix ans, maintenant. Il vit seul, au-dessus d'un bar, pas très loin de l'endroit où Kelsey a été retrouvée. J'attends toujours le coup de fil qui m'annoncera qu'il est mort, mais il a beau être une ordure, il me survivra sans doute.

Il lui tendit un document manuscrit, et Josie devina que c'étaient les notes prises au cours de son enquête indépendante. Elle prit connaissance des détails.

— Elle a disparu de son internat ?

— Elle s'est couchée un soir et, comme elle n'est pas descendue au petit déjeuner le lendemain matin, les religieuses sont allées voir dans sa chambre : elle avait disparu. Son pyjama était encore là, mais il manquait un de ses uniformes et une paire de chaussures. Il n'y avait pas de caméras de surveillance, mais on n'a relevé aucune trace de lutte, d'effraction ou de quoi que ce soit.

— Elle a été considérée comme fugueuse, alors ?

— Oui, c'était la théorie retenue. D'autant qu'elle n'avait jamais voulu aller dans ce pensionnat. Elle aurait préféré rester avec moi, précisa-t-il d'une voix tremblante.

Josie reprit le rapport rédigé à Brighton Springs. Elle tomba sur le nom de l'agent chargé de l'enquête.

— Attendez. Harlan Chitwood. C'est votre père qui a pris la tête de l'enquête ?

— Je vous l'ai dit, jamais je n'aurais travaillé dans un service qui acceptait de l'employer.

Josie relut le rapport officiel, puis s'agenouilla, en quête de la première série de rapports de suivi.

— Bon, nous sommes mal placés pour parler, vous m'avez laissée enquêter sur la disparition de ma propre sœur.

— Oui, c'est vrai.

Devinant ce qu'elle cherchait, il se mit à lui confier les documents.

— Il avait un coéquipier, à l'époque. Un jeune. Travis...

Il feuilleta d'autres papiers pour retrouver le nom qui ne lui revenait pas.

— Benning. Travis Benning. Mon père l'avait eu sous ses ordres comme inspecteur débutant. Il avait essayé de lui inculquer la méthode Harlan Chitwood, mais Benning ne mangeait pas de ce pain-là. Il a travaillé sur le dossier, lui aussi.

Josie parcourait les textes aussi vite que possible.

— Où sont les interrogatoires de ses amis, de ses camarades de classe ? Ils n'ont parlé qu'aux religieuses.

— Il y a beaucoup de lacunes dans leur enquête. J'ai rencontré et interrogé tous ceux qui avaient été en contact avec elle. Ça n'a pratiquement rien donné. Comme si elle s'était volatilisée. Quelques copines de classe ont dit l'avoir vue parler deux ou trois fois à une femme plus âgée, une dame aux longs cheveux blancs, au cours du mois qui a précédé sa disparition. Kelsey allait beaucoup à la bibliothèque publique. Le pensionnat avait sa propre bibliothèque, mais ça lui donnait l'occasion de s'évader un peu. Elle prenait le bus pour y aller. C'est à l'arrêt de bus près de l'internat que ses amies l'ont vue parler à cette femme.

— Quelqu'un a pu vous la décrire ?

— Petite, mince, blanche, cheveux blancs, dit Chitwood en levant les yeux au ciel. Comme la moitié de la population adulte dans ce foutu patelin.

— Rien d'assez précis pour dessiner un portrait-robot ?

— Non.

— S'était-elle confiée...

— Quinn, la coupa le chef, criant presque. J'ai pensé à tout ça. Non, Kelsey n'avait parlé d'elle à personne. Oui, ses amies lui avaient demandé de qui il s'agissait, mais elle avait répondu que c'était juste quelqu'un qu'elle avait rencontré à l'arrêt de bus. J'ai visionné les bandes de vidéosurveillance des commerces des environs. J'ai parlé au chauffeur du bus, aux passagers. Mon père et son coéquipier en ont fait autant. Je n'ai pas leurs rapports, mais peu importe. Cette femme était un fantôme, elle n'existait pas. Je ne sais même pas s'il y avait un lien avec la disparition de Kelsey. C'était peut-être simplement une dame avec qui elle avait bavardé. Ma sœur s'est volatilisée.

— Jusqu'au jour où elle est réapparue, observa Josie. Où se trouve le reste des rapports de la police de Brighton Springs ?

— Il y a là tout ce que j'ai pu obtenir. J'aime mieux ne pas vous expliquer comment. C'est incomplet. Soit ils ont trafiqué les rapports, soit ils n'ont pas fait leur boulot. Mais l'essentiel, ce n'est pas comment elle a disparu, c'est comment on l'a retrouvée.

Il lui tendit un paquet de photos, et Josie se prépara au pire. La première montrait Kelsey de dos, agenouillée sur ce qui semblait être un banc d'église. On ne voyait que le haut de son corps, ses longs cheveux blonds tombant en cascade sur ses épaules. Autour d'elle, de lourds bancs de bois, vides, et devant elle, la nef menant au chœur. Le dôme était peint en bleu ciel. Des anges y flottaient, baissant les yeux vers l'église avec un mélange de désarroi et d'espoir. Josie feuilleta les photos suivantes, déconcertée par le sentiment de se rapprocher de

Kelsey au fur et à mesure qu'elle les faisait défiler. Elle vit les bras de la jeune fille glissés par-dessus le banc devant elle. Elle s'était attendue à la voir en position de prière, les mains jointes, au lieu de quoi elle était à moitié avachie, le menton posé sur le bois. Les yeux clos, le visage blême et apaisé. Si elle n'avait pas eu une posture aussi étrange, on aurait pu croire qu'elle s'était endormie pendant la messe.

Par-dessus son épaule, Chitwood lui ordonna de continuer.

Josie se demanda combien de fois il avait consulté ces images au fil des années. Les bords étaient lisses, usés. Les suivantes montraient le bas du corps, en uniforme scolaire.

— Quand vous l'avez trouvée, elle avait...

— C'était le jour de ses seize ans. Allez-y.

Josie sentit la terreur l'envahir. Elle feuilleta encore la liasse de photos. Kelsey avait été placée à genoux sur le prie-Dieu. Sous elle, une flaque de sang partait dans toutes les directions. Chitwood se tenait maintenant tout près de Josie. Lorsqu'il parla, elle sentit son haleine lui chatouiller la nuque.

— Cause de la mort : exsanguination par deux coups de couteau dans l'artère fémorale. L'analyse toxicologique avait mis en évidence un empoisonnement au Benadryl.

Josie eut le souffle coupé. Elle tenta de parler, de poser une question, mais le choc lui paralysait les cordes vocales. Chitwood lui reprit les photos, en chercha une en particulier, qu'il lui brandit sous le nez. Kelsey sur une table d'autopsie, très semblable à Gemma Farmer, les cheveux déployés autour d'elle. Josie remarqua aussitôt la mèche coupée.

Elle déglutit et tenta de nouveau d'articuler :

— Que... Combien ? Combien de filles ?

Chitwood rangea la photo et serra le paquet contre sa poitrine.

— Deux. Kelsey et Gemma Farmer. Depuis des années, je cherche d'autres crimes similaires à l'assassinat de Kelsey. J'ai consulté toutes les bases de données, locales et nationales. Je n'ai jamais rien trouvé, jusqu'à ce qu'on nous appelle pour Gemma Farmer. Je pense qu'il y a un lien entre les deux meurtres. Les ressemblances sont si frappantes, c'est ahurissant. La disparition, le corps découvert le jour de leurs seize ans, la blessure fémorale, la mèche de cheveux coupée. Je sais que la docteure Feist ne veut pas mentionner officiellement le Benadryl que Gemma Farmer avait dans l'organisme tant qu'il n'y aura pas eu d'analyse toxicologique, mais je parierais un de mes organes vitaux que le labo le confirmera. C'est forcément le même tueur. Les deux crimes sont trop similaires.

— L'un concerne votre sœur, l'autre a eu lieu dans votre secteur. Vous pensez que le criminel vous connaît ? Ou vous connaissait à l'époque ?

Chitwood soupira et inspecta le garage, jonché de papiers, de dossiers, de chemises cartonnées, de rapports, de photos de scène de crime et de boîtes entrouvertes.

— Je ne sais pas, Quinn. Depuis vingt-cinq ans, je cherche ce type. Un peu moins, dernièrement, parce que j'ai épuisé toutes les pistes. Croyez-moi, j'y ai réfléchi davantage que vous ne pourriez l'imaginer. J'y ai consacré ma vie. Quinn, si j'ai raison et que ce type est de retour, s'il a récidivé, j'ai peut-être une chance de l'arrêter. Donc j'ai besoin que vous regardiez tout ce qu'il y a ici, que vous compariez tout au cas Gemma Farmer, et que vous me disiez ce que vous voyez.

Josie se dirigea vers l'établi et étudia de nouveau la photo de Kelsey. Elle était grande et mince comme le chef et, même si Josie n'avait vu Chitwood sourire qu'une ou deux fois, sa demi-sœur et lui partageaient incontestablement la même expression.

— C'est une affaire dormante, dans un autre secteur que le mien.

— Je sais.

— Ces rapports et tout ce que vous avez ici qui provient des archives de la police de Brighton Springs... Vous ne devriez pas les avoir.

— Je sais.

— Et ces dossiers sont incomplets. Il faudrait voir ce que vous n'avez pas pu obtenir.

— Je suis d'accord.

— Si la personne qui a tué votre sœur a également tué Gemma Farmer vingt-cinq ans après, vous savez que je ne peux pas me servir de ces dossiers ? Vos dossiers. Rien de tout ça ne serait recevable dans un tribunal.

— Mais vous voyez la même chose que moi, non ?

Le ton désespéré de Chitwood fit tressaillir Josie. Il n'eut pas l'air de le remarquer.

— Évidemment. Il suffit d'avoir deux neurones pour remarquer le lien mais, si vous voulez convaincre la justice, il faudra passer par les voies officielles. Contacter la police de Brighton Springs. Demander une copie des rapports. Peut-être même envisager de voir avec le FBI.

Elle pensa à la sophistication de ces crimes, à leur mise en scène, avec le prélèvement d'un souvenir, à l'efficacité du tueur.

— Ce type opère depuis longtemps. Il n'a peut-être pas commis de crimes exactement identiques aux meurtres de Kelsey et de Gemma, mais en aucun cas il n'a pu rester inactif pendant un quart de siècle.

— Sauf s'il était en prison. Et s'il avait été incarcéré pour autre chose ? Vingt-cinq ans. Il vient d'être libéré et il a récidivé. Quinn, on ne peut pas laisser ce type enlever une autre gamine à ses...

Il se tut. Josie vit dans son regard le combat qu'il menait pour recouvrer son calme. Il était sur le point de prononcer le mot « parents », elle en était certaine. Kelsey était sa demi-sœur, mais il l'avait élevée. Dans son cœur, elle était son enfant. Josie ressentit une douleur dans la poitrine. Une émotion pénible qui se propagea vers le reste de son corps. Sa grand-mère, Lisette, avait su très tôt que Josie n'était pas sa petite-fille biologique, et elle avait cependant aimé Josie comme son propre enfant. Le lien entre elles avait été extrêmement profond. Vivre sans celui-ci était une lutte imposée à Josie à chaque instant de chaque jour. Elle tenta d'imaginer la perte de Chitwood, tout aussi immense et globale, et qui résonnait dans sa vie jusqu'à aujourd'hui.

— Je vous aiderai, lui dit-elle. Vous le savez. Je ferai tout mon possible pour trouver l'assassin de Gemma Farmer, et si on peut l'associer au meurtre de Kelsey, c'est encore mieux. Mais, chef, je m'appuie toujours sur mon équipe. Si vous voulez savoir ce que je vois, laissez-moi emporter tout ça au commissariat, pour que nous examinions le cas ensemble.

17

Au commissariat, Josie et le chef recrutèrent Noah, Mettner et Gretchen pour porter les caisses depuis sa voiture jusqu'à la salle de conférences puis les empiler sur la table et contre le mur. Josie s'installa à un bout de la table avec Chitwood qui, en phrases ampoulées et maladroites, résuma la situation aux autres. Après quoi il s'en alla en hâte, les laissant tous abasourdis, comptant sur Josie pour plus d'explications. Le chef était à peu près aussi doué qu'elle lorsqu'il fallait présenter les choses qui comptaient pour lui sur le plan affectif.

Mettner croisa les bras, la hanche contre le dossier d'une chaise.

— Il veut qu'on travaille sur une affaire classée, dans un autre secteur, au milieu de l'enquête sur le meurtre de Gemma Farmer ? Même si on le voulait, on ne peut pas. Ce n'est pas notre dossier.

Gretchen glissa son bloc-notes entre deux piles de cartons et se tourna vers lui avec un soupir.

— Ce n'est pas ce qu'il a dit, Mett. Tu as écouté ?

— Tu vois très bien ce que je veux dire. Ce n'est même pas dans notre secteur.

Noah se mit à ouvrir les boîtes.

— Si Chitwood a raison et qu'un tueur en série opère en Pennsylvanie, nous aurons besoin de toutes les informations auxquelles nous pouvons avoir accès. Ça ne nous fera pas de mal de nous familiariser avec le cas de Kelsey Chitwood.

— Et comment on trouvera le temps de faire ça, exactement ? s'enquit Mettner, agacé.

— Oui, parce qu'on est déjà surmenés, à suivre toutes les pistes qu'on a sur Gemma Farmer, répliqua Gretchen d'une voix dégoulinante de sarcasme.

— Ce que nous devons réellement faire, les interrompit Josie, c'est chercher tous les cas semblables à ceux de Kelsey Chitwood et Gemma Farmer, s'il y en a.

— Le chef dit qu'il n'en a découvert aucun, objecta Noah. Tu penses qu'on va trouver quelque chose qui lui a échappé pendant un quart de siècle ?

Josie ouvrit à son tour une caisse et en tira des chemises cartonnées.

— Je pense que nous avons plus d'informations que lui. Nous avons deux meurtres qui présentent de nombreuses similitudes. Cela signifie que nous avons plus d'éléments pour nos recherches.

Mettner se laissa tomber sur un siège.

— OK, très bien. Par où on commence ?

Josie poussa une boîte vers lui.

— On relève toutes les similitudes, puis on consulte les bases de données locales et nationales en remontant sur vingt-cinq ans. Quelqu'un doit appeler la police de Brighton Springs et faire une demande officielle pour obtenir ces dossiers. Nous ne sommes même pas censés les avoir, pour l'instant.

Elle pensait à tout ce qui manquait : les comptes rendus des interrogatoires des amis et camarades de classe de Kelsey, le registre des pièces à conviction, et une masse d'autres rapports. Si Harlan Chitwood était corrompu, pouvait-il avoir trafiqué les dossiers concernant l'enlèvement et l'assassinat de sa propre fille ? Pour quelle raison ? Ou bien quelqu'un d'autre s'en était-il chargé ? Si les supérieurs de Harlan à Brighton Springs l'avaient laissé travailler en sachant qu'il était malhonnête et même criminel, Josie n'était pas sûre de pouvoir se fier à quiconque là-bas.

— En fait, je pense que nous devrions aller à Brighton Springs une fois que nous aurons pris connaissance des notes du chef, ajouta-t-elle. Nous pouvons nous présenter à leur commissariat, et interroger le père du chef, tant que nous serons là-bas. Je vais me procurer son adresse, et nous lui rendrons visite.

— C'est un bon point de départ, dit Noah. Il faut examiner de plus près la vie du chef. Pour l'instant, il est le lien principal entre les deux affaires.

— Exact, approuva Gretchen.

— Pour répondre à Mettner, nous devons toujours nous concentrer sur Gemma Farmer, déclara Josie. Elle a la priorité. Maintenant que son identité a été confirmée, il faut prendre la photo d'elle que ses parents ont fournie à la police d'État quand elle a disparu, et retourner dans les restaurants et les magasins où nous sommes déjà allés, pour voir si quelqu'un se rappelle l'avoir vue au cours des dernières semaines ou des derniers mois. Demain, il faudrait aussi que quelqu'un fasse le tour des lycées pour montrer sa photo aux élèves. Jusque-là, nous n'avions qu'une description d'elle et de sa robe. Une photo réveillera peut-être des souvenirs.

— Je m'en occupe, dit Mettner en se dirigeant vers la porte.

— J'aimerais aussi jeter un œil aux disparitions de filles de moins de seize ans en Pennsylvanie, ajouta Josie.

Noah fronça les sourcils.

— Ça risque de faire beaucoup de monde.

Gretchen contemplait un rapport qu'elle avait sorti d'un des cartons.

— Oui, mais on peut sans doute réduire la liste aux filles

âgées de quinze ans et quelques mois. Gemma Farmer a disparu pendant quatre mois, Kelsey Chitwood aussi. On peut toujours essayer comme ça.

— Je sais que, même en réduisant la tranche d'âge, la liste pourrait être longue, admit Josie. Mais comment est-ce qu'on pourrait procéder, à part comme ça ?

— Si on remarque des points communs entre Kelsey Chitwood et Gemma Farmer, à part la façon dont elles ont été tuées, nous saurons mieux ce que nous devons chercher, conclut Noah.

Il leur fallut plusieurs jours pour lire toutes les notes que le chef avait rédigées sur sa sœur au fil des vingt-cinq dernières années. Il avait accompli un travail stupéfiant. Josie savait pourtant qu'elle en aurait fait autant. Les membres de l'équipe se relayèrent, deux d'entre eux se familiarisant avec le dossier de Kelsey tout en recherchant des cas similaires parmi les filles disparues de moins de seize ans, tandis que les deux autres travaillaient sur Gemma Farmer, en montrant sa photo partout en ville dans l'espoir que quelqu'un se souviendrait d'elle et la reconnaîtrait. La liste des disparues en Pennsylvanie était d'une longueur choquante, mais de nombreux cas relevaient de litiges autour de la garde parentale – les jeunes filles avaient été enlevées par leur père ou leur mère – et presque toutes les autres étaient considérées comme des fugueuses. Il faudrait du temps pour retrouver les policiers ayant été chargés de ces affaires dans les différents secteurs, afin de déterminer s'il y avait une ressemblance suffisante avec les meurtres de Gemma et de Kelsey pour justifier une enquête plus approfondie.

L'équipe se relaya aussi pour retrouver les personnes ayant marqué le passé du chef Chitwood, les criminels qu'il avait arrêtés dans les nombreux services de police pour lesquels il avait travaillé au cours de sa carrière, en se focalisant d'abord sur ceux qui avaient été récemment libérés de prison après des peines d'une vingtaine d'années. Au bout de plusieurs jours, la liste n'était pas encore complète, et ils avaient encore moins eu le temps de vérifier tous les noms. Josie craignait que cela ne prenne des semaines, voire des mois. Elle décida d'attribuer cette tâche à leur agent d'accueil, Dan Lamay, trop heureux d'entreprendre les recherches en ligne et de passer tous les appels nécessaires tandis que le reste de l'équipe sillonnait la ville pour avancer sur l'enquête concernant Gemma Farmer.

Une fois bien documentée sur le cas de Kelsey, Josie passa de nombreux coups de fil à la police de Brighton Springs et envoya même quelques mails, en vain. Après avoir raccroché son téléphone pour la cinquième fois, elle se tourna vers Noah.

— Demain matin à la première heure, je vais à Brighton Springs. Leur service ne répond ni à mes appels ni à mes mails. Si je me présente en personne, comme j'en ai l'intention depuis le début, ils auront plus de mal à m'ignorer. Et je veux parler en face à face avec Harlan Chitwood.

Noah leva les yeux de l'écran de son ordinateur.

— Tu ferais bien de prévenir le chef.

Derrière elle, le chef prit la parole, les faisant tous deux sursauter.

— Je vous accompagne, Quinn. Tous les autres peuvent rester ici pour travailler sur l'affaire Gemma Farmer.

Josie fit pivoter sa chaise vers lui.

— Chef, je peux lui parler seule. Vous n'êtes pas obligé... Enfin, si vous n'avez pas envie de le voir...

— Nous irons ensemble, insista-t-il. Demain matin. Prévoyez quelques affaires au cas où nous devrions y passer la nuit.

18

TROIS MOIS AUPARAVANT, PENNSYLVANIE CENTRALE

Elle tenta de se forcer à expirer, mais aucun air ne sortait de ses poumons. Les bords de son champ de vision étaient flous. Alors qu'elle revenait vers le matelas, elle trébucha sur la moquette et s'étala de tout son long, à moitié sur le lit. Elle battit des paupières pour que la pièce cesse de tourner autour d'elle. Ce n'était pas une gueule de bois. C'était l'angoisse. Une crise de panique. Elle en avait depuis le début du lycée. Ses parents avaient d'abord cru qu'elle exagérait. Qu'elle avait tout inventé, pour se rendre intéressante. Son père était convaincu qu'elle simulait pour se soustraire à des obligations déplaisantes, parce que ses crises ne semblaient avoir ni rime ni raison. « Ne fais pas ta diva », éructait-il. Il le disait si souvent qu'il s'était mis à la surnommer « Diva ». Il continua même quand sa mère lui demanda de ne plus le faire. Elle avait toujours eu horreur de ce surnom mais, à présent, elle aurait fait n'importe quoi pour entendre son père l'appeler « Diva ». Si jamais elle sortait d'ici, elle lui dirait qu'il pouvait l'appeler « Diva » jusqu'à la fin de ses jours. Ça lui était égal. Elle ne voulait qu'une seule chose : rentrer chez elle.

Elle tenta d'effectuer un exercice de respiration. Comme ça

ne marchait pas, elle se hissa sur le matelas et s'étendit sur le ventre, enfouissant son visage dans l'oreiller. Il sentait vaguement la fumée, le feu de camp.

Le feu de camp.

Un cliquetis de chaînes attira son attention. Redressant la tête, Diva regarda par-dessus son épaule, vers le pied du lit. Comme une sorte de zombie, la fille nue se mit à genoux, titubant et gémissant. Elle finit par lentement tourner la tête et fixa Diva de ses yeux noirs et luisants.

— Salut ? dit bêtement Diva.

La fille lécha ses lèvres gercées et arqua le dos. Des bleus marbraient ses côtes et le haut de ses bras. Une tache jaune-vert, de la taille d'une main, s'incurvait sur sa hanche. Diva prit la couverture sur le lit et s'approcha du bout du matelas.

— Tiens, dit-elle en laissant la couverture se déployer sur les épaules de la fille.

Mais l'autre se dégagea, s'éloignant aussi vite que les chaînes le lui permettaient, pour aller se plaquer contre le mur.

— Non, croassa-t-elle. Fais pas ça.

— Mais tu es toute nue et tu... tu dois avoir froid.

Sous la tignasse brun terne, les yeux noirs lui lancèrent un regard inquiétant.

— Tu peux pas. T'as pas le droit. Si t'essaies de m'aider, on souffrira toutes les deux.

19

Josie pouvait penser à un million de choses qu'elle aurait acceptées plutôt que de passer trois à quatre heures dans une voiture avec Chitwood pour ce qui se transformerait potentiellement en un voyage de plus d'une journée, mais personne ne maîtrisait mieux que lui le cas de Kelsey, et il avait une connaissance intime de Brighton Springs, alors qu'elle n'y était jamais allée. En plus, rien ne garantissait que Harlan Chitwood voudrait s'entretenir avec elle, tandis qu'il y avait de grandes chances qu'il consente à parler à son fils, même s'ils étaient en mauvais termes. Le lendemain matin, Josie laissa Noah et Trout ronfler au lit, et s'acheta un café sur le chemin du commissariat.

Le chef attendait sur le parking, adossé à sa voiture, une petite valise noire à ses pieds. Elle se gara à côté de son véhicule et, avant qu'elle puisse sortir, il jeta son bagage à l'arrière de sa voiture et monta à l'avant à côté d'elle.

— Allons-y, ordonna-t-il.

Elle tapa sur son GPS l'adresse du commissariat de Brighton Springs et quitta le parking. Une fois sur l'autoroute, elle tapota le couvercle du gobelet de café posé sur la console centrale.

— Celui-là est pour vous, dit-elle.

Il émit un bruit de gorge et secoua la tête.

— C'est un Red Eye, le café que vous aimez.

Même si elle maintenait les yeux sur la route, elle sentait qu'il la dévisageait. En périphérie de son champ de vision, elle le vit prendre le gobelet et boire une gorgée. Puis il grogna.

— C'était un merci ? demanda Josie, souriante.

Au lieu de répondre, il se pencha vers l'écran situé au centre du tableau de bord pour trouver une station de radio.

— Il y a de la musique ? Je n'ai pas envie de passer tout le trajet comme ça.

— Comment, « comme ça » ?

Il passait à toute vitesse d'une station à l'autre. Elle ne saisissait que des bribes de chansons, un accord ici, une note là, parfois un mot.

— Dans un silence gêné, précisa-t-il.

Cette fois, Josie éclata de rire.

— Qui a décrété qu'il devait être gêné ?

Il s'arrêta sur une station diffusant des tubes des années 1980.

— Je ne suis pas très bavard.

Josie pensa à la vie qu'il menait, seul depuis vingt-six ans, depuis la disparition de Kelsey, sans famille, sans partenaire, sans autre compagnie que son travail. Elle comprenait sa motivation, peut-être mieux que quiconque, mais à quoi ressemblait une vie sans personne ?

— Vous avez des animaux ? s'enquit-elle.

Il avait peut-être au moins sa version à lui de Trout, ou bien il préférait les chats, comme Gretchen.

Il la foudroya du regard.

— Quinn, on ne va pas causer de la pluie et du beau temps, OK ?

Elle hocha la tête et se concentra sur la route alors qu'il montait le son de la radio.

Par chance, le temps était ensoleillé, il faisait plus de vingt degrés et la circulation était fluide. Les montagnes verdoyantes de Pennsylvanie occidentale se dressaient autour d'eux, et Josie avait la sensation de n'être qu'un grain de poussière dans ce paysage à couper le souffle. Ils traversèrent d'abord la petite ville de Lochfield, aux rues dont le tracé semblait aléatoire, comme si rien n'avait été planifié et que les maisons et les commerces s'étaient accumulés au hasard. Alors qu'ils se faufilaient dans les rues sinueuses, le chef désigna un terrain de jeu. Derrière une clôture en grillage fatiguée, la cage à poules était d'un bleu fané et le toboggan était marqué par des entailles.

— C'est là que j'emmenais Kelsey. Je n'habitais pas loin d'ici quand elle était petite. Tous les après-midi, on venait ici à pied. Elle y jouait pendant des heures.

Josie ralentit. Lorsqu'elle put se tourner vers lui, le chef s'était déjà remis face au pare-brise. Seul un léger tremblement de sa mâchoire trahissait son émotion.

— Elle devait bien s'amuser, commenta-t-elle.

Chitwood regarda de nouveau par la vitre côté passager.

— Ça l'épuisait, pour sûr. Prenez la prochaine à gauche ou on ne sortira jamais d'ici. La rue n'en finit pas de tourner en rond.

Josie suivit ses instructions et ils laissèrent bientôt Lochfield derrière eux, les montagnes se changeant en collines. Une heure plus tard, ils entraient dans Brighton Springs. La ville était bien plus étendue que Lochfield. Comme celles de Denton, ses rues formaient un quadrillage simple à assimiler. Tandis que Josie avançait vers le commissariat, elle remarqua du coin de l'œil que le chef serrait et desserrait les poings.

— C'est ici que vous avez grandi ? demanda-t-elle.

— Oui. Je suis parti à la fin de mes études et je n'y suis jamais revenu. Sauf après la disparition de Kelsey. J'y passais toutes les heures où je ne travaillais pas à Lochfield, pour essayer de retrouver sa trace. Voilà Sainte-Agnès, dit-il en pointant du doigt une grande église en pierre qui se dressait vers le ciel, sur la gauche.

Josie roula moins vite pour passer devant l'énorme édifice. Un muret séparait le domaine de l'église du trottoir. Josie eut le temps d'apercevoir un jardin soigné entre le mur et les larges marches de pierre menant aux portes principales.

— L'internat était à proximité ?

— Derrière l'église. Avant, tout le pâté de maisons leur appartenait. Au fil des années, la baisse du nombre d'inscrits les a obligés à fermer l'école. Puis la congrégation a vendu l'essentiel des terrains. Je suis à peu près sûr qu'il ne reste que l'église. Tout le reste a été démoli et remplacé par des immeubles.

— C'est une religieuse qui vous avait donné le chapelet ? s'enquit Josie.

Quand sa grand-mère était mourante, à l'hôpital, le chef avait offert à Josie un superbe bracelet dont les perles vertes semblables à des pierres polies formaient un chapelet ; la médaille représentait une femme en robe ample entourée des mots « Marie qui défait les nœuds ». Josie n'était pas particulièrement croyante, et elle l'avait précisé au chef, mais il avait tenu à ce qu'elle accepte ce cadeau. Josie se rappelait parfaitement leur conversation.

« *Un jour, je vous raconterai comment j'ai obtenu cet objet. Tout ce que vous devez savoir pour l'instant, c'est que même si l'on n'a jamais prié de sa vie, on apprend très vite, lorsque quelqu'un qu'on aime est en train de mourir. Une personne qui croyait profondément au pouvoir de la prière m'a offert ce chapelet, et il m'a été d'un grand réconfort à un moment. Peut-être que ça ne fonctionnera pas sur vous. Je n'en sais rien. Quoi qu'il en soit, si c'est l'heure de Lisette, rien ne la retiendra ici, mais vous ? Vous allez avoir besoin de toute l'aide possible. Gardez-le jusqu'à ce que vous soyez prête à me le rendre, parce que je tiens à le récupérer, Quinn.*

— Comment est-ce que je saurai que je suis prête à vous le rendre ? » avait demandé Josie.

Chitwood, qui commençait à s'éloigner, avait lancé par-dessus son épaule :

« Oh, vous le saurez. »

— Ce bracelet, insista Josie puisque le chef restait muet. Il est lié à la disparition et au meurtre de Kelsey, n'est-ce pas ?

— Sœur Theresa, marmonna-t-il. Elle me l'a donné quand Kelsey a disparu. Pendant quatre mois et dix-sept jours, j'ai prié pour qu'on retrouve Kelsey. J'avais simplement besoin de réponses.

— Ne pas savoir, c'est le pire, acquiesça Josie.

Dans son travail, elle avait vu des vies gâchées ou détruites par l'ignorance de ce qui était arrivé à un être cher.

Le chef soupira, regardant toujours les maisons défiler.

— Dieu a répondu à ces prières. Elle a été retrouvée dans cette église.

— Mais elle était morte.

Un long moment s'écoula. Le rythme joyeux d'une chanson des années 1980 remplissait le silence. Josie ne s'était jamais servie du bracelet pour prier. Elle n'était pas catholique. Elle n'avait pas la moindre idée de la façon dont on utilisait un chapelet. Et elle avait compris très jeune que les prières ne pouvaient empêcher les catastrophes d'arriver, ni les méchants de commettre les pires horreurs.

La bouche sèche, tout à coup, Josie déglutit.

— Pourquoi aviez-vous gardé ce bracelet ? Si vous avez tant prié et que Kelsey est réapparue morte ? Pourquoi...

Chitwood lui adressa un sourire douloureux.

— Pour la même raison qui vous a fait le conserver, Quinn. Vous l'avez encore, non ?

— Bien sûr.

Elle l'avait dans la poche. Dans les semaines qui avaient suivi la mort de sa grand-mère, Josie avait emporté ce chapelet partout avec elle, pas pour prier, simplement pour le toucher, le tenir, en sentir le poids. Il avait fini par échouer dans sa table de chevet, d'où elle le tirait quand elle avait une insomnie : elle le serrait alors dans sa paume, en guise de talisman contre le chagrin et le malaise. Pourtant, son chagrin était imprévisible, comme un crocodile tapi dans l'eau peu profonde – il semblait calme, immobile, mais en un clin d'œil il pouvait se ruer sur vous, vous renverser et, d'un claquement de mâchoires, vous entraîner dans un enfer auquel vous aviez peu de chances d'échapper. Il fallait le laisser faire et, lorsqu'il était rassasié, espérer pouvoir sortir de l'eau. Elle avait donc repris l'habitude de le garder sur elle, le cliquetis des perles dans sa poche et leur contact sous ses doigts l'enracinant dans le monde réel dans les moments où le crocodile se jetait sur elle.

— Un réconfort, réussit-elle à dire. Il vous procurait un réconfort.

— Oui. Sœur Theresa me l'avait donné, et elle avait la foi la plus forte, la plus inébranlable que j'aie connue. J'avais l'impression que cela rendait le bracelet plus puissant. Dieu sait que ma foi à moi n'était pas bien vaillante. La seule chose en laquelle je crois, à présent, c'est que les humains commettront toujours des atrocités car ce monde est un endroit atroce. Nous naissons en sachant que nous allons mourir. Les seules certitudes dans notre vie sont la mort et la souffrance, voilà tout.

— Je pensais que la foi consistait à croire en ce qu'on ne voit pas, souligna Josie.

Il eut un petit rire sec.

— Vous avez la foi, vous ?

Josie haussa les épaules.

— Je ne sais pas. Vous avez raison, on ne peut compter que sur la souffrance et la mort. Ce sont les absolus.

Elle songea à sa grand-mère, visualisa le sourire malicieux de Lisette, l'éclat de ses yeux bleus, la souplesse de ses boucles grises. Elle sentit une vague de chaleur réconfortante l'envahir.

Sa grand-mère lui manquait tant qu'elle en avait le souffle coupé, et cependant, elle n'aurait pour rien au monde renoncé aux années vécues ensemble. Elle ajouta :

— L'amour et la joie ne sont pas garantis, mais ils existent. Je pense parfois que...

Elle n'acheva pas sa phrase. Après une seconde de silence, le chef dit :

— Vous pensez quoi ?

— Que nous sommes peut-être là pour ça : parce que nous sommes censés chercher la joie, ou l'amour, ou les deux. Ou bien nous sommes là pour les créer, quelque chose comme ça. Le monde étant ce qu'il est, c'est un miracle si vous les trouvez, quelle que soit la forme qu'ils prennent.

— Pour moi, trouver l'assassin de Kelsey et le mettre sous les verrous serait un miracle. Regardez là-bas. Je pense que nous y sommes.

Il désigna un grand bâtiment de plain-pied, en briques rose saumon décoloré, sous un toit plat, au bord de la route. Alors qu'ils se garaient, Josie déchiffra les lettres spectrales d'une enseigne qui en ornait jadis la façade : « École élémentaire de Brighton Park », surmontée d'un panneau plus récent : « Commissariat de Brighton Springs. »

— Ce sont leurs nouveaux locaux. Avant, ils étaient dans le centre-ville.

Ils sortirent de la voiture et Josie étira ses membres raides. Derrière la porte principale, le sol carrelé et les murs du vestibule étaient blancs. Un grand comptoir circulaire occupait le centre de la pièce. Deux portes vitrées en acier révélaient un long et large couloir. Un petit appareil noir fixé au mur apprit à Josie que ces portes étaient verrouillées, et qu'il devait falloir une sorte de badge pour les franchir. Des bancs à coussins en skaï, tous inoccupés, bordaient les murs. Un homme arborant l'uniforme bleu de la police de Brighton Springs assurait l'accueil, un combiné téléphonique contre l'oreille. Il leva les yeux quand Josie et le chef entrèrent, puis reprit sa conversation, contemplant son ordinateur. Josie alla attendre au comptoir pendant que Chitwood arpentait la pièce.

Josie écouta l'agent discuter de la pension alimentaire pour son enfant pendant dix minutes avant qu'il finisse par raccrocher. Il ne lui accorda pourtant aucune attention avant qu'elle lui mette sa carte de police sous le nez et déclare :

— Vous pouvez peut-être nous aider, nous devons parler à la personne actuellement chargée de l'affaire Kelsey Chitwood.

Lentement, il examina sa carte puis la regarda. Josie sentait derrière elle la présence du chef et se demanda combien de temps il allait se retenir avant d'exploser. Il n'était pas précisément connu pour sa patience.

— Chitwood ? dit l'homme. Comme le vieux Harlan Chitwood ? Il y a un lien de parenté ?

— Kelsey Chitwood était sa fille. Elle a été assassinée dans l'église Sainte-Agnès il y a vingt-cinq ans. Le dossier est encore ouvert – ou du moins, il devrait l'être – et il faut que je parle à l'inspecteur à qui il a été confié.

En se levant, l'homme répondit :

— Oui, bien sûr. Une minute.

Il disparut derrière les doubles portes après avoir utilisé le badge qu'il portait autour du cou. Par les vitres, Josie le vit s'éloigner dans le couloir et ouvrir une porte située à gauche.

Ils attendirent. Au bout de vingt minutes, Josie fit le tour du comptoir pour marteler l'une des portes. Un autre agent passa la tête dans le couloir, sans venir voir pourquoi elle frappait. Elle laissa encore s'écouler un quart d'heure tandis que le chef faisait les cent pas sans rien dire. Finalement, après quinze autres minutes, l'agent d'accueil revint. Sans présenter d'excuses pour les avoir fait attendre aussi longtemps, il leur dit simplement :

— Notre unité affaires classées s'en occupe.

— Vous ne vous en seriez pas douté, puisque le crime remonte à vingt-cinq ans ? glapit Josie.

— Cette unité a ses bureaux dans l'annexe, ajouta-t-il sans se laisser désarçonner.

— Où est cette annexe ?

— Vous sortez, vous faites le tour du bâtiment, jusqu'au parking de derrière. Vous la verrez.

Josie ne le remercia pas. Ils sortirent, remontèrent dans sa voiture et roulèrent jusqu'au parking mentionné par l'homme. Il n'y avait là qu'une rangée de véhicules de police rutilants et, tout au fond du terrain, un mobile home reposant sur des parpaings. À côté de la porte, un petit panneau précisait : « Annexe. »

— C'est une blague, murmura-t-elle en se garant.

— Je vois que les choses n'ont pas progressé depuis que mon père a pris sa retraite, dit le chef alors qu'ils s'avançaient vers le mobile home.

— Je frappe ? demanda Josie.

— Pour attendre encore une heure ? Sûrement pas.

Il passa devant elle, monta l'unique marche et ouvrit grand la porte. Josie le suivit. Le mobile home était rempli d'armoires de classement et de piles de boîtes à documents. À part ça, il n'y avait à l'intérieur qu'un minifrigo surmonté d'une machine à café et un bureau en métal noir à gauche de la porte. Une femme y était assise et tapotait le clavier d'un ordinateur. Elle n'était pas en uniforme, mais en pull rose. Un cordon était pendu à son cou, mais Josie ne pouvait voir son badge. Ses cheveux bruns soyeux étaient noués en queue-de-cheval sur sa nuque. Elle avait la peau douce et souple d'une adolescente. Tournant la tête vers eux, elle demanda :

— Je peux vous aider ?

— C'est ici, l'unité affaires classées ?

La jeune femme eut un sourire narquois.

— Tout à fait.

— Vous n'en avez pas l'air sûre, remarqua le chef.

Elle éclata de rire et se leva, contournant son bureau pour venir leur serrer la main.

— C'est le mot « unité » qui m'amuse. Il n'y a que moi. Je suis l'inspectrice Meredith Dorton.

— Inspectrice ? s'étonna le chef.

Lentement, Meredith plissa le front, croisa les bras devant sa poitrine et le dévisagea. Un silence gêné s'ensuivit. Meredith attendit tout à son aise. Le chef finit par demander :

— Depuis combien de temps êtes-vous à Brighton Springs ?

Elle sourit.

— Eh bien, voilà une question pleine de diplomatie pour connaître mon âge.

Josie montra son badge à Meredith.

— Je suis Josie Quinn, et je vous présente mon chef.

— Je vous reconnais, s'exclama Meredith. Je vous ai vue à la télévision.

Josie eut un sourire crispé. Elle était apparue à la télévision pour évoquer les affaires sur lesquelles elle travaillait, et en avait de plus réglé certaines si scandaleuses qu'elles lui avaient valu une attention nationale. En outre, sa propre histoire familiale, sordide et complexe, avait fait l'objet de deux épisodes de l'émission *Dateline*.

— Qu'est-ce que vous venez chercher ici ?

— C'est à propos d'une affaire ancienne. Le meurtre de Kelsey Chitwood.

Meredith écarquilla les yeux.

— Il y a un lien avec le fameux Harlan Chitwood ?

— Si on vous répond oui, vous allez disparaître pour ne revenir que dans une heure et nous envoyer ailleurs ? demanda le chef.

— Ça dépend.

— De quoi ?

— Est-ce que vous cherchez à le couvrir, lui et le travail bâclé qu'il a accompli pendant cinquante ans ?

Le chef grimaça.

— Alors c'est pour ça qu'ils vous ont collée ici, dans un mobile home, au milieu des vieux dossiers. Vous avez dû mettre le nez dans un sacré guêpier.

Avec un soupir, Meredith ouvrit un des tiroirs de son bureau et en sortit une pile de gobelets en plastique, quelques mélangeurs et une poignée de sachets de sucre.

— Je travaille dans la police depuis une dizaine d'années. Je suis plus âgée que je n'en ai l'air. J'ai été promue inspectrice il y a trois ans. Un an après ça, j'ai arrêté les auteurs d'un vol à main armée. Deux types, un récidiviste et un jeune. J'ai persuadé le jeune de balancer son complice, et il m'a parlé du meurtre commis par l'autre trente ans plus tôt. Je m'y suis intéressée. Quelqu'un était déjà en prison pour ce crime-là. Devinez qui l'y avait envoyé ?

— Harlan, je parie, dit le chef.

— Il avait soudoyé un témoin, fait condamner un innocent à perpétuité, et laissé le véritable tueur en liberté. J'ai fait ce que j'ai pu pour que l'innocent soit disculpé et relâché. Et ensuite, j'ai examiné quelques-uns des dossiers de Harlan.

— C'est pourquoi vous êtes devenue persona non grata, conclut le chef.

— Je croyais que Harlan avait plus de quatre-vingt-dix ans. Il a encore tant d'influence ici ? s'étonna Josie.

Meredith s'approcha de la machine à café et appuya sur quelques boutons jusqu'à ce qu'elle se mette en marche.

— Il a passé cinquante ans dans ce service.

Le chef se tourna vers Josie.

— Ça fait cinquante ans de cas traités, Quinn.

— Et quand on commence à y regarder de trop près, on trouve une myriade d'irrégularités et plus un seul dossier n'est indemne, comprit Josie. Tous les cas sur lesquels il a travaillé. Ça ferait des tas de condamnations à invalider pour le procureur.

— C'était un mauvais flic, c'est sûr, mais il a bien dû viser juste de temps à autre.

— En effet, répondit Meredith en regagnant son bureau. Cependant, votre collègue a raison, le procureur n'a pas envie d'être lié à toutes ces condamnations contestables. Et puis ça donnerait une mauvaise image de la police.

— Sans parler des procès, renchérit Josie. Inspectrice Dorton, je ne suis pas avocate, mais je suis certaine qu'il y a des lois sur les lanceurs d'alerte, pour protéger les gens comme vous.

Meredith sourit.

— Il y en a, je me suis renseignée. Je ne peux pas rester inactive. Combien d'autres innocents a-t-il mis en prison ? Je ne peux pas les y laisser moisir. Dès que j'aurai la preuve incontestable que Harlan Chitwood a violé la loi, je mettrai le feu à cette baraque – au sens figuré, bien sûr.

Le chef la regarda d'un air approbateur, expression que Josie n'avait pas le souvenir d'avoir vue sur son visage.

— J'attends ça avec impatience.

— Je n'ai pas retenu votre nom, dit Meredith.

— Bob. Bob Chitwood. Je suis le fils de Harlan Chitwood.

20

Meredith accueillit cette révélation avec un sang-froid impressionnant. Josie eut l'impression que toutes les personnes que l'inspectrice rencontrait la sous-estimaient grandement. Elle regarda le chef un long moment et dit :

— Je suis désolée de l'apprendre.

Josie ne put retenir un éclat de rire. Elle se plaqua aussitôt la main sur la bouche, mais il était trop tard. Meredith et le chef la dévisagèrent.

— Moi aussi, j'en suis désolé, déclara le chef. Mais je suis ravi d'apprendre que vous avez décidé de ne pas laisser faire n'importe quoi, qu'il s'agisse de lui ou de ce service. Kelsey Chitwood était ma petite sœur. Comme Quinn vous l'a indiqué, nous sommes ici pour le dossier concernant son assassin.

Tandis que Meredith leur versait du café noir dans des gobelets en plastique, Josie résuma rapidement le cas de Gemma Farmer et les similitudes avec le meurtre de Kelsey.

— Nous aurions donc besoin de consulter vos archives, conclut-elle.

Meredith hocha la tête pendant que Josie parlait. De temps

à autre, elle notait des détails dans un petit carnet, à côté de son ordinateur.

— Avez-vous trouvé d'autres cas semblables dans les bases de données locales ou nationales ?

— Non, répondit le chef.

Meredith posa son stylo et avala le reste de son café.

— OK, donc il vous faut simplement le dossier de Kelsey.

— Oui.

— Je pense savoir où il est.

— Il n'a pas été numérisé ? s'étonna Josie.

Cela fit rire Meredith.

— Sérieusement, la police de Brighton Springs, numériser les affaires classées ? C'est une des choses que je suis censée faire. Vous savez, quand j'ai lancé l'alerte pour ce cas ancien, ils ont créé ce service rien que pour moi. Je prends les dossiers un par un. Je scanne les documents, les rapports et les photos, je les enregistre et je les étudie, afin de voir si je peux encore faire quelque chose pour résoudre ces affaires mais, si elles ont été classées, il y a généralement une raison.

— Et ce travail vous empêche de fouiner dans les dossiers des affaires résolues par Harlan Chitwood, fit remarquer Josie.

— Exactement.

— Mon père était chargé de l'enquête sur le meurtre de Kelsey, dit le chef. Vous auriez accès au dossier ?

Meredith fit la moue.

— Si c'est une affaire classée, oui. Je n'en suis pas encore arrivée à celle-là, je m'en souviendrais. Mais j'ai une sorte de système de classement. Accordez-moi quelques instants.

Elle disparut derrière un mur de boîtes à documents. Ils l'entendirent ouvrir des armoires, les refermer, déplacer des cartons. Quelques minutes plus tard, elle revint, la sueur perlant à la racine de ses cheveux. Elle tenait un carton jauni portant sur le côté une inscription au marqueur noir : « Chitwood, Kelsey. Dossiers n°s 97-324/97-419. » Meredith le hissa sur son bureau et ôta le couvercle. Un nuage de poussière s'échappa de la boîte. Le chassant avec les mains, elle se mit à sortir les chemises et à les feuilleter. À son air sérieux succéda une mine contrariée.

— Quelque chose ne va pas ? s'enquit Josie.

— Ce n'est pas le dossier de Kelsey. Ces chemises concernent un cas complètement différent.

— Ce qui signifie ? demanda le chef. Où est le dossier de Kelsey ?

Meredith regarda par-dessus son épaule, en direction des innombrables cartons et classeurs.

— Je n'en sais rien.

Josie jeta un coup d'œil au chef. Il avait les joues rouges, signe annonciateur d'une explosion de colère. Elle mit une main sur son avant-bras et sentit ses muscles se tendre à son contact.

Meredith jeta les documents sur son bureau.

— Je déteste ce commissariat. Ce n'est pas la première fois que ça arrive. J'ai trouvé toute une série de boîtes qui contenaient les mauvais dossiers. Comme s'ils avaient été intervertis.

— Vous pensez que quelqu'un l'a fait exprès ?

Sentant la tension diminuer dans le bras du chef, Josie retira sa main.

Meredith soupira, les épaules voûtées, et finit de vider le carton.

— Je ne peux pas le prouver, mais la dernière fois que j'ai constaté ça, c'était un vrai casse-tête chinois. Il n'y avait pas seulement quelques documents déplacés, tout était sens dessus dessous, et plusieurs affaires étaient mélangées. Le cas numéro 1 était dans les boîtes du numéro 2 ; le cas numéro 3 était dans les boîtes du numéro 2, et le cas numéro 2 était dans les boîtes du numéro 1.

— Ça paraît intentionnel, affirma le chef. Quand ces dossiers ont-ils été consultés pour la dernière fois ?

— Il y a des années. Des décennies, sans doute. Toutes les affaires en question sont classées depuis belle lurette.

— Comment avez-vous retrouvé les documents mal placés ? demanda Josie.

— Des semaines et des semaines de recherches, répondit Meredith.

— Nous n'avons pas des semaines devant nous, observa le chef.

Elle sourit.

— Cette fois, ça ne me prendra pas des semaines. Si j'ai raison de soupçonner un échange de dossiers, je connais le système. Vous me laissez la journée ?

— Bien sûr, répondit le chef. Nous avions prévu de passer la nuit ici. Nous reviendrons vous voir demain.

Josie sortit sa carte de visite et prit un stylo sur le bureau de Meredith pour griffonner son numéro de téléphone au dos.

— Appelez-nous si vous trouvez le dossier de Kelsey ou si vous avez besoin d'aide.

En retour, Meredith leur donna son numéro de portable personnel, en leur conseillant de la contacter directement plutôt que de tenter de passer par le standard.

Tous deux remontèrent dans le SUV de Josie, mais elle ne démarra pas. Elle contempla le mobile home, et repensa à Meredith, selon qui les dossiers d'affaires classées avaient été délibérément mélangés. Aucun système de classement n'était irréprochable. À la police de Denton, certains rapports étaient parfois égarés. Mais il était rare que tous les documents concernant un cas soient mal placés.

— Pourquoi quelqu'un aurait-il échangé les dossiers ?

Chitwood soupira.

— Pour les rendre plus difficiles à trouver.

— Pourquoi ne pas simplement les détruire ?

— Ce n'était peut-être pas possible. Certaines de ces vieilles affaires représentent des tas et des tas de cartons. Dans l'ancien bâtiment, on ne pouvait pas accéder aux dossiers sans être vu. La salle des pièces à conviction se trouvait juste à côté des archives. Il était impossible d'y entrer et d'en sortir sans se faire repérer. Personne n'aurait pu emporter des cartons hors du bâtiment sans éveiller les soupçons.

Josie pensa à toutes les boîtes que Chitwood avait dans son garage. Quelqu'un l'avait aidé à se procurer des copies de la plupart des rapports concernant Kelsey. Ces photos, ces documents avaient sans doute été exfiltrés un par un de l'ancien commissariat.

— OK, dit-elle, pourquoi est-ce que quelqu'un ne veut pas que ces dossiers soient retrouvés ? Ce sont des affaires classées, non résolues.

Elle prit son portable pour adresser un texto à Meredith.

— Je lui demande de dresser la liste des autres cas mélangés pour voir s'il y aurait un lien entre eux. En attendant, nous avons une journée à tuer ici. Faute de pouvoir examiner les dossiers, le mieux serait de parler à l'inspecteur chargé de l'enquête.

Le chef grimaça.

— Je suppose qu'on ne pourra pas l'éviter.

21

Tappy's Lounge était l'un des endroits les plus déprimants que Josie ait vus. Le bar était situé au rez-de-chaussée d'une ruine en briques rouges sur trois niveaux munie d'un escalier de secours rouillé et branlant sur le côté. Les fenêtres étaient condamnées depuis longtemps, semblait-il. Sur les planches, la peinture rouge sombre s'écaillait sous l'effet de l'humidité. Une triste enseigne en néon était accrochée au-dessus de la porte, seule la moitié des lampes fonctionnant encore. Le bâtiment était coincé entre une sortie d'autoroute et un abattoir. Le parking au goudron fissuré ne pouvait accueillir que quatre voitures. Par chance, un des emplacements était libre quand ils arrivèrent. Des mégots débordaient d'un cendrier sur pied à côté de la porte du bar. Il n'y avait pas de poignée, et la peinture brune s'était effacée à l'endroit où les clients poussaient la porte.

Le chef pénétra dans le bouge, suivi par Josie. Alors que la température était déjà élevée à l'extérieur, une bouffée d'air chaud les enveloppa lorsqu'ils franchirent le seuil. Ils furent assaillis par les odeurs de bière rance, d'urine et de tabac. Il faisait si sombre que leurs yeux mirent du temps à s'adapter. Le bar n'était éclairé que par deux postes de télévision et trois néons vantant des marques de bière. Tout chez *Tappy's* semblait encombré, surchargé. Le comptoir occupait tellement de place qu'il n'y avait guère plus d'un mètre entre les tabourets et l'unique table de billard.

Derrière le comptoir, un barman rinçait des verres tout en suivant un match de base-ball sur l'un des téléviseurs fixés au mur. Les Pirates de Pittsburgh contre les Phillies de Philadelphie. L'affrontement de deux équipes majeures en Pennsylvanie. Le volume réglé très bas rendait indistinct le discours des commentateurs. Il n'y avait qu'un client, assis au bout du comptoir, les yeux fixés sur sa bière à moitié bue. Aucun des deux hommes ne se retourna lorsqu'ils entrèrent. Josie et Chitwood s'avancèrent jusqu'au comptoir et patientèrent. Tout comme au commissariat, personne ne semblait vouloir les aider. Josie attendit la fin de la sixième manche et frappa sur le zinc.

— Nous cherchons Harlan Chitwood.

Le barman regarda par-dessus son épaule.

— Premier étage. Passez par l'escalier, à l'arrière. La première porte que vous verrez, au bout du couloir. Celle qui a un trou dedans.

L'air frais fut un soulagement. Josie et le chef contournèrent le bâtiment. Derrière une benne à ordures qui, curieusement, sentait moins mauvais que l'intérieur du bar, ils trouvèrent une série de marches en bois menant à une terrasse noire de crasse. Dans un coin, une chaise de camping et une bouteille de deux litres d'ersatz de Coca-Cola. Des débris flottaient dans le liquide brun trouble qui montait jusqu'au goulot étroit. De l'autre côté de la terrasse, une porte massive peinte en vert sombre. Un petit panneau, à hauteur d'yeux, indiquait : « Les clients ne sont pas admis. » La poignée dorée décolorée semblait branlante quand Josie la tourna pour ouvrir la porte.

Un couloir s'étendait devant eux. Au plafond pendait une unique ampoule nue projetant une lueur terne qui n'éclairait guère.

Le chef se pencha et murmura à l'oreille de Josie :

— J'ai toujours espéré qu'il finisse dans ce genre de trou à rats.

Rien n'était écrit sur les portes du couloir, et pas un son ne filtrait au travers. Lorsqu'ils trouvèrent celle qui avait un trou – un morceau de bois manquant à côté de la serrure –, Josie frappa.

Aucun bruit à l'intérieur. Josie frappa de nouveau.

— Harlan Chitwood ?

Ils attendirent quelques minutes, puis Josie frappa et l'interpella encore une fois. Cette fois, elle entendit des pas. Un instant après, la porte s'ouvrit.

Bien que nonagénaire, Harlan Chitwood était plus grand et plus large que son fils. Il semblait à la fois puissant et fragile, l'air assuré et arrogant, mais le poids des années était flagrant sur la peau ridée de ses bajoues, les quelques cheveux blancs encore sur son crâne et les chaussures orthopédiques qu'il avait aux pieds. Sa chemise de flanelle et son jean étaient usés jusqu'à la corde.

— Monsieur Chitwood ?

Avant qu'il puisse répondre, le chef passa devant Josie.

— Papa.

Harlan battit des paupières.

— Qui êtes-vous ?

— Bobby.

Harlan le dévisagea longuement. Assez longtemps pour que Josie remarque le bourdonnement de la télévision, à l'intérieur. Apparemment, il regardait le même match que le barman.

— Je sais que tu me reconnais, papa, insista le chef.

Harlan ouvrit la bouche mais, au lieu de parler, se mit à tousser. Tout son corps se crispa, ses muscles se raidirent, tandis qu'il tentait d'expectorer ce qui remontait de sa poitrine vers sa gorge. D'une de ses manches, il tira un mouchoir en papier qu'il appliqua sur ses lèvres. Une fois la quinte de toux passée, il déclara :

— Je sais foutrement bien qui tu es, Bobby. Entre.

Il tourna les talons, et le chef et Josie le suivirent. Josie fut surprise qu'il habite un studio. Ce petit espace était envahi par des odeurs de graillon et de crème antidouleurs. Dans un coin étaient tassés le réfrigérateur, le four et l'évier. Une poêle sale se languissait sur la gazinière, le gras figé au fond en une épaisse couche blanche.

Un fauteuil inclinable taché et avachi jouxtait un grand lit. À côté du fauteuil, une petite table accueillait une paire de lunettes, une télécommande et une canette de bière. De l'autre côté du lit, Josie remarqua une commode en bois supportant un téléviseur. Encadrés au mur, trois articles découpés dans le *Brighton Springs Herald*, dont les titres mentionnaient l'inspecteur Harlan Chitwood : « Le meurtre "insoluble" d'un notable de Brighton Springs résolu par un inspecteur » ; « Le meilleur policier de Brighton Springs met fin à une série de vols à main armée » ; « "Je suis si reconnaissante." La mère de la disparue remercie un inspecteur de la ville ».

Aucune photo de ses enfants, de sa femme, ou même de ses amis ou collègues. Josie redirigea son attention vers les hommes qui se tenaient maintenant au pied du lit, face à face.

— Qu'est-ce que tu fous ici ? Quelqu'un t'a dit que j'allais crever ou quoi ?

— Non. Je suis ici pour Kelsey.

Harlan haussa un de ses sourcils broussailleux.

— Qui ?

Josie vit le chef s'empourprer. Un de ses poings se serra. Il fit cependant preuve d'une retenue admirable, car il répondit simplement :

— Ta fille.

— T'es dingue, Bobby ? Elle est morte, Kelsey.

Pour la première fois, il regarda Josie. Un sourire lascif

s'épanouit lentement sur son visage. Josie portait un jean, un polo de la police de Denton et une veste légère, mais elle se sentit déshabillée par ce regard.

— C'est qui, la jeunette ? C'est ta poule, Bobby ?

Les yeux de Harlan descendirent des seins de Josie jusqu'à ses pieds, puis remontèrent.

— T'as bon goût, fiston. Moi aussi, je les aimais jeunes. Du temps où je pouvais en avoir.

Le chef claqua des doigts sous le nez de Harlan.

— Hé ! Arrête cinq secondes d'être un porc et regarde-moi. C'est ma collègue, l'inspectrice Josie Quinn.

— Inspectrice, ricana Harlan.

Une nouvelle quinte de toux jaillit de son diaphragme.

— De plus en plus de pouffes dans la police, pas vrai ? Du coup, ça doit être plus facile pour tirer son...

— Ta gueule, le coupa son fils. Si tu continues à insulter l'inspectrice Quinn, on va devoir rejouer la scène qui s'est passée en bas en 1999. Je me fiche que tu aies quatre-vingt-dix ans et que tu sois malade. Et si je sors d'ici menottes aux poignets, ça m'est bien égal aussi. Je serais ravi de revivre cette soirée. C'est ce que tu veux ?

Harlan risqua un dernier coup d'œil vers Josie, dont il croisa le regard, puis se tourna vers son fils, ayant perdu son côté bravache. Il se traîna jusqu'à son fauteuil, s'assit et agita une main en l'air.

— Bien, bien. Tu cherches quoi, Bobby ?

— Je veux parler du meurtre de Kelsey. Nous venons du commissariat. Son dossier a été « égaré ». Tu sais quelque chose à ce sujet ?

— Comment est-ce que je saurais quoi que ce soit ? Ça fait longtemps que j'ai pris ma retraite. Coincé ici. Tu perds ton temps, de toute façon. Jamais j'aurais pu trouver celui qui a buté la gamine.

Le chef voulut protester, mais Josie le devança :

— Pourquoi ?

Harlan la regarda, bouche bée, comme s'il était surpris qu'elle soit capable de parler.

— C'est quoi, cette question, poupée ?

Josie fit un pas vers lui, les mains sur les hanches.

— Eh bien, mon vieux, à voir les coupures de journaux, vous étiez une vraie légende, à Brighton Springs. On arrive du commissariat, où ils ne jurent que par vous.

Il sourit, mais l'incertitude voila ses traits lorsqu'elle continua en désignant les articles encadrés.

— Comment se fait-il que le grand Harlan Chitwood, qui a pu résoudre des énigmes « insolubles » comme celle du notable assassiné, n'a pas été capable d'élucider le meurtre d'une élève de l'école catholique âgée de seulement seize ans ? Sa propre fille, par-dessus le marché.

Elle sentait le regard du chef sur elle. Harlan baissa les yeux vers ses mains qui s'agitaient dans son giron, pour tâcher de remettre dans sa manche le mouchoir plié.

— On n'avait rien. Aucune piste, aucun indice. On n'avait même pas de suspects. C'était mission impossible, tout simplement. C'est ça que vous voulez entendre ?

— Vous avez renoncé à chercher, dit Josie.

Harlan releva la tête. Pendant un instant, elle discerna la ressemblance entre le chef et lui, dans ses yeux de silex.

— Vous avez jamais connu ça, pas vrai ?

— Connu quoi ?

— Un vrai mystère, un de ceux où on s'arrache les cheveux.

— Tous les policiers y sont confrontés. Mais il s'agissait de votre enfant. Vous avez renoncé à chercher. Pourquoi ?

Harlan ne répondit rien, mais attrapa sa bière et en but une longue rasade.

Josie vit que le visage du chef virait au rouge pivoine. Elle se demanda s'il avait posé cette question à son père – et si, le cas échéant, il avait obtenu une réponse. Était-ce ce qui avait déclenché l'incident survenu chez *Tappy's* en 1999 ?

— Réponds-lui, fils de pute, ordonna le chef.

Harlan secoua lentement la tête et reposa sa bière sur la table.

— T'as pas envie d'entendre ça, Bobby. T'as jamais eu envie.

— D'entendre quoi ? Que Kelsey était une « ado à problèmes » et qu'elle l'avait bien mérité ? Qu'elle s'est jetée dans la gueule du loup ? C'est vrai, je ne voulais pas entendre ces conneries-là. Kelsey n'aurait jamais fugué. Elle avait quinze ans.

— Elle ne voulait pas aller dans cette école, Bobby. Tous les deux, vous m'avez emmerdé à n'en plus finir à cause de cette putain d'école. Tu le sais bien. Tu sais aussi qu'elle avait des problèmes. C'est toi qui as obtenu qu'ils abandonnent les pour-suites, à Lochfield. Consommation d'alcool avant l'âge légal, possession de drogue, vol à l'étalage.

— Des trucs de gosse. Elle se faisait remarquer parce qu'elle n'avait pas de mère et que son père était une merde. C'était une erreur de l'envoyer dans cette école. Tu aurais pu me laisser avoir la garde pour que je puisse gérer ça, mais non, il fallait que tu sois aux commandes. Il fallait que tu me punisses, mais de quoi ?

Les postillons s'envolèrent de la bouche du chef lorsque sa voix se changea en un cri. Il se mit à arpenter la pièce.

— Je ne sais toujours pas de quoi tu m'as puni. Pourquoi tu l'as enfermée dans cette école, où elle a été enlevée et tuée.

Harlan serra les poings en haut de ses cuisses. Il haussa le ton à son tour.

— C'est ma faute ? Tu crois que c'est ma faute ? Ouvre les yeux, Bobby. La gamine a quitté son internat toute seule. Elle est sortie de son lit, elle s'est habillée, et elle est partie. On ne l'a pas retrouvée parce qu'elle ne voulait pas qu'on la retrouve. Elle s'est embarquée dans un truc qui a fini par la tuer. C'est la dure vérité, Bobby. Après toutes ces années, tu ne peux toujours pas l'accepter. Elle s'est barrée. Elle a foutu le camp.

Le chef brandit son index à quelques centimètres du nez de Harlan.

— Elle ne s'est pas enfuie. Quelqu'un l'a attirée dehors et l'a enlevée.

— Putain, mais comment tu pourrais savoir ça ? dit Harlan, repoussant le doigt de son fils.

Josie vit un tremblement s'emparer du corps du chef. Lorsqu'il parla, ce fut d'une voix grave et posée. Ses mots la transpercèrent.

— Parce que si elle s'était enfuie, elle se serait réfugiée chez moi.

Avant que son père ait pu réagir, il se retourna et quitta l'appartement, claquant la porte derrière lui, mais pas avant que Josie l'ait vu essuyer ses larmes avec le talon de ses mains. Elle fit de son mieux pour garder son calme, pour refouler les émotions qui menaçaient de l'engloutir, les enfermer dans un coin de son cœur. Plus tard, elle rejouerait cette scène dans sa tête, elle sentirait de nouveau la fureur et le chagrin qui émanaient si fortement du chef, comme des ondes. Plus tard, elle digérerait la douleur de savoir que le chef vivait depuis si longtemps dans la culpabilité et le remords, incapable d'y échapper. Pour l'heure, elle concentra son attention sur Harlan.

— Selon vous, dans quoi Kelsey s'était-elle embarquée ?

Il braqua soudain la tête vers elle, comme surpris qu'elle soit encore là.

— Quoi ?

— Vous dites que Kelsey s'était embarquée dans quelque chose. Quel genre de chose ?

Il reprit sa bière, la vida et écrasa la canette dans son poing.

— Qu'est-ce que j'en sais ?

— Vous étiez un enquêteur expérimenté. Vous n'aviez aucune idée ?

Il soupira.

— J'ai pensé au trafic d'êtres humains. À un petit ami. Il l'avait peut-être embobinée, en lui racontant qu'elle était belle et intelligente. Qu'il ne pouvait pas vivre sans elle. En lui donnant l'impression qu'elle était unique et qu'il allait enfin lui donner tout l'amour qu'elle n'avait jamais reçu de personne. Toutes les salades que les ados débiles gobent quand elles n'ont pas confiance en elles.

Il n'avait pas dû être facile de grandir en sachant que son père était un policier corrompu, un homme froid et misogyne, et en ayant pour mère une indic qui n'avait pas voulu la garder, mais Josie était persuadée que le chef avait offert à Kelsey un foyer stable et aimant pendant quinze ans. Le chef avait raison. Consommation d'alcool avant l'âge légal, vol à l'étalage, et même le fait de goûter à la drogue, tout ça était monnaie courante parmi les adolescents et n'indiquait pas nécessairement que l'on ait affaire à une « ado à problèmes », selon la formule vague de Harlan, ni même à une fille qui aurait manqué d'estime de soi. Il existait bien d'autres raisons pour lesquelles les ados faisaient tout cela, des raisons sans rapport avec le manque d'assurance. Et Josie doutait que, pour en arriver à cette conclusion, Harlan ait jamais eu une vraie conversation avec sa propre fille.

— Pourquoi pensez-vous que Kelsey manquait d'estime de soi ?

— Écoutez, ça n'apparaît pas dans le rapport d'autopsie, mais Kelsey se coupait.

— Pardon ? Que voulez-vous dire ?

— Elle avait des cicatrices sur le bras. Le légiste pensait qu'elle se les était faites elle-même. Il a dit qu'elle devait se couper. Je ne vois pas comment il pouvait dire ça en voyant juste deux ou trois marques, mais il a dit qu'elles étaient « compatibles » avec des mutilations, même s'il n'y en avait pas beaucoup. La plupart du temps, ça laisse pas de cicatrices, ces choses-là. Et puis il insistait, le légiste, vous voyez ? Il voulait le mettre dans son rapport. Moi, j'ai dit qu'il ne pouvait pas, à moins d'être sûr à cent pour cent, parce que, dans un tribunal, l'avocat de la défense se régalerait avec ça : « Ah oui, elle se mutilait, elle devait vraiment pas aller bien. » Déjà qu'elle était accusée de vols et de possession de drogue.

— Vous pensiez que, si vous trouviez le tueur, l'avocat de la défense attaquerait la personnalité de Kelsey.

— J'ai souvent vu ça. Ils focalisent l'attention du jury sur l'état mental de la victime, comme si elle avait bien mérité ce qui lui était arrivé. En temps normal, je m'en foutais. Généralement, dans les enquêtes que je menais, les victimes, c'étaient des pauvres merdes, et les tuer, c'était un service à leur rendre, à elles et à la société.

Josie tâcha de masquer son dégoût.

— Mais pour Kelsey, ça vous a paru important ?

— Ben oui. C'était une Chitwood.

Josie ne s'attarda pas sur les failles de son raisonnement – il ne s'intéressait ni à l'un ni à l'autre de ses deux enfants, il n'avait eu aucune relation digne de ce nom avec eux, et l'enlèvement et le meurtre de sa fille adolescente lui importaient peu, mais le fait que sa réputation soit entachée lors d'un procès potentiel l'ennuyait.

— Mon coéquipier, Benning, il était d'accord. On a convaincu le légiste de ne pas parler des mutilations dans son rapport.

Josie repensa au rapport d'autopsie que le chef avait dans ses dossiers. Il n'y était pas question de mutilation et, si elle avait bonne mémoire, la seule cicatrice mentionnée était très ancienne, au genou.

— Vous avez dit que vous ne vouliez pas qu'il exprime son

opinion sur la cause des cicatrices, pas que vous aviez interdit toute évocation de ces cicatrices dans son rapport.

— Non.

— Mais elles ne figurent pas du tout dans le rapport.

Il haussa les épaules.

— Non.

— Est-ce que le chef... Est-ce que Bobby est au courant ? se reprit-elle.

— Non, et j'allais pas lui en parler, vu comme il se met en boule avec cette gamine. Il n'a jamais rien voulu entendre de ce que j'avais à dire, de toute façon.

— Combien y avait-il de cicatrices ? demanda Josie. Où étaient-elles exactement ?

Harlan leva un bras et, de l'autre main, il désigna la partie charnue de son avant-bras, juste avant le pli du coude.

— Juste ici. Deux entailles. Trois ou quatre centimètres, peut-être cinq.

22

Josie trouva le chef en train de faire les cent pas devant l'entrée du bar. Quand il la vit, il se dirigea vers son véhicule. Ils n'échangèrent pas un mot tandis que Josie se mettait en route pour chercher un hôtel à Brighton Springs. Même à l'hôtel, il ne la regarda pas. Lorsqu'ils eurent obtenu leur clé, chacun se rendit dans sa chambre. Josie s'étira sur le lit et commanda un room service. Elle ferma les yeux et, en attendant que le repas lui soit apporté, elle se livra à un exercice de respiration que sa psychologue lui avait enseigné. Elle n'adhérait pas totalement à l'idée du « souffle comme remède à la tristesse et à l'angoisse », mais pratiquait quand même ces exercices idiots. Les événements de la journée repassaient en boucle dans sa tête. L'expression du chef avant qu'il sorte de chez son père lui plongeait un poignard dans le cœur chaque fois qu'elle se la remémorait. Elle dévora la nourriture proposée par l'hôtel, sans vraiment en sentir le goût, car elle aurait plus que tout voulu être chez elle avec son mari et son chien.

Lorsqu'elle appela Noah, il était encore au commissariat. Elle lui raconta sa journée et lui demanda de lui envoyer toutes les photos de la scène de crime où l'on voyait les cicatrices sur le bras de Kelsey Chitwood, et les photos de Gemma Farmer, pour les comparer.

Assise en tailleur sur son lit, le téléphone entre la joue et l'épaule, elle ouvrit son ordinateur.

— Il est tard, dit Noah. Tu dois être épuisée. Tu as mangé ?

— J'ai commandé un room service, répondit-elle en attendant que son ordinateur s'allume. Vous avez avancé, sur Gemma Farmer ?

— Pas du tout. C'est assez démoralisant.

Josie fit apparaître les photos de Gemma qui lui faisaient penser à la Belle au bois dormant, sur la scène de l'alcôve, la tête reposant sur un bras, les yeux clos. La légère trace des cicatrices roses était à peine visible sur son avant-bras. Comme tant d'autres éléments étranges autour de ce crime, les cicatrices étaient passées au second plan, on n'en parlait même pas. Mais selon Harlan Chitwood, Kelsey avait les mêmes. Ce ne pouvait pas être une coïncidence.

— Continuez les recherches. Ça finira bien par donner quelque chose.

Alors même qu'elle prononçait ces mots, elle était hantée par la question de Harlan : avait-elle déjà été confrontée à un vrai mystère ? Un cas qu'elle n'avait pu résoudre ? Il y avait eu quantité d'affaires mineures qu'elle n'avait pas élucidées, et quelques meurtres dont elle était certaine qu'ils étaient liés au crime organisé ou au trafic de drogue, mais où les preuves étaient insuffisantes pour monter un dossier. Elle espérait néanmoins que l'homicide de Gemma Farmer n'échouerait pas dans le fin fond des archives des affaires classées à Denton dans vingt-cinq ans. Elle ferait tout son possible pour éviter ça, elle le savait.

— Toi aussi, tu les regardes ? demanda-t-elle à Noah.

— Gemma ou Kelsey ?

— Gemma. Je vais examiner celles que tu m'as envoyées de Kelsey.

Elle ouvrit les photos de la scène de crime de Kelsey l'une après l'autre pour les étudier avec soin, en prêtant une attention particulière aux avant-bras, du moins à ce qu'elle pouvait en voir. Lorsqu'elle aperçut ce dont avait parlé Harlan, son cœur fit un bond. Elle agrandit la photo à l'écran, non sans regretter que les photos de l'époque ne soient pas aussi nettes qu'aujourd'hui.

— Ce sont les mêmes, dit-elle.

Elle entendit un bruit de fond au bout du fil.

— Je te mets en haut-parleur, expliqua Noah. Gretchen et Mett sont là tous les deux. Quelle photo es-tu en train d'examiner ?

Elle marmonna le numéro de la photo et attendit qu'il réponde :

— Je l'ai.

— Le bras droit. Placé sur le dessus du banc devant elle. Il y a des entailles sur l'avant-bras. Exactement comme Gemma Farmer. Elles semblent avoir à peu près la même longueur et la même largeur. Un peu rosées. Quasiment identiques aux cicatrices de Gemma Farmer.

La voix de Gretchen se fit entendre.

— Zoome, ordonna-t-elle à Noah.

Josie revint aux photos de Gemma Farmer.

— Compare avec les photos de Farmer. Gemma en a cinq.

— On ne savait pas trop quelle importance leur accorder, murmura Mettner. Ni même si elles avaient une quelconque importance.

— Josie, dit Noah, en as-tu parlé au chef ?

— Pas encore. Je voulais d'abord être certaine que c'étaient les mêmes.

Elle n'ajouta pas que la journée avait déjà été assez dure comme ça.

— Qu'est-ce que ça signifie ? demanda Mettner. Si c'est le tueur qui a infligé ces coupures à ces filles, qu'est-ce qu'il veut nous dire ?

— Impossible de savoir ce que ce type a dans son cerveau tordu, commenta Noah.

— Il fait peut-être le décompte de ses victimes, suggéra Gretchen.

Josie avait eu la même idée, mais son dos fut parcouru d'un frisson glacé quand elle l'entendit formulée tout haut. Elle juxtaposa sur son écran des photos des deux crimes.

— Ce qui indiquerait que Kelsey était la deuxième, et Gemma Farmer, la cinquième.

— Donc il y en aurait eu d'autres, conclut Gretchen. Que nous n'avons pas encore trouvées.

— Il faut continuer à fouiller, dit Josie. Nous passons peut-être à côté de quelque chose.

Son téléphone bipa, signalant un autre appel. Éloignant l'appareil de son visage, elle déchiffra le numéro entrant. Le coup de fil venait de Brighton Springs.

— Bon, ça pourrait être Meredith, de l'unité affaires classées. Je dois vous laisser.

Elle termina sa conversation avec ses collègues et accepta le nouvel appel.

— Inspectrice Dorton ?

— Allô ? dit une voix féminine qui semblait plus âgée, plus flûtée. Je voudrais parler à... Josie Quinn ?

— C'est moi. Je peux vous aider ?

— Ah, je l'espère. Je suis sœur Theresa, du couvent de Sainte-Agnès, à Brighton Springs.

— Je sais qui vous êtes. Comment avez-vous eu mon numéro ?

Il y eut un silence.

— C'est le seul numéro qu'il a bien voulu me donner, finit par répondre sœur Theresa d'une voix plus basse.

— Qui ?

— Bobby. Bobby Chitwood. Il est ici, à l'église, et dans un piteux état.

Sœur Theresa ne pouvait pas la voir, mais Josie secoua la tête.

— J'arrive tout de suite.

23

Un cercle de lumière jaune brillait sur le parvis de Sainte-Agnès. Comme convenu, sœur Theresa n'avait pas fermé à clé, et Josie se glissa dans la pénombre de l'antichambre. Devant elle, une grande double porte en bois avait été laissée entrouverte. Au-delà, l'église était mieux éclairée. Les rangées de bancs en bois étaient séparées par une large allée centrale dallée de marbre, qui menait à l'autel. D'un côté, des cierges brûlaient et la lueur vacillante de leurs flammes dansait sur les vitraux. De l'autre, une statue de la Vierge se dressait sur une table, mains tendues, paumes vers le ciel, paraissant inviter les paroissiens à s'agenouiller devant elle pour prier. Les murs étaient bordés de confessionnaux.

Josie chercha des yeux sœur Theresa ou le chef.

— Il y a quelqu'un ?

— Par ici, dit la voix féminine entendue au téléphone.

Josie se tourna vers la gauche, où une petite femme aux cheveux gris coupés court surgit entre les deux bancs les plus proches du fond de la nef.

— Je suis sœur Theresa, annonça-t-elle en lui faisant signe de s'approcher.

Elle portait un pull gris, un pantalon kaki et de grosses chaussures noires visiblement choisies pour leur praticité plutôt que pour leur élégance. La seule indication de sa foi était une croix en or, toute simple, suspendue à son cou. En se dirigeant vers la religieuse, Josie sentit sa terreur redoubler, l'estomac barbouillé par le repas commandé au room service.

— Merci d'être venue, dit tout bas sœur Theresa.

Ses yeux bleus luisaient d'inquiétude et, pensa Josie, de pitié. Josie eut un choc lorsqu'elle s'écarta : le chef Chitwood était étendu sur le dos, dans l'espace étroit situé entre les bancs. Une bouteille de whisky Jameson, ouverte, était posée au bout de l'un d'eux. Josie fut écœurée par l'odeur d'alcool.

— Comment est-il arrivé ici ? s'enquit-elle, en enjambant le corps de Chitwood.

— Il m'a appelée. Nous sommes toujours restés en contact, même si cela fait sans doute six ou sept ans que je ne l'avais pas revu. Il m'a dit qu'il était en ville et qu'il avait peut-être une piste pour le meurtre de Kelsey. Puis il m'a demandé si je pouvais lui ouvrir l'église pour que nous puissions prier ensemble.

Du bout du pied, Josie souleva la jambe du chef. Il ne bougea pas.

— Vous priez souvent ensemble ?

— Pas souvent, mais parfois. Au fil du temps.

— Chef, dit Josie d'une voix ferme et sonore. C'est moi, Josie Quinn.

Elle lui poussa le pied de nouveau et, cette fois, il dodelina de la tête. Il ouvrit les yeux et battit des paupières.

— Quinn ! Vous êtes là.

— Il est arrivé dans cet état ?

— Il me semble, oui, répondit sœur Theresa. J'ai été retardée, mais j'avais laissé les portes ouvertes pour lui. Quand je l'ai rejoint ici, il n'était pas beau à voir.

— Chef, pouvez-vous vous redresser ? demanda Josie.

— Quinn ! hurla-t-il comme si elle se trouvait très loin.

Un de ses bras qui s'agitait renversa la bouteille de whisky. Josie se précipita pour la rattraper, mais ils furent tous deux éclaboussés.

— C'était exactement ici, Quinn, marmonna-t-il. Elle était exactement ici.

Josie recula et fit le tour du banc, revenant du côté des confessionnaux plutôt que par l'allée centrale.

— Quinn ! Vous étiez où ? Je dois vous montrer quelque chose ! C'est ici qu'elle était, exactement ici ! Quinn ?

Josie s'approcha du chef, s'accroupit et lui glissa ses deux mains sous les aisselles.

— Je suis là. Je vais vous soulever, essayer de vous asseoir sur ce banc. Vous pouvez m'aider ?

Elle sentit son haleine chargée de whisky lorsqu'il répondit :

— C'est le banc ! Ce banc-ci !

Josie l'appuya contre ses genoux pour le remettre debout.

— Vous devez vous relever, ordonna-t-elle.

Les jambes de Chitwood flageolèrent, ses bras remuant en tous sens, comme s'il glissait sur la glace et s'efforçait de ne pas tomber. Josie parvint à l'asseoir à moitié, puis elle faillit elle-même s'écrouler et se rattrapa en appuyant un genou sur le banc. Sœur Theresa l'aida à redresser Chitwood pour qu'elle puisse se dégager. Le chef se pencha et frappa le banc devant eux du plat de la main.

— Exactement ici ! C'est là ! Sur ce banc-là !

Josie regarda sœur Theresa.

— Est-ce vraiment le banc où Kelsey a été tuée ?

— Non. Ils ont été remplacés depuis. Il y avait trop de…

Sœur Theresa jeta un coup d'œil vers le chef, mais il avait les yeux fixés sur l'autel, son regard suivant la lumière tremblotante des cierges.

— Même s'ils nous avaient été restitués, il y avait trop de

sang, je ne suis pas sûre que nous aurions pu faire disparaître les taches. Celui de derrière et celui sur lequel ses bras reposaient étaient inutilisables.

— La police les a réquisitionnés comme pièces à conviction, c'est ça ?

Josie savait que son équipe aurait emporté les deux bancs entiers et les aurait gardés pour les analyser.

— Oui. Ils nous ont fourni un reçu. Je l'ai encore quelque part, certainement...

— Ce n'est pas nécessaire, dit Josie. Simple curiosité. Ils ont dû relever les empreintes sur les deux bancs. Il devrait y avoir un rapport. Le chef n'avait pas...

Elle s'interrompit, ne sachant pas si sœur Theresa était au courant des recherches effectuées par le chef sur le meurtre de Kelsey. Elle se tourna vers lui et l'interrogea :

— Vous avez consulté le rapport sur les empreintes ? Vous avez questionné votre père ou son coéquipier à ce sujet ?

— C'est ici que ça s'est passé, Quinn, déclara Chitwood comme s'il ne l'avait pas entendue.

Les larmes aux yeux, sœur Theresa prit la main du chef.

— Oui, Bobby, c'est à cet endroit-ci. Je suis désolée.

— Tout le monde est désolé, grommela-t-il. Mais personne n'a payé.

— Bobby, nous en avons déjà parlé. Le châtiment n'est pas...

À la rougeur des joues du chef, Josie comprit qu'il n'avait aucune envie d'écouter ce que sœur Theresa allait expliquer. Elle lui tapota l'épaule pour rediriger son attention vers elle.

— Comment êtes-vous arrivé ici ?

Il la dévisagea un instant.

— Uber. Hé, j'ai du whisky, Quinn. Vous en voulez une goutte ? Faut juste que je retrouve ma bouteille.

Tout le haut de son corps bascula et, avant que Josie ou sœur Theresa ait pu le retenir, sa tête percuta le haut du banc devant lui. Une volée de jurons jaillit de sa bouche alors que Josie le rasseyait. Une marque rose apparaissait déjà en travers de son front.

— Très bien, dit Josie. Ça suffit. Sortons. Je vous ramène à l'hôtel. Merci, ma sœur. Je suis contente que vous m'ayez téléphoné. Je suis absolument navrée pour tout ça.

— Vous n'avez pas à vous excuser. Bobby porte depuis tant d'années le poids de la mort de Kelsey, mais je ne suis pas sûre qu'il ait jamais vraiment surmonté cet événement.

— Je le surmonte très bien, riposta le chef d'une voix trop forte.

Contemplant ses yeux vitreux, Josie éprouva une profonde tristesse. Il avait surmonté la mort de Kelsey en devenant obsédé par cette affaire et en excluant toute possibilité d'amour ou de compagnie dans son existence. Il se punissait lui-même, devina Josie. Année après année, il se châtiait en s'interdisant toute vie réelle. Au lieu de vivre, il travaillait. Exactement comme elle. Le travail avait toujours été un baume pour ses plaies. L'alcool avait aussi été un remède pour atténuer sa douleur quand le travail ne suffisait pas. Elle avait cessé de boire quand elle avait compris que cela la poussait uniquement à faire de mauvais choix et que, lorsqu'elle dessoûlait, la souffrance qu'elle avait tenté d'endormir était encore là. Elle était toujours là. Il y avait des choses que l'on ne réparait jamais, qui ne s'estompaient jamais. On apprenait simplement à vivre avec elles, et avec la douleur. Josie avait eu la chance d'être entourée de gens qui avaient refusé de l'abandonner, comme sa grand-mère défunte ou son mari, Noah.

Chitwood n'avait personne. Du moins, personne qu'il consente à laisser se rapprocher de lui.

— Chef, dit doucement Josie. Venez, je vais vous aider.

— Vous voulez rien boire ? demanda-t-il en la laissant se glisser sous un de ses bras pour le soulever.

— Ça fait quelques années que j'ai arrêté.

— Hein ? Pourquoi ?

Alors qu'ils se traînaient hors de l'église, laissant sœur Theresa en haut des marches de pierre, Josie répondit :

— Demain matin, vous saurez pourquoi.

24

TROIS MOIS AUPARAVANT,
PENNSYLVANIE CENTRALE

Diva tenta de nouveau de placer la couverture sur la fille, mais celle-ci se débattit, la repoussa et lui mit un violent coup de poing dans le ventre. Diva retomba sur le dos et se roula en boule. Les larmes lui piquaient les yeux, non pas à cause de la douleur causée par le coup, mais face à toute la situation. Elle était enfermée dans un endroit bizarre, avec une fille nue bizarre, qui avait manifestement été torturée, et qui était enchaînée.

— S'il te plaît, murmura la fille. Ne t'approche pas de moi. Ça vaut mieux pour nous deux.

Diva inspira et expira plusieurs fois avant de se redresser, essuyant ses larmes avec le bas de son t-shirt.

— Comment tu le sais ?

La fille s'adossa au mur, les genoux serrés contre la poitrine, et se balança légèrement.

— T'es con ou quoi ? Tu m'as regardée ?

Les larmes de Diva coulèrent lorsqu'elle contempla longuement la fille, remarquant encore d'autres bleus sur ses jambes et ses bras. Sa peau tendue sur ses os. Ses cheveux rêches, ses yeux cernés.

— On peut parler, mais tu peux pas m'aider, tu comprends ?

Diva hocha la tête sans comprendre, sans rien comprendre.

— Tu peux pas me donner tes couvertures, tes vêtements, ta bouffe ou ton eau. Compris ?

La lèvre inférieure de Diva trembla.

— Mais tu as besoin...

La fille releva le menton, d'un air de défi qui étonna Diva, au-dessus de son corps émacié et meurtri.

— Il faut que tu m'écoutes. Fais ce que je te dis. J'ai besoin de rien d'autre. Moi, je suis encore en vie. Celle qui était ici avant toi...

Diva eut la poitrine comprimée, comme si on serrait un étau autour de sa cage thoracique.

— Il y avait une fille ici avant moi ?

— Ouais.

— Que... qu'est-ce qui lui est arrivé ?

— Pendant longtemps, elle a fait ce qu'ils voulaient mais, un jour, ils l'ont emmenée et elle est plus jamais revenue.

25

Josie et le chef occupaient une table dans un restaurant à quelques pâtés de maisons de leur hôtel. Chaque fois qu'une serveuse criait une commande au cuisinier ou qu'un garçon déposait dans un bac les couverts et la vaisselle sales à remporter en cuisine, le chef tressaillait. Il avait devant lui une tasse de café, intacte. Son menton reposait sur une de ses paumes. Il n'avait pas encore regardé Josie dans les yeux. Pas depuis qu'il s'était réveillé et l'avait découverte endormie dans un des fauteuils de sa chambre. Ce n'était pas un siège très confortable pour y passer la nuit, mais elle ne pouvait pas prendre le risque qu'il quitte de nouveau l'hôtel, surtout ivre. Lorsqu'il s'était réveillé, elle était sortie, en lui donnant rendez-vous dans le hall de l'hôtel une demi-heure plus tard.

— Pourquoi m'avez-vous amené ici ? C'est trop bruyant.

Leur serveuse vint placer devant eux deux assiettes de nourriture fumante. Comme le chef ne voulait rien, Josie lui avait commandé le même petit déjeuner que pour elle : deux œufs sur le plat, pain grillé, pommes de terre rissolées, bacon. Le chef blêmit et repoussa son assiette.

— Je vous répète que je n'ai pas faim.

— Mangez au moins les toasts.

En temps normal, quand on lui disait ce qu'il devait faire, il réagissait par des hurlements. Josie put mesurer la gêne qu'il ressentait au peu d'agressivité qu'il manifestait. Elle regrettait un peu le chef virulent auquel elle était habituée.

— Vous devez vous mettre quelque chose dans le ventre. La journée va être longue. Meredith m'a téléphoné pendant que vous vous prépariez. Elle a trouvé le dossier de Kelsey.

À ces mots, il redressa la tête et croisa enfin son regard.

— Ah oui ?

— Elle dit que les documents avaient été échangés, exactement comme les autres. Trois affaires mélangées dans les cartons les unes des autres. Comme vous le pensiez, ça paraît délibéré. Enfin, malgré ça, elle a mis la main sur le dossier de Kelsey. Quand on aura mangé, on file à l'annexe. Il faudra que vous soyez... opérationnel.

Il prit un toast et tressaillit en le portant à ses lèvres. Josie attendit qu'il en ait mangé deux et les ait arrosés d'un peu de café pour continuer :

— Il y a autre chose dont nous devons parler.

— Quinn, pour hier soir, je...

Elle secoua la tête.

— Il ne s'agit pas d'hier soir, mais des deux affaires, Kelsey et Gemma Farmer. Nous avons découvert un autre lien. Important.

Elle lui parla des entailles sur le bras de Kelsey, lui relata comment Harlan avait dissuadé le légiste de faire allusion à des mutilations, et que les cicatrices n'avaient finalement pas du tout été mentionnées dans le rapport d'autopsie.

— La corruption est partout dans ce trou pourri, déclara le chef d'une voix tendue par la colère. Il faudrait débusquer ce légiste et avoir une conversation avec lui.

— On peut faire ça. Cela dit, même s'il avait inclus cet élément, cela n'aurait rien révélé à quiconque, à l'époque.

Ç'aurait été considéré comme un détail secondaire. C'est seulement à la lumière du meurtre de Gemma Farmer, qui présente cinq entailles comparables, que celles de Kelsey deviennent significatives. J'en ai parlé à l'équipe hier soir. Gretchen pense que c'est le décompte des victimes. Si elle a raison, ça signifie que Kelsey était la deuxième et Gemma, la cinquième.

Le chef digéra l'information, les yeux fixés sur sa tasse pendant plusieurs secondes.

— Trois autres victimes. Quinn, je n'ai pas pu les trouver. Et pourtant j'ai cherché.

— Alors il a changé de mode opératoire, ou bien les autres n'ont jamais été découvertes. Je ne sais pas. Nous pourrons en discuter plus longuement avec l'équipe. Pour le moment, nous devons nous concentrer sur l'examen du dossier de Kelsey. Meredith a promis de préparer des copies que nous pourrons emporter. Il y avait autre chose, aussi : je souhaite rencontrer l'ancien coéquipier de votre père, celui qui a aussi travaillé sur l'affaire. Comment s'appelait-il ?

Le chef but encore une gorgée de café.

— Travis Benning. Il était jeune, en ce temps-là. Il n'a bossé avec mon père que pendant quelques années.

— Vous savez où il est maintenant ?

— Non. J'ai dû lui parler trois fois en tout, mais je ne crois pas qu'il soit resté ici. J'ai eu l'impression qu'il n'aimait pas beaucoup les méthodes de mon père.

— Vous voulez dire qu'il n'était pas corrompu.

— Voilà. Vous avez vu avec Meredith comment la police de Brighton Springs traite ceux qui ne tolèrent pas la corruption.

— Vous pensez que votre père sait ce qu'il est devenu ? Où il est allé ensuite ?

Le chef repoussa sa tasse vide.

— Ça m'étonnerait.

Josie prit son téléphone et envoya un texto.

— Je vais demander à Noah de le retrouver. En attendant, allons voir Meredith.

Ils roulèrent en silence jusqu'à l'annexe de l'unité affaires classées. Les cartons s'empilaient sur le bureau de Meredith, et elle tournait autour avec une énergie frénétique. Elle avait les yeux écarquillés, les joues roses. Soit elle avait bu beaucoup trop de café, soit elle était excitée pour une raison précise. Elle désigna une pile de boîtes portant le nom de Kelsey et son numéro de dossier.

— Ces cartons contiennent maintenant les bons documents, qui concernent la disparition et le meurtre de Kelsey. Quand vous aurez tout regardé, nous commencerons à faire des copies. Je voulais que vous examiniez ça d'abord, pour être sûre de ne rien oublier.

— Parfait, répondit Josie en tirant les chemises d'une des boîtes. Merci. Vous avez eu l'occasion de jeter un œil aux autres cas avec lesquels celui-ci était mélangé ? Vous avez pu constater des ressemblances ?

— Non, avoua Meredith. Écoutez, je regrette de ne pas avoir davantage de place. Je vous ai déblayé un coin. La photocopieuse est là. Vous devrez étaler des papiers par terre, mais...

— Pas de problème, dit le chef. On s'en sortira. Quinn, prenez un carton.

— Avant que vous vous mettiez au travail, il y a une chose que je voulais vous montrer.

Meredith se glissa derrière son bureau, suivie par Josie et par le chef qui s'insérèrent dans ce petit espace. Elle s'assit devant son ordinateur, tandis que les deux autres regardaient par-dessus son épaule les différents dossiers qu'elle ouvrait. Josie sentait encore un léger relent de whisky sous l'après-rasage du chef. Elle se demanda si Meredith le détectait aussi, mais celle-ci semblait bien trop préoccupée par ce qu'elle voulait leur faire voir.

À l'écran apparut un PDF que Josie reconnut : un rapport

de disparition, un formulaire officiel de la police de Brighton Springs. Il était daté du 5 avril 1999. Environ deux ans après que Kelsey Chitwood avait été retrouvée assassinée dans l'église Sainte-Agnès.

— Cette fille, dit Meredith en désignant une des lignes du rapport. Priscilla Cruz avait quinze ans lorsqu'elle a disparu d'un foyer pour lycéennes à Brighton Springs. Elle est partie un jour, tout le monde pensait qu'elle allait à l'école, comme d'habitude, mais elle n'est pas arrivée à destination, et elle n'est jamais rentrée ensuite. Elle n'avait pas pris son sac à dos. La directrice du foyer a déclaré qu'elle avait laissé tous ses effets personnels dans sa chambre. L'inspecteur – devinez qui ? Harlan Chitwood – a interrogé toutes les autres résidentes et le personnel du foyer, ses enseignants, ses camarades de classe, des voisins. Personne n'avait rien vu. Personne n'avait remarqué un comportement étrange dans les semaines qui avaient précédé. Tout le monde pensait qu'elle avait fugué. Elle ne s'entendait pas avec la directrice du foyer, apparemment. Elles en étaient même venues aux mains. Faute de piste, l'affaire a été classée. Puis le corps de Priscilla a été découvert en 2003, derrière son ancien lycée. Le légiste a estimé qu'il était là depuis environ deux à trois ans.

Meredith cliqua sur d'autres éléments du dossier, dont une photo granuleuse de Priscilla Cruz devant un bâtiment en briques, ainsi que des images de sa dépouille, noircie et méconnaissable au milieu des mauvaises herbes et des détritus.

— Elle a pu être identifiée grâce à son dossier dentaire. La décomposition était trop avancée pour que le légiste détermine la cause et les circonstances du décès.

— Qu'est-ce que vous essayez de nous dire ? s'enquit le chef. Vous pensez que cette fille... Comment s'appelle-t-elle ?

— Priscilla Cruz.

— Priscilla Cruz. Vous pensez qu'elle a été tuée par celui qui a enlevé et tué Kelsey ?

— Ça me paraît possible, répondit Meredith. Hier, vous avez dit vous-même que vous n'aviez trouvé aucun autre cas semblable.

— C'est formidable, Meredith, dit Josie. Mais à part le fait qu'elle avait quinze ans et qu'elle est partie de chez elle sans rien emporter, qu'elle a disparu et a été retrouvée morte par la suite, je ne suis pas sûre que nous puissions prouver que ce cas est associé à ceux de Kelsey Chitwood et de Gemma Farmer.

— C'est ce que j'ai pensé aussi, acquiesça Meredith. Mais quand je me suis plongée dans le dossier – qui n'est pas très épais, d'ailleurs –, j'ai découvert un autre détail qui pourrait lier cette affaire aux deux autres. Regardez.

Elle cliqua plusieurs fois et une photographie aérienne s'afficha, représentant un bâtiment très étendu, différents parkings, un stade et des terrains à bâtir. Elle zooma sur l'un d'eux et, plus précisément, sur ce qui ressemblait à une clôture tout autour.

— Là, c'est le lycée, et cette zone-ci était censée être l'emplacement d'un nouveau stade de foot. Les clôtures avaient déjà été installées quand Priscilla Cruz a disparu. Vous voyez ici qu'il y a des arbres et des buissons, mais l'essentiel avait déjà été abattu, le terrain était prêt pour la construction. Puis le lycée a eu des problèmes avec un fermier dont les terres sont voisines. Il prétendait qu'une partie du terrain destiné au futur stade lui appartenait. Il y a eu un procès, et les travaux ont été retardés de quelques années.

— Et alors ? s'impatienta Chitwood, redevenu lui-même.

— Alors, dit Meredith avec la même excitation que celle qu'elle montrait quand ils étaient arrivés, ils n'ont commencé à creuser qu'en 2003, et c'est là qu'ils ont trouvé la dépouille mais, à l'origine, ils auraient dû démarrer le 27 août 1999, soit le jour des seize ans de Priscilla.

Il y eut un silence, tandis que Josie et le chef digéraient cette information.

— Vous dites que si la construction du nouveau stade s'était déroulée comme prévu, le corps aurait été découvert le jour de son anniversaire.

— Si elle est la troisième victime, alors oui, je pense que le tueur l'a laissée là pour ses seize ans. Le chantier devait être lancé ce jour-là. Le tueur pensait probablement que les ouvriers tomberaient sur le corps en arrivant. Mais le fermier a obtenu une injonction de justice et personne n'a mis les pieds sur ce terrain pendant trois ans.

— Il n'y a aucune certitude, dit Josie. Pas moyen de savoir quand le corps a été déposé. Mais il est très possible qu'elle ait été la troisième victime, si le légiste a estimé que le cadavre était là depuis deux à trois ans.

— Je sais qu'il est impossible de prouver qu'elle a été tuée et abandonnée sur le site pour ses seize ans, mais si c'est le cas, son profil correspondrait à celui des autres victimes.

— Comment ça ?

Meredith pivota vers eux sur sa chaise, agitant les mains avec enthousiasme.

— Kelsey a été déposée dans l'église rattachée à son école, dans l'enceinte de son lycée. Si elle n'avait été ni enlevée ni tuée, elle aurait pu être à l'église. Elle aurait forcément été dans le lycée. Vous dites que Gemma Farmer a été découverte à un bal de fin d'année. Si elle n'avait pas été enlevée, elle aurait pu aller à ce bal. Les deux filles ont été déposées là où elles auraient pu aller si elles avaient encore été en vie. À seize ans, Priscilla Cruz aurait été élève de ce lycée.

Josie avait passé bien des heures à se demander pourquoi le meurtrier s'était donné le mal d'orchestrer toute une mise en scène autour des cadavres de Kelsey Chitwood et de Gemma Farmer. Cela supposait une préparation, et passer autant de temps sur les lieux était risqué, cela augmentait grandement la probabilité qu'il soit pris en flagrant délit. Sans parler du fait qu'il s'agissait de lieux publics. De toute évidence, c'était lié au fantasme.

— Excellente observation, commenta Josie. En un sens, il les restitue à ce qu'il considère comme la vie normale d'une fille de seize ans.

Meredith ouvrit la bouche pour répondre, mais le chef la devança.

— Il y a trop de variables. Nous n'avons aucune preuve que cette fille-là ait été tuée par le type qui a assassiné Kelsey et Gemma Farmer et, même s'il les « restitue » de la même façon, ça ne nous dit toujours pas qui il est !

— Mais en vingt-cinq ans, vous n'avez pas pu trouver un seul cas lié, souligna Josie. Je ne crois pas une seconde que Kelsey et Gemma soient ses seules victimes. Si nous ne parvenons pas à identifier les autres, c'est peut-être parce que les corps n'ont pas été découverts à temps.

— Très bien. Je ne vois pas trop à quoi ça nous servira, mais pouvons-nous obtenir aussi une copie du dossier Cruz ?

— Bien sûr, répondit Meredith. Je peux aussi chercher d'autres cas de ce genre, et vous les envoyer s'il y en a.

— Ce serait très gentil, la remercia Josie. Nous commencerons par le dossier de Kelsey. Je voulais voir le rapport de relevé d'empreintes sur les bancs de l'église.

— Suivez-moi, je vais vous montrer votre « espace de travail ».

Josie et le chef prirent les cartons où figurait le nom de Kelsey et suivirent Meredith dans le mobile home. Comme promis, elle leur avait fait de la place à côté de la photocopieuse. Tandis que le chef partait chercher les autres boîtes, Josie s'agenouilla et se mit à chercher le rapport concernant les empreintes. Le chef la rejoignit bientôt.

— J'ai interrogé mon père au sujet des empreintes. Juste après qu'on a trouvé le corps de Kelsey. Il a dit qu'il n'y avait rien. Un tas d'empreintes, mais aucune piste : c'était un banc d'église. Des centaines de mains s'y étaient appuyées.

— J'aimerais quand même voir ce rapport.

Après quelques minutes de recherches, le chef mit la main dessus. Il se rapprocha de Josie et le lui tendit. Tirant de son col ses lunettes de lecture, il le lut par-dessus son épaule pendant qu'elle le feuilletait.

— Eh bien, vous aviez raison. Cinq cent vingt-deux empreintes latentes au total sur les deux bancs.

Josie examina le schéma des bancs qui figurait dans le rapport.

— Sur toutes ces empreintes, seules deux ont été retrouvées dans l'AFIS. L'une a été relevée sur le siège du banc situé derrière Kelsey, l'autre sur le haut de celui sur lequel elle était appuyée.

— Quoi ? Il ne m'a jamais dit ça. Si j'avais su, j'aurais moi-même fait des recherches sur les gens en question.

— Il l'a probablement fait, sans résultat. L'empreinte présente sur le siège appartenait à un délinquant sexuel de trente-sept ans, Donny Meadows, et l'autre à une fille de dix-neuf ans, Winnie Hyde, condamnée pour vol à l'étalage un an auparavant, à dix-huit ans.

— Le délinquant sexuel, il faut qu'on en sache plus sur lui.

— Bien sûr. J'envoie un texto à Noah pour qu'il piste ce type pendant que nous terminons ici.

— Merci, dit le chef. Finissons-en. Je ne veux pas rester dans cette ville une seconde de plus que nécessaire.

26

Le lendemain, Josie, le chef, Noah, Gretchen et Mettner se réunirent dans la salle de conférences du commissariat de Denton. Cela faisait plus d'une semaine que le corps de Gemma Farmer avait été découvert dans l'alcôve. Les inspecteurs étaient assis autour de la table, et tous semblaient éreintés, dépités, soucieux. Muet, le chef Chitwood se tenait dans un coin. Quelqu'un avait accroché aux murs des rapports et des photos. Un côté était consacré à Kelsey Chitwood, et le mur entier était presque couvert, l'autre étant dédié à Gemma Farmer, pour qui la documentation était beaucoup moins abondante. Josie se leva et fit lentement le tour de la pièce, en regardant toutes les images. Elle les avait déjà contemplées de nombreuses fois, mais elle ne pouvait s'empêcher de penser qu'elle passait à côté de quelque chose. Ou peut-être espérait-elle avoir manqué un détail qui permettrait de faire toute la lumière sur l'affaire, même si elle savait que les choses ne fonctionnaient pas ainsi.

— Qu'avons-nous sur Gemma Farmer ? demanda-t-elle.

Se servant de ses pieds pour parcourir la salle sur sa chaise à roulettes, Mettner consulta ses notes sur son téléphone et répondit :

— Rien. Voilà ce que nous avons. Gretchen et moi, on a montré sa photo à pratiquement tous les élèves et les profs de lycée de la ville. Personne ne l'a reconnue.

— Ou du moins, ils n'ont pas voulu l'admettre, ajouta Gretchen.

— Dans les restaurants, personne ne l'a reconnue non plus.

— Nous avons même réussi à nous procurer les vidéos de surveillance de tous les restaurants dans un rayon de soixante kilomètres où on servait du homard le soir du bal. Les images ne montrent que le vestibule et le parking, en général, mais on voit qui entre et sort.

Josie s'arrêta devant les photos de Kelsey Chitwood sur le banc de l'église. Le chef était-il perturbé par leur affichage dans cette pièce ? Il n'avait rien dit, mais il devait en connaître chaque détail. Il travaillait sur ce cas depuis un quart de siècle.

— Gemma n'apparaît sur aucune vidéo ? s'enquit Noah.

— Aucune.

Josie passa des photos de scène de crime aux images de l'autopsie de Kelsey, dont elle et le chef avaient obtenu les copies grâce à Meredith Dorton. Quelqu'un les avait accrochées en prenant soin d'omettre les plus affreuses, puisqu'elle était la sœur du chef. Il s'agissait surtout de gros plans du visage et des cheveux coupés. Josie fut frappée par son expression apaisée. Gemma avait la même.

— Et les magasins de robes ?

Gretchen ouvrit son bloc-notes.

— Il y a un magasin qui a du mal à récupérer ses vidéos. Un problème technique. Ils ont promis d'appeler dès qu'ils pourraient visionner les images d'avant le bal. Les autres boutiques ne gardent pas leurs vidéos plus de quinze jours, mais les gérants ont consulté leurs registres en remontant jusqu'au 2 janvier pour voir s'ils avaient vendu la robe que portait Gemma Farmer. Jusqu'ici, ça n'a rien donné.

— Et le dossier de Kelsey Chitwood ? demanda Mettner. Le délinquant sexuel dont les empreintes ont été retrouvées sur le banc, on a réussi à le pister ?

— J'ai trouvé le type, répondit Noah, mais il est en prison. Depuis cinq ans. Récidiviste.

— Alors ça ne peut pas être lui.

— Et l'ancien coéquipier de Harlan Chitwood, Travis Benning ? s'enquit Josie. Vous l'auriez déniché, par hasard ? Je pense qu'il n'a rien de plus à nous offrir que Harlan, mais puisqu'il a participé à l'enquête, j'aimerais tout de même lui parler, surtout s'il était moins corrompu.

Mettner se tourna vers le chef.

— Vous l'aviez rencontré, à propos de Kelsey ?

— Oui, deux ou trois fois. C'était quelqu'un de bien, mais il n'avait aucune information à me donner qui ne figurait pas dans le dossier, que vous avez tous vu. Enfin, si Quinn a envie de lui parler, qu'elle lui parle. Je compte sur elle, et sur vous tous, pour voir cette affaire d'un œil neuf.

Noah consulta ses notes.

— Apparemment, il habitait à Brighton Springs jusqu'à il y a une vingtaine d'années, après quoi il a fait un séjour à Pittsburgh pendant six ans. Puis il a changé plusieurs fois d'adresse avant de s'installer à Fairfield, dans le comté de Lenore. Il vit en appartement. Il ne travaille apparemment plus pour la police. Ni conjoint ni enfants, semble-t-il. Je lui ai téléphoné hier, et il m'a répondu qu'il serait ravi de venir nous voir.

— Qu'il vienne donc, dit Josie.

Noah griffonna quelques mots.

— Mais on n'est toujours pas plus avancés, observa Mettner.

Gretchen soupira, pivota sur sa chaise et observa toute la salle.

— Je suis d'accord avec Mett. Comment peut-on avoir

autant de documents, deux cas aussi étroitement liés, et pas l'ombre d'une piste ? Il y a un truc qui nous échappe.

— Alors passons tout en revue une fois de plus, dit Noah. J'ai dressé une liste de toutes les similitudes.

Mettner soupira lui aussi, tandis que Noah se levait et se dirigeait vers un tableau blanc au fond de la salle. Il le retourna pour que tous puissent voir son écriture au marqueur rouge. Il énuméra tous les points un par un.

— Les deux filles ont disparu de leur chambre, de ce qu'on sait. Rien n'indique qu'il y ait eu une lutte ou qu'on leur ait forcé la main. En fait, apparemment, elles se sont levées, habillées, et sont parties spontanément, en laissant toutes leurs affaires derrière elles. Nous savons aussi que Josie et le chef ont découvert un autre cas potentiel à Brighton Springs en 1999, Priscilla Cruz, qui a aussi disparu de chez elle après s'être levée un matin. Mais comme nous ne pouvons pas prouver qu'il y ait un rapport, nous ne tiendrons compte que des cas de Kelsey et de Gemma.

Josie s'approcha du tableau, l'examinant pendant que Noah continuait.

— Comme nous le savons, Kelsey a disparu à quinze ans, pendant près de cinq mois. Gemma avait aussi quinze ans et sa disparition a duré quatre mois. Quand elles ont été retrouvées, ni l'une ni l'autre ne semblaient avoir souffert de malnutrition, elles ne présentaient aucun signe de torture ou de blessure d'aucune sorte, à part la plaie meurtrière à la jambe gauche. Aucun signe manifeste d'agression sexuelle. Kelsey et Gemma ont été retrouvées le jour de leurs seize ans. Une mèche de cheveux leur avait été prélevée, et toutes les deux avaient une blessure fémorale. Kelsey a reçu deux coups de couteau, donc le tueur n'était pas aussi sûr de lui qu'avec Gemma.

— Si la théorie de Gretchen selon laquelle les entailles sur les avant-bras servent à numéroter les victimes est la bonne, dit Josie, Gemma étant la cinquième et Kelsey la deuxième, c'est logique. Il n'était pas aussi certain de trancher l'artère fémorale quand il n'en était encore qu'à sa première ou deuxième fois.

— Je suis d'accord, approuva Noah.

— Mais quand il en arrive à la cinquième, c'est devenu un pro, commenta Mettner. Aussi, les deux victimes ont été trouvées le soir. Après le dîner.

— Est-ce qu'on sait ce que contenait l'estomac de Kelsey ? demanda Gretchen.

Noah revint à la table et chercha le rapport d'autopsie de Kelsey Chitwood. Avant qu'il ait pu le trouver, le chef répondit :

— Elle avait mangé des tacos.

Tous se tournèrent vers lui.

— Son repas préféré, poursuivit-il, la voix vacillante, imprégnée de tristesse. Le tueur lui a servi des tacos, puis l'a tuée juste avant la messe de 5 heures.

— C'était son plat favori ? demanda Mettner. Elle a eu droit à son repas favori avant de mourir ?

Tous les yeux se braquèrent sur lui. Josie jeta un regard à Chitwood et discerna une lueur dans ses yeux.

— Pourquoi cette question ? voulut-il savoir.

Mettner les regarda tour à tour.

— On part du principe que c'est un tueur en série, non ? Le type est incroyablement attaché à son rituel. La plupart des trucs qu'il fait ne sont même pas indispensables pour commettre son crime.

— Tu parles de sa signature, dit Gretchen.

— Exactement. Comme les cheveux coupés, le meurtre le jour de l'anniversaire, les corps déposés dans des endroits bien visibles, et maintenant ce dernier repas. Et si leur servir leur plat préféré avant de les tuer faisait partie de son rituel ?

— Ça doit constituer, entre autres, sa signature, supposa Gretchen.

Personne ne contesta cette hypothèse. Gretchen connaissait

le comportement des *serial killers* plus intimement que quiconque pouvait le souhaiter.

— Beaucoup de tueurs en série ont un fantasme qu'ils tentent de recréer et de peaufiner. C'est ce fantasme qui les pousse à faire ce qu'ils font, plus que le meurtre. De toute évidence, il garde les filles un certain temps – la durée n'est pas toujours la même –, mais quand il décide qu'il en a fini avec elles, il les habille pour une occasion spéciale : l'église, le bal...

— Ou bien il les emmène là où elles auraient pu être si elles n'avaient pas été ses captives le jour de leurs seize ans, acheva Josie, faisant écho à la théorie de Meredith Dorton.

Gretchen hocha la tête.

— Oui. Il leur sert leur repas favori, dans lequel il ajoute du Benadryl pour les assommer, et ensuite il les tue.

— Je me demande quel était le plat préféré de Gemma Farmer, s'interrogea Mettner. Ça pourrait être le homard ?

Il y eut un instant de silence. Puis Gretchen répondit :

— On doit certainement pouvoir se renseigner.

Josie se détourna un moment des photos de la scène de crime de Kelsey.

— Partons sur cette théorie. Nous avons toutes ces infos. Quid de l'enlèvement ?

— Ni l'une ni l'autre n'est partie sous la contrainte, intervint Noah. Selon toute vraisemblance, elles se sont levées, se sont changées et s'en sont allées. Sauf s'il les a attirées.

— Comment aurait-il pu les attirer ? rétorqua Mettner. Rien n'indique qu'il les ait baratinées dans les semaines qui ont précédé la disparition. Kelsey est censée avoir parlé deux ou trois fois à une femme plus âgée, à l'arrêt de bus, mais c'est tout, et nous ignorons qui était cette dame – qui n'a peut-être aucun rapport avec notre affaire.

— Gemma Farmer a parlé à une blonde, au centre commercial, plusieurs fois avant de disparaître.

Mettner secoua la tête.

— Pas moyen non plus de savoir s'il y a un lien.

— Elles auraient pu être enlevées sous la menace d'une arme, suggéra Gretchen. Selon les archives dont nous disposons, il n'y avait pas de caméras dans l'internat où vivait Kelsey, et elle est partie avant que les autres se réveillent.

— Il aurait été difficile, mais pas impossible de l'enlever sous la menace, déclara le chef. Ça expliquerait aussi pourquoi Gemma Farmer n'a pas pris son portable. Quel ado aujourd'hui se déplace sans son téléphone ?

— À moins qu'il l'ait convaincue de ne pas le prendre. Même les ados savent qu'ils peuvent être suivis grâce à leur portable.

— Dans le cas de Gemma, il aurait été très facile de l'emmener sous la menace d'une arme, estima Noah.

— On ne peut pas en être sûrs, insista Mettner. Tout ce qu'on sait, c'est qu'elles ont disparu de leur lit. Puis, le jour de leur seizième anniversaire, on les retrouve dans un lieu public, poignardées, avec toute une mise en scène. Le tueur a prélevé une mèche de cheveux. Elles ont été droguées au Benadryl – ce que l'analyse toxicologique doit encore confirmer dans le cas de Gemma Farmer – et elles ont mangé leur plat préféré avant de mourir. Plus j'y pense, plus cette histoire de repas favori me fout la trouille. Pourquoi fait-il ça ? Dans son fantasme horrible, à quel besoin répond ce détail ?

Encore une fois, Josie songea à la façon dont Gemma avait été tuée, presque avec pitié. Sur les photos de Kelsey, elle remarquait le même respect envers le corps. Kelsey n'était pas nue, elle n'avait pas été jetée n'importe où. Elle avait été restituée dans un lieu de culte et de réconfort, littéralement dans la maison de Dieu et elle était presque en position de prière. Priscilla Cruz était l'exception, mais ils ne pouvaient pas la lier à ces deux crimes, de toute façon.

— Il croit peut-être leur faire une faveur ? Les libérer d'un monde cruel ?

— Oui, ça pourrait être une idée, approuva Gretchen.

— Très bien, mais en quoi ça nous aide à mettre la main sur ce type ? interrogea Mettner.

Josie allait répondre quand son téléphone sonna. Elle le prit et décrocha, écoutant ce que son interlocuteur avait à lui apprendre.

— Nous avons une piste, dit-elle. Pour la robe de Gemma Farmer.

27

Anastasia's Boutique se trouvait dans South Denton, dans une vieille maison de pierres convertie en magasin. C'était l'un des rares édifices de ce quartier qui ne ressemblait pas à un bunker en béton. Considéré comme une zone commerciale, South Denton n'était qu'une série de galeries marchandes, d'entrepôts, d'usines et d'autres entreprises. *Anastasia's Boutique* avait un air un peu incongru, avec son parking refait à neuf bordé de massifs et d'arbustes. Sous le porche du magasin, des fauteuils à bascule et des pots de fleurs ajoutaient une touche de couleur et donnaient au lieu un aspect rustique et accueillant.

Noah ouvrit la porte à Josie.

— C'est ici que la gérante avait un souci technique pour accéder aux vidéos ?

— Oui, selon Gretchen.

À l'intérieur, ils s'adressèrent à une vendeuse, puis attendirent que la gérante ait fini de s'occuper d'une cliente qui achetait une robe de mariée. Elle se composa un sourire en s'approchant, et Josie comprit qu'il n'était sans doute pas bon pour les affaires que deux policiers restent trop longtemps dans son magasin.

— Merci d'être venus, dit-elle, guindée. Si vous voulez bien me suivre, je vous montrerai ce que j'ai trouvé.

Ils franchirent une porte située derrière les vitrines qui entouraient la caisse, et empruntèrent un long couloir jusqu'à ce qui semblait être un bureau décoré dans les tons mauves, avec des bouquets de fleurs artificielles dans des vases un peu partout. Au centre de la pièce, un ordinateur reposait sur une table contre laquelle étaient appuyés des rouleaux de tissu. La gérante désigna la chaise et Josie s'y assit. Noah resta debout derrière elle pour regarder par-dessus son épaule.

— Je ne sais pas si ça vous intéressera, mais il se trouve que nous avons vendu une robe exactement comme celle que vous nous avez montrée sur les photos il y a un mois, à cette fille.

Elle se pencha et cliqua sur la souris jusqu'à ce qu'une vidéo apparaisse à l'écran. La caméra était fixée derrière la caisse et filmait une grande partie de la boutique. Dans un coin, une première vendeuse montrait une robe de mariée à une femme aux longs cheveux bruns. Au centre, une autre présentait différentes paires de chaussures à une femme déjà vêtue d'une longue robe bleue à volants. La porte du magasin s'ouvrait et une jeune fille petite et mince entrait. Elle avait des cheveux blond pâle attachés en queue-de-cheval. Elle portait une énorme veste marron qui aurait mieux convenu à un homme adulte qu'à une adolescente, avec un jean ample et des chaussures marron également. Elle semblait avoir emprunté les vêtements de son père. Les vendeuses s'interrompaient alors pour la dévisager.

Elle ne se laissait pas désarçonner. Sans un mot, elle se dirigeait tout droit vers un des portants et se mettait à fouiller parmi les robes. Une des vendeuses quittait sa cliente pour aller lui parler. Il n'y avait pas de son, Josie et Noah ne pouvaient donc pas entendre leur conversation, mais la femme se méfiait manifestement de la jeune fille et avait peine à conserver son sourire crispé. La fille secouait la tête, disait quelque chose, puis la femme reculait, mais les deux vendeuses continuaient à l'avoir à l'œil pendant dix minutes.

Finalement, la fille choisissait une robe. Josie reconnut celle dont Gemma Farmer était vêtue. Elle l'apportait à la caisse. Une nouvelle discussion avait lieu, la fille tirait de la poche de sa veste une liasse de billets qu'elle jetait sur le comptoir. Enfin, elle se saisissait de la robe, tournait les talons et sortait.

— Quel était le prix de cette robe ? s'enquit Josie.

— Deux cents dollars. Hors taxes. Comme vous avez pu le constater, elle a payé en liquide. Elle n'a pas attendu qu'on lui rende la monnaie. Ma vendeuse lui a proposé de l'essayer, au cas où il y aurait des retouches à faire, mais elle a refusé.

Josie doutait fort que ce soit là le contenu des brefs échanges que les vendeuses avaient eus avec la jeune fille, mais elle ne dit rien.

— Avez-vous parlé à ces vendeuses depuis que vous avez visionné cette vidéo ? demanda Noah.

— Oui. Une seule se souvenait de cette fille, qui lui a paru très étrange, avec des « yeux morts ».

Josie réprima un sourire. Il était difficile d'en juger étant donné l'angle des images, mais elle se demandait si la vendeuse avait vraiment estimé que cette acheteuse avait des « yeux morts » ou si elle avait prononcé ce verdict en voyant son apparence dépenaillée.

— La jeune fille a-t-elle dit autre chose ? Quoi que ce soit ?

La gérante secoua la tête.

— Non. Elle est entrée et a dit qu'elle avait besoin d'une robe. Ma vendeuse a essayé de la faire parler : pour quel type d'événement, quelle taille, quelle couleur, ce genre de détails, mais cette fille a refusé de préciser. Comme vous l'avez vu, elle a choisi une robe, a jeté l'argent sur le comptoir et a déguerpi.

— Est-ce que quelqu'un a remarqué si elle était arrivée ou repartie en voiture ?

— Non.

— Avez-vous des caméras sur le parking ?

— Je suis désolée, non.

— Est-ce la seule caméra que vous ayez ?

— Oui, la seule. Je serais ravie de vous envoyer une copie si vous le souhaitez.

— Parfait, conclut Josie avant de se tourner vers Noah. Rentrons au commissariat et mettons tout le monde sur le coup. Nous pourrons imprimer des captures d'écran et voir si quelqu'un identifie cette fille – les parents de Gemma, ses amis, les élèves et le personnel des lycées. On commencera par Denton East.

28

Portia Beck était capable de reconnaître un râle d'agonie lorsqu'elle en entendait un, et sa Chevy Caprice 2010 était bel et bien en train de rendre l'âme sur une route de montagne sinueuse, à la sortie de Denton. Tout le véhicule fut pris d'un violent tremblement, puis le volant se raidit entre ses mains. Avec un juron, elle fit de son mieux pour piloter la voiture vers le bas-côté mais, quand elle expira tout à fait, les phares s'éteignant, l'arrière était encore à moitié sur la route. Elle jura de nouveau et sortit, inspectant la route dans les deux sens. Naturellement, elle était tombée en panne dans un virage, de sorte que la prochaine voiture qui passerait allait probablement l'emboutir.

Selon son téléphone, il était 20 h 30. Et elle n'avait pas de réseau. Trop haut dans la montagne, pensa-t-elle. Il y avait entre Bellewood et Denton toute une zone où l'on ne captait pas. En temps normal, c'était sans importance. Elle tenta de calculer à quelle distance elle était de son mobile home. Huit ou dix kilomètres, au moins, et elle était épuisée par sa journée de travail à l'épicerie. Elle n'avait même pas pu déjeuner parce qu'ils avaient eu trop de clients. Elle avait mal aux pieds. Mais, comme pour beaucoup de choses dans sa vie, Portia n'avait pas le choix. Pas d'autre option.

Elle prit sa veste et son sac sur le siège passager et se mit en marche, en tâchant de ne pas pleurer. Les larmes qui ne coulaient pas lui brûlaient les yeux, mais elle se concentra sur la douleur de ses pieds. Si elle pensait à ça, elle ne penserait pas à l'autre souffrance. La pire de toutes. Neuf mois plus tôt, une panne de voiture l'aurait fait partir en vrille. Elle serait rentrée au plus vite et aurait demandé à sa voisine une dose d'OxyContin pour passer la nuit sans penser à la façon dont elle pourrait récupérer sa voiture laissée sur le bord de la route, aller au travail le lendemain, et s'acheter un nouveau véhicule. À présent, ce n'était qu'un petit point sur son radar, qui méritait à peine qu'on s'y attarde.

Elle entendit un bruit de moteur avant que des phares surgissent dans le virage, l'enveloppant dans leur lumière. La voiture la contourna et négocia l'épingle à cheveux avant de finalement s'arrêter. La plaque d'immatriculation fit accélérer son rythme cardiaque. J-Rock.

Soudain, la douleur de ses pieds s'envola et elle pressa le pas en dépassant le véhicule, se mettant presque à courir pour creuser la distance entre elle et l'homme qui en sortit.

— Ramène-toi, lui hurla-t-il.

Portia continua à s'éloigner de lui, marchant aussi vite qu'elle le pouvait.

Elle entendit la portière claquer et la voiture se rapprocher. Elle prévoyait, espérait qu'il la dépasserait, mais il ralentit, et baissa la vitre côté passager.

— J'ai vu ta bagnole, lui cria-t-il. Tu veux vraiment faire comme si j'existais pas ?

Elle ne répondit rien.

— Monte, ordonna-t-il.

Comme elle restait muette, il ajouta :

— Je sais que tu m'en veux, pour Sabrina, mais tu te trompes.

Elle se planta face à lui, et il s'arrêta. Il avait perdu du poids depuis la dernière fois qu'elle l'avait vu. Ses cheveux étaient plus longs et lui tombaient dans les yeux, mais il avait toujours un visage gras et boutonneux, avec une lamentable esquisse de moustache qui tentait de pousser sur sa lèvre supérieure. Une odeur de cannabis émanait de l'habitacle.

— Où est-elle, Jonah ?

Il secoua la tête.

— Je te le répète, comme je l'ai dit au shérif, je n'en sais rien. Je ne sais pas ce qui lui est arrivé, OK ?

Par la vitre, elle introduisit son index dans la voiture.

— J'ai entendu parler de toi, tu sais. À cause de toi, des filles du lycée de Bellewood sont tombées dans un réseau d'exploitation sexuelle.

Il éclata de rire.

— C'est faux. Tu écoutes trop les ragots. J'ai connu des filles qui se sont laissé prendre à ces conneries-là, mais moi, j'ai rien fait. Le shérif a vérifié.

— Pas d'assez près, siffla Portia.

Il leva les yeux au ciel.

— Tu veux monter ou pas ?

Portia pesa le pour et le contre. Depuis que Sabrina avait disparu, Jonah Saylor était soupçonné par la police – essentiellement du fait des déclarations de Portia. Allait-il tenter de s'en prendre à elle ? Personne ne savait qu'ils étaient, elle et lui, sur cette route. Voilà comment les gens disparaissaient sans laisser de trace. On retrouverait sa voiture, et rien d'autre. Comme si elle en était sortie, avait fait quelques pas, puis s'était volatilisée. Comme Sabrina.

— Monte ou je m'en vais, dit Jonah. Je suis sérieux.

Elle hésita.

— Écoute, reprit-il d'une voix plus douce, tu risques de te

faire tuer si tu rentres chez toi à pied. J'ai failli te renverser dans le virage. Et si Sabrina revenait ? Tu aurais envie d'être là, non ?

Portia essuya une larme qui, malgré elle, roulait sur sa joue. Sans un mot, elle monta dans la voiture. Ils firent le trajet jusqu'à la ville sans se parler. Elle ne pensait qu'à ce qu'elle dirait à sa fille si un jour elle revenait. Les semaines avant que Sabrina s'enfuie avaient été un enfer. Elles se disputaient dès qu'elles étaient en présence l'une de l'autre. La gentille ado qui regardait des concours de chant à la télévision avec sa mère et l'aidait à cuisiner avait été remplacée par une jeune femme morose et en colère, qui concluait chaque conversation en disant à Portia : « Je te déteste », et qui avait fini par aller vivre chez son petit ami à Bellewood, à plus de soixante kilomètres, sans même lui passer un coup de fil. Portia pensait que c'était simplement parce qu'elle avait interdit à sa fille de revoir Jonah et qu'elle s'en remettrait. Puis elle avait disparu.

— Et voilà, annonça Jonah en se garant devant le mobile home de Portia.

La minuscule lumière de l'entrée était allumée, de même que la lampe du salon. Elle ne les éteignait plus jamais. Au cas où Sabrina reviendrait.

— De rien, ajouta-t-il alors que Portia quittait la voiture.

Elle referma la portière, mais se pencha à la vitre.

— Il s'est écoulé deux cent soixante-quinze jours, treize heures et vingt-trois minutes depuis la dernière fois que j'ai vu Sabrina. Si tu sais où elle est, dis-le-moi simplement.

Il secoua la tête.

— Dégage.

Portia eut à peine le temps de retirer sa tête qu'il démarra en trombe, projetant du gravier derrière lui. Elle regarda retomber la poussière qu'il avait soulevée avant d'entrer dans son mobile home. Elle jeta ses affaires sur la table de la cuisine, faisant dégringoler jusqu'au sol certaines enveloppes de la pile de factures impayées. Sans s'en soucier, elle ouvrit le réfrigérateur et y trouva la bière à moitié bue qu'elle y avait laissée ce matin-là. Après l'avoir avalée, elle partit vers sa chambre, et s'arrêta net en constatant que la porte de celle de Sabrina était close.

Pendant tous ces mois, depuis que sa fille avait disparu, Portia n'avait plus jamais fermé cette porte.

L'espoir surgit dans sa poitrine, irrationnel et fou, battant des ailes et plantant ses griffes dans son cœur.

— Sabrina, s'écria-t-elle en ouvrant en grand la porte de la chambre.

La minuscule lampe de chevet luisait, éclairant à peine plus qu'une veilleuse. Il fallut un moment pour que Portia distingue une forme sur le lit, sous le vieil édredon rose de Sabrina. Portia tâtonna le mur et trouva l'interrupteur du plafonnier.

Se précipitant vers le lit, elle trébucha sur un tas de linge sale que sa fille avait laissé à terre avant de partir, et tomba à genoux.

— Sabrina ! gémit-elle.

Portia promena les mains sur le visage de sa fille, mais sa peau était froide, son corps était raide.

— Sabrina !

Elle lui secoua les épaules, mais Sabrina ne bougea pas. Et ce fut en retirant l'édredon qu'elle vit le sang.

Elle hurlait encore quand la police arriva.

29

Les Farmer avaient emménagé dans une maison de plain-pied, dans un des quartiers ouvriers de Denton. Les mauvaises herbes poussaient librement sur la petite pelouse devant la bâtisse. Le porche était encombré de cartons portant les inscriptions « cuisine » et « sous-sol ». Les chaises de jardin étaient empilées. Une poubelle gisait sur le flanc, vide. Diana Farmer vint leur ouvrir, en larmes, serrant dans ses mains un pull rouge. D'un geste, elle invita Josie et Noah à entrer.

— Pardon pour le désordre, dit-elle.

Le salon et la salle à manger formaient un seul espace, sans aucune séparation. Tous deux étaient remplis de caisses, avec le prénom « Gemma » sur beaucoup d'entre elles. Il y avait de la place pour une seule personne sur le canapé envahi par les objets. Ni Josie ni Noah ne s'y assirent. Tous trois restèrent dans le vestibule, à se dévisager.

— Madame Farmer, je suis désolée de vous déranger, mais nous avons quelques questions urgentes à vous poser.

Diana hocha la tête. Triturant le pull entre ses mains, elle répondit :

— Allons plutôt dans la cuisine, c'est la seule partie de la maison où on peut se retourner.

Contournant les boîtes en plastique et les meubles où se superposaient d'autres caisses encore, ils la suivirent vers l'arrière de la maison. Aucun carton en vue dans la cuisine au carrelage blanc. Diana se dirigea vers le plan de travail à côté du réfrigérateur et mit en marche la machine à café.

— Je peux vous proposer du café si vous êtes prêts à patienter vingt minutes, avec cet engin à la noix. C'est la seule chose que j'ai demandée, une nouvelle machine à café, mais Wes prétend que nous n'en avons pas les moyens. Je vendrais la moitié de ce qu'il y a ici pour une tasse de café correcte.

— C'est très aimable, madame Farmer, dit Noah, ce n'est pas nécessaire. La question risque de vous paraître curieuse, mais quel était le plat favori de Gemma ?

Diana resta bouche bée.

— Je le répète, je sais que c'est curieux, mais pourriez-vous nous répondre ?

— Le homard, lâcha Diana. Elle adorait le homard. On n'avait pas de quoi en acheter, mais c'était ce qu'elle préférait. Elle en avait mangé un jour, pendant un voyage à New York. Un repas exceptionnel. Depuis, elle en réclamait tout le temps. Pour la calmer, je lui proposais ce qu'elle aimait presque autant.

— Le cheesecake ? suggéra Noah.

Diana blêmit.

— Comment le savez-vous ?

Josie n'eut pas le cœur de lui révéler que le meurtrier avait servi à Gemma sa nourriture préférée avant de la tuer. Elle se força à sourire.

— Tout le monde aime le cheesecake ! Mais j'ai quelque chose d'important à vous montrer.

Josie sortit son téléphone et fit apparaître la photo de la blonde qui avait acheté la robe.

— Environ un mois avant que Gemma soit retrouvée, cette

fille a acheté, chez *Anastasia's Boutique*, une robe identique à celle qu'elle portait. La connaîtriez-vous, par hasard ?

Diana posa le pull sur le plan de travail et prit le portable de Josie.

— Vous pouvez faire défiler les images. Il y a quatre photos d'elle en tout.

Ils attendirent pendant que Diana examinait les photos, balayant vers la gauche, vers la droite, puis de nouveau vers la gauche, le front plissé. Josie regarda autour d'elle, intriguée par cette cuisine parfaitement rangée, dans une maison sens dessus dessous. Le seul élément qui détonnait était la profusion de papiers et de magnets sur le frigo. Un calendrier offert par leur agent immobilier. La carte de visite des pompes funèbres. Une facture impayée pour leur assurance automobile. Une liste des médecins des environs. Une autre carte de visite, d'un plombier. Un descriptif des services de thérapie proposés par une structure appelée RedLo Group.

— C'est la fille que j'ai vue au centre commercial, déclara Diana. J'en ai parlé à l'autre inspectrice. Comment s'appelait-elle, déjà ?

— L'inspectrice Loughlin ? suggéra Noah. Heather Loughlin ?

Diana hocha la tête et rendit son téléphone à Josie.

— Oui. Vous dites que cette fille a acheté la robe de bal que portait ma Gemma le soir où elle est morte ? Pourquoi cette fille aurait-elle acheté une robe pour Gemma ? Qui est-ce ?

— Nous espérions que vous pourriez nous l'apprendre. Selon l'inspectrice Loughlin, vous n'avez jamais parlé à cette personne. La fille se serait « enfuie » en vous voyant approcher.

Diana attrapa une feuille d'essuie-tout sur le plan de travail et se tamponna les joues.

— C'est vrai. Je ne l'avais jamais vue. Je croyais connaître toutes les amies de Gemma. Mais je ne suis pas sûre qu'elles aient été amies. Je ne l'ai jamais vue ailleurs qu'au centre commercial.

— Pourquoi est-ce que vous y alliez ? demanda Noah. Y avait-il un magasin que Gemma aimait particulièrement ?

Diana baissa les yeux.

— Non. On n'y allait pas pour des achats.

Elle releva la tête, sans oser croiser le regard de Josie et de Noah.

— Vous voyez ce taudis ? Vous pensez qu'on a les moyens de faire du shopping deux fois par mois ? On y allait pour échapper à mon mari.

Josie et Noah échangèrent un coup d'œil furtif.

— Votre mari est-il violent, madame Farmer ?

— Non, pas dans ce sens-là. Il ne nous a jamais frappées. Jamais. Mais il est... Il n'est pas facile. Il peut être méchant, surtout avec moi. Gemma n'aimait pas ça. Elle prenait ma défense, alors ils s'affrontaient – verbalement, j'entends. J'essayais de les séparer mais, même à Keller Hollow, notre maison était si petite que c'était impossible. Dehors, il faisait un froid de canard et, comme je voulais emmener Gemma ailleurs, on se baladait dans le centre commercial.

— Je vois, dit Noah. C'est le genre d'endroit idéal pour marcher. Ma mère y faisait son jogging.

Diana esquissa un sourire.

— Je croyais avoir eu une bonne idée mais, la première fois, ça a mis Gemma mal à l'aise. Elle a dit qu'elle ne voulait pas qu'on la voie y aller pour rien, comme si on était trop pauvres pour acheter quoi que ce soit. Elle a refusé de se promener avec moi. Je lui ai donné cinq dollars en lui demandant de m'attendre dans l'aire de restauration pendant que je faisais ma « promenade », mais en réalité je suis allée pleurer dans les toilettes pendant une heure avant de la rejoindre.

Josie ne put éviter la vague de tristesse qui s'abattit sur elle alors qu'elle écoutait le récit de Diana.

— Quand vous êtes arrivée dans l'aire de restauration, elle était avec cette fille ?

— Oui, elles avaient l'air en grande conversation, ce qui est bizarre parce que, en général, quand des jeunes sont ensemble, ils sont sur leur téléphone. La première fois que j'ai vu Gemma avec elle, j'ai pensé : « Génial, elle s'est fait une nouvelle amie », mais la fille s'est envolée. Quand j'ai voulu savoir qui c'était, Gemma m'a répondu de me mêler de mes oignons.

Diana se remit à pleurer.

— Vous souvenez-vous d'autre chose la concernant ? lui demanda Noah doucement. Même si ça vous paraît sans importance, ça pourrait nous aider à la retrouver.

Diana sécha ses larmes avec l'essuie-tout et renifla.

— Elle ne s'habillait pas comme les gens de son âge.

— Et quel âge avait-elle, selon vous ? s'enquit Josie.

— Le même que Gemma, sans doute. Peut-être un peu plus vieille ? Difficile à dire. Je n'ai pas pu bien la regarder.

— Qu'y avait-il d'inhabituel dans sa tenue ?

— Elle portait des vêtements d'homme. Très amples. Les filles d'aujourd'hui ne s'habillent pas comme ça.

— Gemma a refusé de vous parler d'elle ? insista Josie. Elle ne vous a pas dit son nom ou quoi que ce soit ?

Diana soupira. Elle troqua la feuille d'essuie-tout contre le pull rouge, le serrant contre sa poitrine.

— Inspecteurs, j'adorais ma fille. Plus que l'air que je respire. Mais elle m'en voulait énormément. S'il y avait eu quelque chose à dire, elle ne me l'aurait jamais confié.

Il faisait nuit noire quand ils sortirent de chez les Farmer. Tandis que Noah conduisait, Josie échangea des textos avec Mettner et Gretchen. Ils avaient passé l'après-midi et le début de la soirée à chercher la fille mystère dans les anciens *yearbooks* de Denton East, sans succès. Demain, ils retourneraient au lycée avec les images extraites de la vidéo de surveillance, pour voir si quelqu'un la reconnaissait.

— Tu penses qu'elle est dans le coup ? demanda Noah.

— Forcément, répliqua Josie. C'est elle qui a acheté la robe.

— En supposant que c'était bien celle que Gemma portait, souligna Noah. Nous savons simplement, grâce à la vidéo, que la blonde a acheté cette robe.

— La blonde a aussi été vue avec Gemma trois ou quatre fois au centre commercial près de Keller Hollow, selon Diana. C'est bien sa robe.

— OK, disons que la fille mystère est impliquée dans cette affaire. Si le tueur sévissait déjà il y a vingt-cinq ans, la blonde n'y était pas mêlée puisqu'elle n'était même pas encore née. D'où sort-elle ?

— Je ne sais pas, concéda Josie. Mais elle joue un rôle dans cette histoire.

— Tu penses qu'elle est retenue contre son gré ? Qu'il la séquestre aussi ?

— C'est possible. Il leur fait peut-être subir une sorte de lavage de cerveau. Il la convainc de l'aider à attirer les filles, puis il l'envoie acheter la robe pour le bouquet final.

Avant que Noah ait pu riposter, le téléphone de Josie sonna.

— C'est Mett, annonça-t-elle en décrochant.

— Patronne, dit Mettner sans préambule, on est dans le parc de mobile homes de Moss Gardens, Gretchen et moi.

— Moss Gardens ?

Elle avait grandi là-bas jusqu'à ce que sa grand-mère obtienne sa garde.

— Oui, confirma Mettner en énonçant un numéro d'emplacement. Vous devriez nous rejoindre tout de suite. J'ai déjà appelé l'équipe d'identification criminelle et la docteure Feist.

Josie sentait que Noah la regardait, car il entendait lui aussi la voix de Mettner.

— On en a un nouveau. Un nouveau meurtre. Qui ressemble beaucoup à celui de Gemma Farmer.

30

Deux heures plus tard, Josie se trouvait dans une des minuscules chambres d'un petit mobile home de Moss Gardens, en combinaison de protection, tandis que la docteure Feist examinait le corps de Sabrina Beck. La mère, Portia, était dans une ambulance. Après la crise d'hystérie qu'avait déclenchée la découverte du corps de sa fille, il avait fallu lui administrer du Haldol pour la calmer. Ses hurlements avaient attiré l'attention de tous les résidents du parc. Un voisin avait appelé le 911. Deux policiers en uniforme avaient répondu, et avaient rapidement fait venir des inspecteurs. Puisque Mettner et Gretchen étaient disponibles, ils s'étaient aussitôt mis en route. Avec les agents en uniforme et Noah, ils attendaient maintenant hors du mobile home et regardaient Hummel et son équipe remballer leur matériel après avoir inspecté la scène de crime.

L'équipe d'identification criminelle avait retiré la couverture placée sur Sabrina et l'avait emportée comme pièce à conviction, ainsi que plusieurs autres objets. À présent, agenouillée près du lit, la docteure Feist désignait une fente longue de trois centimètres dans le pantalon de pyjama que portait la jeune fille. Un pantalon ample, en coton noir à étoiles jaunes, imbibé de sang. Tout le matelas était imprégné de sang. Dans cette pièce étroite, l'odeur cuivrée était écrasante.

— Exactement ici, dit la légiste. À travers le tissu. Un coup net. Comme pour Farmer.

La blessure devait être la même, mais la ressemblance s'arrêtait là. Une expression d'effroi était gravée sur le visage de Sabrina Beck. Elle ouvrait de grands yeux vitreux et retroussait les lèvres, comme si elle avait été sur le point de pousser un cri.

Josie fut écœurée.

— Vérifie son avant-bras. Du côté droit. Il devrait y avoir des entailles. Des cicatrices.

Anya Feist prit délicatement le bras droit de la victime. Elle remonta jusqu'au coude la longue manche de la veste de pyjama.

— Mon Dieu.

Josie fit un pas en avant, alors qu'elle n'en avait pas la moindre envie. Elle s'attendait à voir six entailles rosées ou argentées sur l'avant-bras de Sabrina, au lieu de quoi son regard fut attiré par les ecchymoses et abrasions entourant le poignet, certaines estompées par le temps, d'autres d'un rouge vif. Une trace en particulier était en forme de chaîne.

— Elle était attachée. Ce sont des blessures récentes, superposées à d'autres plus anciennes.

Elle retourna le bras pour les montrer à Josie. Il n'y avait pas d'entailles. Pourtant, Josie était certaine que le meurtre de Sabrina Beck était lié à ceux de Gemma Farmer et de Kelsey Chitwood.

— Quand je l'aurai sur la table, je verrai s'il lui a coupé les cheveux, dit la docteure. Difficile à déterminer, dans cette position. J'ai entendu sa mère déclarer à Gretchen qu'elle avait disparu à Bellewood. Un des adjoints du shérif qui a travaillé sur les disparitions devrait arriver bientôt, et je pense que l'inspectrice Loughlin est également en route. Allez donc leur parler. Apparemment, on était sans nouvelles de cette fille depuis plusieurs mois.

— Et elle est réapparue ce soir dans son lit, termina Josie. Est-ce qu'elle aurait eu seize ans aujourd'hui ?

— À vous de l'apprendre.

À l'extérieur, toute la zone située devant le mobile home des Beck baignait dans la lumière des projecteurs. Un attroupement s'était formé devant le mobile home le plus proche, pour observer les allées et venues de la police. Gretchen et Mettner se frayaient un chemin parmi les badauds, sans doute pour leur demander s'ils avaient vu quelqu'un ramener Sabrina chez elle. Josie aperçut Noah qui parlait à une adjointe du shérif et se dirigea vers eux. En s'approchant, elle reconnut Judy Tiercar, qui occupait ces fonctions depuis vingt ans, et dont Josie et son équipe avaient déjà pu apprécier le professionnalisme.

— C'était le 14 août, expliquait Judy à Noah. Elle avait disparu depuis des jours, donc sa mère, Portia, est allée à Bellewood. Sabrina avait séjourné chez son copain, plusieurs habitants de l'immeuble le confirment. Quand Portia est arrivée, le petit ami était chez lui, mais Sabrina n'était plus là. Il a dit qu'elle était partie ce matin-là, mais qu'elle était juste sortie acheter leur petit déjeuner, parce qu'elle avait laissé toutes ses affaires dans la chambre : sac à dos, téléphone et vêtements. On a sérieusement enquêté sur le copain, puisque Sabrina avait disparu de chez lui. Un des voisins l'a vue s'en aller vers 6 heures, mais ne savait pas si elle était montée dans une voiture. La mère de Sabrina affirmait que ce garçon l'avait vendue à un réseau d'exploitation sexuelle. Nous n'avons trouvé aucune confirmation, mais nous avons sollicité l'aide de la police d'État. L'inspectrice Loughlin a étudié le dossier. Je l'ai appelée, elle devrait être ici dans quelques heures. Bref, nous pensions que Sabrina avait fugué. Nous n'avions aucun élément permettant d'imaginer un autre scénario, elle se disputait souvent avec sa mère, elle avait des ennuis à l'école, et avait dû entamer une thérapie à cause de son comportement violent. Il n'y avait aucune raison de ne pas croire à une fugue.

Josie salua Judy. Noah demanda :

— Quel âge a le petit ami ?

— Il a eu dix-huit ans il y a quelques semaines. On l'a à l'œil depuis que Sabrina a disparu. On l'a attrapé plusieurs fois avec de la drogue sur lui, mais on ne l'a rien vu faire de pire que fumer de l'herbe et foncer au volant de sa petite bagnole trafiquée. En fait, c'est lui qui a ramené Portia chez elle ce soir. Elle a eu une panne de voiture entre Bellewood et ici. Il l'a prise alors qu'il allait voir un ami qui habite East Denton.

— Donc il a un alibi pour ce soir, déduisit Josie.

— Ça en a tout l'air.

— Il n'y a pas de père dans cette famille ?

Judy secoua la tête.

— Non. Écoutez, on va vous transmettre notre dossier sur sa disparition, mais il ne contient pas grand-chose. Vous devriez en parler à l'inspectrice Loughlin.

— Vous n'avez rien trouvé dans son téléphone, sur les réseaux sociaux ? s'enquit Noah.

— Rien qui aurait pu nous aider à la retrouver, ou qui aurait pu faire penser qu'il lui était arrivé quelque chose de grave.

— Et ses amies ? Elles avaient un avis sur la question ?

— Pas de quoi envoyer un signal d'alarme, je vous assure.

Noah croisa le regard de Josie avant de s'adresser de nouveau à Judy :

— Vous rappelez-vous si sa mère ou ses amies ont parlé d'une nouvelle connaissance ? Une nouvelle fréquentation ?

Là encore, Judy fit signe que non.

— Il faudrait consulter le dossier ou demander à l'inspectrice Loughlin, ou essayer de parler avec sa mère, peut-être. Elle s'en souviendra sûrement.

Ils remercièrent Judy et partirent vers l'une des ambulances. Les portes en étaient fermées et un infirmier montait la garde devant. Ils se présentèrent et il les laissa entrer. Portia Beck était étendue sur un brancard, les paupières tombantes. Elle semblait frêle, minuscule. Ses cheveux blonds mi-longs étaient emmêlés, hérissés à plusieurs endroits. Le mascara avait coulé sur ses joues. Un rouge à lèvres rose pâle bavait sur sa lèvre inférieure. Elle battit lentement des paupières en les voyant.

— Vous, vous êtes l'inspectrice, pas vrai ? Celle de la télé. Je parie que s'ils vous avaient confié l'enquête sur Sabrina quand elle a disparu, elle serait encore en vie. Mais comme ça s'est passé à Bellewood, j'ai eu affaire à des incompétents. Et maintenant, vous voyez ce qu'on a fait à mon bébé.

Josie s'assit sur le petit banc parallèle au brancard et Noah prit place à côté d'elle. Elle se pencha vers Portia.

— Madame Beck, toutes mes condoléances. Vous avez raison, vous avez pu me voir à la télévision. Je travaille pour la police de Denton. Je m'appelle Josie Quinn. Et voici mon collègue, le lieutenant Noah Fraley.

Portia hocha la tête.

— Les autres flics auraient dû vous appeler tout de suite. Ma Sabrina serait peut-être encore là.

— Mes condoléances, madame Beck, répéta Josie. Je viens d'échanger avec l'adjointe Tiercar, qui m'a signalé que l'inspectrice Heather Loughlin participait également à l'enquête sur votre fille. Je peux vous assurer que toutes les deux sont d'excellentes policières.

Portia renifla et secoua la tête, rejetant visiblement l'idée que le bureau du shérif du comté d'Alcott et la police d'État avaient tout fait pour retrouver Sabrina.

— Je sais que le moment est très mal choisi, persista Josie, mais j'aimerais vous poser quelques questions.

Portia se redressa pour se jeter sur elle, lui prenant le poignet.

— Vous allez m'écouter ? Vraiment m'écouter ? Pas simplement me dire que mon bébé a fait une fugue ? Vous voyez maintenant qu'elle n'avait pas fugué, hein ? Vous me croyez ? Vous écouterez ce que j'ai à dire ?

Josie ne recula pas. Elle soutint le regard de Portia.

— Je vais tout écouter.

De nouvelles larmes ruisselèrent sur le visage de Portia. Josie sortit un mouchoir de la poche de sa veste et le lui tendit.

— Selon l'adjointe Tiercar, votre fille a disparu il y a environ neuf mois.

Portia acquiesça, se tamponnant les yeux.

— Elle dormait chez son petit copain parce qu'on s'était disputées. On se disputait tout le temps… mais jamais elle aurait fugué. Elle est restée plusieurs jours sans me téléphoner, malgré tout, alors je me suis inquiétée et je suis allée là-bas.

— Séjournait-elle souvent chez son petit ami sans vous appeler ? demanda Noah.

— Oui. Elle était pas facile. J'ai jamais pu la contrôler. Je pensais qu'elle finirait par revenir. Elle revenait toujours, quand elle en avait marre d'aller au McDo ou qu'il la trompait. Mais elle était jamais restée aussi longtemps partie sans m'envoyer au moins un texto. J'ai eu un mauvais pressentiment, alors je suis allée chez lui, et là, j'ai appris qu'elle était partie. J'ai appelé le shérif. Ils ont enquêté et ils m'ont dit qu'elle avait fugué, alors que je leur avais dit que Jonah devait être dans le coup. D'après eux, il était innocent. Et puis la police d'État a été mise sur l'affaire et, eux aussi, ils ont dit qu'il était innocent. Je le croirais toujours pas si c'était pas lui qui m'a ramenée à la maison ce soir.

— Aviez-vous remarqué quelque chose d'inhabituel dans le comportement de Sabrina, au cours des semaines qui ont précédé sa disparition ?

— Non, rien de particulier. J'en aurais parlé au shérif ou à l'autre inspectrice.

— Et si elle avait rencontré quelqu'un ? suggéra Noah. Une nouvelle amie, par exemple ?

— Non, répondit Portia. Personne. Ça aussi, je l'aurais dit au shérif.

Josie sortit son téléphone et afficha la photo de la jeune fille blonde qui avait acheté la robe de Gemma Farmer.

— Reconnaissez-vous cette personne ?

Portia étrécit les yeux et secoua la tête.

— Non, enfin, si, je la reconnais, mais je sais pas comment elle s'appelle. C'est qui ?

— Nous n'en sommes pas sûrs. Où l'avez-vous vue ?

— Elle a ramené Sabrina du travail deux ou trois fois.

Josie et Noah échangèrent un regard furtif.

— Où travaillait Sabrina ?

— Elle faisait les shampooings dans un salon de coiffure, dans le grand centre commercial près de l'autoroute, Oak Ridge. Elle avait que quinze ans, donc elle pouvait pas faire trop d'heures par semaine, mais elle touchait quelquefois des pourboires.

— Comment s'appelle ce salon ?

— Oh là là, je me souviens pas. *Avalon ? Avalanche ?* Quelque chose comme ça. Il y en a pas beaucoup dans ce centre commercial. Ses feuilles de salaire doivent être dans sa chambre. C'est important ? Parce que personne m'a jamais rien demandé sur cette fille.

— Nous n'avons encore aucune certitude, expliqua Josie. Cette fille l'a déposée ici, devant chez vous ?

— Oui, juste devant. Elle ne restait jamais, elle n'est jamais entrée. J'ai posé des questions à Sabrina, mais elle m'a répondu que ça me regardait pas. Elle m'en voulait tellement. Elle en voulait à la terre entière. Elle en voulait à la vie. Elle a vu des psys grâce à l'école, mais ça a jamais eu l'air efficace. Elle aimait même pas y aller. Cet été, elle a arrêté. Je voulais qu'elle reprenne à la rentrée, mais après elle a disparu.

Josie voulut ramener la conversation sur la mystérieuse blonde.

— Vous avez vu cette fille depuis votre fenêtre ? Avez-vous remarqué quelle voiture elle conduisait ?

Portia plissa le front, en pleine réflexion.

— Je m'y connais pas beaucoup en voitures, mais elle était noire.

— Deux portes ? Quatre portes ? s'enquit Noah.

— Je suis pas sûre. Peut-être quatre ? Je sais pas.

— Grande, petite ? Un 4×4 ?

— Non, pas si grosse, c'était un genre de berline noire, je dirais. Je l'ai vue seulement deux ou trois fois.

— Si on vous la montrait en photo, vous la reconnaîtriez ?

— Je n'en suis pas sûre.

Josie refoula sa déception. Il n'était pas étonnant que Portia ne se rappelle aucun détail de la voiture. La plupart des gens ne faisaient pas attention à ces choses apparemment insignifiantes, dont ils avaient rarement besoin de se souvenir.

— Combien de fois cette fille a-t-elle ramené Sabrina ?

Portia haussa les épaules.

— Trois ou quatre fois ? Je sais pas trop.

— Avez-vous vu la plaque d'immatriculation ? demanda Noah.

— Oui, mais je m'en souviens pas. Vous pensez que cette fille a un rapport avec ce qui est arrivé à ma Sabrina ?

— Nous allons mener notre enquête, promit Josie. À quelle période avant la disparition cette fille a-t-elle ramené Sabrina chez vous ?

— Pendant l'été. Ça a dû commencer en juin.

— Ça a donc duré environ deux mois, calcula Noah.

— Une dernière question. Quel est le jour de l'anniversaire de Sabrina ?

Le visage de Portia s'affaissa.

— C'est demain. Elle aurait eu seize ans.

31

TROIS MOIS AUPARAVANT,
PENNSYLVANIE CENTRALE

— Comment est-ce que tu es arrivée ici ? demanda Diva.

La fille nue soupira et posa son menton sur ses genoux osseux.

— Je me suis fait une amie, au centre commercial. Un peu zarbi, mais elle était sympa. Un jour, elle m'a demandé de l'aider à l'aire de restauration. C'était vraiment louche, comme si elle n'avait jamais commandé un repas de sa vie.

Diva se sentit blêmir.

— J'avais la même amie. Qu'est-ce qu'elle t'a raconté ?

— Que je pouvais m'enfuir, lâcha la fille. Aller là où j'aurais plus à subir ma mère qui m'emmerdait ou mes salauds de profs. Les copains qui me trompaient, les amies qui me poignardaient dans le dos. Aller dans un endroit où je ferais tout ce que je voudrais, en totale indépendance. Seulement pendant quelques semaines. Avec elle. Comme un genre de voyage.

— Elle m'a dit qu'il n'y avait pas de règles, murmura Diva.

La fille ricana.

— Ben voyons. Pas de règles. Faut être conne pour croire ça, hein ? Mais au début...

Elle laissa sa phrase en suspens.

— Au début, quoi ? demanda Diva.

La fille baissa la tête vers ses mains enchaînées pour se gratter le crâne.

— Je me souviens pas.

Cet échange semblait l'avoir épuisée. Diva la regarda encore quelques minutes, attendant qu'elle en dise plus, mais rien ne vint. Elle se leva sur ses jambes tremblantes et marcha jusqu'à la porte.

— Elle est fermée à clé, dit la fille avant que Diva ait mis la main sur la poignée.

Elle essaya quand même d'ouvrir. En vain.

— Et si on a besoin d'aller aux toilettes ?

— Les toilettes, c'est toutes les quatre heures tant que tu es ici. Tu prendras l'habitude de patienter.

— L'habitude ? s'écria Diva.

— Si tu as un accident, ils nettoieront.

Diva était si horrifiée qu'elle ne put faire fonctionner ses cordes vocales tout de suite. Elle retourna à la fenêtre et tenta de la relever, mais elle ne voulait pas bouger. Le vieux châssis avait été cloué. Finalement, elle retrouva sa voix.

— Tu es ici depuis combien de temps ?

La fille haussa ses frêles épaules.

— Sais pas.

Diva commença à frapper la fenêtre à coups de poing. Elle martela la vitre à deux mains, jusqu'à s'en meurtrir la peau. Son corps frissonnait de fatigue.

— Ça marchera pas, dit l'autre.

Diva se laissa tomber au sol.

— Qu'est-ce qu'ils vont me faire ?

— Ça dépend.

Diva la regarda.

— De quoi ?

— Ça dépend si tu les laisses t'emmener dans la salle ou pas.
— La salle ? Quelle salle ?
Sans tenir compte de cette question, la fille dit :
— Il faut d'abord avoir tes marques.

32

Le lendemain après-midi, Josie et Noah étaient à la morgue, dans la salle d'examen. Cette fois, le corps sous le linceul était celui de Sabrina Beck. Le chef avait tenu à venir, même s'il ruminait en silence dans un coin. Avant que la docteure Feist prenne la parole, la porte du couloir s'ouvrit et l'inspectrice Heather Loughlin entra avec une chemise cartonnée sous le bras. Son tailleur gris était froissé, des mèches s'échappaient de sa queue-de-cheval. Elle semblait ne pas avoir dormi.

— J'imagine que l'adjointe Tiercar vous a dit que j'enquêtais sur la disparition de Sabrina Beck, dit-elle de but en blanc.

Josie acquiesça. Le visage de Heather se chiffonna, sa façade de professionnalisme s'envolant un instant. Le chagrin et le désarroi se lisaient sur ses traits.

— Je suis désolée. Je ne savais pas.

— Qu'est-ce que vous ne saviez pas ? lui demanda Noah. Qu'un tueur en série, inactif pendant environ vingt-cinq ans jusqu'à la semaine dernière, opère dans notre région ? Vous plaisantez ? Comment auriez-vous pu le savoir ?

Heather secoua la tête.

— Portia Beck savait qu'il s'était passé quelque chose de grave. Je ne l'ai pas écoutée, pas assez attentivement.

— J'ai du mal à le croire. Selon Judy, Portia s'était focalisée sur un possible réseau de trafic sexuel, mais ni son service ni le vôtre n'ont rien pu découvrir.

— C'est vrai. Mais je ne peux pas m'empêcher de penser que j'aurais pu, que j'aurais dû mieux chercher.

— Qu'auriez-vous pu trouver ? Quels autres aspects auriez-vous dû prendre en compte ?

— Je ne sais pas, avoua Heather. J'ai le sentiment que j'aurais dû le voir venir. Mais ça ressemblait tellement à un cas de fugue. Exactement comme Gemma Farmer. Peut-être même davantage, parce que Sabrina se disputait sans arrêt avec sa mère. Portia m'a dit ce matin que vous vous intéressiez à une amie de Sabrina, une blonde qui l'avait ramenée du travail plusieurs fois. Portia ne m'avait jamais livré cette information et, même si elle l'avait fait, je ne l'aurais peut-être pas relevée. J'avais déjà interrogé toutes ses amies. Ça ne m'est pas venu à l'esprit...

— Parfois, on ne sait pas ce qui peut être important, dit Josie. Avez-vous parlé à ses collègues de travail ?

— Oui. Tout est dans le dossier. Absolument rien d'anormal.

— Quel est le nom du salon de coiffure où elle était employée ? s'enquit Noah.

— *Avalanche Salon et Spa.* Au centre commercial. Personne n'avait rien remarqué dans son comportement ou ses fréquentations, même si elle n'y travaillait que quelques heures par semaine. Ils disent qu'elle passait ses pauses dans l'aire de restauration. Parfois, une amie la rejoignait.

— Une blonde en vêtements d'homme ?

— Une ado, disent ses collègues. Blonde. Ils ne l'avaient pas assez bien vue pour la décrire. Là encore, ça ne m'a pas paru significatif, sans quoi j'aurais obtenu les vidéos de surveillance avant qu'elles soient effacées. Si j'avais su que cette blonde était importante.

Du coin de la pièce, le chef dit :

— Peu importe, désormais, Loughlin. Nous devons partir de ce que nous avons, grâce à ce que va nous apprendre notre chère docteure.

De l'autre côté de la table d'examen, Anya Feist leur adressa un sourire sans joie.

— Très bien, dit Heather en tendant la chemise à Josie. Tenez, la copie du dossier Beck.

— Vous êtes prêts ? demanda la légiste.

Ils se pressèrent autour de la table tandis que la docteure Feist enfilait une paire de gants en latex et ôtait le drap masquant le visage de Sabrina. Ses cheveux bruns étaient divisés par une raie au milieu, mais Josie vit qu'une mèche avait été coupée. La légiste la leur montra.

— C'est là que des cheveux ont été prélevés, comme nous nous y attendions.

Elle se pencha par-dessus le cadavre et plaça une main sous l'omoplate de Sabrina. L'autre main se glissa sous la hanche, et elle fit rouler la jeune fille vers elle.

— J'ai trouvé vos entailles. Elles ne sont pas sur les bras.

Josie vit aussitôt les minces lignes argentées sur la nuque et jusqu'au haut du dos de Sabrina Beck. Il y en avait six. La légiste reposa délicatement le corps.

— Pourquoi dans le dos ? s'étonna Noah.

Anya Feist haussa les épaules et remonta le drap.

— Les paris sont ouverts.

— Parce qu'elle a résisté, dit Josie. Il a dû la ligoter. Elle a des marques sur les poignets.

— Exact. J'ai montré ce détail à l'inspectrice Quinn quand nous étions encore sur la scène de crime, mais vous voyez qu'elle a des marques de ligatures récentes par-dessus d'anciennes cicatrices. Ces blessures ont une forme précise : celle des maillons d'une chaîne. Vous voyez aussi les ecchymoses tout le long des bras. Même chose sur les jambes et le torse. Cela correspond à des traumatismes survenus au cours des deux dernières semaines. Elle a aussi les séquelles d'une côte fêlée et d'une fracture de la mâchoire. J'ai obtenu son dossier médical : elle ne s'était jamais rien cassé, donc ces accidents doivent être postérieurs à sa disparition. En outre, elle a un peu souffert de malnutrition. Quand sa mère a signalé qu'elle avait disparu, elle pesait cinquante-cinq kilos. En arrivant ici, elle n'en faisait plus que quarante-cinq.

Josie tressaillit.

— Il l'a affamée ?

— Ou bien elle a refusé de s'alimenter, commenta Heather. Sa mère n'a pas caché qu'elle était très têtue.

— Il lui a peut-être fait du mal parce qu'elle ne correspondait pas au fantasme qu'il cherchait à recréer.

— Vous voulez dire qu'elle n'a pas fait tout ce qu'il voulait ?

— C'est une possibilité. Ses autres victimes étaient peut-être plus dociles. Nous ne savons pas à quel genre de menace ou de coercition il a recours contre ces filles. Les autres avaient peut-être plus peur de lui, ou bien elles croyaient qu'en lui obéissant, elles pourraient survivre et rentrer chez elles. Si Sabrina a eu une attitude différente, ça a pu le déstabiliser, le rendre plus violent. Sabrina n'était pas pareille, aux yeux du tueur.

— Kelsey et Gemma ont toutes les deux été retrouvées en parfaite condition physique, rappela Noah. À part la blessure fatale, elles étaient en bonne santé et bien nourries. Il leur avait même servi leurs plats favoris comme ultime repas.

— Oui, renchérit Josie. Le tueur manifeste une forme d'affection perverse envers elles.

— Il les collectionne, comme des poupées, dit Heather.

Il y eut un instant de silence. Josie sentit une lourdeur dans l'air. Elle déglutit.

— Peut-être bien.

— Mais à seize ans, elles cessent manifestement de l'intéresser, conclut Noah.

La docteure Feist s'éclaircit la gorge pour leur rappeler sa présence.

— Désolée, s'excusa Josie. Nous nous égarons. Que peux-tu nous apprendre d'autre ?

— Il n'y a aucun signe évident d'agression sexuelle. Aucune indication d'une quelconque activité sexuelle récente. Elle a pu être sexuellement active à une époque, mais c'est tout ce que je peux dire.

— Elle a dû avoir des rapports avec son petit ami, ce qui expliquerait qu'elle ne soit pas vierge, supposa Heather.

— Le contenu de l'estomac ? s'enquit Josie.

La légiste secoua la tête.

— Rien, à part du liquide et ce qui ressemble à des comprimés de Benadryl dissous, que j'ai bien sûr dû envoyer au labo pour analyse.

— Et la blessure ?

— Presque identique à celle que Gemma Farmer avait à la cuisse. Un coup de couteau, unique et efficace, pour trancher l'artère fémorale. Selon mes mesures et mon examen, la lame devait mesurer de cinq à huit centimètres de long et entre un centimètre et demi et deux centimètres de large. Même lame, sans dents. Elle s'est sans doute vidée de son sang en moins de cinq minutes. L'hémorragie a entraîné la mort.

— Comme pour Gemma et Kelsey, marmonna Josie.

— Et le pyjama qu'elle portait ? demanda Heather.

— Nous avons interrogé sa mère, répondit Noah. Il appartenait à Sabrina. Sa mère pense qu'elle l'avait emporté chez son petit ami.

— Gretchen et Mett sont allés lui poser quelques questions hier soir. Il ne se souvient pas des vêtements qu'elle portait quand elle a disparu.

— Hummel l'a enregistré comme pièce à conviction, précisa la légiste. Il vous dira s'il a pu en tirer quelque chose. Il y a une dernière chose, mais je ne sais pas quelle importance vous lui accorderez.

— Tout nous intéresse, dit Noah.

La docteure s'approcha du plan de travail qui longeait le mur du fond et ouvrit son ordinateur.

— Nous avons trouvé du sang séché sur une de ses tempes.

— Rien de surprenant, il y en avait partout, répliqua Noah.

Anya Feist secoua la tête en tapotant le clavier.

— Le sang de sa blessure se trouvait sous ses membres inférieurs. Elle n'en avait pas sur le haut du corps, ce qui est logique si on suppose qu'elle a été droguée avant d'être poignardée, et que le tueur a rapproché ses jambes et a mis une couverture dessus après avoir tranché son artère fémorale.

— De sorte que le sang s'est accumulé sous la couverture et que Sabrina n'a pas pu tenter d'arrêter l'hémorragie, puisqu'elle était déjà inconsciente, commenta Josie.

— Oui.

La légiste leur fit signe de la rejoindre et une photo du visage de Sabrina s'afficha à l'écran. Ses cheveux avaient été coiffés de manière à dévoiler une tache de sang de la taille d'une pièce de monnaie, sur sa tempe gauche.

— C'est peut-être parce que ses poignets étaient attachés, supposa Noah. La peau a pu se déchirer par endroits.

— Ça aurait pu être ça. Sauf qu'il ne s'agissait pas de sang humain.

— Quoi ? s'exclamèrent en même temps Josie et Noah.

La docteure Feist fit apparaître une série de schémas, puis se retourna vers son auditoire.

— Il existe une nouvelle technologie élaborée par l'université d'État de New York à Albany, et le test devra être confirmé par le labo de la police d'État, ce qui prendra des semaines, mais toutes les études indiquent jusqu'ici qu'elle est tout à fait fiable.

C'est un test rapide qui permet de déterminer si le sang trouvé sur une scène de crime est d'origine humaine ou animale.

— Une nouvelle technologie ? Les avocats de la défense adorent les « nouvelles technologies », observa Heather.

Le chef s'éclaircit la gorge. Josie avait presque oublié qu'il était là.

— Elle a raison. Vous feriez mieux d'avoir un expert avec vous, si vous voulez utiliser cette technologie.

La légiste haussa un sourcil.

— Je le sais bien, chef. Voilà pourquoi le labo devra confirmer. Mais nous faisons partie des départements qui testent cette nouvelle technologie parce que notre région est encore très rurale. Je travaille avec Hummel, qui affirme que vous avez souvent affaire à des voitures qui percutent des choses, surtout la nuit, sur les petites routes sombres. Il y a du sang, mais les gens ne savent pas ce qu'ils ont renversé.

— Exact, dit Josie.

— Quelle est cette technologie ? s'enquit Noah.

— Comme je le disais, elle aide à déterminer s'il s'agit de sang humain ou animal. Elle permet aussi d'identifier avec précision le sang de onze espèces animales. Concrètement, et je vais énormément simplifier pour vous, puisque je sais que les détails scientifiques ne vous intéressent pas, on dépose un peu de sang séché sur une lamelle, puis on l'étudie à l'aide de la spectroscopie infrarouge à transformée de Fourier.

— Pardon ?

— Une lumière infrarouge, expliqua Josie.

— Oui. Quand le sang entre en contact avec la lamelle et qu'on le scanne en lumière infrarouge, il émet certaines ondes lumineuses. Chaque type de sang a sa propre longueur d'onde. Grâce à ce logiciel, nous pouvons déterminer d'abord si le sang est humain, puis, si ce n'est pas le cas, de quel animal il provient, à condition que ce soit l'un des onze que l'on peut identifier, et tout cela assez rapidement et dans nos propres labos au lieu de devoir l'envoyer et d'attendre des semaines ou des mois.

— Quel type de sang était-ce donc ?

— Du sang de cerf.

— Pardon ? Comment a-t-elle pu avoir du sang de cerf sur la tête ?

— À vous de me le dire, répondit la docteure Feist.

33

Au commissariat, Mettner et Gretchen travaillaient sur leurs ordinateurs. Il était tard, et Amber était déjà partie. Josie, Noah et le chef arrivèrent, apportant du café et des pâtisseries, car la journée serait encore plus longue qu'elle ne semblait déjà l'être. Noah distribua les gobelets et posa la boîte de gâteaux au centre de leurs bureaux, tandis que Josie s'écroulait sur sa chaise. Le chef se mit à faire le tour de la pièce, les bras croisés sur sa poitrine, le visage d'un rouge alarmant.

— Ça, ce n'est pas bon, déclara Gretchen en se levant et en se couchant à moitié sur son bureau pour attraper une tartelette aux noix de pécan.

Josie feuilleta le dossier que leur avait préparé l'inspectrice Heather Loughlin, pendant que Noah résumait à Gretchen et Mettner l'autopsie de Sabrina Beck, et notamment la découverte de sang de cerf sur le cadavre.

— S'il y avait du sang de cerf là où elle était séquestrée, ça signifie que le tueur est chasseur, non ? supposa Mettner. Les dimensions du couteau avec lequel les filles ont été poignardées correspondent à celles d'un dépeceur.

— Qu'est-ce que c'est ? voulut savoir Gretchen.

— Il y en a dans les trousses de chasse. Tous les chasseurs de cerfs en ont une. Le contenu varie, selon le type de trousse, la marque et l'endroit où elle a été achetée, mais il y a généralement un couteau à dépecer dedans.

— Le tueur serait donc un braconnier, signala Noah. La chasse au cerf n'ouvre qu'en automne. Pour le moment, le dindon sauvage est le seul gibier autorisé.

— Notre homme pourrait tout de même être chasseur. Beaucoup de gens chassent hors saison. S'ils sont sur leurs propres terres et que personne ne les dénonce, comment pourrait-on le savoir ?

— Ça pourrait être une propriété isolée, surtout s'il séquestre les filles pendant des mois.

— Le problème, soupira Gretchen, c'est que tout le monde chasse, dans cette région. Et s'il le fait sans permis, il n'y a pas moyen de le trouver.

— Mais vous pouvez chercher les permis de chasse de tout l'État, non ? intervint le chef.

— On peut essayer, répondit Mettner. Je peux obtenir un mandat, du moins pour le comté d'Alcott. Le problème, c'est de trouver comment réduire la liste, parce qu'elle va être longue.

— Nous savons que ce type était actif il y a vingt-cinq ans, dit Josie tout en parcourant le dossier qu'elle avait sous les yeux. À supposer qu'il ait eu au moins dix-huit ans à l'époque, il en a maintenant quarante-trois, grand minimum. Je le crois plus âgé, étant donné la sophistication du meurtre de Kelsey, et le fait qu'elle était déjà sa deuxième victime, si notre interprétation des entailles est la bonne.

— Très juste, approuva Noah. Il l'a gardée pendant près de cinq mois. Il devait avoir un lieu qui lui permette de la séquestrer, ainsi que bien d'autres victimes.

— Ce qui indique qu'il avait alors plutôt une vingtaine ou une trentaine d'années, calcula Gretchen. Nous cherchons donc des chasseurs qui auraient aujourd'hui entre quarante-cinq et cinquante-cinq ans.

— Allons jusqu'à soixante, dit Chitwood. Au cas où.

Gretchen griffonna dans son bloc-notes.

— Je pense qu'on devrait inclure dans nos recherches les chasseurs des trois comtés limitrophes du comté d'Alcott.

— D'accord, mais des chasseurs âgés de quarante-cinq à soixante ans, rien que pour Alcott, il doit y en avoir pas mal. Il faut réduire encore notre cible.

— On peut croiser ça avec la liste des propriétaires terriens, suggéra Noah. Il faut se pencher sur tous les chasseurs qui détiennent une propriété rurale isolée. Même chose pour tous ceux qui habitaient Brighton Springs et ses environs il y a vingt-cinq ans.

— À propos de Brighton Springs, dit Gretchen en montrant du doigt une énorme pile de papiers sur son bureau, Lamay et moi, nous avons fini d'examiner les profils de tous les gens que le chef a côtoyés à l'époque, à Brighton Springs ou à Lochfield. Nous n'avons trouvé personne qui puisse avoir un grief contre le chef Chitwood. Du moins, personne qui soit encore en vie. Il y avait quelques candidats, mais ils sont morts en prison il y a des années.

Le chef s'avança et prit les papiers.

— Je vais y jeter un œil, si vous permettez. Pour m'assurer que vous n'avez manqué personne.

— Vous avez déjà vu la liste. On aurait oublié quelqu'un qui aurait une dent contre vous ?

— Juste mon père, répondit Chitwood avec un soupir.

Pour combler le silence gêné, Mettner s'éclaircit la gorge et reprit :

— À part les chasseurs et les propriétaires terriens, on devrait revoir la liste des autres disparues, surtout des filles de quinze ans considérées comme fugueuses. J'ai appelé tous les services de police et j'ai parlé aux agents chargés des enquêtes.

Jusqu'ici, ça n'a rien donné, mais je suis peut-être passé à côté de quelque chose.

— J'en doute, dit Gretchen. Il faudrait plutôt élargir tes recherches, sortir du comté. Peut-être même prendre en compte l'ensemble de l'État, ou au moins les comtés environnants.

Mettner avait déjà son téléphone à la main pour noter.

— Je m'en occupe, en plus des chasseurs d'Alcott et des comtés voisins.

— On devrait aussi essayer de trouver les liens entre nos deux victimes récentes, poursuivit Gretchen. Si on trouve une relation entre Gemma Farmer et Sabrina Beck, ça pourrait nous indiquer comment il les choisit. Quand on aura compris ça, on pourra peut-être le trouver.

— Le lien, c'est la blonde, fit Noah.

— Je suis d'accord, approuva Josie.

— Les deux victimes ont été vues avec elle au centre commercial. Un de nous devrait aller là-bas et montrer sa photo aux gens, proposa Mettner. Il se sert peut-être d'elle pour sélectionner les victimes. Il l'envoie devenir l'amie de ces filles.

— Elle est l'appât. Si nous la trouvons, elle, nous le trouvons, lui.

Le téléphone de Josie sonna sur son bureau. Elle répondit, écouta, puis raccrocha.

— Travis Benning, l'ancien coéquipier de Harlan Chitwood, est ici.

— Merde, s'exclama Noah. Je lui ai donné rendez-vous. Avec tous les événements d'hier soir, ça m'est sorti de l'esprit.

— Pas de souci, dit Josie. Ça ne devrait pas être bien long. Allons lui parler, toi et moi. Gretchen, pendant que Mett s'occupe des chasseurs et de la liste des disparues, tu pourrais aller au centre commercial ?

34

Puisqu'ils ne pouvaient pas emmener Travis Benning dans la salle de conférences, devenue leur cellule de crise, Josie et Noah l'accompagnèrent à pied au *Komorrah's Koffee*, où ils s'installèrent à l'arrière. Grâce aux recherches de Noah, ils savaient qu'il avait cinquante-six ans, mais il ne les faisait pas. Grassouillet, avec une épaisse tignasse brune et des yeux marron pétillants, il avait un air jovial et juvénile. Lorsqu'il parlait, sa voix semblait apaisante, presque mélodieuse. Une fois assis, Travis joignit les mains sur la table et leur sourit.

— Je dois vous avouer que je ne travaille plus pour la police depuis plus de vingt ans. Je ne me rappelle pas grand-chose des cas sur lesquels j'ai enquêté, mais je serais ravi de vous aider dans la mesure du possible.

— Merci d'avoir accepté de nous rencontrer, dit Josie. Nous voulions discuter avec vous de l'affaire Kelsey Chitwood.

Une ombre passa sur ses traits. Son sourire s'effaça et la tristesse se peignit sur son visage. Il serra son gobelet de café et secoua la tête.

— Mon Dieu, une histoire affreuse. Si affreuse. J'ai quitté le service avant qu'elle soit résolue. Si vous m'en parlez, ça doit signifier qu'elle ne l'a jamais été.

— Exact.

— Pauvre Bobby, murmura Travis.

Il détourna les yeux pendant quelques secondes pour contempler le reste de l'établissement avant de les reposer sur eux.

— Excusez-moi. Bobby était son frère aîné. Plutôt un père pour elle, à vrai dire. Bobby est chef de la police ici, non ? J'ai vu ça aux actualités.

— En effet, confirma Josie. Nous connaissons son lien de parenté avec Kelsey.

— C'est à cause de Bobby que vous reprenez le dossier ? Le meurtre de Kelsey n'a pas eu lieu dans votre secteur.

Josie sourit.

— Nous avons récemment eu un cas qui présente des similitudes avec celui de Kelsey.

Travis baissa les yeux vers la table.

— Des similitudes. Comme la mèche de cheveux coupée ? Le sectionnement de l'artère fémorale ? L'ingestion de Benadryl ? La mise en scène artificielle du corps ?

— Vous vous rappelez beaucoup de choses, observa Noah.

Travis croisa son regard.

— Difficile d'oublier ce dossier, d'autant qu'il était tellement personnel. Pardon mais, ce nouveau cas sur lequel vous enquêtez, aurait-il un rapport avec le meurtre de Gemma Farmer ? Les médias l'appellent la « Reine du bal », une sottise de ce genre. J'ai horreur que la presse fasse ça, qu'elle utilise ces surnoms stupides, marmonna-t-il entre ses dents.

— Pourquoi cette question ?

— Elle a à peu près le bon âge. Quinze ans. Ça aussi, ils l'ont précisé à la télé, mais la vérité, c'est que j'ai rencontré Gemma Farmer.

— Ah oui ? Dans quelles circonstances ?

— Comme je vous l'ai dit, ça fait vingt ans que je ne suis plus dans la police. Quand j'ai quitté Brighton Springs, je suis retourné à la fac et j'ai obtenu un master. Je me suis promené dans tout l'État jusqu'à ce que je devienne conseiller pour le RedLo Group. C'est une organisation sans but lucratif qui propose un suivi psychologique ou d'autres interventions pour les jeunes à risques, gratuitement ou selon un barème dégressif. La mère de Gemma Farmer nous l'a amenée il y a un an. Je ne m'en suis souvenu que le jour où la photo a été diffusée dans la presse.

— Vous n'avez pas jugé nécessaire de nous contacter pour nous signaler que vous l'aviez rencontrée ?

Travis leva les paumes vers le ciel.

— Je l'ai vue une fois, peut-être deux. J'accueille les jeunes et je les aiguille vers le spécialiste adéquat. Les circonstances de sa mort n'ont pas été divulguées par les médias. Je n'ai pas pensé qu'elle pouvait être liée à un cas sur lequel j'ai travaillé il y a plusieurs décennies, dans une ville située à trois heures d'ici.

— Nous connaissons le lien avec RedLo, dit Josie, se remémorant le papier vu sur le frigo des Farmer.

Elle songea au dossier de Heather Loughlin. Il ne contenait aucune information sur RedLo.

— Combien de temps a-t-elle été aidée par l'association ?

— Je n'en sais rien. Beaucoup de jeunes vont et viennent. Je vous l'ai dit, je ne suis chargé que de les accueillir. Je les vois une fois, parfois deux, et c'est tout. J'ai une mémoire qui me permet de me rappeler les noms quand je les entends.

Josie se souvint que Portia Beck avait envoyé sa fille chez un psy, mais que ça n'avait pas vraiment eu d'effet.

— Sabrina Beck, ça vous dit quelque chose ?

Travis prit le temps de réfléchir.

— Oui, ce nom me paraît familier.

Noah prit son téléphone et ouvrit une photo de Sabrina que Portia avait fournie à la police d'État et au shérif peu après sa disparition. Elle était assise sur un canapé, flottant dans un sweat à capuche gris beaucoup trop ample. Ses cheveux décoiffés pendaient devant son visage, et son sourire était forcé. Noah la montra à Travis.

— Vous la reconnaissez ?

Le visage de Travis se décomposa.

— Oh non. Oh non.

— Elle est aussi passée chez RedLo ? demanda Josie.

Il ferma un instant les yeux, inspira profondément pour tâcher de se ressaisir. Lorsqu'il rouvrit les yeux, il répondit :

— Oui. Je me souviens d'elle parce qu'elle était vraiment là à contrecœur. Ne me dites pas que... Elle est morte ? Elle a... Ce qui est arrivé à Kelsey, elle aussi...

Il ne put s'obliger à prononcer les mots.

— Les circonstances de son décès sont les mêmes que pour Gemma Farmer et Kelsey Chitwood.

— Cette information n'a pas été divulguée à la presse, précisa Noah, donc vous voudrez bien la garder pour vous.

— Bien sûr, je n'en parlerai pas.

— Vous rappelez-vous la dernière fois où Sabrina est venue chez RedLo pour sa thérapie ? demanda Josie.

Il secoua la tête.

— Non. Je le répète, je ne suis chargé que de l'accueil des jeunes. Je sais que j'ai orienté Gemma et Sabrina, comme des dizaines d'autres, mais je perds leur trace une fois qu'elles sont entre les mains d'un spécialiste. C'est le psychothérapeute qui suit leurs progrès. J'ai mentionné Gemma Farmer pour vous indiquer qu'il y avait un lien, puisque son meurtre présente des similitudes avec celui de Kelsey Chitwood. Si je ne vous l'avais pas dit, ça vous aurait paru suspect, non ? Déjà, là, vous me soupçonnez, surtout maintenant que vous savez que je connaissais Gemma et Sabrina. Si je travaillais encore dans la police, je me soupçonnerais.

— Disons que vous méritez effectivement qu'on s'intéresse un peu à vous, répliqua Noah.

— Vous pouvez nous dire où vous étiez hier soir, vers 20 heures ? l'interrogea Josie.

— Bien sûr. Tous les vendredis soir, j'encadre un groupe de parents de toxicomanes, à l'église épiscopale de Patterson Street, à Bellewood. En général, j'y arrive vers 18 h 30 pour tout installer. La réunion commence à 19 heures et se termine à 21 heures.

À 21 h 30, Sabrina Beck avait déjà été découverte par sa mère.

— Ces réunions, vous y allez directement après votre journée de travail ? poursuivit Noah.

— D'habitude, je prends le temps de m'acheter de quoi manger chez *Harry's*. J'ai le ticket de caisse de ce jour-là, si vous voulez, et les serveurs me connaissent. Ils pourront témoigner que j'y suis passé.

S'il encadrait ce groupe le vendredi, il était aussi là-bas le soir du bal du lycée, à l'heure où Gemma Farmer avait été assassinée, comprit Josie.

— Nous allons devoir contacter vos collègues, les serveurs chez *Harry's* et le personnel de l'église épiscopale, pour confirmer tout ça.

Travis eut un vague sourire.

— Bien sûr. Pas de problème. Puisque nous sommes partis sur une transparence totale, avez-vous déjà interrogé Harlan ?

— Oui.

— Vous avez dû vous amuser. Il vous a raconté ce qui m'est arrivé ?

Josie haussa un sourcil.

— Comment ça ?

— Il faut que je vous dise que j'ai été obligé de quitter la police parce que je m'étais planté sur un dossier. Dans les grandes largeurs. Harlan a plaidé ma cause, il a persuadé la hiérarchie de me garder quelques années. Je ne sais pas trop pourquoi, puisqu'il savait que je ne l'aimais pas. Je pense qu'il voulait avoir un moyen de pression sur moi, pour que je sois forcé de fermer les yeux ou de l'aider le jour où il ferait quelque chose d'illégal. En tout cas, je n'ai pas fait long feu. Absolument tous mes collègues me détestaient, et les civils aussi. Quand c'est devenu trop dur, je suis parti. Depuis, je travaille dans le social.

Josie tenta d'imaginer un raté si grave que même ses propres collègues ne l'avaient pas soutenu. La plupart du temps, les services de police étaient des communautés soudées qui faisaient bloc autour de leurs membres.

— À quoi faites-vous allusion, monsieur Benning ? voulut savoir Noah.

Travis soupira, remua sur son siège. Il serra de nouveau son gobelet entre ses mains, ses doigts tambourinant dessus.

— Vous avez entendu parler du Boucher de Brighton Springs ?

— Non.

— Il était actif au début des années 1990. Il enlevait des filles et il les... charcutait. C'était...

Il s'interrompit. Ses yeux se voilèrent, comme s'il contemplait le passé et non Josie et Noah. Il reprit d'une voix rauque.

— C'est ce que j'ai vu de plus abominable. De ma vie. Nous étions nombreux sur le dossier, il n'y avait pas que Harlan et moi, mais Harlan a enquêté sur l'une des premières disparitions liées à ce monstre. Quand une quatrième fille a disparu, tout le service s'est mis à plancher sur l'affaire. C'est là que j'ai commis... une erreur sur une scène de crime. J'ai contaminé des preuves assez importantes. J'allais être viré mais, comme je vous l'ai raconté, Harlan est intervenu. Les autres ont fait de leur mieux pour monter un dossier quand même mais, au moment du procès, le type, le Boucher, s'en est tiré à cause d'un vice de procédure.

— Lié à la contamination des preuves, compléta Josie.

— Oui, murmura Travis. Un tueur a été relâché à cause de mon erreur. J'ai... essayé de me tuer plusieurs fois, à l'époque.

Il lâcha son gobelet, retroussa ses manches et étala ses mains sur la table, les paumes vers le ciel, révélant d'épaisses cicatrices qui couraient verticalement sur ses poignets.

— Harlan m'a sauvé à chaque fois. C'était un vrai salaud.

— Cela a dû être pénible également pour votre famille, commenta Josie alors que Travis recouvrait ses cicatrices.

— En effet. Ça a failli tuer ma mère. Elle est décédée il y a dix ans. Mon père est mort pendant que je préparais mon master. Je suis content de ne jamais avoir eu de femme ou d'enfants qui auraient été éclaboussés par le scandale. C'était très stressant.

— Vous ne vous êtes jamais marié ? le questionna Noah. Même quand tout ça était derrière vous ?

— J'étais fiancé quand l'affaire du Boucher a éclaté. Ma fiancée m'a quitté. Depuis, les femmes que je rencontre me plaquent vite fait quand elles apprennent que je suis un ex-policier déshonoré. Je me suis fait une raison. Le célibat, ce n'est pas si mal. Je ne dois rendre de comptes à personnes, personne ne me fait de réflexions ni ne me donne d'ordres. Je n'ai pas à faire de compromis...

Ses yeux allaient et venaient entre la main gauche de Noah et celle de Josie, et il remarqua leurs alliances.

— Mais je ne dis pas ça contre les gens mariés. Je suis sûr que ça a aussi des bons côtés.

— Pas de souci, le rassura Noah. Qu'est-il arrivé au Boucher ?

— Je l'ignore. La police de Brighton Springs a longtemps gardé un œil sur lui, jusqu'à ce qu'il déménage. Une fois qu'il était hors de notre secteur, il n'y avait plus grand-chose à faire. À ma connaissance, il n'a plus jamais tué, ou du moins, il a été assez malin pour ne pas se faire prendre.

Discrètement, Josie sortit son téléphone et chercha sur internet le Boucher de Brighton Springs. En survolant les premiers résultats, elle apprit qu'il s'appelait Corben Thomas et qu'il avait trente-deux ans lors de son arrestation, ce qui lui en donnerait cinquante-neuf à présent, soit le haut de la fourchette que son équipe et elle avaient définie pour les suspects potentiels.

— Pensez-vous que ces nouveaux crimes pourraient avoir été commis par le Boucher ?

— Aucune idée. Je ne sais pas pourquoi il a cessé de tuer, à moins qu'il ait eu peur, ou que l'attention publique soit devenue trop intense, mais il ne se contentait pas d'un seul coup de couteau, si vous voyez ce que je veux dire. C'était un barbare. J'en fais encore des cauchemars. Tant qu'on n'a pas vu des cas comme ça, on ne peut pas être sûr qu'on est taillé pour être policier. Même avant ma connerie sur la scène de crime, les autres se moquaient de moi tout le temps. Ils m'insultaient. Un flic qui ne supporte pas la vue du sang, c'est n'importe quoi, hein ?

— Je suppose donc que vous n'êtes pas chasseur ?

— Le grand passe-temps de la Pennsylvanie ? Non. Je n'ai jamais supporté ça non plus – ce qui m'a également nui dans le service. Tous mes collègues étaient de grands chasseurs. Vous savez ce que c'est, quand on vit ici.

— Le Boucher était chasseur ? demanda Josie.

— J'en suis presque certain. Enfin, pas après avoir été relâché, mais avant. Une fois libéré de prison, il ne sortait plus de chez lui. On l'a suivi un bon moment après le meurtre de Kelsey, Harlan et moi. Jusqu'au jour où ses avocats ont appelé notre chef pour qu'il nous oblige à arrêter. On n'a jamais pu établir de lien entre le crime et lui.

Josie tenta de se souvenir si le nom de Corben Thomas figurait dans les documents du dossier officiel. Il ne lui rappelait rien. Le chef ne l'avait pas mentionné, et elle était sûre qu'il l'aurait fait s'il avait estimé nécessaire d'étudier de plus près ce

« Boucher de Brighton Springs » qui avait été relâché pour vice de procédure.

— Il n'y avait rien sur lui dans le dossier.

— Évidemment, puisque Harlan n'a pas rédigé de rapport. Il ne voulait pas que le nom de ce type apparaisse tant qu'on n'aurait pas trouvé de preuve irréfutable.

— Pourquoi ? s'étonna Noah. Avait-il peur que Thomas poursuive votre service pour harcèlement ?

— Franchement, je pense que Harlan comptait le faire disparaître. Sauf que, je le répète, nous n'avons jamais pu le rattacher au meurtre de Kelsey.

— Vous connaissiez bien le chef, euh, Bobby ?

— Pas vraiment. Nous ne nous parlions pas souvent. On ne le voyait pas beaucoup. Comme vous le savez sans doute, Harlan et lui se détestent. Moi, j'avais de la peine pour Bobby. Il adorait Kelsey. C'est lui qui l'avait élevée. Harlan ne s'est jamais soucié d'elle, sauf pour emmerder Bobby. En tout cas, Bobby est venu me demander des informations sur l'enquête parce que Harlan ne lui disait rien, alors je les lui ai fournies.

Josie pensa au récit qu'avait fait le chef : il était difficile de sortir les documents du commissariat de Brighton Springs, à l'époque ; elle ne devait pas chercher à savoir comment il s'était procuré tous ceux qu'il avait chez lui.

— Vous lui avez livré des éléments du dossier, n'est-ce pas ?

Travis haussa mollement les épaules.

— Je ne vois pas l'intérêt de vous mentir, au point où nous en sommes. Je suppose qu'il ne vous l'a pas dit pour me protéger, mais je ne suis même plus de la police, donc bon. Oui, j'ai photocopié des documents pour lui, quelques-uns à la fois et, quand j'en avais un paquet, on se rencontrait pour que je les lui remette en mains propres.

— Pourquoi avez-vous agi ainsi ? s'enquit Noah. Vous aviez déjà failli être viré à cause de l'affaire du Boucher. Pourquoi prendre un risque pareil ?

Travis baissa la tête et un ricanement sans joie s'échappa de ses lèvres.

— Lieutenant, au cas où vous ne l'auriez pas encore compris, j'ai consacré toute ma vie depuis ce moment à essayer de me racheter. Je travaille avec des ados à risques, j'essaie de les remettre sur les rails, de veiller à leur sécurité. Je savais que je ne resterais pas dans la police. Ce n'était qu'une question de temps. Pour être honnête, Bobby me semblait bien plus à même de résoudre cette affaire que Harlan. Il avait mérité de connaître le contenu du dossier, et Harlan, qui avait toujours besoin de tout contrôler et de manipuler tout le monde, ne l'aurait jamais partagé avec lui. Vous n'imaginez pas ce qu'étaient leurs relations. Un jour, dans un bar... Peu importe. Je ne dois pas en parler, ça ne me regarde pas.

Josie savait que cela ne la regardait pas non plus, mais elle ne put se retenir. Sa curiosité prit le dessus.

— *Tappy's Lounge* ? En 1999 ?

Travis eut l'air surpris.

— Comment le savez-vous ?

— Le ch... Bobby y a fait allusion, sans me dire exactement ce qui s'était passé.

Elle ne précisa pas que Harlan Chitwood habitait désormais un taudis au-dessus de *Tappy's Lounge*.

Il y eut quelques secondes de silence. Puis Travis reprit la parole :

— Bobby a failli tuer Harlan. Voilà ce qui s'est passé. Il voulait discuter du meurtre de Kelsey avec lui. Ils se sont disputés, comme toujours, mais, cette fois-là, c'est devenu physique. Bobby a roué son père de coups. Harlan a été hospitalisé pendant deux semaines. La police de Brighton Springs et celle de Lochfield s'en sont mêlées, mais ni Harlan ni Bobby ne voulaient parler. Harlan a refusé de poursuivre son fils et, quand on l'a interrogé sur ses blessures, il a répondu qu'il avait trop bu et qu'il était tombé. Je ne sais pas pourquoi il ne voulait pas incriminer Bobby. Tout le monde savait ce qui s'était réellement produit. Merde, il y avait eu une quarantaine de témoins, mais il était clair que l'incident resterait une histoire entre eux deux, donc ils n'ont été accusés ni l'un ni l'autre.

— Monsieur Benning, vous connaissiez bien le dossier Kelsey Chitwood, semble-t-il. Vous avez déjà évoqué un élément qui n'y figure pas. Y a-t-il d'autres choses que nous ignorons ? Même des détails qui vous paraîtraient insignifiants...

Travis leva une main pour interrompre Noah et sourit.

— Je me rappelle comment fonctionne une enquête, lieutenant. Là, comme ça, je ne pense à rien d'autre, mais j'y réfléchirai dans les jours qui viennent, à tête reposée, et je tenterai de rassembler mes souvenirs. Si un détail me revient, je vous contacterai. Vous avez mon numéro, bien sûr. Si vous avez besoin de moi, appelez-moi ou envoyez-moi un texto et, si vous voulez bien, saluez Bobby de ma part.

— Une dernière question, glissa Josie.

Elle sortit son portable pour y afficher les photos de la mystérieuse blonde dans la boutique de robes avant de le faire glisser sur la table vers Travis.

— Avez-vous déjà vu cette fille ?

Il prit le téléphone pour examiner l'image, appuyant sur l'écran avec le pouce et l'index pour zoomer. Fronçant les sourcils, il répondit :

— Je ne crois pas, mais je vois beaucoup d'ados, en général deux fois maximum avant qu'ils soient confiés à un spécialiste. J'ai vraiment une meilleure mémoire des noms. Comment s'appelle-t-elle ?

Josie reprit son téléphone.

— C'est ce que nous cherchons à savoir. Combien de jeunes accueillez-vous par semaine ?

— Par semaine ? Entre cinq et quinze. Parfois plus. Les besoins sont grands, et RedLo couvre tout un pan de la Pennsylvanie centrale.

— Comment décidez-vous vers quels spécialistes vous les envoyez ? demanda Noah.

— Je me renseigne sur leur passé, j'essaie d'évaluer leurs problèmes, puis je choisis un professionnel en fonction des besoins, de la localisation, et de la spécialité.

— Vers qui Gemma Farmer a-t-elle été orientée ?

— Je serais incapable de vous le dire comme ça, mais je peux vérifier quand je serai de retour au bureau. Je peux aussi vous indiquer à qui Sabrina Beck avait été confiée.

— Cela nous serait utile, dit Josie.

— Y a-t-il un de vos collègues chez RedLo qui serait susceptible de commettre ces meurtres ? risqua Noah.

Il y eut une légère hésitation, si brève que Josie faillit ne pas la remarquer. Un infime tremblement des lèvres, comme s'il allait leur donner un nom, puis s'était ravisé.

— Sincèrement, j'espère bien que non, mais vous savez sans doute mieux que moi qu'il est presque impossible de prédire de quoi les gens sont capables.

35

Ils laissèrent Travis Benning au *Komorrah's* et regagnèrent lentement le commissariat. L'esprit de Josie était en surrégime : chaque fois qu'ils suivaient une piste, dix autres semblaient surgir, sans qu'aucune les rapproche du tueur. L'enchaînement de connexions bizarres prenait une ampleur exponentielle à chaque nouvelle information. Cela faisait beaucoup d'éléments à prendre en compte en même temps. Une heure auparavant, le Boucher de Brighton Springs n'existait pas pour elle. À présent, il fallait l'inclure dans le tableau. Harlan et Travis ne l'avaient jamais rayé de la liste des suspects ; simplement, ils avaient cessé de le relier au meurtre de Kelsey. Puisque les trois victimes connues – Kelsey Chitwood, Gemma Farmer et Sabrina Beck – avaient succombé à un coup de couteau, que Travis et Harlan avaient travaillé sur l'affaire du Boucher de Brighton Springs, que les victimes du Boucher étaient des jeunes filles, et que Harlan l'avait jugé assez suspect pour le suivre, Josie n'avait d'autre choix que de s'intéresser à lui. Le lien était ténu, mais comme la mystérieuse blonde leur échappait, tant dans l'enquête concernant Gemma Farmer que dans celle sur le meurtre de Sabrina Beck, Josie n'était pas en position de lâcher la moindre piste, si douteuse soit-elle.

— Quelle est ton opinion sur Travis Benning ? demanda Noah.

Josie soupira.

— Je ne sais pas. Il semble assez incroyable qu'il ait travaillé sur le cas de Kelsey Chitwood il y a vingt-cinq ans et qu'il connaisse aussi Gemma Farmer et Sabrina Beck. C'est gros, comme coïncidence, non ? Tu dis qu'il habite un appartement à Fairfield ?

— Oui. Apparemment, il a emménagé il y a environ huit ans. Je peux vérifier son parcours professionnel, l'étudier de plus près.

— Nous devrons aussi examiner ses biens immobiliers. Je ne vois pas comment il aurait pu séquestrer une ado dans un appartement pendant plusieurs mois, et encore moins deux à la fois, à supposer qu'il les ait enfermées au même endroit. C'est sûrement possible, mais ça n'aurait pas été facile. Donc on doit savoir s'il possède quelque chose ailleurs, une cabane ou une maison de campagne. Il faudra aussi se renseigner sur sa famille, voir si ses parents ont des propriétés rurales. On doit aussi vérifier son alibi pour les deux meurtres.

Alors qu'ils arrivaient devant le poste de police, Noah ouvrit la porte et fit signe à Josie d'entrer la première.

— Je m'en occupe. Comment veux-tu procéder avec le RedLo Group ?

En traversant le vestibule, Josie fit signe à leur agent d'accueil, Dan Lamay.

— Je vais appeler Diana Farmer et Portia Beck, pour voir si elles connaissent le nom des professionnels que leurs filles consultaient. Ça ira peut-être plus vite que d'attendre que Benning nous les procure.

Ils montèrent jusqu'à la grande salle. Mettner travaillait encore à son bureau. Noah lui raconta leur entretien avec

Travis Benning. Josie lut sur son téléphone les textos envoyés par Gretchen depuis le centre commercial. Noah s'assit et alluma son ordinateur.

— Je vais essayer de retrouver le Boucher, fouiller un peu dans le passé de Travis Benning et faire le point sur son patrimoine.

Se laissant tomber sur sa chaise, Josie passa un rapide coup de fil à Diana, qui confirma que Gemma avait été aidée par RedLo lorsqu'ils habitaient Keller Hollow, mais qui déclara avoir oublié le nom de son psychothérapeute. Toute la paperasserie datant de ces années-là était encore rangée dans un carton. Josie lui demanda de chercher et de la rappeler. Elle contacta ensuite Portia Beck, qui confirma que Sabrina avait profité des services de RedLo par l'intermédiaire de son lycée. Elle ne se souvenait pas non plus du nom de son psychothérapeute, car sa fille avait cessé d'aller à RedLo environ trois mois avant sa disparition, soit un an plus tôt, mais elle promit de tenter de retrouver les documents. Josie pourrait sans doute obtenir un mandat de perquisition chez RedLo, puisque deux de leurs victimes avaient été accueillies par le même conseiller, mais elle voulait d'abord rassembler un maximum d'informations. Si le tueur était un autre employé du RedLo Group, elle ne voulait pas lui mettre la puce à l'oreille avant de connaître son identité.

Après avoir rédigé un rapport relatant leur entretien avec Travis Benning, Josie prépara une demande de mandat portant sur les archives de RedLo, et plus précisément celles concernant Gemma Farmer et Sabrina Beck. Quand elle connaîtrait le nom de leur psychothérapeute, elle pourrait l'ajouter, mais au moins la lettre était prête. Pendant que Noah continuait à collecter tout ce qu'il trouvait sur Travis Benning et sur le Boucher de Brighton Springs, elle partit pour Bellewood et passa au restaurant *Harry's* ainsi qu'à l'église épiscopale où Benning avait affirmé encadrer des réunions tous les vendredis soir.

Ses alibis furent confirmés. Le restaurant avait même des

vidéos de surveillance où on le voyait, les deux soirs en question.

Josie revint au commissariat en même temps que Gretchen. Elles montèrent l'escalier ensemble. Une fois à son bureau, Gretchen soupira.

— Je n'ai rien trouvé au centre commercial. Quelques employés de l'aire de restauration et d'autres magasins ont reconnu notre mystérieuse blonde. Ils la voient dans les parages depuis un peu plus d'un an. Personne ne lui a jamais prêté attention. Comme l'a dit le gérant de la pizzeria, « voir des ados dans un centre commercial, c'est à peu près aussi rare que de trouver des poissons dans un étang ».

Josie se pinça l'arête du nez entre le pouce et l'index pour dissiper le mal de crâne qui se formait derrière ses yeux.

— De mon côté, j'ai pu confirmer l'alibi de Travis Benning pour les soirs où Gemma Farmer et Sabrina Beck ont été tuées.

— Vraiment ? dit Noah.

Josie hocha la tête.

— Je ne sais pas pourquoi, mais j'ai l'impression qu'il nous ment. Il y a quelque chose qui cloche chez ce type.

— Il veut trop nous aider.

— C'est un ancien flic, intervint Mettner. Voilà pourquoi il a l'air de trop vouloir nous aider.

Gretchen plissa le front.

— Quelqu'un peut me dire qui est Travis Benning et pourquoi nous étudions son alibi ?

— Désolée, la journée a été longue.

Josie expliqua que Travis Benning avait été le coéquipier de Harlan Chitwood à l'époque de la disparition puis du meurtre de Kelsey Chitwood. Noah et elle résumèrent leur conversation avec lui au *Komorrah's*, énumérant les informations qu'il leur avait fournies, notamment l'histoire du Boucher de Brighton Springs, et le fait qu'il avait un lien avec leurs deux victimes.

— Vous lui avez montré la photo de la jeune fille blonde ? s'enquit Gretchen. Il l'a reconnue ?

— Oui, et non, répondit Noah. À propos d'elle, aucun de ceux qui la voient régulièrement au centre commercial ne lui a parlé ?

— Non, personne. Quelques-unes des collègues de Sabrina au salon *Avalanche* se rappellent l'avoir vue avec elle dans l'aire de restauration, et une autre fois après la disparition de Sabrina, mais c'est tout.

— À quand remonte la dernière fois où elle a été repérée là-bas ? voulut savoir Josie.

Gretchen feuilleta son bloc-notes.

— Il y a trois mois environ. Un employé du restaurant de tacos l'a vue. Seule. On a visionné toutes les vidéos encore disponibles, c'est-à-dire celles du mois écoulé, de l'intérieur du centre commercial et du parking. On ne l'a pas repérée.

— Mais le centre commercial est forcément le terrain de chasse du tueur, vous ne croyez pas ? dit Mettner. La blonde est l'appât qui fait tomber les filles dans le piège. Elle se lie d'amitié avec elles, elle obtient leur confiance, puis elle les mène jusqu'à lui. Nous savons maintenant qu'elle a un véhicule, selon la mère de Sabrina Beck.

— C'est au centre commercial qu'il tend son piège, concéda Josie. Mais ce n'est pas là qu'il les choisit, je pense.

— Si ce n'est pas là, alors c'est par Benning. C'est lui qui les rencontre toutes. Il en sélectionne une, après quoi c'est la blonde qui fait tout le boulot.

— C'est ce que je pense aussi, approuva Noah. Presque toutes les pièces s'emboîtent. Benning habitait et travaillait à Brighton Springs quand Kelsey Chitwood a disparu et quand elle a été retrouvée assassinée. Il a enquêté sur l'affaire avec Harlan Chitwood, ce qui lui a permis de trafiquer les preuves.

— Sauf que le chef a mené sa propre enquête, dit Josie. Et qu'il n'a rien trouvé de plus, ou de différent, par rapport à son père et à Travis. Nous en avons maintenant la certitude parce que nous avons consulté le dossier officiel. Il ne contient rien que le chef n'avait pas vu, à part le relevé d'empreintes sur les bancs de l'église, qui n'apporte strictement rien. Il n'y avait que deux correspondances dans l'AFIS, avec les empreintes d'une fille de dix-neuf ans et celles d'un délinquant sexuel de trente-sept ans, ce dernier étant en prison depuis cinq ans, ce qui l'ex-clut de la liste des suspects.

— Benning n'aurait eu aucun mal à supprimer des preuves ou des éléments du dossier, remarqua Noah.

— Oui, il aurait pu trouver le moyen de le faire. Mais il a des alibis pour les soirées des deux meurtres. Des alibis solides.

— C'est peut-être la blonde qui les tue, proposa Gretchen.

Personne ne réagit.

Finalement, Noah reprit :

— OK, disons qu'il les choisit, qu'il envoie cette fille les embobiner – après lui avoir fait subir un lavage de cerveau –, et qu'il la charge ensuite de les tuer. Où les séquestre-t-il ? Ses anciens domiciles le situent exactement au bon endroit et au bon moment pour chaque meurtre, mais il ne possède absolu-ment aucune propriété immobilière. D'après ce que j'ai pu voir, il n'en a jamais eu. Il a toujours été locataire. J'ai étudié chaque adresse, et elles sont toutes dans des zones très densément peuplées. Il a parfois logé dans des maisons, mais un quart de siècle s'est écoulé depuis le meurtre de Kelsey. Nous ne trouve-rions plus aucune pièce à conviction. Depuis plusieurs années, il loue un appartement à Fairfield, où il vit depuis qu'il est arrivé dans la région.

— On peut séquestrer quelqu'un dans un appartement, dit Gretchen. J'ai déjà vu ça.

— Sabrina a disparu pendant neuf mois.

— Et pendant neuf mois elle a été retenue contre son gré, répliqua Gretchen.

— Noah a raison, pourtant, dit Mettner. La disparition de

Gemma Farmer a duré quatre mois. Ça se chevauche. Enfermer deux ados dans un appartement sans susciter le moindre soupçon, ça ne paraît pas évident.

— Dans quel genre d'appartement vit-il, à Fairfield, d'ailleurs ? Est-ce qu'il est dans un complexe où il y a un tas d'allées et venues, avec des voisins à droite, à gauche et en face, ou dans une vieille maison convertie en deux ou trois appartements, où il peut entrer et sortir sans être vu la plupart du temps, et où le nombre d'autres locataires qui pourraient entendre du bruit est limité ?

— Je me suis renseigné, répondit Noah. Et j'ai regardé sur Google Street View. C'est un complexe de trente logements. Il habite au premier. Comme tu dis, Gretchen, il a des voisins à droite, à gauche, en face et en dessous de lui.

— Nous devrions lui rendre une visite surprise, déclara Josie. Voir à quoi ressemble vraiment cet endroit.

— Tout à fait d'accord, acquiesça Mettner. Mais je m'intéresse plus à ce Boucher. Qu'est-ce que tu as pu apprendre sur lui ?

Noah grimaça. Se renfonçant dans son fauteuil, il plaça ses mains derrière sa tête et entrelaça ses doigts.

— C'est une histoire horriblement édifiante sur les dégâts que peut causer une enquête bâclée. Il vivait dans une maison avec sa mère, clouée au lit par une maladie de Charcot à l'époque des crimes. Il était censé s'occuper d'elle mais, quand la police a fini par l'associer aux disparitions et s'est introduite chez lui, elle était morte depuis des semaines. Il l'avait laissée se décomposer dans son lit.

— Seigneur Dieu, s'exclama Gretchen avec un sifflement.

— Ce n'est pas tout. Entre 1990 et 1994, il a enlevé quatre filles âgées de onze à quinze ans et il les a littéralement charcutées, selon ce que j'ai pu lire. Une seule a survécu. Les premiers rapports sur son arrestation ne parlent pas de Benning ni des preuves contaminées mais, en 1996, lors du procès, tout a été étalé au grand jour et le nom de Benning a été dévoilé à la presse. Ça a fait scandale, le procureur a tenté d'attribuer au Boucher le décès de sa mère, mais le légiste a affirmé dans son rapport d'autopsie qu'elle était morte de cause naturelle.

— C'est honteux, affirma Gretchen. Je ne peux pas croire qu'ils aient gardé Benning dans la police si longtemps s'il a fait foirer une enquête aussi importante. Harlan Chitwood devait être très puissant.

— Et le degré de corruption à Brighton Springs encore pire que nous ne le pensions, conclut Mettner.

Josie pensa à l'inspectrice Meredith Dorton qui attendait son heure dans le petit mobile home-annexe du commissariat principal, reléguée là-bas pour avoir tiré la sonnette d'alarme sur une infime partie du comportement corrompu et nuisible que Harlan Chitwood avait eu au fil des années.

— En effet. Noah, Travis a déclaré que Harlan et lui avaient gardé un œil sur le Boucher jusqu'à ce qu'il « passe à autre chose », donc il a dû habiter Brighton Springs pendant un certain temps après son procès.

— C'est d'une insolence... grogna Gretchen. Il devait prendre son pied, à rester dans le coin après avoir été acquitté.

— Probablement. Apparemment, sa maison a été rasée, ensuite. Personne n'aurait voulu la racheter, je suppose.

— Compréhensible, dit Mettner.

— Mais il a quand même vendu le terrain à un promoteur. Il n'en a pas tiré grand-chose, mais il a empoché l'argent et s'est acheté une cabane dans les bois entre ici et Brighton Springs, vers 1998.

— Une cabane ? Dans les bois ? Près d'ici ? Ça correspond à plusieurs des critères que nous avons définis, fit observer Gretchen.

— Mais il n'est certainement pas employé par le RedLo Group. Qui l'aurait laissé travailler avec des enfants ?

— Exact, confirma Noah. Lorsqu'il n'a pas payé la taxe

foncière pour sa cabane entre 1998 et 2001, elle a été saisie, et le shérif du comté a trouvé les lieux inoccupés. Une dénommée Lorna Sims l'a rachetée pour une bouchée de pain.

— Ses effets personnels ? demanda Josie.

— Disparus. Ça a fait la une des journaux locaux : « Qu'est devenu le Boucher de Brighton Springs ? » Personne ne l'a plus jamais revu. Ça a pas mal attiré l'attention des amateurs d'histoires criminelles. Le fil Reddit qui lui est consacré est interminable.

— Il pourrait être encore en vie, souligna Mettner. Il arrive que les gens changent de nom, adoptent une fausse identité. Il aurait pu s'inventer un nouveau personnage, depuis 2001. Ça pourrait être lui.

— Mais il n'y a toujours pas de lien avec RedLo, contra Josie. Je pense que ce point-là et la blonde du centre commercial sont nos deux meilleures pistes pour le moment.

La voix du chef les fit tous sursauter.

— Pour le moment, certains d'entre vous devraient rentrer chez eux se reposer.

Ils se tournèrent vers le mur de son bureau, auquel il était adossé. Josie se demanda depuis combien de temps il les écoutait. Elle était tellement obnubilée par la nouvelle direction prise par l'enquête qu'elle avait oublié d'en parler avec lui. Il croisa son regard.

— J'ai tout entendu, Quinn. Je suis d'accord, concentrez-vous sur le centre commercial et sur cette association. Mais vous vous excitez tous comme des chiens enragés courant après un steak, ce que je... ce que j'apprécie, éructa-t-il, comme s'il s'étouffait sur ce qu'il voulait dire. Divisez-vous en équipes. Deux d'entre vous rentrent chez eux manger et se reposer, les deux autres continuent à travailler. À tour de rôle.

— Nous partirons les premiers, proposa Noah.

Josie ouvrit la bouche pour protester mais la referma lorsqu'elle aperçut l'air furieux du chef.

— Retour demain matin, Quinn. Passez peut-être chez Benning avant de revenir ici.

36

La visite surprise chez Travis Benning fut moins une surprise que Josie l'avait espéré. Il n'était pas possible d'entrer dans l'immeuble sans s'annoncer. Lorsqu'elle appuya sur le bouton « Benning 1 H » de l'interphone et déclara que Noah et elle étaient à l'extérieur, ils durent attendre cinq bonnes minutes pour que Travis leur ouvre. Puis il fallut encore cinq minutes pour monter l'escalier et trouver son appartement.

— Ça lui a laissé dix minutes, ronchonna Noah alors qu'ils avançaient dans un long couloir moquetté, à la recherche du 1H. Largement assez pour dissimuler les preuves.

— Les preuves de quoi ? chuchota-t-elle. Il a un alibi pour les deux soirs des meurtres.

— Il collabore peut-être avec la mystérieuse blonde, Josie. Il aurait pu enlever les filles et les séquestrer.

Des échos de conversations, des bruits de fond de téléviseurs, des sonneries de fours à micro-ondes et de téléphone provenaient de toutes les directions.

— Je ne sais pas, les murs ont l'air tellement fins, ici. S'il avait retenu des ados contre leur gré, il aurait suffi qu'elles crient un bon coup, et tout l'immeuble aurait su qu'il se passait quelque chose d'anormal.

La porte du 1H était entrouverte, laissant émaner une odeur de café et d'œufs. Josie frappa au chambranle et appela Travis.

— Entrez, cria une voix.

L'appartement de Travis était plus petit que Josie l'imaginait. La porte donnait sur un salon tout juste assez grand pour un canapé, une table basse et un téléviseur. Une mince barre métallique séparait la moquette du salon et le carrelage de la cuisine où Travis avait pu faire rentrer une petite table. Ce dernier était coincé entre une des chaises et la gazinière, une spatule à la main. Il leva les yeux et leur sourit.

— Je vous en proposerais volontiers, mais je suis un peu à la bourre. Je dois partir travailler. À ce propos, j'ai trouvé le nom du psychothérapeute.

— Vous permettez que j'aille aux toilettes ? demanda Noah.

Josie savait qu'il voulait seulement un prétexte pour inspecter le reste de l'appartement, ce qui n'exigerait que peu de temps.

— Je vous en prie, répondit Travis en se servant de sa spatule pour lui indiquer un petit couloir à gauche du salon. Il n'y a que deux portes, c'est celle au bout.

Noah s'éloigna.

— Le psychothérapeute ? s'enquit Josie. Gemma Farmer et Sabrina Beck ont eu le même ?

— Exactement. Kade McMichaels. Il travaille à Bellewood.

Josie retint ce nom.

— Vous le connaissez bien ?

— Pas vraiment. Il est un peu caractériel. Avec nous, en tout cas. Les parents et les patients ne se plaignent jamais de lui. J'imagine qu'il leur réserve sa politesse.

— Vous ne l'aimez pas ?

Travis secoua la tête et remua ses œufs brouillés dans la poêle.

— Pas beaucoup mais, dans le cadre de mon travail, peu importe qu'il me soit antipathique. Ce n'est pas moi qui suis une thérapie avec lui. Après, vous allez me demander si je vois en lui un suspect potentiel pour les meurtres. Je n'en sais rien. Il a l'âge adéquat, je suppose, autour de la cinquantaine, mais est-il capable d'enlever et de tuer des filles ? Aucune idée.

— Nous vérifierons, promit Josie alors que Noah revenait dans la cuisine.

Tandis que Travis déposait ses œufs dans une assiette, Noah adressa un signe de tête presque imperceptible à Josie. Il n'avait rien vu qui sorte de l'ordinaire.

— Si vous voulez bien ne rien dire à M. McMichaels, nous vous en serions reconnaissants, ajouta Josie.

— Cela va de soi, répondit Benning avant de se tourner vers Noah avec un sourire charmant. Vous avez trouvé ce que vous cherchiez ?

Noah lui sourit en retour.

— Oui, merci.

Dans la voiture, Josie déclara :

— Il sait ce que nous venions faire chez lui. Nous sommes arrivés sans prévenir, et tu as fait le tour de son appartement.

Noah attacha sa ceinture et démarra.

— Comme il l'a dit lui-même, il sait comment ça fonctionne.

— Tu n'as rien trouvé ?

Noah secoua la tête et sortit du parking.

— Rien d'inquiétant mais, là encore, s'il y avait eu quoi que ce soit qui pouvait l'incriminer, il a eu dix bonnes minutes pour les cacher. Cela dit, l'appartement est très petit. Une seule chambre. Quand j'y ai glissé la tête, j'ai entendu ses voisins se disputer. On n'avance pas, avec ce type. Tu crois que c'est lui ?

— Je ne sais pas. Je ne vois pas comment ça pourrait être lui, et pourtant il est mêlé aux trois cas, à vingt-cinq ans d'intervalle. Tu as eu l'occasion d'examiner son parcours professionnel et son patrimoine, non ? Rien à signaler ?

— Rien d'alarmant. Benning ne possède pas de résidence montagnarde qui pourrait être utilisée pour séquestrer des ados. Sa trajectoire est totalement anodine. Il a travaillé dans d'autres sociétés comme RedLo entre ici et Lochfield depuis qu'il a terminé ses études.

— Mettner a peut-être raison, la mystérieuse blonde pourrait être le chaînon manquant. En attendant, il faut absolument qu'on se renseigne sur ce thérapeute, Kade McMichaels.

Elle n'attendit pas leur retour au commissariat, utilisant le terminal de données mobiles pour faire une recherche pendant que Noah conduisait.

— Alors ? demanda celui-ci au bout d'un quart d'heure. Il correspond aux critères ?

Josie résuma ce qu'elle avait trouvé.

— Il a cinquante-deux ans. Il possède deux véhicules : une Nissan Rogue 2018 et une Chevrolet Malibu 2006 – oh, attends, elle est sous le coup d'une procédure véhicule endommagé.

— Donc elle lui appartient mais, selon la loi en Pennsylvanie, il ne peut pas rouler avec parce qu'elle ne passerait plus le contrôle technique, résuma Noah. Ça ne veut pas dire qu'il ne la conduit pas illégalement, ou qu'il ne laisse pas quelqu'un d'autre la conduire illégalement.

— Comme notre mystérieuse blonde ?

— Exactement. Et c'est une berline, pas un 4×4. De quelle couleur est-elle ?

Josie promena son doigt sur l'écran du terminal.

— Marron clair. Pas noire.

Avec un soupir, elle continua à lire toutes les informations qu'elle pouvait obtenir sur Kade McMichaels.

— Il habite entre Bellewood et Denton.

— Probablement en zone rurale. Les maisons sont loin les unes des autres, là-bas.

— Je vais regarder sur Google Maps. Il y vit depuis onze ans. Devine où il était avant ?

— À Brighton Springs.

— Presque. À Pittsburgh. Puis Lochfield.

— À un moment, il devait être à la fac, non ? Où a-t-il passé son diplôme ?

— À l'université de Pittsburgh, répondit Josie. Il a un master en travail social, comme Benning. Bon, tout ne colle pas parfaitement, mais ça s'en rapproche.

Elle ouvrit Google Maps sur son téléphone et saisit l'adresse de Kade.

— C'est intéressant. On dirait qu'il a quelque chose comme quatre hectares de terres, donc il n'est pas collé à ses voisins. Il y a une maison juste en face de la sienne, d'où on doit avoir une vue dégagée sur sa façade. C'est moins rural que je l'imaginais pour notre tueur, mais il paraît faisable de séquestrer des filles dans cette propriété sans que personne ne le sache. Je ne vois rien indiquant qu'il serait marié ou aurait des enfants.

— Pas de casier judiciaire, je suppose, dit Noah. Sinon, on ne le laisserait pas travailler avec des jeunes.

Josie secoua la tête.

— Sur le papier, il est irréprochable. Pourquoi on n'irait pas le voir ?

La maison de Kade McMichaels était à environ quarante-cinq minutes de Fairfield, où habitait Travis Benning. Quand ils arrivèrent, Josie et Noah s'engagèrent dans l'allée de gravier où il n'y avait aucune voiture. La maison n'avait qu'un étage. Son bardage était propre, les parterres de fleurs, bien entretenus. Même si elle ne s'attendait pas à ce qu'on lui ouvre, Josie frappa plusieurs coups sonores à la porte. Ils tendirent l'oreille, au cas où quelqu'un crierait à l'intérieur, mais seul le silence leur répondit. Ils firent le tour de la maison, sans rien trouver d'anormal. Il y avait un garage à l'arrière, visiblement neuf, avec des murs en briques rouges et des portes d'un blanc éclatant. Noah était assez grand pour jeter un coup d'œil par les vitres des portes.

— Je vois plein d'outils, une tondeuse à gazon, et ce qui ressemble à une voiture sous une bâche. Probablement la Malibu endommagée. Il est vaste, ce garage. On devrait y entrer pour voir le reste.

— Je pourrai peut-être obtenir un mandat pour la maison et le garage, si les dossiers de RedLo prouvent de façon indubitable qu'il a un lien avec nos deux dernières victimes. Je ne suis pas allée très loin dans les registres de propriété, mais j'aimerais approfondir un peu, pour m'assurer qu'il ne possède rien d'autre, comme une cabane de chasse ou ce genre de chose.

Dans sa poche, le portable de Josie vibra. Le nom du chef s'affichait à l'écran.

— Chef ?

— Quinn, nous venons de recevoir un appel d'une employée du centre commercial qui pense avoir vu la mystérieuse blonde dans l'aire de restauration ce matin. Rejoignez-moi là-bas au plus vite, Fraley et vous.

37

Quand Josie et Noah se garèrent sur le parking du centre commercial d'Oak Ridge, le chef était en train de la rappeler. Pendant qu'ils sortaient de la voiture et couraient vers l'entrée la plus proche, Josie décrocha.

— Quinn, qu'est-ce que vous foutez ?

— Nous sommes là. Nous passons par l'entrée voisine de la salle d'arcade. Vous l'avez trouvée ?

— Non, mais je suis au bureau de la sécurité. On l'a sur les vidéos de l'aire de restauration ce matin. Elle y est peut-être encore. Les vigiles gardent toutes les sorties, et cherchent la berline noire sur le parking. Vous deux, partez à la recherche de cette fille. J'ai aussi appelé des unités en uniforme et demandé l'aide du shérif, mais ils ne sont pas encore arrivés.

— Comment est-elle habillée ? demanda Josie.

— Un jean, des bottines marron, une grosse veste marron. Tout est trois tailles trop grand.

Josie raccrocha et rangea son téléphone dans sa poche. Elle fit un signe au vigile alors que Noah et elle franchissaient les portes. Tandis qu'ils traversaient hâtivement un large hall bordé de vitrines de magasin de part et d'autre et qui menait à l'espace central, Josie briefa Noah. Tout à coup, elle s'aperçut qu'ils étaient au premier étage.

— L'un de nous va devoir descendre au rez-de-chaussée.

— Où est l'aire de restauration ? s'enquit Noah.

— Je ne sais pas, viens par ici.

Elle trottina vers un plan du centre commercial, qu'elle scruta aussi vite que possible.

— En bas, tout au bout.

— C'est là qu'elle a été repérée le plus souvent. L'un de nous devrait commencer par là. Ou aller à l'autre extrémité et remonter jusque-là.

— J'y vais, dit Josie. Commence ici, toi. Quand les agents en uniforme seront arrivés, la présence policière sera bien plus flagrante, et ça pourrait l'effrayer, donc il faut qu'on couvre le maximum de terrain avant ça.

— Ça marche.

Noah lui pressa brièvement la main avant qu'elle parte en sprintant vers le rez-de-chaussée, par le premier escalier qu'elle trouva. Le plafond du centre commercial était vitré, ce qui permettait à d'éblouissants rayons de soleil de pénétrer dans cet espace caverneux. Alors qu'elle fonçait à travers le rez-de-chaussée, Josie devait se protéger les yeux de temps à autre pour voir devant elle. Elle observait chaque magasin, chaque kiosque, cherchant des yeux des cheveux blonds. Par chance, comme on était en milieu de matinée un jour de semaine, il n'y avait que peu de clients, ou même de promeneurs dans le bâtiment. Depuis un kiosque proposant une sorte de crème antirides révolutionnaire, un vendeur tenta de la harponner pour une démonstration. Ignorant royalement son offre, Josie lui montra la photo de la fille et lui demanda s'il l'avait vue. Intrigué, l'homme répondit que non. Elle repartit avant qu'il ait pu se lancer dans un second discours expliquant pourquoi elle avait besoin de sa lotion miraculeuse.

Les mille odeurs de l'aire de restauration atteignirent le nez de Josie avant qu'elle y parvienne. Elle était de forme ronde, les stands se côtoyant au milieu d'un vaste espace empli de tables, de chaises et de poubelles. Il y avait ici beaucoup plus de monde, presque toutes les tables étaient occupées. Des queues se formaient devant chaque établissement. L'endroit était également plus bruyant. Josie n'entendit même pas son téléphone sonner. Elle n'eut conscience que de la vibration dans sa poche. Elle cessa de contempler la foule, le temps de lire le nom de Noah sur l'écran.

— Tu l'as trouvée ? demanda-t-elle aussitôt.

— Pas sûr, mais je pense que c'est elle. Elle s'en va dans ta direction. Je suis à l'étage et je la vois d'ici.

Josie regarda derrière elle.

— Où ça ? Près de quel magasin ?

— Elle passe devant le *Spur Mobile*. Je vois une série de kiosques devant.

— Je sais où c'est. J'y vais.

Elle envoya rapidement un texto au chef :

Kiosque central, rez-de-chaussée.

Puis elle revint sur ses pas à toute allure. Les vendeuses étaient agressives. L'une d'elles tenterait sûrement d'arrêter la blonde pour essayer de la convaincre d'acheter quelque chose. Peut-être pas l'homme aux crèmes antirides, cependant, puisque la fille était jeune. Peut-être les marchandes de lunettes de soleil ou de bijoux. La sueur s'accumulait dans le bas de son dos, mais Josie ne prit pas le temps d'enlever sa veste, car elle dissimulait l'arme qu'elle portait à la ceinture, et elle ne savait pas comment la blonde réagirait. Elle ne voulait pas l'effrayer.

Le vendeur de crème antirides fit signe à Josie alors qu'elle avançait. Un rapide coup d'œil vers le haut révéla que Noah fouillait frénétiquement l'endroit du regard. Il croisa le sien et leva les deux mains pour indiquer qu'il avait perdu de vue la mystérieuse blonde.

— Mademoiselle, s'il vous plaît, cria le vendeur.

Josie s'apprêtait à le rabrouer, mais il ferma la bouche, écarquilla les yeux et tourna brusquement la tête vers la droite. Puis il articula silencieusement : « La fille. »

Josie l'aperçut alors, prise entre les vendeuses de lunettes de soleil et de coques de téléphone. Elle s'efforçait de repousser les deux femmes, sans grand succès. Josie s'approcha à grands pas.

— Je voudrais juste vous montrer cette coque, disait l'une d'elles. Elle a toutes sortes d'avantages. Quel genre de téléphone avez-vous, mademoiselle ?

— Nous avons des lunettes de nombreux styles différents. Vous pouvez toutes les essayer. Vous avez apparemment un style plus... masculin. Je pense que nous avons un modèle qui vous plairait beaucoup, lança l'autre.

— Non, non, marmonna la fille, en accélérant.

Josie remarqua les lourdes bottines visiblement trop grandes à ses pieds, semblables à celles que les ouvriers portaient sur les chantiers. Un jean ample tire-bouchonné sur les bottines disparaissait sous une chemise en velours côtelé brun, au col immense dans lequel le cou de la blonde flottait. Comme le chef l'avait dit, tous ses vêtements semblaient trop larges pour elle. Ses cheveux étaient retenus en une queue-de-cheval désordonnée. Elle n'avait aucun accessoire et, à ce que Josie pouvait voir, aucun bijou, ce qui faisait d'elle une cible idéale pour le vendeur du kiosque suivant, avec ses nombreuses vitrines de joaillerie fantaisie.

— Mademoiselle ? Mademoiselle ? la héla l'homme. J'ai un collier qui irait parfaitement avec votre chemise.

Affichant un grand sourire, Josie s'interposa entre l'homme et la blonde.

— Te voilà donc ! s'exclama-t-elle. Je te cherchais partout.

La fille ouvrit de grands yeux. Pendant une fraction de

seconde, Josie crut qu'elle allait s'enfuir. Josie se retourna rapidement vers l'homme et lui dit :

— Désolée, on n'a pas le temps. Ma sœur a un rendez-vous, on ne peut pas se mettre en retard.

Josie invita la fille à la suivre, jusqu'à ce qu'elles soient hors de portée du vendeur de bijoux et loin des kiosques. Puis la fille s'arrêta net. Josie l'imita, lui faisant face.

— Vous voulez quoi ? demanda la blonde.

— Te parler.

En périphérie de son champ de vision, Josie aperçut Noah qui avançait au-dessus d'elles, aux aguets, le téléphone contre l'oreille.

— Pourquoi ? Je ne vous connais pas, vous ne me connaissez pas.

Josie s'approcha, observant les traits de la jeune femme. Elle avait les yeux marron foncé, ses cheveux fins étaient d'un blond filasse. Des taches de rousseur couvraient son nez et ses joues. Josie repensa à la vendeuse de la boutique de robes qui avait parlé de ses « yeux morts », mais ils lui semblaient à présent méfiants, soupçonneux, plutôt que morts.

— Je ne te connais pas, c'est vrai, dit Josie. Pourtant, je pense que tu as connu, ou du moins rencontré, deux filles qui fréquentaient ce centre commercial.

La blonde baissa le menton contre sa poitrine et contourna Josie pour s'éloigner d'un pas rapide, mais l'inspectrice n'eut aucun mal à la rattraper. Du coin de l'œil, elle vit deux adjoints du shérif en uniforme arriver par un des couloirs menant vers la sortie.

— Gemma Farmer et Sabrina Beck. Tu les connaissais. Tu as acheté une robe pour Gemma et tu as ramené Sabrina chez elle après le travail. J'ai besoin de parler d'elles avec toi.

La fille s'arrêta devant une librairie et étrécit les yeux.

— Vous êtes qui ?

— À ton avis ?

— Je ne veux pas vous parler. Et je sais que je ne suis pas obligée de le faire.

— C'est vrai.

Derrière la blonde, d'autres agents apparurent, en uniforme de la police de Denton.

— Mais il est dans ton intérêt de me parler. Dis-moi comment tu t'appelles. Moi, je suis Josie. Josie Quinn.

La fille observa Josie un instant.

— Je connais votre tête. C'est vous, la flic qu'on voit tout le temps à la télé ?

— Je suis inspectrice, oui, et je suis passée plusieurs fois à la télévision. Tu regardes souvent la télé ?

La blonde hocha la tête.

— J'aime bien ça, oui. J'ai vu la photo de Gemma à la télé.

— Oui. Nous avons diffusé son portrait parce que nous avions besoin d'aide pour notre enquête. Je pense que tu pourrais énormément nous aider. Et si nous allions nous asseoir quelque part dans l'aire de restauration ? Rien que nous deux ?

— Je ne peux pas.

— Pourquoi ?

La fille rentra les mains dans les manches trop longues de sa chemise.

— Je ne peux pas parler aux gens avec qui je ne suis pas censée parler.

— D'où vient cet ordre ?

La blonde haussa l'épaule droite.

— Je ne peux pas le dire.

— Est-ce que tu peux au moins me dire ton nom ? insista Josie.

— Seulement si vous me laissez partir. Je sais que vous n'avez pas le droit de me retenir ici. Vous ne pouvez pas m'obliger.

— Où est-ce que tu iras ?

— Je ne peux pas non plus vous le dire.

— Mais qui t'a mis tout ça dans la tête ?

Josie s'efforçait de garder une voix calme et désinvolte, dissimulant la frustration qu'elle éprouvait.

La fille secoua la tête, les yeux rivés sur le sol, le visage ridé par la déception.

— Je ne peux pas vous le dire. Vous ne comprenez pas ? Il faut que je m'en aille.

— Ton nom. C'est tout ce que je te demande.

— Ils m'appellent Daisy, répondit la blonde à contrecœur.

Josie sourit.

— Quel âge as-tu, Daisy ?

La question troubla visiblement la jeune fille, qui déclara :

— Il faut que je m'en aille.

Mais quand elle se retourna, elle se heurta à un mur d'agents en uniforme, du bureau du shérif et de la police de Denton. Josie l'entendit répéter :

— Vous ne pouvez pas me retenir ici.

— Personne ne te fera le moindre mal, Daisy. Nous avons simplement besoin de te parler. Si tu veux être accompagnée par un parent ou un tuteur, nous pouvons lui téléphoner avant notre entretien.

— J'en ai déjà trop dit, murmura Daisy.

Soudain, elle se jeta sur Josie, dont elle percuta le sternum à deux mains. Josie bascula en arrière, agitant les bras pour tenter de retrouver son équilibre. Un agent de Denton la rattrapa avant qu'elle ne tombe, tandis que les autres se lançaient à la poursuite de Daisy. Leurs bottines martelaient le lino alors qu'ils écartaient les clients qui s'étaient arrêtés pour observer la scène. Josie fonça derrière les autres agents, visualisant mentalement le plan du centre commercial pour tâcher de déterminer quelle direction prendrait Daisy. Elle pourrait peut-être se perdre dans la foule de l'aire de restauration, mais ils finiraient par la rattraper.

Les clients et les promeneurs se pétrifièrent tandis que les policiers couraient après une frêle adolescente. Plusieurs agents en uniforme lui hurlèrent de s'arrêter et de ne plus bouger, mais elle fuyait toujours, slalomant autour des badauds innocents et des bacs à plantes. Elle passa devant une fontaine et une de ses mains se tendit pour jeter quelque chose dans l'eau. Josie entendit des cris entre les agents. Quelqu'un prit le temps de récupérer l'objet dont la blonde s'était débarrassée. Josie continua à foncer.

Daisy prit un virage à gauche dans l'aire de restauration, se faufilant entre les tables bondées. Alors qu'elle rejoignait le reste des agents, Josie la vit se cogner à plusieurs clients et renverser par accident des assiettes à terre. Daisy courait toujours alors que des gens en colère bondissaient de leur siège et lui criaient dessus. Serpentant aléatoirement entre les tables, elle suscita l'émoi dans toute l'aire de restauration. Josie la perdit de vue parmi la foule.

Les autres agents semblaient l'avoir perdue aussi. À droite et à gauche de Josie, ils s'arrêtèrent ou ralentirent, scrutant les visages, la démarche hésitante. Certains parlaient dans les radios fixées à leurs épaules. L'aire de restauration était sans issue, pensa Josie, mais un couloir interdit à la clientèle longeait l'arrière de chaque établissement. Josie lut les panneaux accrochés au-dessus des comptoirs. Au centre, une petite enseigne en néon rouge annonçait : « Toilettes », avec une précision juste en dessous : « Réservées au personnel. »

— Par ici ! cria-t-elle aux policiers les plus proches d'elle, avant de partir à toutes jambes.

Alors qu'elle atteignait l'entrée du couloir, sous l'enseigne, elle vit des cheveux blonds et du tissu marron disparaître dans les toilettes des femmes. Une femme et un bambin en sortaient, main dans la main. L'enfant s'arrêta pour montrer du doigt une tache sur les dalles.

— Excusez-moi, dit Josie.

L'agacement plissa le front de la femme, jusqu'à ce qu'elle

voie derrière Josie la vague d'agents qui approchait. Prenant son enfant dans ses bras, elle s'écarta. Dans les toilettes, il y avait sept cabines ordinaires et une réservée aux handicapés. L'endroit sentait l'urine, les excréments, et un détergent industriel douceâtre qui aggravait encore le mélange des odeurs. Les baskets de Josie collaient au carrelage, avec un bruit de succion à chaque pas. La rangée de lavabos était couverte d'éclaboussures et le sol, jonché de rubans de papier toilette. Deux portes arboraient un écriteau manuscrit « Hors service », trois autres étaient fermées.

— Daisy, la héla Josie. Nous ne te ferons aucun mal. Nous voulons simplement te parler.

Elle s'accroupit pour vérifier si des pieds étaient visibles sous les portes, mais il n'y en avait pas. Derrière elle, elle entendit s'ouvrir la porte des toilettes. Le grand miroir placé au-dessus des lavabos lui renvoyait l'image de deux agents en uniforme de la police de Denton qui se glissaient à l'intérieur, l'arme braquée devant eux. Josie appuya son index sur ses lèvres pour leur indiquer de garder le silence et de lui laisser un peu de temps.

— Daisy, même si je sais qu'il y a de quoi avoir peur, tu n'as nulle part où aller. Tu m'as poussée et que tu t'es enfuie, donc nous allons devoir t'emmener au commissariat, mais je te promets que personne ne te fera de mal.

Une par une, Josie vérifia les cabines, ouvrant chaque porte. La dernière était celle destinée aux utilisateurs de fauteuil roulant, plus vaste. La porte s'ouvrait vers l'extérieur.

— Daisy ? Je sais que tu es là. Je vais ouvrir et nous pourrons parler.

Se tenant délibérément sur le côté pour dégager le passage, Josie tira lentement sur la porte. Daisy était perchée debout sur la cuvette comme une sorte de gargouille, et elle courut vers l'issue qui semblait s'offrir à elle. Elle évita Josie, mais s'arrêta net quand elle vit les policiers qui lui barraient la route. Josie laissa la porte de la cabine se refermer.

— Daisy. Viens avec nous, s'il te plaît. Nous voulons uniquement te parler.

Daisy se retourna et se jeta sur Josie. Elle lâcha un cri aigu lorsque son corps percuta celui de l'inspectrice, qui fut propulsée en arrière. L'épaule de Josie s'écrasa contre le sèche-mains fixé au mur. Elle ceintura Daisy pour empêcher ses poings de frapper, mais la fille était farouche et robuste, presque féroce dans sa volonté désespérée de blesser Josie. Leurs deux corps basculèrent. Le bas du dos de l'inspectrice heurta les lavabos, puis sa tête se cogna à un petit objet dur. De l'eau jaillit dans sa nuque.

Daisy émit un nouveau son plus animal qu'humain alors que Josie tâchait de rester debout. Elles ne luttèrent que quelques secondes, mais une éternité parut s'écouler avant que les agents en uniforme ne maîtrisent la fugitive.

Le souffle court, Josie vit deux d'entre eux l'emmener, les bras menottés derrière elle. Tendant le cou, Daisy jeta un regard par-dessus son épaule. Josie s'attendait à voir de la rage dans ses yeux, mais il n'y avait que de la peur.

38

DEUX MOIS AUPARAVANT,
PENNSYLVANIE CENTRALE

Quand Diva ouvrit les yeux, une faible lumière matinale filtrait à travers les stores. Sa bouche s'étira comme pour hurler, mais aucun son ne sortit. C'était comme ça, désormais. Son sommeil était agité et elle se réveillait toujours en sursaut, sur le point d'émettre un cri primal qui restait bloqué en elle. Elle vivait un cauchemar éveillé, avec une étrange fille nue au pied de son lit, qui prédisait avec exactitude tout ce qui leur arrivait. Comme les marques. Diva se redressa et toucha avec réticence son avant-bras droit, où elle avait reçu sept entailles dans son sommeil. Elles étaient encore rouges, couvertes de croûtes, mais elles guérissaient de jour en jour. Diva se demandait si elles finiraient par cicatriser. La fille nue en avait aussi, dans la nuque, mais elle n'en avait reçu que six.

— Qu'est-ce qu'elles représentent ? lui avait demandé Diva durant une de ces longues, interminables journées où rien ne se passait mis à part l'arrivée de la nourriture et les pauses toilettes.

— Je ne sais pas, avait répondu la fille, plus lasse que d'habitude.

Diva contempla cette fille décharnée profondément endormie. Une fois, une seule, elle l'avait enveloppée dans une couverture pendant son sommeil. Cela avait valu à la fille d'être frappée, et à Diva d'être privée de trois repas.

Le bruit de la poignée de la porte la surprit, et Diva sentit un espoir irrationnel monter dans son cœur. Elle rêvait régulièrement de leur sauvetage. Mais c'était de nouveau l'homme. Même si elle l'avait déjà vu, elle n'avait pas osé en parler à sa codétenue. Elle était déjà assez terrifiée par le fait qu'il ne portait pas de masque. Diva avait regardé assez de séries criminelles à la télévision pour savoir que, lorsque le ravisseur montrait son visage, la fin était proche.

Il ferma la porte derrière lui et s'avança sur la pointe des pieds, comme s'ils étaient des conspirateurs, pour ne pas réveiller l'autre fille. Il se planta devant Diva, sourire aux lèvres.

Elle fut écœurée.

— Il faut qu'on discute, dit-il.

— Je n'en ai pas envie, marmonna-t-elle en regardant tout sauf son visage.

— Mais c'est très important. Il est temps que tu ailles dans la salle.

— Je ne veux pas, bredouilla Diva.

Elle le regretta aussitôt. L'expression de l'homme se transforma, la tristesse se substituant au sourire. Il jeta un regard éloquent à la fille qui dormait par terre.

— Je ne peux pas te forcer. Mais réfléchis-y. Réfléchis à ce qui arrivera si tu refuses.

Au commissariat, Josie détecta l'enthousiasme collectif comme une vibration dans l'air. L'objet que Daisy avait jeté dans la fontaine était un téléphone. Il avait été récupéré et placé dans un saladier de riz sur le bureau de Josie, dans la grande salle. Tandis que Josie préparait une demande de mandat pour que le portable soit rallumé et une autre pour qu'il soit fouillé, Noah et le chef se tenaient derrière sa chaise, observant le téléphone comme s'il allait à tout instant se mettre à cracher des informations. Josie savait qu'ils espéraient tous ardemment que le riz ferait son effet, afin qu'ils puissent au plus vite prendre connaissance du contenu du portable, au lieu de passer une semaine ou davantage à tenter de déterminer quel était l'opérateur pour lui envoyer un mandat. Une fois que leurs mandats seraient signés, et si le téléphone fonctionnait, ils pourraient le débloquer grâce à Graykey, un outil qui permettait de contourner les codes de verrouillage des téléphones.

Ce qui figurait sur ce portable allait résoudre l'énigme.

Gretchen et Mettner se présentèrent de bonne heure pour être mis au courant des derniers développements de l'enquête, puis le chef les envoya chercher la berline noire au volant de laquelle Portia Beck avait vu Daisy. Une unique clé avait été trouvée dans les poches de la veste de la jeune fille lorsqu'elle avait été emmenée en garde à vue. On supposait qu'elle était allée au centre commercial en voiture, mais il y avait plus d'une centaine de véhicules sur le parking. Il ne fallut pas longtemps à Gretchen et Mettner pour localiser ladite voiture, cependant il leur fallait un mandat pour la fouiller, ce qui avait pris plus de temps.

Josie fit signer les mandats l'autorisant à allumer le téléphone et à le déverrouiller, puis elle le donna à Hummel afin que lui ou un autre membre de l'équipe d'identification criminelle vérifie de temps à autre s'il se rallumait. Puis elle alla s'installer à une table dans une pièce voisine de l'une de leurs salles d'interrogatoire. Quand Gretchen l'appela, Josie faillit faire tomber son portable tant elle était pressée de répondre.

— Il n'y a rien dans la voiture qui permette de l'identifier, dit Gretchen. En fait, il n'y a pratiquement rien dedans. On a trouvé un couteau, une tonne de paquets de biscuits vides, un peu de monnaie et une barrette.

De sa main libre, Josie se tapota les cheveux. Ils avaient séché depuis plusieurs heures déjà, mais une sensation d'humidité semblait encore s'accrocher à eux. Elle n'était pas tombée au sol, dans les toilettes du centre commercial, mais elle avait l'impression qu'elle ne pourrait jamais se débarrasser de cette puanteur. Tâchant de chasser de son esprit ces odeurs fantômes, elle alluma le grand écran de surveillance vidéo. Dans la pièce adjacente, Daisy était calmement assise devant une table abîmée. Elle restait silencieuse, et ne répondit pas à Noah quand il entra et lui proposa à manger. Lorsqu'il fut sorti, elle but plusieurs gorgées à la bouteille d'eau qu'il lui avait apportée.

— Un couteau ? Un dépeceur ? Une lame à un seul tranchant, sans dents, mesurant de cinq à huit centimètres de long et entre un centimètre et demi et deux centimètres de large ?

— Un dépeceur comme on en trouve dans la trousse d'un

chasseur de cerfs ? Patronne, je ne crois pas que cette gamine aille à la chasse.

— Nous sommes en Pennsylvanie centrale, Gretchen. Des tas de gamins – et de gamines – chassent.

— Non, ce n'est pas un dépeceur. C'est une lame de cinq à huit centimètres, à pointe arrondie, avec un crochet pointu. Mett dit que ça sert à vider les cerfs.

— Oui, je vois le genre. Si on s'en était servi sur Gemma Farmer ou Sabrina Beck, l'arme aurait causé des dégâts importants en ressortant.

Gretchen soupira.

— On l'emporte quand même. Hummel verra ce qu'il peut en tirer. Des empreintes, de l'ADN, tout ce qui nous indiquera à quoi il a servi.

— Et la plaque d'immatriculation ? demanda Josie.

— Volée sur une voiture à Fairfield il y a trois ans. Un soir, le propriétaire a laissé sa voiture dans son allée, et le lendemain la plaque avait disparu. Il l'a signalé tout de suite et on lui en a attribué une nouvelle.

— Le numéro VIN ?

Le numéro d'identification du véhicule leur apprendrait tout ce qu'ils avaient besoin de savoir, notamment sur ses précédents propriétaires.

Gretchen soupira encore.

— On n'en a qu'une partie. Quelqu'un l'a effacé, partout où il figurait. On tente de le reconstituer, mais ça pourrait prendre du temps. Pour le moment, Hummel envoie la voiture à la fourrière pour l'examiner.

La porte de la pièce s'ouvrit et le chef entra. Pendant un instant, il resta debout et observa Daisy à l'écran.

— De quel modèle s'agit-il ? s'enquit Josie.

— D'une Chevy Malibu, répondit Gretchen. Mais je ne peux pas t'en dire plus, sans le VIN.

Josie sursauta. Kade McMichaels possédait une Chevrolet Malibu, mais marron clair. Était-ce une simple coïncidence ? Il n'aurait pas été bien difficile de la faire repeindre en noir, ou même de s'en charger soi-même.

— La peinture de la carrosserie est comment ?

— Pas faite par un professionnel, a priori.

— C'est peut-être le véhicule de Kade McMichaels.

— Le psychothérapeute de RedLo ?

— En personne. J'ai vérifié. Il a une Chevy Malibu 2006. Marron clair.

— Envoie-moi le numéro VIN, s'il te plaît, dit Gretchen. Je vais regarder avec Mett si ça peut correspondre. Tu as parlé à McMichaels ?

— Je le ferai dès que j'en aurai terminé ici.

Elles se promirent de se tenir informées et Josie raccrocha. Daisy n'avait pas bougé.

Tandis que Josie reprenait les renseignements au sujet de Kade McMichaels et envoyait le numéro VIN de sa Malibu par texto à Gretchen, le chef faisait les cent pas derrière elle.

— Qu'est-ce que vous pensez de cette gamine, Quinn ? Vous lui avez parlé, au centre commercial.

Noah entra et s'adossa à la porte lorsqu'il l'eut refermée. Il regarda le chef arpenter ce petit espace avec la régularité d'un métronome.

— Elle est vraiment bizarre, répondit Josie. Il y a quelque chose de...

— Pas normal, compléta Noah. Elle n'a pas dit un mot depuis qu'elle est en garde à vue. Elle n'avait rien sur elle à part une clé de voiture et trente dollars en liquide. C'est tout. Rien qui l'identifie.

— Ce qui nous pose plusieurs problèmes. D'une part, nous ne savons pas qui elle est, et elle refuse de nous le dire, jusqu'à maintenant. Nous avons pris ses empreintes digitales quand elle est arrivée, puisqu'elle est techniquement en détention pour l'agression d'un agent des forces de l'ordre, mais elle n'est pas dans le système. D'autre part, nous ne connaissons pas son âge. Elle semble mineure, mais on n'en est pas sûrs, et elle ne me l'a pas révélé quand je lui ai parlé au centre commercial.

— Alors il faut appeler la Protection judiciaire de la jeunesse, dit Noah.

— D'accord, acquiesça le chef. Il faut aussi vérifier les disparitions signalées en Pennsylvanie, au cas où elle correspondrait à l'une d'elles.

— La PJJ pourrait nous aider pour ça.

— Appelez-les.

Noah sorti, le chef continua à marcher à grands pas.

— Si elle est mineure, comme je le crois, dit Josie, nous ne pourrons pas lui parler sans qu'un parent ou un tuteur l'accompagne. Pas tant qu'elle est en détention et soupçonnée de crime, et pas si elle fait partie des suspects pour les meurtres de Farmer et de Beck, ce qui signifie qu'elle restera là jusqu'à ce que la PJJ envoie quelqu'un ou qu'on découvre qui elle est, qu'on contacte ses parents, et si on ne peut pas...

Le chef se figea et désigna la caméra.

— Regardez-la, Quinn. Vous croyez vraiment qu'elle comprend ce qui lui arrive ?

Daisy était immobile, le dos droit, les deux mains à plat sur la table, les yeux fixés devant elle. Josie les voyait à présent, ces « yeux morts ». Ce n'était pas qu'il n'y avait rien derrière, mais plutôt qu'elle s'était réfugiée quelque part dans son esprit, elle avait entièrement quitté la réalité. Josie repensa néanmoins à la conversation qu'elles avaient eue au centre commercial. *Vous ne pouvez pas m'obliger à vous parler. Vous ne pouvez pas me retenir ici.*

— Je pense qu'elle comprend certaines choses. Des choses qui lui ont peut-être été dites, mais je ne suis pas sûre qu'elle comprenne l'entièreté de la situation.

— Si la PJJ vient et ne découvre pas qui sont ses responsables légaux, ils l'emmèneront en détention préventive.

— Oh, elle a certainement besoin d'une évaluation psychologique, dit Josie.

Le chef s'approcha de la table et se pencha pour se mettre face à Josie. Son haleine sentait le café.

— Retournez-y, Quinn. Essayez encore une fois.

— Chef, je ne peux pas lui parler...

— J'enregistrerai tout. Expliquez-lui ce qui se passe et voyez si elle vous révèle son nom, d'où elle vient, quoi que ce soit. Une fois qu'elle sera sous la garde de l'État, il y aura une tonne de paperasserie entre elle et nous. Elle est notre seule piste, Quinn.

— Elle n'est pas notre seule piste, riposta Josie. Il y a encore Kade McMichaels, le psychothérapeute du RedLo Group, qui a traité Gemma Farmer et Sabrina Beck avant qu'elles disparaissent. Il habite une zone semi-rurale, et il vivait près de Brighton Springs à l'époque où Kelsey a disparu. Il est dans la bonne fourchette d'âge. Noah et moi nous sommes arrêtés devant sa maison aujourd'hui, nous y étions quand vous nous avez appelés. Il y a même une chance pour que la voiture conduite par Daisy lui appartienne. Gretchen et Mett sont en train de se renseigner. Quand nous en aurons terminé ici, je finirai de rédiger ma demande de mandat pour accéder aux dossiers du RedLo Group, et j'irai rendre visite à McMichaels.

— Quinn, je vous demande, une dernière fois, d'entrer dans cette salle et d'essayer d'obtenir son nom de famille. Quelque chose qui permette de l'identifier. Ne lui demandez rien d'autre. Rien sur les meurtres, sur l'endroit où elle se trouvait, sur ce qu'elle ressent. Si elle a des parents qui la cherchent, et si nous pouvons les faire venir ici avant que la PJJ ne l'emmène, nous pourrons peut-être la faire parler.

Josie vit le désespoir sur le visage du chef. Avec un soupir, elle lui mit une main sur l'épaule et se leva lentement.

— Enregistrez chaque seconde. Je ne plaisante pas.

— Je sais.

Le visage de Daisy resta impassible quand Josie entra. Seuls ses deux battements de paupières indiquaient qu'elle l'avait remarquée. Au lieu de s'asseoir face à elle, Josie fit le tour de la table et prit place à côté d'elle. Avec ses pieds, Daisy éloigna sa chaise pour que cinquante centimètres les séparent.

— Daisy, tu comprends ce qui est train de se passer ?

Elle se concentra sur le visage de Josie.

— Vous m'avez arrêtée parce que je vous ai poussée, et maintenant je dois rester ici.

— Oui, c'est ça. La suite dépendra en grande partie de ton âge. Tu peux me dire quel âge tu as ?

Daisy ne répondit pas.

— Nous savons que tu conduis, donc tu dois avoir le permis, ce qui signifie que tu as au moins seize ans. C'est vrai ? Ou tu es plus âgée ?

Toujours aucune réaction.

Josie laissa s'écouler une longue minute avant de réessayer.

— OK. Je vais simplement t'expliquer ce qui va se passer. Parce que nous pensons que tu es mineure, nous avons appelé la Protection judiciaire de la jeunesse. Tu sais ce que c'est ?

— Oui.

— Ils vont t'emmener en détention préventive jusqu'à ce que nous ayons plus d'informations sur toi, comme ton identité complète, ta date de naissance, ton adresse, le nom de tes parents. Ils te garderont jusqu'à ce que tout soit réglé sur le plan légal. Si nous apprenons que tu n'es pas mineure, que tu as dix-huit ans ou plus, alors tu pourras prendre tes propres décisions et choisir d'engager un avocat ou bien d'en accepter un commis d'office désigné par le tribunal pour t'aider.

Un long moment s'écoula encore. Josie se tourna vers la caméra, sachant que le chef la regardait n'arriver à rien avec cette fille. Elle était sur le point de renoncer quand Daisy répondit :

— Il n'y a pas de permis.

— OK. Tu conduis sans permis ?

Daisy hocha la tête.

Josie souhaitait plus que tout poursuivre cet interrogatoire, d'autant que Daisy avait enfin livré une information, mais il fallait agir avec prudence pour ne pas enfreindre la loi en questionnant une mineure en l'absence d'un parent ou tuteur.

— Et ton âge ? Tu peux me le dire ? C'est vraiment important, Daisy.

Josie discerna comme une lueur d'incertitude dans les yeux de la jeune fille, qui se mordit la lèvre et dit, d'une voix enfantine :

— Je ne sais pas quel âge j'ai.

— OK.

Encore une fois, Josie aurait voulu creuser ce sujet, mais elle savait qu'elle ne pouvait rien demander, dans cette situation.

— Et ton nom de famille ?

Aucune réaction.

— Ton adresse ?

Daisy secoua la tête. Josie vit ses yeux reprendre leur expression lointaine. Elle se fermait de nouveau.

— Y a-t-il quelqu'un que nous puissions appeler pour toi, Daisy ? Ou que tu voudrais appeler toi-même ? Tu as droit à un coup de téléphone.

— Je ne peux pas. Je ne connais pas le numéro.

— Ce n'est pas grave, je pourrais t'aider à le trouver. Les numéros sont dans ton portable ? On l'a récupéré, on attend qu'il sèche. Je peux chercher le numéro dans ton téléphone, si tu veux.

Comme Daisy ne parlait pas, Josie continua :

— Ou bien tu peux m'indiquer le nom de la personne à contacter. Si tu me donnes son nom, je peux chercher son numéro.

Le silence revint entre elles. Josie attendit, comptant les

secondes qu'égrenait l'horloge murale. Daisy la regardait dans les yeux, mais Josie sentait qu'elle ne voyait rien. Elle se leva pour sortir. Elle avait la main sur la poignée de la porte quand Daisy articula les derniers mots qu'elle devait prononcer ce jour-là :

— Je ne connais pas son nom.

40

Kade McMichaels était grand et massif ; avec son costume élégant, son crâne rasé et ses yeux marron au regard intense, il aurait été plus à sa place sur le banc de touche d'un terrain de foot en tant qu'entraîneur houspillant ses joueurs que dans les locaux du RedLo Group. L'association occupait le rez-de-chaussée d'un immeuble historique en briques rouges, dans le centre de Bellewood, chef-lieu du comté d'Alcott. Son bureau se trouvait au cœur du bâtiment, au bout d'un labyrinthe de couloirs peints en jaune pâle. Alors qu'il les y emmenait, Josie aperçut Travis Benning. Il la vit aussi, ainsi que Noah, mais ne se manifesta pas.

McMichaels ferma la porte de son bureau et fit signe à ses visiteurs de s'asseoir. Deux fauteuils à oreilles et un petit canapé entouraient une étroite table basse. Josie et Noah choisirent le canapé, et McMichaels s'installa face à eux dans un des fauteuils. Il posa sa cheville droite sur son genou gauche, se renversa en arrière et les observa avec un sourire méfiant.

— La police de Denton ? Je suis surpris de vous voir. En général, quand un de nos jeunes a des ennuis, c'est à la police d'État ou au shérif que nous avons affaire. Que puis-je pour vous ?

Josie fit glisser le mandat sur la table.

— Comme vous le verrez sur ce document, nous voulons consulter vos archives. Nous aimerions aussi parler avec vous de Gemma Farmer et de Sabrina Beck.

Il posa le pied droit à terre et se pencha pour prendre le mandat, sans le lire.

— Pardon, de qui s'agit-il ?

— Gemma Farmer et Sabrina Beck, dit Noah. Vous étiez leur psychothérapeute.

— Ces noms ne me rappellent rien, mais je traite énormément de cas. Comme tous mes collègues. Si je les ai rencontrées, je n'en ai aucun souvenir.

— La dernière fois que vous avez vu Gemma, c'était il y a plus de quatre mois ; quant à Sabrina, c'est un peu plus ancien, puisque cela remonte à il y a un an environ.

Kade tenait le mandat entre son pouce et son index. De son autre main, il frottait son crâne chauve.

— Comme je vous l'ai dit, je n'en ai aucun souvenir. Dans ce métier, cinq ou six mois, un an, c'est une éternité. J'ai déjà assez de mal avec mes patients actuels, je ne peux pas me préoccuper de ceux qui ne sont jamais revenus. Je vous aiderais si je le pouvais.

Là-dessus, il rendit leur mandat à Josie et à Noah, ajoutant avec un sourire hypocrite :

— Je suis vraiment désolé.

Noah poussa un long soupir. Avec des gestes calculés, il plaça un index sur le mandat et le repoussa lentement vers McMichaels. Imitant son sourire mielleux, il dit :

— Vous avez des archives. Consultez-les.

McMichaels ne bougea pas, gardant la même expression faussement affable.

— Si ces deux filles ont été mes patientes, alors oui, j'ai des archives. Toutefois, inspecteurs, vous savez tous deux que le secret professionnel m'empêche de divulguer des informations personnelles ou privées les concernant.

— Gemma Farmer et Sabrina Beck sont mortes, signala Josie.

Elle nota la réaction de McMichaels : sa posture se raidit, il battit très vite des paupières et déglutit péniblement.

— Nous enquêtons sur leurs meurtres. En l'occurrence, les besoins de l'enquête passent avant le secret professionnel. Ce mandat a été signé par un juge, et vous êtes tenu par la loi de l'honorer.

Il ramassa le mandat une fois de plus, et en prit connaissance sans se presser. Josie entendait les bruits à l'extérieur de la pièce : voix étouffées, musique diffusée par une radio, sonneries de téléphone, bourdonnement d'une imprimante ou d'une photocopieuse.

— Je peux vous préparer ces deux dossiers, dit finalement McMichaels. Si vous revenez...

— Nous sommes prêts à attendre, l'interrompit Noah.

McMichaels soupira.

— Ça pourrait prendre un certain temps.

— Nous ne sommes pas pressés, lui assura Josie. Mais avant que vous n'alliez les chercher, permettez-moi de vous demander : où étiez-vous le 6 mai dans l'après-midi et dans la soirée ?

Il haussa un sourcil.

— Je ne m'en souviens pas. Pourquoi...

— Et le 20 mai ? ajouta Noah.

Cette fois, la réponse tarda un peu.

— Je ne... je ne me rappelle pas. Il faudrait que je consulte mon agenda, mais quand je ne suis pas ici, au travail, je suis chez moi, en général.

— Vous vivez seul ?

Deux nouveaux battements de paupières.

— Euh, oui. Pourquoi cette question ?

— Ah, là, vous vous interrogez ? Nous avons un mandat pour consulter vos archives sur deux de vos anciennes patientes, et vous ne nous avez même pas demandé ce qui leur est arrivé. Pourquoi donc ?

Il eut un sourire nonchalant et secoua la tête.

— Ah, je vois. Parce que je ne pleure pas, je ne tremble pas, vous pensez que je suis impliqué dans la mort de ces deux filles ?

— Dans le meurtre de ces deux filles, rectifia Noah. Qui ont été séquestrées pendant plusieurs mois avant d'être brutalement tuées.

— OK, OK, dit McMichaels. Écoutez, vous avez peut-être l'impression que c'est de l'indifférence de ma part, mais je fais ce métier depuis longtemps. J'ai vu défiler beaucoup de gamins. Dans la plupart des cas, je ne peux plus rien pour eux. Nous sommes une association sans but lucratif. Nos tarifs sont fixés par rapport aux revenus des personnes qui nous sollicitent, et nos services sont parfois même gratuits. Les gens ne viennent pas ici parce qu'ils ont besoin d'aide, mais parce qu'ils n'ont pas les moyens de payer un psychothérapeute qui ne soit pas débordé. Beaucoup des ados qu'on voit ici nous sont envoyés par le tribunal à cause d'un crime qu'ils ont commis. Une grande partie d'entre eux se suicident malgré nos efforts. Il y en a qui viennent parce que quelqu'un les y pousse, un parent, un tuteur, ou un responsable scolaire bien intentionné. Ils font le strict minimum, ils s'en vont, et ils finissent par avoir des ennuis. Des ennuis qui leur coûtent la vie. Vous croyez être les premiers policiers à venir ici parce que certains de nos gamins se font tuer ? La semaine dernière, les hommes du shérif étaient là au sujet d'un ado abattu par son dealer. Ceux qui veulent de l'aide, ceux qui m'écoutent, je suis là pour eux. Je me souviens d'eux. Ils comptent à mes yeux. Je peux changer leur vie. Mais les autres ? Encore une fois, je ne veux pas paraître cruel, je suis simplement réaliste : avec beaucoup de ces jeunes, mes efforts sont une perte de temps. Et ça ne signifie pas que je me moque de savoir que ces deux filles...

Il laissa sa phrase en suspens, regardant tour à tour Josie et Noah, jusqu'au moment où, le visage rouge de colère, elle lui rappela leurs noms :

— Gemma Farmer et Sabrina Beck.

— Oui. Ça ne signifie pas que je me moque de savoir qu'elles ont été assassinées. Je suis navré de l'apprendre, et je compatis pour leurs familles, mais je ne vois pas en quoi ça me concerne.

Josie risqua un regard furtif vers Noah, et elle devina au muscle qui tressautait dans sa mâchoire qu'il était tout aussi furieux qu'elle.

— Monsieur McMichaels, dit-il, ces deux jeunes filles ont été tuées de la même façon. Les similitudes entre les deux cas suggèrent que nous pourrions avoir affaire à un tueur en série. Et vous êtes le seul lien que nous avons pu établir entre elles.

McMichaels battit rapidement des paupières. Cette fois, Josie compta quatre battements. Il gloussa une fois de plus, mais avec une certaine nervosité.

— Moi ? C'est absurde. Parce que j'étais leur psychothérapeute ? Je vous ai dit que j'avais énormément de patients. J'ai vu défiler des centaines de gamins, ces deux dernières années. Vous trouvez peut-être qu'il est étrange que toutes deux aient été mes patientes, mais je vous assure que c'est un simple hasard. Les services de RedLo sont proposés dans une bonne partie de la Pennsylvanie. Cette coïncidence n'a rien de très étonnant.

— Vous possédez une Chevrolet Malibu 2006, n'est-ce pas ?

Cinq battements de paupières.

— Je ne comprends pas. Tout à coup, vous me parlez de ma voiture ? Je pensais que vous étiez là pour mes anciennes patientes ?

Josie répondit à sa question par une des siennes.

— Quand avez-vous conduit votre Malibu pour la dernière fois ?

— Ça fait des années. Elle est déclarée véhicule endommagé.

— Donc elle dort dans votre garage ?

— Oui, elle dort dans mon garage. Et alors ? Quel rapport y a-t-il entre ma vieille voiture et tout ça ?

— Une Chevy Malibu 2006, dit Josie. Ce n'est pas une voiture ordinaire...

— Et donc ?

La voix de McMichaels dérapa légèrement dans les aigus.

Noah poursuivit dans la voie ouverte par Josie :

— Pourquoi conserver un véhicule endommagé ?

— À cause de l'assurance. Un week-end, je m'en suis servi pour aller à Pittsburgh voir un match des Pirates. On me l'a volée. Ma compagnie d'assurances m'a payé une nouvelle voiture. Environ un an après, la police l'a retrouvée et me l'a restituée, mais mon assureur la considérait déjà comme une perte totale. J'ai dû la faire enregistrer comme véhicule endommagé alors qu'elle fonctionnait parfaitement. Elle n'a aucun problème. Je voulais remédier à cette situation, mais je n'ai pas pris le temps de le faire. Vous êtes contents ? Ou vous auriez préféré une explication plus machiavélique ?

— L'avez-vous repeinte depuis que vous l'avez récupérée ? s'enquit Josie.

Trois battements de paupières.

— Non. Je vous l'ai dit, elle dort dans mon garage.

— C'était quand, ce match des Pirates ?

— Je ne sais plus. Il y a quatre ans ? Vous pourriez sûrement me le dire, vous avez l'air de tout savoir sur mon compte. Bon, vous m'accusez de quelque chose de précis, ou nous pouvons en finir avec ce... cette conversation ?

Ignorant ses questions, Josie sortit son téléphone, fit apparaître la photo de Daisy et la montra à McMichaels.

— Avez-vous déjà vu cette fille ?

Il s'accorda une seconde pour se calmer, inspira profondément et se redressa. Mais toujours avec ces battements de paupières révélateurs.

— Monsieur McMichaels ?

Il froissa le mandat entre ses doigts.

— Je ne la connais pas. Je devrais ?

Josie rangea son téléphone.

— Le nom de Kelsey Chitwood vous dit-il quelque chose ?

Elle s'attendait à ce qu'il les chasse ou se plaigne de leur insistance, mais il se renfonça de nouveau dans son fauteuil et secoua la tête.

— Non. Ça devrait ?

— Et le Boucher de Brighton Springs ? demanda Noah.

Il éclata d'un rire derrière lequel Josie percevait son angoisse.

— Le quoi ? Le boucher ?

— Monsieur McMichaels, êtes-vous chasseur ?

Il se tourna vers Josie, et elle vit, à son air déconcerté, comme un masque tombant soudain de son visage, que leur feu roulant de questions et le brusque changement de sujet l'avaient désarçonné. Il tenta une fois encore de maîtriser son agitation, inspirant trois fois avant de répondre :

— Comme tout le monde dans cette région, non ?

— Quel gibier chassez-vous ? voulut savoir Noah.

— C'est important ? répliqua-t-il d'une voix lasse. Je ne comprends pas ce qui se passe.

— Le lieutenant Fraley vous a demandé quels animaux vous chassez, dit Josie, feignant d'être bornée. Il vous demande si vous chassez le petit gibier, le cerf, le dindon, l'ours...

— Surtout le cerf. Parfois le petit gibier.

— À l'arc ou au fusil ? Ou les deux ? suggéra Noah.

— Au fusil.

— Moi aussi, dit Noah, alors que Josie n'avait pas le

souvenir de l'avoir vu chasser une seule fois depuis tout le temps qu'elle le connaissait. Où chassez-vous ? Ici, dans le comté d'Alcott ?

— Oui, bien sûr. En général.

— Quand vous habitiez Pittsburgh, vous chassiez là-bas ?

Il ouvrit la bouche puis la referma. Il y eut deux secondes de silence. Il se leva et agita le mandat.

— Je vais vous chercher les dossiers. Veuillez attendre à l'accueil, s'il vous plaît.

41

— Ce type est psychothérapeute pour les ados à problèmes, tu le crois ? s'exclama Noah alors qu'ils revenaient à Denton, les dossiers de Kade McMichaels sur une clé USB glissée dans la poche du jean de Josie.

— Selon lui, les ados qui ont recours aux services de RedLo n'ont pas vraiment le choix, répondit-elle. C'est lui ou rien. Si tu fais partie de ceux qu'il peut aider, il te traite bien, mais si ce n'est pas le cas... Je n'aimerais pas être à la place d'un de ceux-là.

— C'est affreux, ce type est un monstre. Benning avait raison. Il s'est montré carrément hostile, et il cache quelque chose, incontestablement.

— Je suis d'accord, mais quoi ? Une série d'enlèvements et de meurtres depuis un quart de siècle, ou tout autre chose ?

— Il est devenu nerveux quand on lui a parlé de sa voiture, rappela Noah. À ce propos, si Daisy la conduit, comment la Malibu pouvait-elle être dans le garage de McMichaels quand nous sommes allés chez lui ce matin ?

— On ne l'a pas vraiment vue, souligna Josie. Il y avait une bâche par-dessus. On a supposé qu'elle était dessous.

Noah secoua la tête.

— Il faut qu'on entre chez lui, dans son garage et dans sa maison.

— Si Gretchen et Mett peuvent associer à McMichaels la voiture que conduisait Daisy, et si on arrive à rallumer son téléphone et qu'on découvre qu'elle est en contact avec lui, ou si on l'interroge de nouveau et qu'elle nous parle de lui, on pourra obtenir un mandat.

Au commissariat, le chef arpentait la grande salle d'un bon pas. Il faisait le tour des bureaux des quatre inspecteurs. Seul Mettner y était assis, un stylo entre les dents, le front plissé alors qu'il se concentrait sur l'écran de son ordinateur.

— Le téléphone refuse toujours de marcher, dit-il avant qu'ils aient pu lui poser la question.

— Tu as avancé, sur le numéro VIN ? demanda Noah alors que Josie et lui s'installaient.

Continuant son circuit, le chef ne les salua pas mais répondit à la place de Mettner :

— Non, rien.

Mettner attendit que le chef soit passé avant de lever les yeux au ciel.

— Je fais de mon mieux. Et vous ? Ça a donné quoi, avec McMichaels ?

Noah résuma leur conversation tandis que Josie connectait sur son ordinateur la clé USB contenant les dossiers fournis par McMichaels. Le chef cessa de marcher, prit la chaise de Gretchen et la fit rouler jusqu'au bureau de Josie. Il s'assit et, avec ses jambes, se propulsa vers Josie, leurs accoudoirs respectifs s'entrechoquant.

— Espace personnel ! protesta Josie.

Noah et Mettner se figèrent, contemplant la scène, attendant les inévitables hurlements du chef. Quelques semaines auparavant, Josie s'y serait attendue, elle aussi. Il n'aimait pas qu'on lui dicte sa conduite. Il n'aimait pas qu'on lui dise quoi que ce soit, en fait. Mais, récemment, elle était allée dans son garage, avait écouté le récit de sa vie, avait été coincée pendant des heures dans une voiture avec lui, et l'avait traîné ivre mort sur le sol d'une église. La barrière invisible qui l'empêchait autrefois de lui tenir tête était tombée.

— Quoi, « espace personnel » ?

Josie lui donna un coup de coude.

— N'empiétez pas sur le mien, c'est tout.

— Nous n'avons pas le temps pour ces bêtises, Quinn, cria-t-il presque comme jadis, mais en éloignant sa chaise de quelques centimètres.

Elle sentait que Noah et Mettner la dévisageaient tandis qu'elle faisait apparaître le contenu de la clé. Le chef ne le remarqua pas. Il était trop concentré sur l'écran, pointant du doigt le dossier intitulé « Farmer, Gemma ».

— Ouvrez celui-là en premier. Imprimez tout, je veux le lire de mon côté.

Josie se mit à ouvrir les documents pour les envoyer à leur antique imprimante à jet d'encre.

— Où est Gretchen ? demanda Noah.

— À la fourrière, répondit Mettner. Elle voulait être avec Hummel lorsqu'il relèverait toutes les preuves dans la voiture.

— Et Daisy ? s'enquit Josie. La PJJ est déjà là ?

— Elle est entre leurs mains, désormais, dit le chef. Je leur ai dit clairement qu'on avait besoin de lui parler, mais il ne faut pas les bousculer, ces gens-là.

Noah étira ses bras au-dessus de sa tête avec un grognement.

— J'ai l'impression qu'on est sur le point de trouver quelque chose qui éclairera toute cette affaire.

Le chef se leva et alla chercher dans l'imprimante les archives de McMichaels concernant Gemma Farmer.

— Alors continuons à bosser. Jusqu'à ce qu'on trouve, dit-il.

Les heures s'écoulèrent. Ils travaillaient dans un relatif silence, ne s'arrêtant que pour manger les plats commandés pour eux par Mettner. Josie et le chef lurent intégralement les dossiers de Gemma Farmer et de Sabrina Beck. Les deux dépeignaient des jeunes filles malheureuses, un peu rebelles, ayant des difficultés scolaires et des relations familiales tendues malgré les efforts de leurs parents. Si aucune des deux familles n'était parfaite, tous les rapports et documents que lut Josie décrivaient des parents qui tâchaient de procurer à leur fille l'assistance dont elle avait besoin. Rien ne pouvait aider leur enquête ; les notes de Kade McMichaels étaient laconiques et factuelles.

Josie imprimait la liste de ses patients quand Gretchen revint, annonçant que Hummel avait récupéré toutes les empreintes possibles à l'intérieur et à l'extérieur de la voiture et qu'il les avait cherchées dans l'AFIS. Celles de Gemma Farmer et de Sabrina Beck y étaient, ce qui n'était pas surprenant. Ils savaient déjà que Sabrina était montée dans ce véhicule. La nouveauté, c'était que Gemma aussi, mais cela ne les rapprochait pas de la solution de l'énigme.

Il leur en fallait plus.

Le chef imposa une nouvelle rotation ; Josie et Noah rentrèrent passer la nuit chez eux, tandis que Gretchen et Mettner continuaient à travailler. La dernière chose dont Josie avait envie était de se reposer, mais elle savait qu'il n'y avait rien d'autre à faire, au beau milieu de la nuit.

Noah et elle dormaient profondément, Trout blotti à leurs pieds, quand le portable de Josie sonna. Il était 5 heures du matin. Le visage de Mettner apparut à l'écran, illuminant la chambre obscure. D'une voix pâteuse, elle répondit :

— Qu'est-ce qui se passe ?

On aurait cru qu'il avait passé la nuit sous perfusion de café.

— On a avancé, et pas qu'un peu.

— Le téléphone de Daisy remarche ? Vous avez pu voir ce qu'il y avait dessus ? croassa Josie, avec un espoir naissant malgré son esprit encore embrumé par le sommeil.

— Ah non, dit Mettner, avec un rien moins d'enthousiasme.

— Alors quoi ?

— J'ai trouvé le numéro VIN. La voiture que Daisy conduisait était bien la Chevy Malibu de Kade McMichaels. Tu comprends, patronne ? La fille mystère conduisait la voiture de McMichaels !

42

Il était plus de 8 heures du matin quand Josie et son équipe arrivèrent chez Kade McMichaels. Ils formaient un long convoi de véhicules : Josie et Noah, Gretchen et Mettner, le chef, deux agents en uniforme de Denton, Hummel et sa collègue Jenny Chan de l'équipe d'identification criminelle, suivis par deux autres membres de leur équipe. Il avait fallu du temps pour préparer la demande de mandat et la faire signer par un juge, ainsi que pour réveiller l'équipe d'identification et informer le shérif du comté d'Alcott qu'ils allaient recourir à un mandat dans son secteur. Josie ignorait à quelle heure Kade McMichaels partait travailler, mais il n'était pas chez lui lorsqu'ils frappèrent à sa porte en expliquant leurs intentions. Josie attendit quelques minutes, puis retenta. Par-dessus son épaule, par-delà la troupe de ses collègues qui se serraient sur le perron, elle regarda le chef.

— Il est déjà à son bureau. On peut l'appeler, ou même aller le chercher, dit-elle.

— Non, répondit le chef. Nous n'avons pas besoin de sa permission pour entrer. Allez-y.

Josie ordonna à Gretchen et Mettner de faire le tour de la

maison, au cas où quelqu'un aurait tenté de s'enfuir par là pendant qu'ils frappaient à la porte. Josie, Noah et le chef s'écartèrent, et deux agents en uniforme s'avancèrent, munis d'un bélier. Quelques instants plus tard, ils s'introduisirent chez Kade McMichaels. Ils agissaient en silence, se déplaçant avec assurance, examinant tous les tiroirs, sous tous les meubles, dans tous les placards. La maison de McMichaels était la demeure ordinaire d'un célibataire. Peu meublée, sans rien de trop personnel, ni vraiment en désordre, ni d'une propreté impeccable. Le courrier non décacheté avait été posé sur la table de la cuisine. Il aurait été temps de sortir la poubelle. Une unique bouteille de bière vide était restée sur la table basse du salon. Sous le téléviseur, une console de jeux vidéo d'où jaillissait une masse de câbles emmêlés. Dans la salle de bains, le lavabo était moucheté de poils de barbe et une serviette gisait sur le sol. Dans la chambre, les draps étaient froissés ; plusieurs chemises avaient été jetées sur le dossier d'une chaise, dans un coin, et il y avait une autre bouteille de bière vide sur la table de chevet.

Une autre chambre semblait servir avant tout de débarras. Quelques cartons rangés contre un mur contenaient des vêtements, de vieux manuels, et différents chargeurs et rallonges. Deux imprimantes couvertes de poussière étaient posées à terre devant les boîtes, leurs câbles enroulés tout autour comme d'épais serpents noirs. Josie remarqua un aspirateur, une bicyclette privée de sa roue avant, et un coffre-fort pour armes à feu. À côté de tout ce fouillis, un futon était étendu à travers la pièce. Josie fit la liste des objets éparpillés dessus, son cœur battant comme un tambour dans sa poitrine. Une couverture roulée en boule portant le logo de l'université de Pittsburgh, un oreiller, des vêtements d'homme – un t-shirt blanc, un jean, une chemise brune en velours côtelé. À côté, ce qui ressemblait à des sous-vêtements féminins, en coton blanc, avec un petit nœud sur le devant.

Josie avait enfilé des gants, mais elle s'empêcha tout de même de toucher à quoi que ce soit.

— Hummel ! hurla-t-elle. Dans l'autre chambre !

À pas prudents, elle se dirigea vers l'oreiller et scruta la taie jusqu'à repérer les cheveux blonds qu'elle espérait y trouver.

— Hummel ! cria-t-elle de nouveau.

Derrière elle s'éleva la voix de Noah.

— Il est dans le garage. Il faut que tu le rejoignes, c'est important.

Josie désigna le futon.

— Plus important que ça ?

Elle se retourna vers Noah, qui avait rarement été aussi pâle.

— OK, je vais au garage. Demande à Chan ou à un membre de l'équipe d'identification de venir recueillir les preuves qui sont ici. Il faudra d'abord tout photographier, rechercher l'ADN sur les vêtements et la literie. Il y a des cheveux blonds qui appartiennent peut-être à Daisy.

Noah hocha la tête.

Elle le laissa dans la chambre et repartit vers l'arrière de la maison, où se trouvait le garage. Ses genoux flageolèrent un peu lorsqu'elle vit que presque tous ceux avec qui elle était arrivée se massaient autour des portes. Ils la laissèrent passer. À l'intérieur, le mélange d'essence, de sciure et d'herbe tondue composait une odeur désagréable. Le premier emplacement du garage était vide, il n'y avait que des taches d'huile au centre du béton. Dans le deuxième emplacement, sur la gauche, la bâche avait été retirée pour dévoiler un quad, un tracteur et un chasse-neige. Elle examina la tache d'huile. C'est là que la Malibu était restée pendant tout ce temps. Voilà pourquoi l'emplacement était maintenant vide. Josie avait vu dans le jardin les ornières creusées par les pneus, sans doute parce qu'il y garait chaque jour son nouveau véhicule, près de la maison.

Derrière les engins, Hummel, Mettner et le chef, de dos,

baissaient les yeux vers quelque chose. La pulsation cardiaque de Josie devint plus forte dans ses oreilles à chaque pas qu'elle faisait vers eux. Dans les gants en latex qu'elle portait, ses paumes étaient moites. Lorsqu'elle contourna le quad, elle vit que McMichaels avait installé des étagères en bois contre le mur. Des outils et du matériel de chasse en occupaient le niveau supérieur. Mettner pointa son doigt ganté vers un jeu de couteaux à manche orange vif.

— C'est une trousse de chasse, indiqua-t-il au chef. Il y a un couteau pour chaque fonction : écorcher, désosser, scier les os... Il ne manque que la lame à crochet, pour vider l'animal, mais nous en avons trouvé une dans la voiture conduite par Daisy. On peut raisonnablement supposer qu'elle provenait de cet ensemble.

— On va emballer et analyser tout ça, pour voir si la lame à crochet va avec ces couteaux. C'est la même marque, apparemment, et on cherchera aussi des empreintes et de l'ADN ou du sang sur le dépeceur.

Agenouillée sur le béton, Gretchen fouillait de ses mains gantées le niveau inférieur des étagères. À terre devant elle, une boîte à outils en métal rouge, son couvercle posé à côté.

Deux pas de plus amenèrent Josie à quelques centimètres de la boîte. La poitrine oppressée, elle en contempla le contenu.

— Oh, mon Dieu.

Elle se détourna assez longtemps pour croiser le regard du chef. Elle était certaine d'avoir entrevu des larmes briller dans ses yeux. Il déglutit, sa pomme d'Adam remua. Il se taisait, et Josie comprit qu'il n'aurait pu parler sans perdre son sang-froid. Pendant un fugitif instant, elle tenta d'imaginer ce qu'il devait ressentir, en ayant enfin des réponses, au bout de près de trente ans. Mais ils étaient encore loin d'avoir élucidé tous les mystères, et très loin d'avoir obtenu l'essentiel : la justice. Comme s'il lisait dans ses pensées, le chef hocha la tête.

Josie replongea ses yeux dans la boîte à outils. Il n'y avait pas de plateau amovible comme dans les modèles ordinaires de cette taille. Une épaisse couche de velours bleu foncé avait été placée à l'intérieur. À intervalles réguliers, de minuscules étiquettes en carton blanc, d'environ trois centimètres sur trois. Chacune arborait un chiffre écrit à l'encre noire. « 1 », « 2 », « 3 », « 4 », « 5 », « 6 », « 7 ». Sous presque chaque numéro était épinglé un sachet en plastique transparent dans lequel une mèche de cheveux était nouée par un ruban blanc. La plupart étaient brunes, sauf les deux premières, qui étaient blondes. Les cheveux du numéro 1 étaient si clairs qu'ils semblaient presque blancs. Les seuls numéros sans mèche de cheveux étaient le 4 et le 7.

Gretchen leva les yeux vers Josie.

— Il est temps qu'on se procure un mandat d'arrêt, patronne.

43

Le soleil du milieu de matinée chauffait le dos de Josie alors qu'elle se tenait à côté de son véhicule, sur le parking d'un drugstore *CVS*, à quelques dizaines de mètres des locaux du RedLo Group. La sueur s'accumulait dans son cou. Il n'était pas encore 10 heures, mais la température dépassait déjà dix-huit degrés. Dans le feuillage des arbres bordant le parking, les oiseaux sautillaient, voletaient, gazouillaient et s'interpellaient. C'était le genre de superbe journée de printemps en Pennsylvanie où l'on avait le sentiment que le monde entier débordait de possibilités. Il semblait incongru qu'à quelques dizaines de mètres, dans un bâtiment où des adolescents entraient et sortaient librement, un tueur en série puisse vaquer à ses occupations à l'insu de tous.

À la sortie du magasin, les clients levaient le nez de leur portable pour contempler la présence policière croissante. Les joggeurs ralentissaient sur le trottoir, découvrant le spectacle. L'ajointe Judy Tiercar leur faisait signe de ne pas s'attarder.

— Circulez, s'il vous plaît. C'est un simple exercice d'entraînement.

Josie avait appelé le bureau du shérif pour signaler qu'ils

allaient procéder à une arrestation, puisque Bellewood était dans son secteur. Josie, Noah, Gretchen, Mettner, le chef et les deux agents en uniforme de la police de Denton avaient été rejoints au CVS par l'adjointe Tiercar et deux de ses collègues. Tiercar regarda Chitwood.

— Comment voulez-vous procéder, chef ?

— On entre et on le cueille. Je ne veux pas le laisser en liberté une minute de plus, d'autant qu'il a accès à des adolescentes toute la journée.

— Très bien, allons-y, dit Gretchen.

Vêtus de leurs vestes tactiques, ils commencèrent à se disperser et à monter dans leurs voitures pour le court trajet jusqu'au RedLo Group. Josie était à moitié assise sur son siège lorsqu'elle s'aperçut que le chef n'avait pas bougé. Elle ressortit du véhicule pour s'approcher de lui, tout en gardant un œil sur le convoi. Une brise chaude soulevait ses cheveux blancs.

— Chef ?

— Je ne peux pas aller là-bas, Quinn.

— Comment ça ? Vous devez y aller. Pas pour procéder à l'arrestation, mais pour l'observer. Pour en être témoin.

Il secoua la tête, sans cesser de regarder au-dessus d'elle.

— Vous vous rappelez Travis Benning ? Le Boucher a été relâché à cause de lui.

— Parce qu'il avait contaminé des preuves. Ce n'est pas la même chose.

— Je ne peux pas être là-bas. J'en ai envie, mais je ne peux pas. Je ne veux pas qu'on puisse contester un jour quoi que ce soit dans cette affaire à cause de mon implication personnelle.

— Vous avez supervisé cette enquête, fit valoir Josie. Vous avez tout chapeauté, chef. Vous...

Lorsqu'il posa enfin ses yeux sur elle, Josie fut ébranlée par les émotions qui traversaient son visage. Des émotions réelles. Pas l'agacement permanent et la pseudo-colère auxquels ils s'étaient tous habitués. Cette fois, il s'agissait de rage authentique, de haine véritable. D'un besoin de vengeance. Josie reconnut ce sentiment. Elle avait jadis été poussée jusqu'au bord de cet abîme, elle avait basculé dans des ténèbres si profondes qu'il lui avait fallu longtemps pour remonter jusqu'à la lumière.

— Je ne veux pas être comme mon père, dit le chef.

Il ne se faisait pas confiance, comprit Josie. Face à l'homme qui avait enlevé, séquestré et tué sa petite sœur, le chef ne se sentait pas en mesure de se maîtriser, le moment de l'arrestation venu.

— Vous n'êtes pas comme lui, insista Josie. Vous n'avez jamais été comme lui, et vous ne serez jamais comme lui. Je vous appellerai quand ce sera terminé, et vous pourrez nous retrouver au commissariat.

Elle s'éloigna, mais il la héla.

— Quinn ?

Elle se retourna et attendit.

— Vous le ferez, hein ? Vous lui passerez les menottes ?

Elle hocha la tête.

Dans la voiture, Noah demanda :

— Qu'est-ce qu'il t'a raconté ?

Josie quitta le parking. Gretchen et Mettner suivaient, avec derrière eux une voiture de la police de Denton, et l'adjointe Judy Tiercar dans un véhicule du shérif.

— Il nous rejoindra au commissariat, répondit-elle.

Il leur fallut moins de soixante secondes pour longer les quelques pâtés de maisons les séparant du RedLo Group, mais cela suffit pour que le cœur de Josie accélère. Elle envoya Gretchen et Mettner faire le tour du bâtiment au cas où McMichaels déciderait de prendre la fuite. L'adjointe Tiercar et les deux agents en uniforme restèrent à l'extérieur. Josie et Noah lancèrent une explication laconique à la réceptionniste très perplexe et aux quatre clients qui attendaient, et allèrent droit au bureau de McMichaels. La porte était ouverte. McMichaels était assis et griffonnait sur une feuille de papier. Il redressa la tête lorsqu'ils entrèrent, son expression détendue se transformant en un mélange de surprise et de peur.

— Kade McMichaels, vous êtes en état d'arrestation.

— Levez-vous, s'il vous plaît. Les mains derrière le dos, ordonna Noah alors que les deux policiers contournaient la table, un de chaque côté.

McMichaels se mit debout, un peu vacillant, l'arrière de ses jambes projetant sa chaise de bureau contre le mur. Empoignant son stylo, il protesta :

— Non, non. C'est un malentendu.

Josie et Noah l'encadraient.

— Monsieur, posez votre stylo et mettez vos mains dans votre dos.

— Ce n'est pas ce que vous pensez, bredouilla McMichaels, ses regards allant et venant entre ses deux visiteurs, sa voix rendue aiguë et flûtée par la panique. J'essayais d'aider. Je... Il ne s'est rien passé. Ni avant, ni cette fois.

— Lâchez ce stylo, dit fermement Noah.

Le stylo tomba de la main de McMichaels. Josie et Noah l'obligèrent à placer ses mains dans son dos. Noah lui récita ses droits. Tandis que Josie fermait les menottes sur ses poignets, elle le sentit trembler.

— Allons-y, dit-elle, lui saisissant le haut du bras et le guidant vers la porte.

— C'est un malentendu ! Je ne les ai jamais touchées. Je vous le jure, je n'en ai touché aucune.

44

Lorsqu'ils arrivèrent au commissariat, Kade McMichaels avait opté pour le silence et n'avait aucune intention de parler à quiconque sauf à l'avocate qu'il réclamait. Josie était légèrement déçue mais pas du tout surprise. Il n'avait pas été très coopératif lors de leur première entrevue. Alors qu'il était à présent en détention pour les meurtres de Gemma Farmer et de Sabrina Beck, elle doutait fort qu'il leur livre quoi que ce soit qui puisse l'incriminer. Les agents d'accueil se chargèrent de son inscription au registre et l'autorisèrent à contacter un avocat.

Josie et Noah montèrent à pas lourds l'escalier de la grande salle, ôtèrent leurs vestes tactiques et s'affalèrent sur leurs chaises. Gretchen et Mettner, qui avaient travaillé pendant plus de vingt-quatre heures sans dormir, étaient rentrés chez eux pour un repos très attendu et bien mérité. Josie avait appelé le chef depuis sa voiture, mais n'avait obtenu que sa boîte vocale. « C'est fini », avait-elle dit. À présent, la porte de son bureau était close, impénétrable. Elle tenta de se rappeler si elle avait vu sa voiture sur le parking au retour, mais son esprit ruminait encore les paroles de Kade McMichaels : *Ce n'est pas ce que vous pensez. J'essayais d'aider. Je... Il ne s'est rien passé. Ni avant, ni cette fois. C'est un malentendu ! Je ne les ai jamais touchées. Je vous le jure, je n'en ai touché aucune.*

— Tu as entendu ce que j'ai dit ? demanda Noah.

Josie se détourna de la porte du chef et battit des paupières, le dévisageant par-dessus leurs bureaux.

— Quoi ?

— Hummel m'a envoyé un texto. Il veut que je le rappelle tout de suite. Je vais le mettre en haut-parleur.

Noah posa son portable sur son bureau et appela Hummel, qui décrocha au bout de quatre sonneries.

— J'ai des informations qui vont vous intéresser.

— Josie est avec moi, j'ai mis le haut-parleur.

Josie se joignit aussitôt à la conversation.

— Vous avez réussi à rallumer le téléphone de Daisy ? Le Graykey a fonctionné ?

— Oh, fit Hummel, non. Chan a essayé ce matin, mais rien à faire. On retentera quand même. Non, je vous appelle parce qu'on a fouillé le reste de la propriété de McMichaels. Il a quatre hectares de terrain. On n'a trouvé aucun endroit, naturel ou construit par l'homme, où il aurait pu séquestrer une ou plusieurs personnes.

— Il les enfermait peut-être dans la maison ou dans le garage, suggéra Noah.

— Peut-être. On a relevé les empreintes et l'ADN qu'on a trouvés dans les deux bâtiments. Il n'y avait que les empreintes de McMichaels et de la gamine, Daisy. Donc, à moins qu'il ait essuyé tout ce que Gemma Farmer et Sabrina Beck ont touché, il ne les a pas séquestrées dans sa maison ou dans son garage. Cela dit, on a trouvé les traces d'un feu allumé dans les bois, vers le bout de sa propriété, pas loin d'une route qui passe juste derrière. On a récupéré les cendres, tout ce qui traînait, dont plusieurs bouteilles de tequila, de schnaps à la pêche, et quelques canettes de bière. J'ai pu relever quelques empreintes sur les bouteilles.

— Et ça donne quoi ?

— Kade McMichaels. Daisy. Gemma Farmer. Sabrina Beck. Quelques empreintes non identifiées. Ça, c'était sur une des bouteilles de schnaps. Des débris de verre des autres bouteilles étaient éparpillés tout autour. J'enverrai mon rapport par mail, vous verrez quelles empreintes étaient sur quels objets, mais celles de Kade et de Daisy étaient à peu près partout. On a un morceau de verre où se trouvent les empreintes de Kade et de Gemma Farmer, et un autre où il y a celles de Kade et de Sabrina Beck. Compte tenu des conditions météo, et sans savoir depuis combien de temps ces bouteilles sont là, c'est le mieux que je puisse faire. Et puis, concernant le dépeceur que vous avez trouvé dans son garage avec les couteaux de chasse, ses empreintes sont sur le manche, ce qui n'a rien d'étonnant, j'imagine. Je l'envoie au labo pour voir s'ils en tireront de l'ADN.

— Hummel, c'est incroyable, dit Josie.

— Ne vous emballez pas, je ne pense pas qu'on trouvera quoi que ce soit sur le dépeceur mais, d'après ce que m'a dit la docteure Feist, on devrait pouvoir montrer qu'il correspond à la taille et à la forme des blessures de nos deux victimes.

— Et cette horrible boîte à outils avec les cheveux dedans ? s'enquit Noah.

— C'est là que ça devient bizarre, annonça Hummel.

Josie sentit soudain une boule dans son estomac.

— Bizarre dans quel sens ?

— Eh bien, il y a les empreintes de McMichaels à l'extérieur, mais aucune à l'intérieur.

— Partielles, au moins ? suggéra Noah. Il n'avait peut-être pas besoin de toucher beaucoup l'intérieur de la boîte s'il ne faisait qu'y déposer des choses ou en retirer, s'il y plaçait simplement les cheveux.

— Rien, persista Hummel.

— Et les sachets en plastique ? demanda Josie. Les cartons numérotés ?

— Aucune empreinte de McMichaels mais, sur un des cartons, un seul, le numéro 4, sans mèche de cheveux associée, il y avait deux empreintes de la même personne.

— Qui ?

— Je vous enverrai le rapport. Mais c'est une femme qui me semble n'avoir aucun lien avec notre affaire. Elle s'appelle Winnie Hyde. Elle a été condamnée pour vol à l'étalage à Brighton Springs en 1996.

Josie n'entendit pas le reste de leur conversation. Sa mémoire passait en revue les détails du dossier pour se rappeler quand elle avait entendu le nom de Winnie Hyde. Réveillant l'écran de son ordinateur, elle se mit à cliquer sur les documents, dans l'espoir de le retrouver.

— Tu ne m'écoutes pas, observa Noah.

— Pardon. C'est juste que... Winnie Hyde... J'ai déjà vu ce nom-là. J'essaie de me rappeler quand.

— À propos de Kelsey Chitwood ? Hummel a parlé de Brighton Springs.

— Exact, dit Josie en refermant le dossier de Gemma Farmer. Descendons en salle de conférences, pour que je puisse chercher.

Ils poursuivirent leur conversation dans l'escalier.

— Hummel a fait emporter la Rogue 2018 de McMichaels et il doit s'en occuper aujourd'hui, mais je vais rédiger une demande de mandat pour les données GPS. S'il a fait des allées et venues vers un autre endroit, nous devons l'apprendre immédiatement. Je crains que la plupart des preuves que nous avons soient purement circonstancielles.

Josie acquiesça tout en fouillant dans l'un des nombreux cartons empilés dans la salle de conférences portant le nom de Kelsey.

— C'est vrai, mais le procureur a très souvent obtenu des condamnations sur la base de preuves circonstancielles.

— Le cas est trop important, répliqua Noah en feuilletant

une pile de rapports. Je pense que nous devons creuser plus, voir si on peut faire parler Daisy. Pour l'instant, nous n'avons rien qui relie directement McMichaels au corps de Gemma Farmer ou de Sabrina Beck.

— Mais cette boîte de cheveux, dit Josie avec un frisson. Ses empreintes partout...

— Partout chez lui. Rien qui le rattache aux scènes de crime ou aux cadavres. Pas directement. Tu as entendu Hummel, le labo ne trouvera sans doute pas d'ADN sur le couteau. Même si on peut affirmer que ses empreintes sont dessus, son avocat ripostera en disant que c'est normal puisque ce couteau est à lui. Si nous évoquons le fait que la lame correspond à la taille des blessures, son avocat répliquera que ce couteau se fabrique tous les ans à plusieurs milliers d'exemplaires, sinon davantage. Je pense simplement qu'il nous en faut plus.

— Alors nous en obtiendrons plus. On va demander à la Protection judiciaire de la jeunesse s'ils nous autorisent à parler à Daisy. Elle aussi est impliquée dans ce meurtre. Après tout, elle pourrait bien être la tueuse, comme on l'a déjà évoqué. Le procureur proposera peut-être un accord si elle coopère et nous dit tout.

Tandis qu'elle consultait un autre tas de documents, Josie vit passer le rapport sur les empreintes relevées sur les bancs de l'église. Subitement, elle se rappela où elle avait vu le nom de Winnie Hyde. Elle tira le papier de la pile.

— C'est un bon point de départ, jugea Noah. J'appelle la PJJ pour voir ce qu'on peut négocier.

Josie agita le rapport.

— Vas-y. J'arrive tout de suite. J'ai retrouvé le nom. Winnie Hyde a laissé une empreinte sur l'un des bancs où le corps de Kelsey Chitwood avait été déposé. Je regarde ça de plus près et je téléphone à l'inspectrice de l'unité affaires classées à Brighton Springs, au cas où elle pourrait dénicher plus d'informations.

Son portable à la main, Noah fronça les sourcils.

— Tu penses que cette femme joue vraiment un rôle dans l'affaire ?

— Aucune idée. Mais on a relevé ses empreintes deux fois. C'est une piste à étudier.

— Tu as raison.

Josie le suivit à l'étage. Une fois à son bureau, Noah composa un numéro et, quelques minutes plus tard, il discutait avec un représentant de la PJJ. Josie extirpa son téléphone d'une masse de rapports posés sur son bureau et appela l'inspectrice Meredith Dorton pour lui expliquer la situation. Meredith promit de mettre la main sur le dossier de Winnie Hyde – et donc sur une photo d'identité judiciaire – s'il existait encore, et de le lui envoyer.

Après avoir raccroché, Josie s'installa à son ordinateur. Une recherche sur la base TLO ne donna presque rien, à part la date de naissance de Winnie Hyde. Il n'y avait ni permis de conduire, ni carte d'identité officielle. Une seule adresse, celle d'un appartement à Brighton Springs où elle vivait quand elle avait dix-huit ans. La condamnation pour vol à l'étalage était là aussi, mais comment avait-elle pu être arrêtée et condamnée sans preuve de son identité ? En Pennsylvanie, il fallait avoir seize ans pour obtenir un permis de conduire, mais on pouvait avoir une carte d'identité avec photo dès dix ans. Cela n'avait pourtant rien d'obligatoire. Les gens s'en procuraient une parce qu'elle était nécessaire pour à peu près tout, à l'âge adulte : trouver un emploi, louer un appartement, acheter une maison, ouvrir un compte en banque. Fondamentalement, si l'on voulait exister et se mouvoir dans le monde, il fallait une carte d'identité. Alors pourquoi Winnie Hyde n'en avait-elle jamais eu ? Était-elle morte ? Josie ne trouva aucun certificat de décès. Avait-elle disparu d'une façon ou d'une autre ?

Josie regarda si Hummel avait enregistré dans le dossier les photos prises ce matin-là, lors de la perquisition chez McMichaels. Il l'avait fait et, en faisant défiler les images, elle tomba sur celle de la boîte à outils, qu'elle élargit sur son écran. Ils ne connaissaient pas l'identité de la Fille numéro 1. Selon leur théorie – McMichaels numérotait ses victimes puis leur infligeait le nombre d'entailles correspondant –, les cheveux de la Fille numéro 2 appartenaient à Kelsey Chitwood. Si l'hypothèse de Meredith Dorton était correcte, la troisième victime de McMichaels avait été Priscilla Cruz, dont la dépouille en décomposition avait été découverte sur un terrain vague derrière le lycée de Brighton Springs. Ils savaient que Gemma Farmer était la numéro 5 et Sabrina Beck, la numéro 6. Le labo de la police d'État allait recevoir des échantillons de cheveux de ces deux filles et pourrait les comparer à ceux qui avaient été prélevés dans l'horrible boîte, mais sans les racines, où se trouvaient les cellules souches, ils ne pourraient pas confirmer que l'ADN correspondait.

Qu'en était-il des Filles numéros 4 et 7 ? Pourquoi n'y avait-il pas de cheveux, pour elles ? Avait-il prévu de garder une mèche de Winnie Hyde ? Josie fit un rapide calcul. Selon sa date de naissance, Winnie aurait eu seize ans en 1994. Si Kelsey Chitwood avait eu seize ans en 1997 et qu'elle était la deuxième, Winnie Hyde ne pouvait pas être la quatrième.

Comment était-elle impliquée dans cette affaire ? McMichaels s'était-il servi de Winnie pour attirer Kelsey, Priscilla et les mystérieuses Filles numéros 1 et 4 ? Josie pensa à la femme avec qui Kelsey avait parlé à l'arrêt de bus avant sa disparition, mais cette dame avait les cheveux blancs. Ce ne pouvait pas être Winnie. On n'a pas les cheveux blancs à dix-huit ans.

Josie cessa une minute de penser à Winnie Hyde pour se concentrer de nouveau sur la photo de la boîte à outils. Les mèches de cheveux manquantes. Les choses ne s'étaient-elles pas déroulées comme prévu par McMichaels ? Ou bien, et Josie sentit un frisson lui glacer tout le corps quand cette idée l'effleura, les numéros 4 et 7 étaient-elles encore enfermées quelque part ? Priscilla Cruz avait été retrouvée en 2003.

Ensuite, Gemma Farmer était morte. Sabrina Beck n'était réapparue que deux semaines plus tard. Elles avaient été séquestrées en même temps pendant au moins une partie de leur captivité. S'il retenait plusieurs filles en même temps, où les cachait-il donc ? À part le futon dans la chambre supplémentaire, avec les cheveux blonds et les sous-vêtements féminins, rien n'indiquait que Gemma Farmer ou même Sabrina Beck ait séjourné chez lui. Cela ne signifiait pas qu'elles ne l'aient pas fait. Il était peut-être très doué pour éliminer les traces. Ce qui expliquerait pourquoi il n'avait jamais été arrêté.

Ou bien il avait un autre lieu où enfermer les filles.

Séquestrait-il encore la numéro 4, qu'il avait enlevée au cours des dernières années ? Était-ce la raison pour laquelle il n'y avait pas ses cheveux à elle dans la boîte ? Et la numéro 7 ? N'y avait-il aucun trophée parce qu'elle aussi était encore détenue, ou bien parce qu'il l'avait repérée mais pas encore kidnappée ?

La voix de Noah la fit sursauter.

— On ne pourra pas discuter avec Daisy.

— Quoi ?

— La PJJ n'a pas pu l'identifier. Elle ne correspond à aucune disparue. Ils ne connaissent pas son âge, et elle refuse de leur parler. Ils veulent consulter un conseiller juridique et un psychologue avant d'autoriser quiconque à s'entretenir avec elle. Ils ont aussi prélevé un échantillon ADN.

— Merde. Ça ne nous arrange pas. Noah, je pense qu'il pourrait avoir enlevé d'autres filles, et qu'elles pourraient être encore en vie.

45

Josie présenta à Noah tout son raisonnement, et son interprétation du fait qu'il n'y avait pas de cheveux pour les Filles numéros 4 et 7. Il reprit son téléphone.

— Je rappelle la PJJ. Si on leur dit que la vie d'une ou potentiellement deux autres filles en dépend, ils seront plus disposés à nous laisser parler à Daisy. Si McMichaels les séquestre dans un endroit qu'on n'a pas encore découvert, leurs heures sont peut-être comptées. Nous ne savons pas dans quelles conditions elles vivent, ni ce qu'il leur a laissé comme provisions. Il faut qu'on les trouve avant qu'elles meurent de faim ou de déshydratation.

Josie chercha sur le bureau de Mettner la liste des filles de quinze ans portées disparues, sur laquelle il travaillait avant que le cas explose. Pendant que Noah parlementait avec le représentant de la PJJ, elle compara les noms de cette liste avec celle des patients de Kade McMichaels.

Quand Noah raccrocha, le cœur de Josie battait si bruyamment qu'elle le pensait prêt à jaillir de sa poitrine.

— J'en ai trouvé une dont le nom figure à la fois sur la liste des filles de quinze ans portées disparues et sur la liste des patientes de McMichaels.

— Laquelle ? dit Noah en se levant pour s'approcher.

— Erica Mullins. Je pense que Mett ne s'est pas attardé sur son cas parce qu'elle a disparu de façon un peu différente des autres. Il y a trois mois, elle passait le week-end chez sa grand-mère, à Quakertown, pendant que ses parents étaient en voyage, et le dimanche, quand sa grand-mère a voulu la réveiller pour qu'elle se prépare à rentrer chez elle, elle n'était plus là. Elle avait laissé tous ses effets personnels. Mais ses parents habitent Bowersville.

Bowersville était située non de Denton, vers l'ouest, et c'était une ville absolument minuscule.

— Quand tombe son seizième anniversaire ?

Josie pointa sa date de naissance.

— Dans deux jours.

— Il est possible qu'il n'ait pas eu l'occasion de la tuer. Ou si le meurtrier est Daisy, qu'elle n'ait pas eu l'occasion de tuer Erica. Elle pourrait être encore en vie.

— Mais où ? se demanda Josie à haute voix. Les seules personnes qui pourraient nous l'apprendre sont Daisy et McMichaels. Que t'a répondu la Protection judiciaire de la jeunesse ?

— Ils proposent une entrevue demain au plus tôt. Ils font de leur mieux pour mettre ça en place.

— Alors on va voir McMichaels.

— Il a déjà une avocate, observa Noah.

— Donc on doit essayer de lui faire entendre raison. Si Erica Mullins est une de ses victimes et qu'elle est encore en vie quelque part, nous devons la trouver aussi vite que possible, sauf s'il veut avoir sur le dos une autre accusation de meurtre.

— Parlons d'abord aux parents de cette fille. Appelons-les, pour voir s'ils acceptent de nous rencontrer. On saura peut-être si Erica a été vue avec une nouvelle « amie » avant de disparaître. Peut-être une ado blonde en vêtements d'homme.

46

Les parents d'Erica Mullins consentirent volontiers à
rencontrer Josie et Noah. Bowersville ne rassemblait qu'une
poignée de maisons nichées dans une vallée entre les
montagnes. Il y avait un centre commercial et quelques églises,
mais pas de bureau de poste, pas de commissariat et pas de
pompes funèbres. Sa principale attraction était un minigolf
étonnamment fréquenté compte tenu de l'isolement de cette
localité. La demeure des Mullins était facile à trouver, seule au
bout d'une impasse entre le centre commercial et l'église
baptiste. C'était une maison de style Craftsman, à un étage, avec
un grand porche hébergeant deux rocking-chairs en bois, beaucoup de plantes en pot, et une profusion de grenouilles en
céramique.

Faith Mullins ouvrit grand la porte avant que Josie ou Noah
ait pu frapper. Elle était petite et maigre, vêtue d'un pantalon
de jogging gris, d'un t-shirt de l'université de Denton et d'un
gilet noir. Ses cheveux brun foncé étaient rassemblés en
chignon au sommet de son crâne. Son visage en forme de cœur
était pâle, avec d'épais cernes sous les yeux.

Josie fit les présentations et Faith les pria d'entrer. Le salon était lambrissé de bois patiné blanc, avec des meubles bas, couleur coquille d'œuf. Un homme en jean et polo était étendu sur le canapé. Le logo brodé sur sa poitrine était celui d'un magasin de pièces automobiles à Denton. Il bondit sur ses pieds en les voyant arriver et leur serra la main.

— Oscar Mullins, se présenta-t-il.

Faith et Oscar s'assirent sur le canapé, invitant Josie et Noah à occuper la causeuse.

— Y a-t-il du nouveau ? demanda Faith.

Le malaise s'enracina dans le ventre de Josie. Elle détestait cet aspect de son travail : réveiller l'espoir d'une famille en plein désarroi et apporter des nouvelles qui le saperaient voire l'anéantiraient entièrement.

— Nous sommes ici parce que nous avons récemment arrêté Kade McMichaels pour l'homicide de deux jeunes filles du même âge qu'Erica.

Faith et Oscar se regardèrent.

— McMichaels, dit Oscar. Ce n'est pas le psychothérapeute ?

— Je ne comprends pas, avoua Faith.

— Ces deux jeunes filles avaient été des patientes de Kade McMichaels, avant de disparaître. Elles avaient toutes les deux quinze ans. Leur disparition ressemble à celle d'Erica : c'est comme si, un matin, elles s'étaient enfuies sans rien emporter. Mais nous savons maintenant que ce n'est pas ce qui s'est passé.

— Attendez, vous pensez que son psychothérapeute l'a enlevée ? s'étonna Faith. C'est ce que vous êtes en train de dire ?

— Son ex-psychothérapeute, souligna Oscar.

— Erica a disparu de chez ma mère, à Quakertown. C'est à plusieurs heures de route. Comment a-t-il pu... Comment aurait-il... Vous pensez qu'il est allé la chercher là-bas ?

— À ce stade de l'enquête, nous n'avons aucune certitude. Nos recherches sont en cours.

Faith se couvrit la bouche avec le poing et émit un cri étranglé.

— Est-elle... est-elle morte ? Mon bébé est mort ?

Oscar battit des paupières plusieurs fois et prit l'autre main de sa femme. Il avait les articulations blanches mais, s'il la serrait trop fort, Faith ne s'en aperçut pas.

Une douleur se répandit dans la poitrine de Josie.

— Nous ne le savons pas. C'est la vérité. Nous ne sommes même pas sûrs qu'Erica ait été enlevée par Kade McMichaels. Nous savons seulement qu'elle figurait sur la liste de ses patients et qu'elle a disparu il y a trois mois.

— Alors pourquoi êtes-vous ici ? voulut savoir Faith. Vous nous faites peur.

— Je suis navrée, madame Mullins. Ce n'est pas notre intention. Nous essayons de déterminer si votre fille pourrait avoir été kidnappée par lui. Si c'est le cas, même si elle était alors à Quakertown, elle est peut-être encore en vie, mais nous devons agir au plus vite pour déterminer où il la séquestre.

— Vous ne pouvez pas simplement le lui demander ? intervint Oscar. Vous dites que vous l'avez arrêté. Demandez-lui ! La vie de notre fille est peut-être en jeu.

— Nous comptons bien l'interroger, dit Noah. Mais nous devons passer par son avocate. Il y a des aspects juridiques qui rendent les choses plus difficiles.

— Nous ferons tout notre possible pour vous ramener Erica, si McMichaels l'a enlevée, ajouta Josie.

— Comment saurez-vous si c'est lui ? Comment pourrez-vous le savoir ?

— C'est pour ça que nous sommes ici, répondit Noah. Nous devons vous poser une série de questions sur la disparition de votre fille, pour déterminer si McMichaels est impliqué ou non. Certaines pourront vous paraître étranges, mais il y a des éléments de l'enquête que nous ne pouvons pas divulguer pour le moment.

— Très bien, dit Oscar avec une pointe d'impatience dans la voix. Demandez-nous ce que vous voulez, allez-y.

— Pouvez-vous nous raconter la semaine qui a précédé le séjour d'Erica chez sa grand-mère ?

Faith et Oscar se regardèrent, comme pour décider qui se chargerait de ce récit. Faith finit par prendre la parole :

— Cette semaine a été normale. Erica est allée au lycée...

— Elle a raté son devoir de SVT.

Faith eut un léger sourire qui s'évanouit aussitôt.

— Oui, un fiasco complet. Nous... nous l'avons punie.

— Alors, poursuivit Oscar en levant les yeux au ciel, elle nous a fait tout un cinéma, elle a pleuré, nous a expliqué que sa vie était finie parce que nous lui avions confisqué son téléphone pour quelques heures.

Faith se hérissa.

— Tu penses toujours qu'elle fait du cinéma. Elle a quinze ans ! Tout prend des proportions énormes, à quinze ans !

Oscar s'empourpra de colère. Une veine palpitait sur sa tempe.

— Elle pleure pour tout et n'importe quoi, Faith ! Il faut qu'elle grandisse.

— Non, c'est toi qui dois avoir plus d'empathie. Pas étonnant qu'elle souffre d'anxiété ! C'est à cause de toi ! Sans toi, elle n'aurait pas eu besoin d'aller voir cet imbécile de psychothérapeute, pour commencer ! Tu es content de toi, maintenant ?

Il bondit, le visage grimaçant.

— C'est ma faute ? C'est ma faute si un dingue l'a enlevée ? L'anxiété ! Encore des conneries que vous lui avez mises dans la tête, toi et le lycée. Ça n'a rien à voir avec moi. Je ne voulais même pas qu'elle y aille !

Noah se leva et posa une main sur le dos d'Oscar.

— Monsieur Mullins. Calmez-vous, je vous en prie. Il est essentiel que nous obtenions le maximum d'informations pour aider Erica. Et si nous sortions respirer quelques minutes ?

Oscar jeta un coup d'œil vers sa femme et, sans un mot, laissa Noah le guider vers l'extérieur.

Seule avec Josie, Faith ferma les yeux mais les larmes jaillirent de sous ses paupières et ruisselèrent malgré tout sur ses joues. Cherchant autour d'elle, Josie trouva une boîte de mouchoirs sur une des tables basses. Elle vit une photo d'Erica, un club de golf à la main, avec un des trous du minigolf à l'arrière-plan. La fossette de sa joue droite était désarmante. Elle paraissait avoir moins de quinze ans, et il émanait d'elle une douceur dont étaient dépourvus beaucoup d'adolescents. Josie prit un mouchoir et s'assit à côté de Faith sur le canapé.

— Tenez.

Faith rouvrit les yeux et essuya la morve qui lui coulait du nez.

— Je suis désolée, croassa-t-elle. Vraiment désolée. Je ne voulais pas en arriver là. Vous n'imaginez pas ce que nous vivons. J'ai envie de hurler, de m'arracher les cheveux. Il a cru qu'elle avait fugué. Il imagine toujours qu'elle est capable du pire, mais Erica est une bonne petite. Elle ne ferait pas ça. Quelqu'un l'a enlevée, je le sais. Que ce soit McMichaels ou un autre monstre...

— Pourquoi votre mari n'a-t-il pas la même perception que vous d'Erica ?

— Parce que... elle traverse une période difficile depuis qu'elle est au lycée. Ses notes ont dégringolé. J'ai appris qu'elle était harcelée. Elle était déprimée, angoissée. Même les profs l'avaient remarqué. Mais mon mari se fiche de la santé mentale, il pense qu'elle doit juste « faire un effort » et « travailler plus ». Il y a eu beaucoup de disputes, et je pense que ça n'a pu qu'aggraver la situation pour elle. Il pense qu'elle se prétend angoissée pour ne pas étudier. J'ai essayé de lui expliquer qu'il y avait beaucoup de facteurs en jeu, mais il répond que tous les jeunes sont paresseux et qu'ils essaient d'exploiter les adultes ; ceux qui ont l'air d'aller mal font juste semblant. Tous les ados font du cinéma, selon lui. En tout cas, il était convaincu qu'elle s'était enfuie et qu'elle reviendrait quand elle comprendrait à quel point c'est dur de se débrouiller seule, surtout là où vit ma mère. Elle ne connaît personne là-bas. Mais à présent...

— La police de Quakertown a-t-elle envoyé quelqu'un ici pour interroger toutes ses amies ?

— Oui, mais elles n'ont pas pu aider. Personne ne sait rien.

— Y avait-il quelqu'un à qui Erica parlait ou qu'elle fréquentait, et que vous n'aviez jamais rencontré ? Une nouvelle connaissance ?

Faith haussa les épaules.

— Pas vraiment. Deux ou trois fois, en allant la chercher au minigolf – c'est tout ce qu'il y a à faire dans ce patelin paumé –, je l'ai vue parler à une blonde de son âge, mais, quand je lui ai demandé qui c'était, elle a répondu qu'elle n'habitait pas ici.

Le cœur de Josie accéléra tout à coup. Elle prit son téléphone et afficha la photo de Daisy.

— C'est elle ?

Faith examina l'image.

— Oui, c'est elle. Comment avez-vous... Qu'est-ce qui se passe ? McMichaels l'a kidnappée aussi ?

— Nous ne savons pas exactement, mais elle a été vue parlant aux autres victimes avant qu'elles disparaissent.

— Qui est-ce ? Est-elle... est-elle morte, elle aussi ?

— Elle est entre les mains de la Protection judiciaire de la jeunesse. Nous ignorons son identité, car elle refuse de parler, mais nous avons des preuves concrètes qui l'associent à Kade McMichaels. Erica a-t-elle dit d'où venait cette fille ?

— Non. Simplement qu'elle n'habitait pas ici. Mais attendez, je ne comprends pas. Elle sait quelque chose et elle refuse de parler ?

— Jusqu'ici, nous ne savions pas qu'elle connaissait Erica. Le lieutenant Fraley a réclamé à la PJJ une entrevue avec elle, pour que nous puissions tenter d'obtenir des renseignements. Nous espérons lui parler demain.

Faith enfonça ses doigts dans l'avant-bras de Josie.

— Quand vous la verrez, dites-lui que la mère d'Erica veut qu'on lui rende sa fille. J'ai besoin que mon bébé rentre à la maison.

47

Le lendemain matin, l'équipe se réunit dans la grande salle. Le chef rôdait autour d'eux. Josie avait déjà contacté Hummel pour voir s'il avait pu tirer quelque chose du téléphone de Daisy. Son cœur s'était soulevé lorsqu'il avait dit qu'il avait réussi à l'allumer, puis était retombé quand il avait ajouté que le Graykey ne lui avait pas permis de contourner le mot de passe. Il avait promis de continuer à y travailler.

Noah présenta une photo à Gretchen et Mettner.

— Voici Erica Mullins, une ancienne patiente de Kade McMichaels. Elle a quinze ans, comme les autres, et elle en aura seize demain. Elle a disparu il y a trois mois. Nous pensons qu'elle a été en contact avec Daisy avant sa disparition, précisa-t-il après avoir résumé tout ce qu'ils avaient appris sur son cas.

— Nous devons la trouver, dit Josie. Le plus vite possible. Nous attendons les données GPS de la Rogue 2018 de McMichaels pour voir si cela peut nous indiquer où il a enfermé les filles : de toute évidence, ce n'est pas chez lui, sinon leurs empreintes et leur ADN seraient partout. Personne ne nettoie aussi bien.

— Nous n'avons peut-être pas le temps d'attendre les données GPS, observa Gretchen.

— On est d'accord, approuva Noah.

— Cela ne nous laisse que deux options, déduisit Mettner. Obtenir l'information de Daisy, ou de McMichaels en personne. Après tout, Daisy pourrait être la tueuse. Nous ne pouvons pas prouver lequel des deux a commis les meurtres. Les preuves sont trop circonstancielles. Il nous en faut plus.

Noah sourit.

— Voilà pourquoi j'ai obtenu une entrevue avec Daisy, en précisant au représentant de la PJJ que nous envisagions de l'accuser de meurtre. Ils lui ont trouvé une avocate, qui viendra aujourd'hui avec elle. Ils devraient être ici dans moins d'une demi-heure, annonça-t-il en pivotant sur sa chaise pour consulter l'horloge murale.

— Et j'ai laissé un message pour l'avocate de Kade McMichaels, mais je n'en espère pas grand-chose, ajouta Josie.

Gretchen soupira.

— Oui, je vois mal son avocate l'obliger à parler à la police, au point où on en est. À moins d'obtenir l'indulgence du procureur en contrepartie, s'il nous révèle où trouver Erica.

— Aucune indulgence, s'exclama le chef. Quinn tirera de Daisy ce dont elle a besoin.

Josie le regarda. Daisy s'était montrée plus réticente, plus impénétrable que tous les suspects qu'elle avait pu interroger au cours de sa carrière, et elle avait un jour tenté de soutirer des informations à une fille qui ne parlait pas du tout. Elle n'était pas sûre d'obtenir quoi que ce soit de Daisy, mais elle savait qu'elle devait essayer.

La vie d'Erica Mullins en dépendait peut-être.

Une heure plus tard, Daisy était de retour dans la salle d'interrogatoire. Cette fois, elle portait un jean et un t-shirt jaune uni qui semblaient plus à sa taille, et elle était escortée par deux femmes d'une quarantaine d'années. L'une se présenta comme l'assistante sociale affectée à Daisy, l'autre comme son avocate. Une bouteille d'eau était posée sur la table. La jeune fille avait les mains croisées sur ses genoux et regardait droit devant elle. Josie opta cette fois encore pour le siège situé à côté de Daisy. Celle-ci recula moins vite et moins loin que l'autre jour, comme si elle était prête à céder un peu de son espace personnel à Josie, qui voulut y voir un signe de confiance.

Une fois Josie assise, Daisy se tourna vers elle.

— Si je vous dis des trucs, je pourrai partir ?

Josie croisa le regard de l'avocate et de l'assistante sociale. L'avocate prit la parole :

— J'ai tenté d'expliquer la situation à mademoiselle... à Daisy, mais je ne suis pas sûre qu'elle comprenne ce qui se passe.

L'assistante sociale acquiesça. Josie sourit.

— J'aimerais que ce soit aussi facile, Daisy, mais ça dépend vraiment de ce que nous allons apprendre aujourd'hui. D'abord, je dois te parler de tes droits, d'accord ?

Daisy ne broncha pas. Lentement, Josie lui exposa ses droits. Lorsqu'elle lui demanda si elle avait compris, Daisy répondit que oui.

— OK. Maintenant, parlons d'autre chose. Pour le moment, tu es en détention parce que tu m'as attaquée, au centre commercial. Tu as tenté de t'enfuir, et tu m'as poussée. Puis tu m'as agressée, aux toilettes.

Daisy ne dit rien. Son regard fixe était déconcertant et, pour la première fois depuis qu'elle avait rencontré cette fille, Josie trouva quelque chose de vaguement familier dans ses yeux écarquillés, mais sans pouvoir deviner quoi.

— Je suis prête à renoncer à ces accusations, mais il risque d'y en avoir d'autres, beaucoup plus graves.

— Comme quoi ?

— Meurtre.

— Meurtre de qui ?

— Gemma Farmer et Sabrina Beck.

Daisy secoua violemment la tête, une rougeur s'emparant de ses joues pâles.

— Non, non. Je ne leur ai pas fait de mal. Elles étaient mes amies.

— Gemma et Sabrina étaient tes amies ?

— Oui, on bavardait ensemble. On se racontait des trucs de filles. Elles étaient sympas avec moi.

— Sais-tu ce qui leur est arrivé ?

Daisy baissa les yeux.

— Je sais qu'elles sont mortes parce que je ne les vois plus.

— Tu ne les vois plus où ? s'enquit Josie.

La voix de Daisy devint très faible.

— À l'endroit où j'étais censée les emmener.

— Où était-ce, Daisy ?

Elle hésita avant de répondre.

— Au feu de camp, dans la forêt. On faisait du feu, on mangeait des frites et on... on buvait de l'alcool, des trucs comme ça. J'étais censée leur donner de l'alcool et les pilules roses. Pour qu'elles s'endorment.

— Tu étais censée faire ça ?

— Oui.

— Qui te l'avait ordonné, Daisy ?

— Je ne sais pas comment il s'appelle. Je sais qu'il dirige tout, mais je ne connais pas son nom.

Josie sortit son téléphone et afficha la photo de Kade McMichaels.

— C'est lui ?

Daisy regarda longuement l'image, sans répondre. L'écran s'éteignit.

— Nous savons que tu conduisais sa voiture, c'est toi qui l'as repeinte en noir ?

Elle fit signe que non.

— Nous savons aussi que tu as vécu un certain temps chez lui. Tu conduisais son véhicule, tu dormais chez lui, mais tu ne savais pas comment il s'appelle ?

Daisy resta silencieuse et immobile, les yeux sur l'écran noir du téléphone.

Josie attendit une longue minute, mais Daisy n'ajouta pas un mot.

— Daisy, qui t'a demandé d'acheter une robe de bal pour Gemma Farmer ?

Rien.

Josie saisit son mot de passe sur son portable pour faire réapparaître la photo de McMichaels.

— C'était cet homme ?

Pas de réponse.

Josie afficha les photos de Sabrina et de Gemma, allant et venant entre les deux pour les montrer à Daisy.

— As-tu tué ces filles ?

— Non, dit-elle de sa petite voix.

— As-tu aidé Gemma à s'habiller pour le bal ?

— Non.

— L'as-tu conduite au lycée de Denton East ?

— Non.

— L'as-tu poignardée ?

— Non.

— Et Sabrina Beck ? Tu l'as ramenée chez elle ?

— De son travail. Je la ramenais de son travail.

— Mais la nuit du 20 mai, tu l'as reconduite jusqu'au mobile home de sa mère et tu l'as poignardée dans son lit ?

— Non, non. Je ne ferais jamais ça. Je vous ai dit, je ne leur aurais pas fait de mal. C'étaient mes amies.

Josie revint à la photo de McMichaels.

— C'est lui qui les a poignardées ?

— Je ne sais pas.

Josie afficha ensuite une photo d'Erica Mullins.

— Tu l'as emmenée à « l'endroit », au feu de camp ?

— Erica, oui. Elle voulait y aller, alors je l'ai emmenée.

— Que s'est-il passé là-bas ?

— Elle a bu. Beaucoup bu. Et elle a pris les pilules. Elle ne s'est pas réveillée.

Josie croisa le regard de l'avocate avant de se tourner de nouveau vers Daisy.

— Elle est morte ? Au feu de camp ?

— Je ne crois pas. Je ne sais pas. Je l'ai laissée là comme j'étais censée faire.

— Qui t'a dit de la laisser là ?

Pas de réponse.

Josie désigna le visage souriant d'Erica.

— Où est-elle, Daisy ? Où est-elle maintenant ?

— Je ne sais pas.

— Daisy, c'est très important. Erica aussi était ton amie ?

— Oui.

— Erica est peut-être en danger. En très grave danger. Elle risque de mourir, Daisy, si on ne la retrouve pas. Si tu es son amie, si tu es une vraie amie, tu nous aideras à la retrouver. Tu peux faire ça pour moi ?

Pour la toute première fois, des larmes brillèrent dans les yeux de Daisy.

— J'ai envie de le faire, lâcha-t-elle. Vraiment. Mais je ne peux pas.

— Pourquoi ? Pourquoi est-ce que tu ne peux pas me dire où trouver Erica ?

— Parce que j'ai promis et que je dois tenir mes promesses.

— Même si ça signifie que ton amie risque de mourir ? Qui t'a fait promettre une chose pareille ?

Une larme roula sur la joue de Daisy.

— Je ne veux plus parler.

Josie tapota l'écran de son téléphone, qui montrait toujours la photo d'Erica, pour qu'il reste allumé.

— Daisy, je sais que c'est dur. Je pense que tu as eu une vie très difficile. Je soupçonne que les adultes avec qui tu as toujours vécu t'ont fait croire des choses qui ne sont tout simplement pas vraies. Sauver la vie d'une amie, comme Erica, c'est plus important que toutes les promesses, tu ne crois pas ?

Nouveau silence. Chaque fois que l'écran du portable s'assombrissait, Josie tapotait dessus, pour que le visage d'Erica reste apparent durant leur conversation.

— Et le mot de passe de ton téléphone ? Tu peux nous le révéler ?

Sans croiser le regard de Josie, Daisy marmonna cinq chiffres. Josie savait que son équipe les regardait depuis la pièce voisine, et que quelqu'un était déjà en train de communiquer ce mot de passe à Hummel.

— Merci, dit Josie. Ce n'était pas si dur, tu vois ? Peux-tu me dire où trouver Erica ?

Josie toucha de nouveau l'écran de son portable. Finalement, Daisy demanda :

— Qu'est-ce qui va m'arriver si je ne peux pas partir d'ici ?

Josie se tourna vers l'assistante sociale.

— C'est la Protection judiciaire de la jeunesse qui décidera. Tu devras rester un moment avec eux. Si tu es jugée coupable des crimes dont tu seras accusée, tu iras en prison. Je regrette. Si tu nous aides à trouver Erica, il y a une chance qu'on puisse t'éviter l'incarcération. Si tu nous aides à la trouver, je ferai tout mon possible pour t'éviter ça.

Le regard de Daisy passa de l'assistante sociale à la photo d'Erica, puis à Josie, puis au miroir sans tain sur l'un des murs de la pièce.

— Je veux m'en aller.

— Je suis désolée, ce n'est pas si simple, dit doucement Josie. Mais aide-nous à trouver Erica et je verrai ce que je peux faire.

Nouveau silence.

— As-tu peur de quelqu'un, Daisy ?

Aucune réponse. Josie revint à la photo de McMichaels.

— As-tu peur de lui ?

Toujours pas de réponse.

— Il est en prison, maintenant, Daisy. Il ne peut plus te faire de mal, ni à personne d'autre.

La jeune fille ne réagissait pas.

— Y a-t-il autre chose dont tu as peur ?

Le visage de Daisy commençait à se fermer, ses yeux se vidaient de toute vie, ses traits se détendaient.

Changeant de stratégie, Josie demanda :

— Quel est ton nom de famille, Daisy ?

— Je ne sais pas.

— Où sont tes parents ?

— Je n'ai pas de parents.

Par-dessus l'épaule de Daisy, Josie vit l'assistante sociale ouvrir de grands yeux, le stylo suspendu au-dessus de son carnet.

— Qui t'a donné ton téléphone ?

Pas de réponse.

— OK, dit Josie en souriant de nouveau, avant d'afficher la photo de la maison de McMichaels. Autre chose : peux-tu me dire où tu étais avant de vivre là-bas ? Nous savons que tu y as vécu parce que nous avons trouvé tes empreintes et certaines de tes affaires dans cette maison.

— Ailleurs, dit Daisy, comme si cela expliquait tout.

— Où ça ?

Pas de réponse.

— Tu peux nous y conduire ?

Elle secoua la tête.

— Y a-t-il d'autres personnes là-bas ?

Aucune réaction.

— Quel âge as-tu, Daisy ?

Un haussement d'épaules.

— Je ne sais pas.

Josie reprit la photo de Kade McMichaels.

— Cet homme t'a-t-il parfois touchée, ou a-t-il essayé de te toucher ?

Là encore, elle secoua la tête.

— Je pense... je pense qu'il en a peut-être eu envie, mais il ne l'a jamais fait.

48

Le chef, Noah, Gretchen et Mettner étaient entassés dans la salle adjacente, autour de l'écran de télévision. Quand Josie entra, ils se tournèrent tous vers elle. À l'image, l'avocate et l'assistante sociale rangeaient leurs affaires et incitaient Daisy à sortir. Josie se sentait éreintée, comme si elle venait d'émerger d'un marécage bourbeux où elle avait passé la matinée à nager pour sauver sa peau. Non, pas sa peau, mais celle d'Erica Mullins. Jamais elle ne s'était à ce point sentie à deux doigts de pleurer sur son lieu de travail.

— Désolée, chef, dit-elle.

Il déglutit.

— Vous trouverez un autre moyen, Quinn. J'en suis convaincu.

Josie regarda Noah avec espoir.

— Hummel a pu tirer quelque chose du téléphone ?

— Pas encore. Mais je lui ai transmis le mot de passe.

Le silence dans la pièce se fissura quand chacun se mit à remuer, mal à l'aise. Quand un portable se mit à gazouiller, tous fouillèrent leurs poches.

— C'est moi, dit Noah, brandissant son appareil.

Il répondit. Les autres ne purent entendre son interlocuteur mais, après de nombreux remerciements, Noah conclut :

— Nous serons prêts.

Il raccrocha.

— Une nouvelle chance s'offre peut-être à nous. C'était l'avocate de Kade McMichaels. Elle arrive, car il veut nous parler. Je vais l'envoyer chercher dans sa cellule.

— Il veut nous parler ? s'étonna Mettner.

— Et son avocate est d'accord ? renchérit Gretchen.

— Vous vous sentez prête pour un nouveau round, Quinn ?

— Si ça ne vous dérange pas, chef, je préférerais céder la place à quelqu'un d'autre. Peut-être Gretchen. C'est la plus expérimentée.

Le chef se tourna vers Gretchen.

— Palmer, vous vous sentez à la hauteur ?

— Bien sûr.

— Allez-y ensemble, alors. Palmer mènera la discussion.

Vingt minutes plus tard, Josie et Gretchen étaient assises face à Kade McMichaels et à son avocate, dans la pièce où Josie venait d'interroger Daisy. Plus jeune que son client, l'avocate avait une trentaine d'années, portait un tailleur parfaitement coupé, et ses longs cheveux noirs avaient été impitoyablement lissés. Ses traits étaient sévères et, à en juger d'après l'austérité de son sourire de pure forme, Josie se figura qu'elle serait une interlocutrice féroce. Elle ouvrit l'entrevue par ces mots :

— Inspectrices, dans un esprit de coopération, et parce que nous pensons que vous vous trompez de suspect et que vous devriez plutôt consacrer vos efforts à chercher le vrai meurtrier, mon client aimerait faire quelques déclarations sur un certain nombre de points.

— Pourrons-nous également lui poser des questions ? demanda Gretchen.

— Autant que vous voudrez, dit froidement l'avocate. J'indiquerai à mon client quelles sont les questions auxquelles il est judicieux qu'il réponde.

— S'il est innocent, ne serait-il pas judicieux qu'il réponde à toutes nos questions ?

L'avocate l'ignora et adressa un hochement de tête à McMichaels, qui posa ses mains sur la table et regarda Gretchen.

— Il y a environ un an, j'ai rencontré une jeune femme à la bibliothèque municipale. Elle m'a dit qu'elle s'appelait Daisy. Elle semblait sans domicile fixe. Je... me suis lié d'amitié avec elle. Je lui ai proposé d'habiter chez moi, et je lui ai laissé l'usage de mon véhicule.

Ce discours avait été répété, et c'était l'avocate qui parlait par sa bouche.

— Daisy vous a-t-elle indiqué son âge ? s'enquit Gretchen.

Il fit signe que non.

— Quel âge pensiez-vous qu'elle avait ?

— Je ne...

— Ça n'a aucune importance, le coupa l'avocate. M. McMichaels a tenté d'aider une jeune femme manifestement en difficulté. Elle avait besoin d'un abri, de nourriture et d'un moyen de transport, il les lui a fournis.

— Je pensais qu'aider les jeunes qui ne pouvaient pas s'aider eux-mêmes vous faisait perdre votre temps ? attaqua Josie.

Tous les yeux se dirigèrent vers elle, mais elle continua de fixer McMichaels. Il battit des paupières à toute allure, six fois de suite.

— Elle avait besoin d'aide. Elle a sollicité mon aide.

— Vous lui avez confié un véhicule qu'il était illégal de conduire. Elle n'a pas le permis. Vous croyez que c'était une décision responsable ?

— Je n'ai pas réfléchi... Enfin, elle a promis d'être prudente. Elle disait qu'elle cherchait un emploi au centre commercial et qu'elle ne ferait qu'y aller et en revenir.

— Lui avez-vous donné un téléphone ?

— Quoi ? Non. Elle en avait un quand je l'ai rencontrée. Elle a dit qu'il était prépayé, qu'elle l'avait acheté dans un supermarché.

— Qui a repeint votre voiture ? demanda Gretchen.

— Elle. Je ne sais pas pourquoi. Un jour, quand elle est revenue, la carrosserie était noire. Ça m'a contrarié, bien sûr, mais que pouvais-je y faire ? L'essentiel était qu'elle retrouve une vie paisible.

— Vous êtes travailleur social, remarqua Josie. Vous rencontrez une jeune femme sans domicile, et au lieu de l'orienter vers les services compétents, vous la recueillez, vous la nourrissez. Puis vous lui donnez un véhicule qui n'a rien à faire sur les routes. Elle porte même vos vêtements, n'est-ce pas ?

Il baissa la tête. Josie poursuivit :

— Quand je vous ai montré sa photo, dans votre bureau, vous avez nié la connaître.

— J'avais peur de ce que vous alliez penser...

— Avez-vous eu des relations sexuelles avec elle ? s'enquit Gretchen.

Il eut un mouvement de recul et retroussa les lèvres.

— Mon Dieu, non.

— Alors pourquoi redoutiez-vous notre opinion ?

Il plaqua le menton contre sa poitrine et soupira.

— Allons, inspectrices. J'ai cinquante-six ans. Daisy ne m'a jamais avoué son âge, mais elle est très jeune, ça se voit. De quoi cela aurait-il eu l'air ?

— Vous voulez dire que si un quinquagénaire héberge une femme plus jeune, on pensera aussitôt qu'il se trame quelque chose de répréhensible ? Vous nous cachez quelque chose ?

— Kade, intervint son avocate, visiblement pour le mettre en garde.

Il soupira de nouveau.

— Pas n'importe quel quinquagénaire. J'ai... un passé.

— Quel genre de passé ?

— Quand j'ai terminé mes études, alors que j'habitais Lochfield, près de Pittsburgh, j'ai travaillé dans une structure qui proposait à peu près le même genre de services que ce que je fais ici, comme psychothérapeute auprès d'ados luttant contre la dépression, l'anxiété, les problèmes sociaux, les difficultés familiales, la consommation d'alcool et de drogue, tout ça. J'ai arrêté parce que plusieurs filles, plusieurs patientes, s'étaient méprises sur mes intentions.

On aurait dit que tout le sang de Kade McMichaels avait afflué dans son visage.

— Qu'est-ce que cela signifie ? Elles se sont « méprises sur vos intentions » ? Dans quel sens ?

— Peu importe, trancha l'avocate. Il y a eu une enquête interne, mais ces allégations ont été jugées sans fondement. Mon client a démissionné pour passer à autre chose. Aucune plainte n'a été déposée contre lui. La police ne s'en est jamais mêlée.

— Cela me paraît pertinent pour l'enquête, puisque deux de ses patientes ont été assassinées au cours des deux dernières semaines et qu'une autre est portée disparue.

— L'inspectrice Quinn a raison, confirma Gretchen. C'est pertinent parce que nous avons trouvé ses empreintes avec celles des deux victimes sur des bouteilles d'alcool près d'un foyer allumé sur sa propriété. Sans parler de la boîte à outils découverte dans son garage, sur laquelle on a aussi retrouvé ses empreintes, et qui contient des échantillons de cheveux que nous sommes en train d'associer à Gemma Farmer et Sabrina Beck.

McMichaels consulta du regard son avocate, mais elle n'eut pas le temps de guider sa réponse. Il se tourna vers les inspectrices et bredouilla soudain :

— Mes empreintes sont sur cette boîte parce que c'est ma boîte à outils mais, je vous le jure, je n'y ai jamais mis que des outils ! Je ne sais pas d'où viennent ces cheveux. C'est peut-être Daisy qui les a mis dedans. C'est peut-être elle qui est derrière tout ça. Je n'ai pas tué ces filles. Je ne les ai vues ni l'une ni l'autre depuis la dernière fois qu'elles sont venues dans mon bureau, en thérapie… Et qui d'autre a disparu ? Vous ne m'avez jamais parlé d'une troisième patiente. Mais ça ne change rien, puisque je vous dis que je n'ai rien fait de mal. L'endroit pour allumer des feux de camp, au fond de ma propriété ? Je ne m'en suis plus approché depuis des années. Je n'y vais pas. Si des jeunes y sont allés pour boire de l'alcool, je n'étais pas au courant. C'est Daisy. Elle a pris l'alcool dans la maison. Voilà comment il est arrivé là-bas. C'est forcément elle. Elle veut me faire porter le chapeau. Elle est bizarre. Cette fille a quelque chose d'anormal.

— Si elle avait quelque chose d'anormal, pourquoi l'avoir accueillie chez vous ? Pourquoi lui avoir fourni un véhicule ? insista Josie.

Il se prit la tête entre les mains.

— Je ne sais pas, d'accord ? Je ne sais pas. Elle me plaisait. Elles… Parfois, elles me plaisent, mais jamais je n'aurais, jamais…

— Kade, arrêtez, dit l'avocate en lui attrapant fermement l'épaule.

— Qu'est-ce que Daisy vous a dit d'elle ? voulut savoir Gretchen.

Josie sentit qu'elle changeait de sujet avant que l'avocate ne mette fin à l'entrevue purement et simplement.

McMichaels inspira et expira plusieurs fois avant de reposer ses mains sur la table.

— Elle m'a raconté qu'elle avait eu une mère, mais que, tout récemment, sa mère l'avait forcée à s'en aller. Elle essayait de trouver sa voie.

— L'avez-vous questionnée au sujet de sa mère ? Avez-vous cherché à connaître son nom, où elle habite, ses coordonnées ?

— Bien sûr que oui. Elle a refusé de m'en parler. Elle ne m'a rien dévoilé, ni son âge, ni sa date de naissance, ni même son nom de famille. Elle affirmait ne rien savoir de tout cela, mais je pense qu'elle mentait. C'était une sorte de réponse traumatique, probablement. Je pensais que si je m'attirais sa confiance, elle s'ouvrirait à moi, et que nous pourrions régler ses problèmes.

— Elle est chez vous depuis un an ? demanda Josie. Vous gagnez votre vie en tant que psychothérapeute, et vous n'avez rien pu tirer d'elle en un an ?

Il contempla ses mains.

— Non, rien, et elle a fait des allées et venues, elle n'a pas été là toute l'année. Elle disparaissait pendant de longues périodes. Je m'attendais à ce que la police m'appelle un jour pour me dire que ma voiture avait été retrouvée abandonnée quelque part, je pensais ne plus jamais revoir Daisy, mais elle revenait toujours. Maintenant, je sais qu'elle cherchait à me faire accuser. Vous devez me croire. Je n'ai pas commis les choses dont vous m'accusez.

— Les indices montrent le contraire, affirma Gretchen.

Il frappa des deux paumes sur la table.

— Les indices se trompent ! C'est Daisy qui a fait ça, et elle a semé ces faux indices pour que j'aie l'air coupable.

— Pourquoi ? s'enquit Josie.

Il se figea.

— Pardon ?

Josie se pencha en avant.

— Pourquoi ? Si ce que vous dites est vrai, pourquoi Daisy vous ferait-elle accuser de deux meurtres ? Alors que vous l'avez recueillie, nourrie, vêtue, que vous lui fournissez un véhicule depuis un an, pourquoi déposerait-elle chez vous des preuves vous faisant paraître coupable de plusieurs meurtres ?

Il resta bouche bée. Gretchen et Josie laissèrent s'étirer ce moment, attendant qu'il comble le silence. Finalement, l'avocate dit :

— La raison n'a pas d'importance. M. McMichaels n'a pas à faire votre travail à votre place. Il ne peut vous dire que ce qu'il sait. Il n'a pas tué ces jeunes filles et il n'a jamais vu les cheveux qui ont été placés dans sa boîte à outils. Il n'a jamais consommé d'alcool avec des mineures à l'arrière de sa propriété. Il a peut-être commis une erreur de jugement, mais il n'est pas coupable des homicides de Gemma Farmer et de Sabrina Beck.

Sans perdre une seconde, Gretchen sortit son téléphone, chercha la photo d'Erica Mullins et fit glisser l'appareil sur la table.

— OK, parlons alors de l'enlèvement de cette jeune fille, qui était également une de vos patientes.

Il contempla l'image.

— Je n'ai enlevé personne.

— Vous vous souvenez d'elle ?

— Je... je me souviens de son visage, oui. Comment s'appelle-t-elle ?

— Erica Mullins, répondit Josie. Elle a été kidnappée il y a trois mois, mais elle n'a été votre patiente que pendant quelques mois l'an dernier.

— Je ne me rappelle pas... Je ne l'ai pas enlevée. Je sais que vous êtes confrontées à un problème – des jeunes filles qui disparaissent et qu'on retrouve mortes –, mais je vous le jure, je n'ai fait de mal à personne. J'en serais incapable. Je vous le jure.

Gretchen tapota le visage d'Erica avec son index.

— Dites-nous où elle est et nous pourrons discuter. Nous vous éviterons peut-être la peine capitale. Je peux parler au procureur. Si vous nous aidez à trouver Erica avant qu'elle meure, je suis sûre qu'il sera prêt à négocier un accord.

Kade ouvrit la bouche, mais son avocate le devança.

— Mon client vous a déjà révélé tout ce qu'il sait. Cet entretien est terminé.

Josie se leva et se pencha par-dessus la table, son visage à quelques centimètres de celui de McMichaels.

— Vous voulez nous aider ? Vous voulez éviter les pertes de temps ? Aidez cette fille. Sauvez-la. Dites-nous où elle est avant qu'il soit trop tard.

L'avocate se leva, elle aussi.

— Je le répète, cet entretien est terminé.

Josie ne tint aucun compte de ses propos.

— Pour le moment, vous êtes accusé de deux meurtres, avec préméditation. De deux assassinats, donc. Ça fera deux condamnations à perpétuité, si vous avez de la chance. Mais il y avait sept cases dans la boîte qu'on a trouvée dans votre garage. Il viendra peut-être un jour où vous serez poursuivi par la police des secteurs dans lesquelles les autres filles ont été tuées. Ça fera quatre accusations de plus, et ils n'auront peut-être aucune raison de vouloir vous épargner la peine capitale. Mais nous pouvons leur parler. Leur faire savoir que vous avez coopéré, que vous nous avez révélé où trouver Erica Mullins, que vous lui avez sauvé la vie.

Là encore, il voulut parler, mais son avocate l'en empêcha d'une main sur son épaule. Elle avait le visage écarlate de colère.

— Cet entretien est terminé, et ne vous attendez à aucune autre occasion de parler à mon client. Je le défendrai bec et ongles contre toutes les accusations. Je vous suggère plutôt de trouver le véritable meurtrier. Que vous soyez disposées à l'entendre ou non, il est innocent. Quand cette fille, Erica Mullins, sera retrouvée morte alors que mon client est en détention, ne soyez pas surprises. Bonne chance pour expliquer aux parents de Mlle Mullins que leur fille a été tuée parce que vous portiez des œillères.

49

— Elle a raison.

Josie se tenait dans la grande salle, face aux membres de son équipe assis à leurs bureaux, plus le chef debout à côté de Gretchen.

Noah, qui tapotait sur son clavier, leva les yeux.

— De quoi parles-tu ?

— L'avocate de McMichaels. Elle a raison. Nous portons des œillères. Je ne suis plus du tout sûre qu'il ait tué ces filles ou qu'il ait kidnappé Erica Mullins. Je crois qu'il n'a aucune d'idée d'où se trouve cette fille.

— Mais... les indices ? protesta Mettner. On a suivi les indices, qui nous ont menés à lui.

Gretchen soupira.

— La patronne a raison. Oui, il y a des indices, et oui, ils sont liés à lui, mais il n'y a rien d'irréfutable.

— Ce sont des preuves circonstancielles. Beaucoup de cas sont jugés sur la base de preuves circonstancielles.

— Mas nous ne pouvons pas associer McMichaels à ces filles, en dehors du fait qu'il était leur psychothérapeute.

— Et par l'intermédiaire de Daisy, précisa Mettner. Daisy

habitait chez lui ! Il lui a donné la voiture. Elle allait chercher les filles et les emmenait à l'arrière de sa propriété, pour leur donner de l'alcool et du Benadryl !

— C'est l'impression que nous avons, dit Josie. Mais si c'est ainsi que les choses se sont passées, nous ne pouvons rien prouver quant à la suite.

— Voilà pourquoi il s'est servi de cette fille, répliqua Mettner. Exactement pour cette raison. Ça brouille tout. Ça donne même l'impression que Daisy est la tueuse.

— Elle pourrait l'être, acquiesça Noah, les yeux toujours sur son écran tandis que Josie se demandait ce qu'il cherchait. Mais alors comment choisit-elle les victimes ? Ça ne peut pas être un hasard si elles étaient toutes des patientes de McMichaels.

— Si Daisy est derrière tout ça, ça n'explique pas les meurtres qui ont eu lieu il y a vingt-cinq ans, souligna Gretchen.

— C'est peut-être ce qui excite ce type, dit Noah. Créer une meurtrière. Il trouve une jeune femme et la persuade de tuer pour lui.

— Je ne crois pas que Daisy soit une assassine, déclara Josie en s'asseyant à son bureau.

Le chef prit finalement la parole.

— Alors qui, Quinn ? Sinon Daisy et McMichaels ?

— Il n'y a qu'une autre personne qui soit suffisamment liée aux cas anciens et aux cas actuels : Travis Benning. Il était le coéquipier de votre père. Il avait accès à Kelsey et à Priscilla Cruz, en supposant qu'elle soit la troisième victime, et il avait suffisamment accès à l'enquête et aux dossiers de la police pour masquer tout ce qu'il fallait masquer. Il avait aussi été en contact avec au moins deux des trois filles de nos affaires, pour les orienter vers des spécialistes de RedLo. McMichaels pense que Daisy veut lui faire porter le chapeau, mais elle ne peut en aucun cas être derrière le meurtre de Kelsey. Elle n'était même pas née. Cependant, elle était dans une position parfaite pour faire accuser McMichaels – peut-être sur les instructions de quelqu'un d'autre. Comme Benning.

— On a enquêté sur lui, objecta Mettner. On n'a trouvé aucune preuve qu'il soit impliqué. Il a des alibis crédibles pour les soirs des meurtres. Il habite un appartement au premier étage d'un complexe de trente logements aux murs fins comme du papier à cigarette, vous l'avez visité. Vous avez dit qu'il n'y avait rien là-bas. Personne. Il ne possède aucune autre propriété. Personne ne l'a accusé. Nous n'avons trouvé aucun indice le concernant. C'est vous qui dites toujours qu'on doit se fier aux preuves, patronne. Il n'y a pas de preuves contre Benning.

Noah frappa des mains, tout à coup, attirant l'attention de tous.

— Oui ! s'exclama-t-il. Écoutez ça. Kade dit avoir dû démissionner , quand il travaillait à Lochfield, il y a des années, à cause d'accusations lancées contre lui, vous vous souvenez ? Eh bien, devinez avec qui d'autre il travaillait à la même époque ?

— Travis Benning, répondit Josie.

Noah hocha la tête.

— Et alors ? dit Mettner. Ils étaient collègues à Lochfield. Ça ne signifie rien.

— Benning était dans les forces de l'ordre. Et s'il avait tué Kelsey il y a vingt-cinq ans, et peut-être même Priscilla Cruz – si elle est vraiment la troisième victime – ? Ensuite, il s'arrête. Il a peut-être paniqué, il a eu peur d'être démasqué, donc il a fait une pause. Puis il travaille avec Kade McMichaels à l'endroit et au moment où celui-ci est accusé de comportement déplacé avec des adolescentes. Benning saisit l'occasion : il peut faire accuser McMichaels des meurtres. Ce n'est peut-être pas une coïncidence si Benning a fini ici, dans la structure où travaille à présent McMichaels. Il est très bien placé pour tout manipuler et il connaît assez le fonctionnement de la police pour savoir comment éviter de se faire prendre. Il se sert de Daisy pour effectuer le sale boulot, afin que l'on ne puisse pas remonter jusqu'à lui. Elle, vous avez vu comme elle est, elle ne le dénoncera jamais.

— Ça se tient, commenta Gretchen. Le problème, c'est qu'on ne peut rien prouver.

Noah ouvrit la bouche pour continuer, mais la porte donnant sur l'escalier s'ouvrit et Hummel fit irruption dans la grande salle, muni d'une liasse de papiers.

— Patronne, j'ai trouvé ce qu'il vous fallait dans le téléphone de Daisy.

Josie se leva à son approche. Il lui remit les pages.

— C'est le rapport complet, mais je vous résume l'essentiel. L'historique des appels ne remonte que sur six mois – pour des choses plus anciennes, il faudra voir avec le fournisseur d'accès, mais je ne crois pas que ça donnerait grand-chose. Il n'y a pas de textos. Elle n'était pas sur les réseaux sociaux. La seule chose qu'il y a dans ce téléphone, c'est l'historique des appels. Au cours des six derniers mois, elle n'a appelé et n'a été appelée que par un seul numéro. Un portable. Vous étiez très occupés, donc je me suis renseigné moi-même, autant que je le pouvais sans mandat. Le numéro en question est celui d'un autre téléphone prépayé. Malgré tout, c'est un modèle qui nécessite une adresse mail pour être mis en marche.

— On peut se créer une adresse mail sans divulguer son identité réelle, observa Gretchen.

— Vrai, confirma Hummel. Mais en l'occurrence, l'adresse associée est enregistrée chez *Spur Mobile* comme appartenant à une certaine Laura Claxon, qui est une personne bien réelle.

Dans la poche arrière de son jean, Josie sentit son téléphone vibrer. Ignorant cet appel, elle feuilleta le rapport pour consulter les passages concernant Laura Claxon. Elle n'avait pas de casier judiciaire. Septuagénaire, elle habitait à Brighton Springs, et Josie connaissait cette adresse. C'était aussi celle de

Winnie Hyde, qu'elle avait trouvée la veille, mais avec un autre numéro d'appartement.

Le portable de Josie vibra de nouveau. Elle confia le rapport à Gretchen et ouvrit son téléphone pour lire ses notifications. Il y avait un texto de Meredith Dorton, de l'unité affaires classées, à Brighton Springs.

Regardez vos mails.

— Qui peut bien être cette Laura Claxon ? s'étonna Mettner.

— Je ne sais pas trop, répondit Josie.

Elle s'assit à son bureau, ouvrit sa boîte mail, et trouva le message de Meredith Dorton. Le sujet en était « Winnie Hyde ». Josie cliqua dessus. Meredith avait écrit :

J'ai trouvé beaucoup plus de choses que je pensais dans notre base de données. J'ai tout scanné pour en faire un seul PDF. Il y a des trucs incroyables ! J'espère que ça vous aidera. – M.

— Elle a un lien avec Winnie Hyde, en tout cas, ajouta-t-elle en cliquant sur le PDF et en commençant à le parcourir.

— Winnie Hyde ? répéta Gretchen.

Stupéfaite, Josie relut le contenu du PDF.

— Quinn ?

Le chef n'avait pas parlé depuis plusieurs minutes. Elle se tourna vers lui.

— Il faut mettre une unité sur Benning. Une seule. On peut se le permettre.

Le chef haussa un sourcil. Josie n'eut pas besoin de regarder ses collègues pour savoir qu'ils la dévisageaient comme si elle était devenue folle. Erica Mullins n'avait plus beaucoup de temps devant elle.

— Gretchen a raison. Si Benning est le cerveau de toute l'affaire, il a fait en sorte que nous ne puissions rien rattacher à lui, et il le sait.

— Ce qui signifie qu'il n'est pas près d'avouer, dit Noah. Malgré toute la pression qu'on exercera sur lui.

Josie contempla les membres de son équipe, qui semblaient tous frustrés et abattus.

— Mais nous savons que la dimension fantasmatique de ces meurtres est importante, si bien que, même après nous avoir orientés vers McMichaels et Daisy, il prendra peut-être le risque de tuer Erica Mullins malgré tout. Elle aura seize ans demain. Il ne pourra pas exécuter tout le rituel, mais il pourra quand même la tuer.

— Si on le fait suivre, il pourrait nous mener jusqu'à elle, comprit Mettner.

— Exact, approuva Josie, qui lança l'impression du PDF. Chargez-vous de Benning ; le chef et moi, on retourne à Brighton Springs.

Un silence total s'installa dans la pièce pendant que Josie la traversait pour aller chercher les pages imprimées.

— Tu viens de nous ordonner de suivre Benning, finit par dire Mettner.

— Oui. Mais cette affaire acquiert des proportions que nous n'imaginions pas. Je ne suis pas sûre que Benning soit notre seule piste, et je ne veux pas mettre tous nos œufs dans le même panier. Ça pourrait coûter sa vie à Erica Mullins. Le chef et moi devons retourner là où tout a commencé. Si nous nous trompons sur Benning, ce sera peut-être notre seule chance de retrouver Erica en vie.

50

DEUX SEMAINES AUPARAVANT,
PENNSYLVANIE CENTRALE

Elle entra dans la salle. Elle voulait résister. La perspective de « la salle » était glaçante, surtout parce qu'elle n'avait aucune idée de ce qui allait lui arriver. La fille nue, dont elle avait finalement appris qu'elle s'appelait Sabrina, ne cessait de raconter comment l'autre fille était allée plusieurs fois dans la salle et qu'un jour, elle n'en était pas revenue.

— Elle ne t'a pas dit ce qui se passait dans la salle ? avait demandé Erica à Sabrina. Comment sais-tu que c'était si affreux ?

— Je le sais parce qu'elle ne voulait pas en parler.

Erica, elle, savait désormais qu'elle n'en parlerait pas parce qu'elle n'en avait pas le droit. Il y avait des règles. Tant de règles, qui concernaient toutes la salle. Par exemple, il fallait prendre une douche et mettre de beaux habits, même s'ils ne vous allaient pas parfaitement, lorsqu'on allait dans la salle. Il fallait se peigner, se brosser les dents. Dans la salle, on devait adopter une attitude positive. « Une attitude de gratitude sans lassitude », plaisantait parfois l'homme. Il fallait faire tout ce qu'on vous ordonnait, dans la salle, et lorsqu'on obéissait, on pouvait y rester très longtemps.

Lorsqu'elle y parvint, elle n'eut pas vraiment de mal à adopter une « attitude de gratitude ». Erica ignorait depuis combien de jours, de semaines ou peut-être même de mois elle était enfermée avec Sabrina dans leur chambre malodorante, sans même pouvoir aller seule aux toilettes. Ou à la douche. Sans autres vêtements que le pyjama qu'on lui avait donné et qu'elle portait depuis son arrivée. L'odeur était épouvantable.

Elle s'en voulait, mais elle était en partie excitée à l'idée d'aller dans la salle. La douche fut un bonheur. Les habits étaient lavés, repassés et sentaient le frais, comme l'extérieur. Ses cheveux étaient propres et redevenus presque soyeux. La première fois où elle se trouva devant la porte de la salle – une lourde porte d'extérieur qui semblait incongrue dans cette cabane –, elle était si nerveuse qu'elle arrivait à peine à respirer. Elle avait la chair de poule, l'air autour d'elle semblait danser. Elle avait peur de s'évanouir.

Et la salle ne ressemblait à rien de ce qu'elle prévoyait.

Pour la quatrième fois en une heure, Sharifa Hagstrom se servit du manche de son balai pour frapper le plafond en criant :

— Vous pourriez faire moins de bruit ? Il y en a qui essaient de travailler !

Puis elle s'arrêta et tendit l'oreille, mais elle entendait encore hurler la télévision dans l'appartement situé au-dessus du sien, et le goutte-à-goutte constant d'une sorte de fuite. Elle redoutait que, tôt ou tard, ce qui ruisselait là-haut finisse par traverser son plafond. Elle n'avait vraiment pas besoin d'un dégât des eaux. Son propriétaire n'avait même pas fait réparer correctement l'évier de sa cuisine, mais elle n'avait pas eu le temps de se battre pour ça. Elle n'avait maintenant plus le temps pour rien, à part sa thèse en cours de rédaction.

Ploc ploc ploc.

Sharifa frappa de nouveau au plafond. Des exclamations joyeuses lui parvenaient, étouffées. Ils devaient bien s'amuser, au-dessus.

— Génial, murmura-t-elle en retournant à son bureau.

Ploc ploc ploc.

Elle se dit qu'elle allait se forcer à oublier tout ça, tout ce bruit, pour ne se concentrer que sur son travail. Elle avait tapé trois phrases quand des applaudissements venant du téléviseur de l'étage supérieur envahirent une fois de plus son appartement. Elle entendit même un présentateur hurler : « C'est parti ! »

Elle se leva et, bien que seule, déclara :

— Ça suffit, maintenant. J'ai eu ma dose.

Elle monta l'escalier, se demandant pourquoi aucun des habitants de l'étage du dessus ne se plaignait du bruit, de plus en plus fort à mesure qu'elle s'approchait de l'appartement concerné. Ils devaient tous être au travail, pensa-t-elle. En milieu de journée, dans tout le bâtiment, il n'y avait apparemment qu'elle et ce connard qui vivait juste au-dessus de son appartement.

« Et c'est une grande victoire pour Rhys Hoskins ! Les Phillies remontent de six à deux dans la septième manche ! » rugit le commentateur sportif alors qu'elle atteignait le milieu du couloir.

La porte de l'appartement était entrouverte, et le son de la télé, manifestement monté au maximum, couvrait celui du goutte-à-goutte.

— Il y a quelqu'un ? dit-elle en frappant au chambranle. Bonjour, j'habite juste en dessous de vous. Excusez-moi, je me demandais si vous pourriez baisser le volume de votre télé.

Il n'y eut aucune réaction. Elle frappa de nouveau, à présent sur la porte.

— Excusez-moi, c'est vraiment très bruyant. J'essaie de travailler. Et je pense que vous avez un tuyau qui fuit, quelque chose comme ça. J'entends des gouttes...

La porte s'ouvrit, permettant à Sharifa de voir l'intérieur de l'appartement. Aussitôt, ses hurlements étouffèrent le bruit de la télévision.

52

Josie était à peu près certaine de pouvoir arriver à Brighton Springs en moins de deux heures si elle utilisait son gyrophare amovible. Sous sa lumière rouge, elle fonça sur l'autoroute, sans aucune considération pour les limitations de vitesse. Sur le siège passager, le chef s'appuyait d'une main au tableau de bord.

— Quinn, ralentissez donc. On ne trouvera pas Erica Mullins à Brighton Springs.

— Non, mais nous pourrions apprendre où elle est, et si j'ai raison, il nous reste moins de vingt-quatre heures avant qu'elle soit assassinée. Je ne suis pas certaine que Benning soit le seul à être impliqué dans ces meurtres.

— Je suis sûr que vous avez raison, mais je ne sais pas comment vous espérez obtenir des réponses à Brighton Springs.

— Moi non plus, admit Josie. L'autre option, c'est de rester au commissariat pendant que le dernier jour d'Erica Mullins s'écoule minute par minute. C'est une tentative désespérée, mais nous ne pouvons rien faire de mieux.

Un soupir.

— Je vous l'accorde. J'espérais simplement ne pas devoir encore rendre visite à mon père.

— Désolée. Nous irons le voir après être passés chez les Claxon.

Les Morgan Arms Apartments étaient une vieille et imposante bâtisse en briques, sur six niveaux, en forme de U avec une vaste cour entre les trois ailes. Cet espace ressemblait beaucoup à l'alcôve de Denton East, si ce n'est qu'il s'agissait plutôt d'un jardin avec sa fontaine centrale, ses bancs en pierre, ses parterres colorés et les chemins dallés qui y serpentaient. Avec le chef sur ses talons, Josie prit l'une des allées menant à l'entrée de l'aile C. Dans le vestibule, elle appela l'un des ascenseurs.

En chemin, le chef avait examiné les documents communiqués par Meredith Dorton.

— C'est la dernière adresse connue de Winnie Hyde, n'est-ce pas ?

— Oui, confirma Josie. Mais Dennis et Laura Claxon, ses voisins d'en face, habitent encore là. Ils vivent ici depuis quarante-trois ans.

Une sonnerie retentit, et les portes de l'ascenseur s'ouvrirent brusquement. Ils y pénétrèrent et Josie appuya sur le bouton du deuxième étage.

— Selon les informations transmises par Meredith, la mère de Winnie Hyde l'a élevée toute seule. Elles n'avaient pas d'autre famille. Personne, à part Dennis et Laura Claxon, qui étaient comme des grands-parents pour Winnie.

L'ascenseur s'arrêta avec un grondement. Ses portes s'ouvrirent en grinçant, et Josie et le chef se trouvèrent dans un large couloir au sol recouvert d'une moquette rouge sombre et très usée. Josie déchiffra les numéros figurant sur les portes les plus proches, puis tourna à gauche. Le chef dut trottiner pour la rattraper.

— Vous pensez que cette Laura Claxon, qui était en contact avec la gamine, Daisy, va simplement tout vous révéler, Quinn ?

— Je ne sais pas.

Elle trouva l'appartement 117 et sonna, le chef ahanant derrière elle.

— Et s'ils ne sont pas chez eux ?

La porte s'ouvrit. Devant eux se tenait un homme grand, aux cheveux blancs et au sourire aimable.

— Que puis-je pour vous ?

— Dennis Claxon ? demanda Josie en montrant son badge. Je suis l'inspectrice Josie Quinn, et je vous présente le chef Robert Chitwood. Nous venons de Denton, en Pennsylvanie.

Avec réticence, le chef sortit lui aussi son badge. Tandis que Dennis les examinait, une femme rousse et maigre s'avança derrière lui. Remontant ses lunettes sur son nez, elle les regarda, elle aussi.

— Je suis Mme Claxon. Qu'y a-t-il ?

— Tu sais où ça se trouve, toi, Denton ? demanda Dennis Claxon.

— Ce n'est pas dans les environs, répondit son épouse.

— De quoi s'agit-il ? demanda Dennis.

— Madame Claxon, nous voudrions vous parler de votre téléphone portable.

Elle en énonça le numéro. Laura parut encore plus perplexe.

— Je n'ai pas de portable. Mon mari en a un, mais ce n'est pas le numéro que vous venez de dire.

— Je peux vous le montrer, proposa Dennis, mais sa femme lui posa une main sur l'avant-bras avant qu'il puisse aller le chercher.

— Vous n'avez pas acheté un téléphone prépayé, durant l'année qui vient de s'écouler ? s'enquit le chef.

— Non, répondit Laura. Nous avons une ligne fixe et, comme je le disais, Dennis a un portable en cas de besoin, mais on s'en sert à peine.

Josie récita l'adresse mail que Hummel avait trouvée et qui était associée au téléphone.

— C'est votre adresse électronique ?

Lentement, Laura secoua la tête.

— Non, nous avons la même depuis vingt ans ! Et nous la partageons.

— Je pense que ton identité a été usurpée, dit Dennis.

— Oui, sans doute. Mais deux policiers n'auraient pas fait tout le trajet depuis Denton pour une usurpation d'identité.

Laura toisa Josie et le chef de haut en bas, d'un œil inquisiteur. Les Claxon semblaient sincèrement perplexes. Après avoir lu l'intégralité du PDF que Meredith Dorton avait envoyé ainsi que le rapport de Hummel, Josie avait immédiatement soupçonné que quelqu'un d'autre s'était servi du nom de Laura.

— Vous avez raison. Pourriez-vous nous parler de Winnie Hyde ? Nous savons que vous étiez proches d'elle et de sa mère. C'était il y a plusieurs décennies, mais nous devons vraiment vous poser quelques questions sur Winnie.

Le couple se raidit visiblement.

— De l'eau a coulé sous les ponts, mais il y a des choses difficiles à oublier.

Les coins de la bouche de Laura s'abaissèrent. La tristesse s'accumula dans ses yeux.

— Entrez, dit-elle.

Elle les conduisit dans la cuisine. Les placards en bois sombre lui donnaient un aspect vieillot, mais le jaune brillant des tableaux, des torchons et des rideaux éclairait la pièce. Laura les invita à s'asseoir autour de la table en Formica jaune, au centre de la pièce.

— Comment connaissez-vous Winnie ? demanda Dennis alors que Laura et lui prenaient place en face d'eux.

— Nous ne la connaissons pas, répondit Josie. Nous savons simplement qu'elle est la seule à avoir survécu parmi les victimes du Boucher de Brighton Springs.

Laura frémit à la mention du Boucher.

— Nous savons que Winnie a été sauvée en 1994, à seize

ans. En 1997, une fille nommée Kelsey Chitwood a disparu à Brighton Springs. Quatre mois plus tard, son corps a été retrouvé dans l'église Sainte-Agnès. On a relevé les empreintes de Winnie Hyde sur les bancs.

Dennis et Laura se regardèrent, la perplexité creusant des sillons sur leur visage. Laura dit finalement :

— En 1997, Winnie avait de nouveau disparu.

— Winnie allait à l'église ? Elle était catholique ? s'enquit le chef.

— Non.

— Comment ça, elle avait de nouveau disparu ?

— Winnie est partie peu après ses dix-huit ans, expliqua Laura.

— Nous pensons qu'elle est partie, rectifia Dennis, avec un regard éloquent à l'adresse de sa femme.

— C'est vrai. Sa mère a fait une crise cardiaque peu après les dix-huit ans de Winnie. C'était en 1996. Juste après que... qu'ils ont relâché le Boucher. Winnie est restée dans l'appartement... Elles habitaient de l'autre côté du couloir. Winnie est restée là un moment. Pendant combien de temps après la mort de sa mère, Dennis ?

L'intéressé haussa les épaules.

— Je ne me souviens pas. Quelques mois ? On allait la voir de temps à autre, mais elle ne voulait pas avoir de contact avec nous. Ni avec personne d'autre.

— Un jour, on a remarqué qu'elle ne sortait plus de l'appartement. On a alerté le propriétaire, mais elle n'était plus là.

— Avait-elle laissé ses affaires ? demanda le chef.

— C'est difficile à dire, répondit Laura. Elle avait peut-être emporté des vêtements et quelques objets personnels, mais on ne faisait plus vraiment partie de sa vie, on ne la connaissait plus comme avant son... épreuve. Le Boucher l'a gardée un long moment. Vous le saviez ? Combien de temps, Dennis ? Un an et demi ?

— Deux ans. Elle avait quatorze ans quand il l'a enlevée. Il l'a kidnappée dans la rue, alors qu'elle rentrait de l'école. Elle prenait le même chemin tous les jours. Jamais de problème. Jusqu'au jour où elle n'est pas rentrée. Sa mère était dans tous ses états. La police a cherché, cherché. Tous les voisins dans l'immeuble l'ont cherchée. Les gens de son école.

— C'était affreux. Mais pas autant que le jour où ils l'ont sauvée.

— Que voulez-vous dire ? s'étonna le chef.

Dennis se pencha en avant, les coudes sur la table. Ses yeux bleus s'assombrirent.

— Pendant deux ans, le Boucher l'a torturée, l'a forcée à regarder toutes les choses qu'il faisait subir aux autres petites. Ça l'a transformée. Déformée, en un sens.

— Elle n'était plus la même quand ils l'ont ramenée chez elle. C'était navrant. D'abord, on a cru que c'était simplement la souffrance. Elle avait un tas de blessures. Physiquement, elle s'est rétablie, néanmoins.

Dennis avait les yeux voilés de larmes.

— Et les cicatrices. Tellement de cicatrices là où il l'avait tailladée.

Laura hocha solennellement la tête et tapota l'épaule de son mari.

— C'était terrible. Pénible à voir. Comment imaginer qu'un adulte puisse infliger de telles horreurs à une jeune fille ?

— À plusieurs jeunes filles, rectifia Dennis.

— La maman, Dieu ait son âme, disait parfois que ça aurait mieux valu qu'il ait simplement tué Winnie. Comment pourrait-elle vivre après ça ? Vous savez que ses cheveux avaient blanchi ?

Josie sentit sur elle les yeux du chef : il pensait à cette femme aux cheveux blancs qui avait été vue parlant à Kelsey à l'arrêt de bus quelques semaines avant sa disparition. Ils avaient toujours pensé que c'était une vieille dame. Josie continua à fixer Laura Claxon.

— À dix-huit ans, elle a été arrêtée pour vol à l'étalage. Sur sa photo d'identité judiciaire, que nous venons de recevoir, elle a les cheveux blancs.

— C'est à cause du Boucher, dit Dennis. Quand il l'a enlevée, elle avait les cheveux bruns. Quand elle a été libérée, ils étaient tout blancs. Ils ne sont jamais redevenus bruns, même si parfois, au soleil, elle avait l'air presque blonde. Il l'a détruite. Ce salaud l'a détruite, et il n'est même pas allé en prison.

— Comment était-elle... commença le chef d'une voix rauque, avant de s'éclaircir la gorge. Comment se comportait-elle, à son retour chez elle ?

Laura et Dennis échangèrent un regard. Dennis essuya une larme, puis Laura lui pressa la main.

— Winnie était triste, terrorisée... différente, répondit-elle.

— La Winnie qui est rentrée n'était plus la Winnie qui était partie d'ici le jour de son enlèvement, expliqua Dennis. Vous savez, on l'avait pratiquement élevée, on aidait sa mère pour tout. Ce n'était pas un effort pour nous, on adorait la petite comme si ç'avait été notre fille. Nous avions un fils, mais il a emménagé sur la côte Ouest et il a choisi de ne pas avoir d'enfants. On était comme des grands-parents pour Winnie.

Laura sourit.

— On adorait la gâter. Les gâter, sa mère et elle. Les années qui ont précédé son enlèvement ont été merveilleuses. On s'entendait si bien, tous les quatre. Winnie était douce, attentionnée. Elle aimait les livres, les déguisements, les poupées. En grandissant, elle a appris à se maquiller, à se coiffer. Je la laissais me coiffer et m'habiller aussi. Elle aimait tellement ça.

— Elle faisait de la course à pied, dit Dennis. Et elle était forte. On allait l'encourager à toutes ses compétitions. Sa mère y allait aussi, quand elle ne travaillait pas. Mais elle était infirmière, elle n'était pas souvent libre.

— Et après son retour ?

— Elle regardait les murs. Elle ne parlait plus.

— Sauf à sa mère. Mais elle était méchante avec elle. Cruelle. Winnie n'avait jamais été comme ça avant. Si désagréable. Elle lui lançait des choses à la tête, elle la traitait de garce, lui disait qu'elle allait...

Dennis s'interrompit.

— Tout va bien, mon amour, le consola Laura.

Il déglutit.

— Elle lui disait qu'elle allait la charcuter dans son sommeil. Honnêtement, je pense que la maman de Winnie avait peur d'elle, vers la fin.

Laura acquiesça.

— Elle a pris l'habitude de s'enfermer à clé dans sa chambre pendant que Winnie occupait le reste de l'appartement. Je ne crois pas vraiment que Winnie lui aurait fait du mal, à elle ou à quiconque, d'ailleurs, mais simplement qu'elle n'arrivait pas à digérer ce qui lui était arrivé, ce qu'elle avait vu. Qui le pourrait ? Elle a vu une psychothérapeute quand elle est revenue mais, apparemment, elle ne voulait pas lui parler non plus.

— Vous avez bien dit *une* psychothérapeute ? s'assura le chef.

Laura et Dennis hochèrent la tête.

Josie tenta de ramener la conversation vers ce que Winnie était devenue.

— Qu'avez-vous fait quand vous avez constaté que Winnie n'habitait plus dans l'appartement d'en face ?

Laura soupira.

— Nous avons appelé la police. Le Boucher avait été relâché un ou deux mois plus tôt. On craignait qu'il soit revenu finir ce qu'il avait commencé. On s'inquiétait pour elle.

— C'est compréhensible, commenta Josie. Que vous a dit la police ?

Dennis ricana.

— Rien d'utile. Qu'elle était majeure et qu'elle avait le droit de s'en aller si elle voulait...

— Et que comme nous n'étions pas de sa famille, compléta Laura, ça n'était pas à nous de signaler sa disparition.

À côté de Josie, le chef se raidit.

— Je sais que ça remonte à loin, mais vous rappelez-vous à qui vous avez eu affaire ? À un agent en uniforme ? À un inspecteur ?

— C'était cet inspecteur qui avait résolu toutes les grosses affaires à Brighton Springs, répondit Dennis. Si vous aviez vécu ici à l'époque, vous le connaîtriez. Il avait élucidé le meurtre d'un homme bien connu dans le coin.

— Harlan Chitwood ? proposa Josie.

Dennis plissa le front.

— Je ne suis pas sûr. Ça doit être lui.

— C'était lui, confirma le chef.

— Il avait enquêté sur le Boucher, dit Josie. Il faisait partie de l'équipe qui travaillait sur cette affaire. Ça ne l'inquiétait pas, l'idée que le Boucher puisse à nouveau s'attaquer à Winnie ?

Laura fit signe que non.

— Il a dit que la police surveillait le Boucher et qu'il n'avait plus enlevé de filles.

— Qu'est-elle est devenue, à votre avis ?

— Je ne sais pas, avoua Laura. Si elle s'est vraiment enfuie, comme le pensait cet inspecteur, je ne vois pas du tout où elle a pu aller. Parfois, je me suis même demandé si elle s'était suicidée. Tout le monde essayait tellement de l'aider, mais il n'y avait rien à faire.

— Après son retour ici, avez-vous remarqué s'il y avait de nouvelles personnes dans sa vie ?

Laura secoua la tête, mais Dennis reprit la parole :

— Il y avait ce type. On a d'abord cru que c'était un genre de thérapeute. Tu te rappelles, Laura ? Il venait toutes les semaines. Au début, Winnie était incapable de sortir. À cause de ses blessures. Elle souffrait trop. Mais ce bonhomme venait la voir chaque semaine, parfois plusieurs fois. On ne savait pas qui c'était, jusqu'au jour où ils ont relâché le Boucher.

Laura contempla longuement son mari, l'air concentré, comme si elle tentait de réveiller ce souvenir.

— Je ne comprends pas comment j'ai pu oublier ça. Oui, c'était affreux. Vraiment affreux.

— Qui était-ce ? s'enquit Josie.

— L'agent de police qui avait fait capoter toute l'enquête. Je ne me rappelle plus son nom, juste son visage. Pendant toutes ces semaines, il est venu voir Winnie, alors qu'il savait très bien de quoi il était coupable.

— Que faisaient-ils ensemble ? demanda le chef.

— Aucune idée, dit Laura. On ne l'a jamais su. D'après la mère de Winnie, parfois il lui parlait, parfois il restait simplement assis avec elle. Ou bien ils sortaient se promener. Je n'arrivais pas à comprendre comment sa mère pouvait faire confiance à un homme après ce que sa fille avait vécu avec le Boucher mais, apparemment, il était le seul avec qui Winnie semblait s'apaiser.

Le visage de Dennis se durcit, la colère bouillonnant sous ses mots.

— Quand le Boucher a été relâché, j'ai attrapé cet agent dans le couloir et je lui ai dit de leur foutre la paix. De ne plus jamais revenir, et que si je le recroisais dans l'immeuble, il le regretterait.

— On ne l'a plus jamais revu, conclut Laura.

Josie fit quelques calculs mentaux. C'était en 1996, au moins un an avant la disparition de Kelsey Chitwood. Qu'avait fait Benning ? Avait-il manipulé Winnie ? Il lui avait rendu visite toutes les semaines, en sachant qu'il avait sans doute fait échouer le procès contre le Boucher. Venait-il par culpabilité ? Pour une autre raison ? La culpabilité était la motivation la plus logique, sauf que, quelques mois après la libération du Boucher et la mort de sa mère, Winnie avait disparu, juste après que son voisin bien intentionné avait menacé Benning.

Celui-ci vivait désormais seul près de Denton et, entre-temps, il avait roulé sa bosse à travers tout l'État. Avait-il emmené Winnie ? Avaient-ils vécu ensemble pendant toutes ces années ? Elle devait encore être en vie. Benning n'aurait pas acheté un téléphone prépayé et ouvert un compte en se servant du nom de Laura Claxon. Winnie, elle, aurait pu. De toute évidence, un attachement affectif la liait à ce vieux couple. Mais où était-elle ? Où Benning l'avait-il hébergée pendant tout ce temps ? Ni l'un ni l'autre ne possédait de propriété, et pourtant, si Benning était derrière ces meurtres, il lui fallait un endroit où enfermer les filles. Il avait eu besoin d'aide. Cependant, il avait affirmé qu'il n'y avait personne dans sa vie. Certainement personne d'assez fidèle pour l'aider à cacher pendant un quart de siècle l'unique victime du Boucher à avoir survécu.

Ou bien...

— Je voudrais juste être certain que nous parlons du même individu, si vous permettez, dit le chef.

Il regarda Josie et elle sortit son téléphone, affichant d'abord une photo de Kade McMichaels, pour être sûre qu'il n'y avait ni confusion ni souvenir brumeux.

— Il est beaucoup plus âgé sur cette photo, expliqua-t-elle en tournant l'écran vers eux. Est-ce l'homme que vous avez vu avec Winnie ?

La réaction fut immédiate. Dennis secoua la tête et Laura dit :

— Oh non, ce n'est pas lui.

Josie reprit son portable et passa à une photo de Travis Benning récupérée sur le site du RedLo Group.

— Et celui-ci ?

— Ah oui, ça lui ressemble, déclara Dennis. En plus vieux, bien sûr, mais je n'oublierai jamais son visage. Ce culot, de venir ici pendant près de deux ans comme si c'était un ami, alors qu'il était bien conscient de ce qu'il avait fait. C'est à vomir.

— Vous savez, vous pourriez probablement retrouver les journaux ou les reportages des chaînes d'actualité de l'époque. Son visage était partout quand le Boucher a été libéré. Les familles des autres victimes ont poursuivi la police locale. Vous savez qu'ils ne l'ont jamais viré ? Ils l'ont mis en congé. Je suis à peu près certaine qu'il a été autorisé à retravailler au bout d'un an, qu'ils l'ont laissé revenir discrètement, ni vu ni connu. Quand on a su qu'il avait repris du service – je me rappelle que c'était en 1996, au moment où ils ont arrêté Unabomber –, un tas de gens sont allés protester devant le commissariat.

— Oui, renchérit Dennis, nous aussi, on y est allés, pour qu'il soit viré une fois pour toutes, mais sans la pression des médias, le chef de la police s'en fichait pas mal. La presse ne s'intéressait même pas à l'affaire. Ils étaient trop focalisés sur Unabomber pour s'intéresser à un fait divers local. Et puis le Boucher, c'était de l'histoire ancienne. Plus personne ne s'en souciait. C'était comme s'ils le protégeaient encore, comme s'ils voulaient à tout prix fermer les yeux.

Laura hocha la tête.

— Je parie que ce type devait aussi avoir quelqu'un dans la police qui le couvrait.

— Je pense que vous avez raison, murmura le chef.

Josie savait exactement de qui il s'agissait.

53

L'atmosphère de *Tappy's Lounge* était tout aussi sombre, humide et pestilentielle que la première fois où Josie avait franchi ses portes. Cette fois, Harlan Chitwood était le seul client, assis devant un verre contenant une boisson ambrée. Là encore, le barman les ignora jusqu'à ce que le chef s'approche de Harlan et le renverse de son tabouret avec un coup de poing en plein visage.

— Chef ! hurla Josie.

— Hé ! grogna le barman, contournant son comptoir, une batte de base-ball à la main.

Étendu de tout son long, Harlan leva les yeux vers eux, sourire aux lèvres. Le sang perlait là où la peau de sa joue s'était fendue. Les mains en l'air, Josie s'interposa entre le père, le fils et le barman.

— Fils de pute, éructa le chef, les poings serrés, la poitrine haletante. Qu'est-ce que tu as foutu ?

Le barman s'avança un peu plus, mais Josie posa une main sur sa batte pour l'obliger à la baisser.

Harlan éclata de rire et porta deux doigts à sa joue. Ils se couvrirent de liquide rouge et il les regarda un moment. Puis il se redressa, essuyant le sang sur son pantalon.

— Tu veux recommencer, Bobby ? C'était il y a plus de vingt ans. Quand est-ce que tu vas passer à autre chose ?

— Je passerai à autre chose quand tu m'auras dit ce que tu as fait, salaud. Et si tu ne me le dis pas, je te tu...

— Stop, prononça Josie d'une voix ferme. Arrêtez tout de suite. Debout, ordonna-t-elle à Chitwood père.

Harlan secoua la tête.

— C'est comme ça que vous traitez un homme de quatre-vingt-dix ans ? C'est de la maltraitance envers une personne âgée, vous savez. J'ai...

— Debout. Ne discutez pas.

Lentement, il se leva, tout en continuant à glousser.

— C'en est une fameuse que tu t'es trouvée, Bobby. Jeune, qui a du chien, et qui en veut. C'est comme ça que je les aime, depuis toujours.

Le chef se jeta sur Harlan mais, cette fois, Josie planta ses talons dans le sol poisseux et abîmé et fit barrière de son corps pour empêcher le chef d'attaquer de nouveau son père. Le barman aida Harlan à se rasseoir, hors de portée de son agresseur.

— Ça suffit, lui dit Josie. Trouver Erica Mullins est notre priorité. Souvenez-vous. Elle a encore une chance.

Il serra et desserra la mâchoire, mais elle sentit la tension quitter en partie son corps.

— Asseyez-vous, conseilla-t-elle.

Elle s'installa sur un tabouret de bar entre le père et le fils. Le barman retourna derrière son comptoir, rangea sa batte et sortit trois verres, un pour chacun d'entre eux. Alors qu'il les remplissait de whisky, Josie couvrit le sien avec la main. Cela faisait très longtemps qu'elle n'avait plus eu autant envie d'un verre d'alcool, mais elle n'allait pas briser une promesse faite à elle-même pour un être pourri jusqu'à la moelle comme Harlan Chitwood.

Celui-ci prit la serviette que le barman lui tendait et la tint contre sa joue, se servant de son autre main pour descendre le whisky d'une traite.

— Ahhh, soupira-t-il de plaisir, faisant tinter son verre sur le bar.

Le barman le resservit aussitôt.

— Vous faisiez partie de l'équipe qui travaillait sur le cas du Boucher. Winnie Hyde était l'une de ses victimes.

Harlan leva les yeux au ciel.

— Ça te plaît tant que ça, de ressasser les vieilles conneries, ma belle ?

— Quand elles ont un lien avec des cadavres qu'on vient de découvrir dans mon secteur, ça me plaît un max, champion. Vous connaissiez Winnie Hyde.

— Tous ceux qui ont bossé sur ce fichu cas la connaissaient.

— Quand ses empreintes ont été relevées sur un des bancs où votre fille a été retrouvée assassinée, ça ne vous a pas paru bizarre ?

Les yeux du vieillard s'assombrirent. Il baissa la serviette, désormais maculée de sang.

— Vos collègues et vous, vous avez sauvé Winnie Hyde du Boucher en 1994. En 1996, elle a été arrêtée pour vol à l'étalage. C'est vous qui avez procédé à l'arrestation. Ensuite, sa mère est morte, elle a disparu, et ses voisins ont tenté de signaler cette disparition. Vous êtes allé chez eux, vous leur avez soutenu qu'il n'y avait rien à faire. En 1997, votre fille a disparu et, quatre mois plus tard, Kelsey a été retrouvée dans l'église, sur un banc qui portait les empreintes de Winnie Hyde. Pourquoi n'avez-vous pas étudié cette piste ?

Il vida de nouveau son verre.

— Étudié quoi ? Pourquoi il y avait les empreintes d'une

gamine cinglée, détraquée, sur la scène du crime ? Ça intéressait qui ?

— L'enquêteur chargé de ce dossier aurait dû s'y intéresser, riposta le chef. Tu aurais dû t'y intéresser. Tu connaissais Winnie Hyde. Ce n'était pas n'importe quelle gamine. Tu aurais dû savoir, puisque tu avais investigué sur le Boucher, que ses cheveux étaient devenus blancs. Avant sa disparition, Kelsey a été vue plusieurs fois parlant à une femme aux cheveux blancs, à l'arrêt de bus. Tu ne t'es jamais demandé s'il pouvait y avoir un lien ?

D'un geste, Harlan balaya ces questions.

— Allons, Bobby. Tu sais que tout n'est pas important dans ces affaires. Kelsey parlait à une femme aux cheveux blancs. Tu sais combien de personnes ont les cheveux blancs dans cette ville ? Vous faites une montagne d'un rien, tous les deux. Kelsey est morte et ça ne la fera pas revenir. Il faut passer à autre chose.

Il désigna son verre, que le barman remplit de nouveau. Josie l'éloigna de la main de Harlan. Elle se pencha assez près pour sentir son haleine puante et l'odeur cuivrée du sang qui se figeait sur sa joue.

— Le grand Harlan Chitwood ne laisse rien lui échapper, pas vrai ?

Harlan ne répondit pas, et tenta plutôt de saisir son verre. Josie le maintint hors de sa portée.

— Vous savez, Harlan, vous semblez avoir la mainmise sur toute cette ville. Votre fils n'a pas pu obtenir la garde de Kelsey parce que vous aviez un juge dans votre poche. Toutes vos enquêtes sont soigneusement protégées pour que personne ne sache à quel point vous les avez torchées.

— Hé... protesta Harlan.

— Ta gueule, dit le chef.

— Votre coéquipier, Travis Benning, a tellement saboté le dossier du Boucher qu'un tueur en série a été relâché. Pourtant, non seulement Benning n'a pas été licencié, mais il a pu retravailler, en reprenant son poste d'inspecteur. Les familles des victimes du Boucher ont protesté, et malgré tout il a pu garder son emploi. À cause de vous.

— Ces familles ont été dédommagées, c'est tout ce qui comptait.

— Comment as-tu pu faire ça, papa ? Pourquoi ? Pourquoi as-tu fait ça ?

Harlan s'avança et pointa son doigt noueux vers le chef.

— Tu comprends toujours rien, hein ? Tu sais pas ce que c'est, le travail de la police. C'est de rester aux commandes. Si t'as la loi avec toi, il te faut rien de plus. C'est ça, le pouvoir, fiston. T'as jamais compris ça. Quand on a autant de pouvoir, on n'a même pas besoin de fric. Ce qu'il faut, c'est amasser les secrets. Les trucs que les gens veulent pas que les autres sachent. Quand tu tiens tout le monde, tu restes aux commandes. Le juge qui n'a pas voulu te confier la garde de Kelsey, il allait être accusé de viol. J'ai fait disparaître la plainte. Je le tenais. Le chef de la police en 1994, il trompait sa femme avec une prostituée. J'avais des vidéos ! Je le tenais.

— Vous avez accordé une sacrée faveur à Travis Benning, dit Josie, se servant de sa main libre pour le maintenir à distance. Vous aviez une dette aussi énorme envers lui ?

Elle ôta sa main du verre. Il se jeta dessus et l'avala, un peu de whisky ruisselant sur son menton. Comme il ne répondait pas, le chef dit :

— Quinn t'a posé une question. Qu'est-ce que tu lui devais, à Travis Benning ?

Harlan avait les yeux fixés sur son verre vide. Il fit signe au barman, mais l'homme secoua la tête et rangea la bouteille de whisky sur une étagère. Repoussant le verre, Chitwood père inspira profondément et expulsa dans un soupir plusieurs décennies de tension contenue. Ses épaules s'affaissèrent. Pendant un instant, il parut ses quatre-vingt-dix et quelques années. Se tamponnant de nouveau la joue, il répondit :

— Tout. Je lui devais tout. Benning était cul et chemise avec le chef et le procureur, en mission spéciale pour m'abattre, apparemment. Une histoire interne, des conneries. Il a été recruté alors qu'il était agent de patrouille. Ils l'ont promu, il a été nommé inspecteur, et là ils me l'ont collé dans les pattes. Il était censé accumuler le maximum de saletés sur mon compte et les leur transmettre. Tout noter.

— Ils voulaient savoir tout ce que vous saviez sur eux.

Harlan acquiesça.

— Ça aussi. Mais surtout, ils en avaient après moi.

— Comment as-tu fait pour mettre Benning de ton côté ? demanda le chef.

Harlan gloussa. Ses doigts tripotaient la serviette sanglante.

— Ce gamin était pas fait pour être flic. Il était doué pour mettre des contraventions à ceux qui conduisaient mal, mais rien de plus violent que ça, et il arrêtait pas de chier dans son froc. Ça a été facile. Je lui ai sauvé la vie une fois, au début, et il m'a tout avoué. Il ne voulait pas être mêlé à ce que je faisais, mais il ne me dénoncerait pas. Quand le chef et le procureur ont demandé les preuves de mon « inconduite », il n'avait rien du tout pour eux.

— Que s'est-il passé pendant l'enquête sur le Boucher ?

— Quoi ? Avec Benning ? Il était fiancé à une poule, dont la fille était une des disparues. Le chef a retiré Benning de l'équipe. Trop émotif, trop incontrôlable. Je pense que sa bonne femme lui mettait la pression pour qu'il retrouve la gosse. Il a quand même continué à suivre le dossier après ça. Quand on a eu une piste pour le Boucher, il m'a demandé de lui dire où et quand le raid aurait lieu. C'était pas grand-chose, j'ai cru qu'il voulait savoir parce que la gamine de sa poule devait être là-bas. Mais il s'y est pointé avant nous. Il a merdé, et pas qu'un peu. J'avais jamais vu ça. On est entrés, on a examiné toutes les pièces de la baraque, qu'il avait déjà visitées. On l'a trouvé couvert de sang de la tête aux pieds, là où le Boucher massacrait les petites. Y en avait partout, comme si on avait repeint la pièce à l'aérosol. Debout au milieu de la salle, avec la gosse de sa copine dans les bras, il pleurait comme un bébé. La grande, Winnie, était perchée sur une commode comme une gargouille et elle regardait. Sans dire un mot.

Josie réprima le frisson qui descendait le long de sa colonne vertébrale. Dans la poche de sa veste, son portable vibra. Elle n'en tint pas compte.

— Winnie ne voulait pas témoigner contre le Boucher ? Malgré la contamination des preuves, sa parole n'aurait pas suffi ?

Harlan haussa les épaules.

— Peut-être. C'est ce que tout le monde pensait, mais elle n'était pas forcément crédible. Quand on est arrivés, elle n'était pas attachée. Elle aurait pu s'enfuir, mais elle ne l'avait pas fait. Peut-être parce qu'il l'avait détruite. Après tout ce qu'il lui avait fait subir, elle avait peut-être le syndrome de Stockholm. Elle refusait de parler. Au début, elle ne voulait pas parler du tout. Ça a duré des mois. Pas un mot. Sa mère disait qu'elle ne voulait pas la forcer à témoigner. Sans elle sur la liste des témoins, la défense a réussi à obtenir que presque toutes les pièces à conviction soient exclues.

Josie sentait la colère lui brûler le visage.

— Aucun d'entre vous ne lui a dit que vous aviez besoin de ce témoignage ? Que le dossier en dépendait parce que Benning avait entièrement contaminé la scène de crime ?

— C'était pas mon job, poulette. Et puis, Benning a essayé de la faire parler, de la faire témoigner.

— Tout a commencé comme ça, dit le chef.

Josie se tourna vers lui et vit la souffrance dans son regard.

— Qu'est-ce qui a commencé ? demanda son père.

Le portable du chef sonna. Josie reconnut la sonnerie, qui imitait celle des vieux téléphones à cadran. Il le tira de sa poche et refusa l'appel sans même regarder l'écran. Ses yeux restèrent fixés sur Harlan.

— Quand les empreintes de Winnie Hyde ont été découvertes sur la scène de crime de Kelsey, vous en avez tenu compte, reprit Josie. Parce que vous saviez qui était Winnie, ou du moins vous connaissiez quelqu'un qui le savait. Travis Benning lui rendait visite toutes les semaines depuis qu'elle avait été libérée de la salle de massacre du Boucher. Elle a perdu sa mère alors qu'elle venait d'avoir dix-huit ans, puis elle a disparu. Comme si elle s'était évaporée. Elle était avec Benning, n'est-ce pas ?

Harlan leva les mains.

— Moi, j'ai couché avec un tas de filles très jeunes. J'allais pas me mêler des affaires de Benning. Elle était sauvée, c'était l'essentiel.

Josie sentit de nouveau vibrer son téléphone, mais son attention resta concentrée sur Harlan.

— Tu lui as parlé des empreintes de Winnie, intervint le chef. Qu'est-ce qu'il t'a répondu ?

Harlan laissa retomber sa tête.

— Vous me foutrez jamais la paix tant que vous saurez pas tout, tous les deux, hein ?

Josie envisagea de lui expliquer que la vie d'une jeune fille était en danger, mais cela n'aurait aucun effet sur un homme comme Harlan Chitwood. Pour certains, devenir policier était une vocation : servir les citoyens, protéger les gens, rendre justice autant que possible. Pour d'autres, c'était seulement une question de pouvoir, celui que vous conférait votre titre, et les avantages qui allaient avec. Souvent, ces avantages n'étaient pas garantis. Les seules choses qui aient jamais intéressé Harlan Chitwood étaient le pouvoir et sa propre personne.

Josie fit signe au barman. Il lui servit un verre, qu'elle poussa en direction de Harlan.

— Dites-nous ce que vous savez, dites-nous la vérité et vous ne nous reverrez plus.

Harlan avala le whisky, puis s'essuya la bouche avec le revers de la main.

— J'avais deviné qu'il y avait quelque chose entre Benning et Winnie Hyde, mais je ne savais pas quoi. Pour les empreintes, je lui ai posé la question. Il m'a répondu qu'il allait lui en parler. Je voulais qu'elle soit convoquée. Il a dit qu'il faudrait d'abord la trouver.

— Elle ne vivait pas avec lui ?

Harlan passa son doigt sur le bord du verre.

— Il m'a juré que non. Elle venait de temps en temps, mais il y avait de longues périodes où elle disparaissait. Il prétendait ne pas savoir où elle allait. Je lui ai dit qu'il fallait me l'amener, mais il ne voulait pas. Elle était déjà assez traumatisée comme ça, il ne voulait pas qu'elle soit interrogée. Il lui a parlé. Elle a répondu qu'elle allait souvent prier à Sainte-Agnès, qu'elle cherchait la foi, et un soir elle a vu le Boucher sortir de l'église. Elle a eu peur, elle a attendu qu'il soit parti et elle est entrée. Elle a trouvé Kelsey. C'est pour ça que ses empreintes étaient là. Elle n'a pas appelé la police parce qu'elle avait peur.

— Mais elle n'en a pas non plus parlé à Benning ? demanda Josie, sentant son téléphone vibrer encore une fois. Vous l'avez crue ?

Harlan repoussa son verre, qui se renversa et roula sur le comptoir.

— C'était le Boucher. De toutes les gamines en ville, c'est à ma fille qu'il s'en prend ? Il la tue et il la dépose dans un lieu public ? Il m'envoyait un message. C'était moi qui étais à la tête de l'enquête. Je lui avais passé les menottes. Il me narguait. Il a même changé de modus operandi pour qu'on puisse pas l'associer à ce crime.

— Et j'imagine que Winnie n'a pas voulu témoigner, cette fois-là non plus ? intervint le chef.

— Il me fallait davantage que son témoignage. Benning et moi, on a suivi ce dingue pendant près d'un an, on cherchait à avoir assez de preuves pour l'arrêter.

— Et ensuite, il a déménagé, compléta Josie. Il a disparu.

Harlan éclata de rire.

— Parce qu'on l'a fait disparaître, Benning et moi. C'est là que Benning a fini par se rendre utile. Il m'a aidé à tuer le Boucher. Il avait une cabane au milieu de nulle part. Une nuit, on est allés chez lui. Personne dans les parages, à des kilomètres à la ronde. On a pris notre temps, on l'a enterré dans la forêt, mais si vous essayez de m'arrêter pour ça, je jurerai que je vous ai jamais rien dit. Mon pote là-bas, il a rien entendu, dit-il en désignant le barman.

— Entendu quoi ? fit celui-ci avant de reporter son attention sur le téléviseur fixé au mur.

— Pourquoi tu ne m'as jamais rien raconté ? demanda le chef.

— Tu rigoles, Bobby ? T'essaies de me choper depuis le jour où on t'a donné ton uniforme. Bref, écoute la suite : la baraque a été vendue quelques années après, parce qu'il n'avait pas payé ses impôts.

Josie repensa à ce qu'elle avait lu dans le dossier. Ce n'était pas Harlan Chitwood qui avait racheté la cabane du Boucher.

— Vous ne pouviez pas laisser n'importe qui se porter acquéreur. Le corps du Boucher était là-bas. Qu'avez-vous fait ?

— À cette époque-là, je couchais avec une fille, une gamine. Complètement accro à la dope, mais elle voulait changer de vie. Elle a servi d'indic pour une série de meurtres entre deux gangs rivaux, une histoire de drogue. Après, j'avais encore envie de la voir, mais elle a décidé de quitter Brighton Springs. Alors je l'ai aidée, je lui ai filé du fric. Elle a acheté la cabane pour une bouchée de pain. En échange, elle n'a parlé à personne de notre petit arrangement. J'ai continué à la voir pendant un moment, mais j'en ai eu marre de devoir aller aussi loin pour ça.

— Lorna Sims ? vérifia Josie, se rappelant le nom que Noah avait évoqué après ses recherches sur la cabane.

— Exact, répondit Harlan en souriant. T'es douée, toi. Lorna habitait là-bas. Il y avait aussi une vieille grange, à côté. Dedans, Benning avait installé sa poule, Winnie. Il disait qu'elle supportait pas les gens, qu'elle avait besoin d'être au calme, loin de tout. Je lui ai demandé si ça l'emmerdait de vivre sur le terrain du Boucher, mais il a dit que non, qu'elle trouvait plutôt ça marrant. Enfin, Benning bossait, il allait la voir quand il pouvait, comme moi avec Lorna. Ça marchait. Même quand j'en ai eu marre de Lorna, il était toujours là pour s'assurer que personne fourrerait son nez là-bas.

— Lorna y est encore ?

— Non, elle a dû partir il y a dix ou onze ans. La copine de Benning s'est installée dans la cabane.

— Qui paie la taxe foncière ? demanda Josie. Elle est encore au nom de Lorna Sims.

— Benning et sa poule, répondit Harlan. Elle a ouvert un genre de commerce dans la grange, un truc pour les gens du coin. Je ne sais pas trop ce que c'est, et je m'en fous. Rien d'officiel, de déclaré, mais, apparemment, elle gagne assez pour payer ses impôts tous les ans.

Le téléphone du chef sonna de nouveau, et il le mit en silencieux.

— Où est cette cabane ? s'enquit Josie.

54

Serrant dans sa main le plan grossier que Harlan avait dessiné sur une serviette en papier, Josie monta dans son SUV et démarra. Elle tapa l'adresse de la cabane sur le GPS. Comme l'avait prévu Harlan, le GPS fut incapable de la localiser. Il lui avait dit d'utiliser plutôt l'adresse d'un garagiste dans la ville la plus proche.

— C'est au coin de la route qui mène à la cabane. Tournez à gauche. Au bout de cinq ou six kilomètres, quand vous verrez la grange, vous saurez que vous y êtes.

Elle saisit cette adresse de substitution, que le système connaissait. Mais le GPS les lâcherait quand ils seraient à soixante-dix kilomètres de l'endroit, Harlan les avait prévenus. Dire que c'était au milieu de nulle part était un euphémisme, pensa Josie tout en tapotant l'écran pour faire apparaître une vue aérienne par satellite. Des hectares de forêt verdoyante surgirent. Elle tenta de dézoomer, mais l'étendue de vert semblait sans fin. La route ne figurait même pas sur les cartes, c'est pourquoi Harlan leur en avait esquissé une. Le seul point de repère qu'il pouvait leur donner, c'était la grange rouge, sur deux niveaux, au bord d'un chemin de terre.

Après avoir recentré la carte du GPS, elle vérifia le temps de trajet : une heure et demie. Elle pourrait y arriver en moitié moins de temps, et ainsi trouver Erica Mullins avant qu'elle ait seize ans.

Le chef grimpa à côté d'elle.

— Mon téléphone n'a pas arrêté de sonner, dit-il en consultant la liste des appels manqués. C'était Gretchen, Mett et Noah.

— Le mien aussi, répondit Josie alors qu'il vibrait une fois de plus.

Elle plaqua le gyrophare sur le toit de la voiture et quitta le parking de *Tappy's*.

— Quinn, vous n'avez pas envie de savoir pourquoi ils appelaient, avant de foncer dans les bois à la recherche de ce trou perdu ?

— Rappelez Noah, lui conseilla Josie en doublant brutalement deux véhicules. Si j'ai raison, Erica Mullins sera dans la grange ou dans la cabane jusqu'à demain après-midi, mais je ne veux pas perdre une seconde, au cas où la situation tournerait mal.

Le chef composa le numéro de Noah et mit le haut-parleur.

— Fraley, dit-il avant que son interlocuteur ait pu prononcer un mot, qu'est-ce qui se passe, bon sang ?

— C'est Travis Benning. Il est mort.

Il y eut un long silence. Josie détacha une seconde ses yeux de la route pour se tourner vers le chef. Il était étonnamment silencieux, le téléphone brandi devant son visage, le contemplant comme un objet totalement étranger.

— Qu'est-ce qui lui est arrivé ? demanda-t-elle en reportant son regard sur la route.

— On avait mis Mett sur le coup. Il était devant son immeuble, il a vu que la voiture de Benning était toujours là, donc il s'est garé et il a attendu. Très vite, un tas d'adjoints du shérif du comté de Lenore se sont présentés. La voisine du dessous disait qu'elle ne pouvait pas se concentrer parce que Benning avait poussé le son de sa télé à fond et qu'elle entendait une sorte de goutte-à-goutte. Elle est allée lui demander de baisser le volume, et sa porte était ouverte. Il s'est suicidé, Josie. Il s'est tranché les veines et s'est vidé de son sang. Les gouttes qu'elle entendait, c'était le sang qui coulait. Il était assis à la table de la cuisine.

— Mon Dieu, lâcha Josie.

Tandis qu'elle traversait à toute vitesse les rues de Brighton Springs pour atteindre l'autoroute, les véhicules qui roulaient devant elle s'écartaient pour lui laisser le passage.

— Ce n'est pas tout. Il avait rédigé un message.

La terreur se nicha dans l'estomac de Josie comme un serpent venimeux prêt à attaquer.

— Que disait-il, Noah ?

Le chef n'avait toujours pas bougé.

— Noah ! insista Josie.

— C'était un message pour toi, Josie. « Je suis désolé. Consultez vos mails. »

Pendant un moment, Josie resta muette.

Le chef parla enfin.

— C'est ce que disait le message, « Chère inspectrice Quinn, je suis désolé, consultez vos mails » ?

— Je peux vous envoyer une photo si vous voulez. Le papier était sur la table, à côté de ta carte de visite. C'est comme ça qu'il a eu ton adresse mail.

Josie savait que Noah aurait aisément pu se connecter sur sa messagerie. Il connaissait la plupart de ses mots de passe.

— Tu as regardé ? lui demanda-t-elle.

Noah hésita.

— Fraley, vous avez regardé ? tonna le chef.

Avec un soupir, Noah répondit :

— Oui. J'ai deviné ton mot de passe, Josie. Tu étais injoignable et on pensait qu'il y parlait peut-être d'Erica Mullins. Je me suis dit que je devais le faire, vu les circonstances.

— Que m'a-t-il envoyé ?

Le cœur de Josie vrombissait, tout son corps en était secoué.

— Des vidéos. Beaucoup de vidéos. On n'a pu en visionner que quelques-unes, mais elles concernent Gemma Farmer, apparemment.

Josie fit un effort pour ne pas vomir.

— Que fait-elle sur ces vidéos, Noah ?

— C'est ça qui est bizarre. On était tous prêts au pire, on s'attendait vraiment à tout, mais jusqu'ici, on la voit simplement dans une salle. On croirait une chambre de petite fille, peinte en rose, avec des diadèmes et des fleurs. Elle entre en pyjama, elle met les vêtements qu'il y a dans une commode. Là aussi, plutôt des trucs que mettrait une petite fille, pas une ado. Et puis elle reste là. Il n'y a pas de son, mais c'est comme si elle écoutait des instructions qu'on lui donne, parce qu'elle passe d'une activité à l'autre : elle se couche sur le lit, elle se brosse les cheveux devant la coiffeuse, elle lit un livre – pour les jeunes enfants –, elle regarde un dessin animé à la télé, elle fait même du coloriage.

— Quoi ? C'est tout ? s'étonna le chef. Il y a quelqu'un avec elle ?

— Benning est présent dans les deuxième et troisième vidéos qu'on a regardées. Il apporte une robe et il la lui fait enfiler. Il la fait tournoyer, il danse avec elle. Dans la suivante, il la déguise encore autrement et il la fait s'asseoir à ses pieds pendant qu'il lui lit un livre. Ce n'est pas ce qu'on pensait, mais franchement, ça fout la trouille.

— Rien de plus ?

— On n'en est qu'à trois vidéos, mais non.

— C'est le fantasme, dit Josie. C'est son fantasme. Quand nous avons trouvé Gemma Farmer, à part sa blessure, elle était en excellente santé. Aucun signe de brutalité ou de torture.

— Parce qu'elle était docile, répliqua le chef. Sabrina Beck a résisté, et il s'est montré violent avec elle.

— Gretchen et Mett sont sur place avec le shérif du comté de Lenore pendant que je regarde le maximum de vidéos pour voir si Erica apparaît à un moment, ou si je peux comprendre où est cette pièce – ce n'est évidemment pas chez lui.

— C'est forcément la cabane, conclut Josie. C'est la seule possibilité. Benning et Winnie se servent de cette propriété depuis vingt et un ans, selon Harlan, sans que leur nom y ait jamais été associé. Noah, arrête ce que tu es en train de faire et obtiens-moi un mandat d'arrêt pour la cabane. Il y a aussi une grange sur le terrain, donc il nous faudra un mandat pour ça aussi. Dis au shérif du comté où elle se trouve, et envoie-lui des copies des vidéos.

— OK.

Josie slalomait entre les voitures, son gyrophare tranchant la nuit. L'autoroute se déroulait sous eux, ses lignes blanches en pointillé comme des étoiles filantes.

— Benning et Winnie étaient là depuis le début, dit le chef.

— Oui, acquiesça Josie.

Elle pensa aux cheveux d'un blond excessivement pâle qui portaient le numéro 1 dans la boîte à outils.

— Je pense que Winnie était la Fille numéro 1. Elle est avec lui depuis toujours. Elle a attiré Kelsey. Ils n'ont pas pu l'enfermer dans la cabane à l'époque, puisque le Boucher n'en était même pas encore propriétaire, mais ils ont trouvé un endroit où la séquestrer jusqu'à ce qu'ils soient prêts à se débarrasser d'elle. Même chose pour Priscilla Cruz, si elle est bien la Fille numéro 3.

— Benning a fait foirer l'affaire du Boucher. Il a tout perdu à cause de ça. Il a essayé de se suicider, à plusieurs reprises. Merde, il vient de réussir. Pourquoi aurait-il enlevé les filles simplement pour les assassiner ? Pourquoi la victime survivante du Boucher l'aurait-elle aidé ?

— Je ne sais pas, avoua Josie. Mais il y a plusieurs jours, vous m'avez demandé ce que je voyais. Voilà ce que je vois. Benning perd la fille de sa fiancée pendant l'enquête sur le Boucher. À cause de lui, le tueur est relâché. Sa fiancée le quitte. Sa carrière s'effondre. Par culpabilité, il commence à rendre visite à Winnie Hyde.

— Qui était tout aussi paumée et déboussolée que lui, murmura le chef.

— Ils ont en commun le traumatisme de la salle de massacre du Boucher. Je ne sais pas comment leur est venue l'idée de kidnapper des filles, de les enfermer puis de les tuer. Je ne sais même pas pourquoi ils l'ont fait, sinon pour recréer un fantasme.

— Les filles se font enlever mais, au lieu d'être torturées, elles vivent ce qu'il considère comme l'expérience idéale d'une gamine.

— Sa salle rose avec des châteaux, des licornes et des fleurs remplace la salle de massacre du Boucher, déduisit Josie.

— Mais une fois qu'il les tient, il ne peut plus les libérer. Elles risquent de parler.

Le chef marqua une pause avant de reprendre d'une voix étranglée :

— Mais pourquoi Kelsey ? Pourquoi ma Kelsey ? Il me connaissait, il connaissait mon père. Elle était innocente, comme les filles que le Boucher a tuées. Pourquoi lui faire ça, à elle ?

— Chef, nous n'avons pas affaire à une personne saine d'esprit ou rationnelle. Quelque chose n'allait pas du tout, dans la tête de Benning. Cela dit, pensez à ce que toutes les victimes avaient en commun.

— Elles avaient toutes quinze ans ? Et avaient toute leur vie devant elles ?

— Oui. Mais aussi, elles venaient toutes de foyers chaotiques. La vie familiale de Kelsey n'était pas exactement stable, à partir du moment où votre père a décidé de l'envoyer dans un pensionnat. Les parents de Gemma Farmer se disputaient tout le temps. La mère de Sabrina Beck faisait de son mieux, mais sa fille s'attirait constamment des ennuis. Les parents d'Erica Mullins avaient eux aussi l'air d'avoir une relation tendue, entre eux et avec elle. Nos trois victimes récentes étaient suivies pour du stress, de l'anxiété et d'autres problèmes.

— Il croyait les sauver ? C'est absurde.

— Benning est tordu. Dans son esprit, tout ça est peut-être très logique. S'il réfléchissait comme un être humain normal, raisonnable, il n'aurait rien fait de tout ça.

— Pourtant, il travaillait avec des jeunes, rappela le chef. Il travaillait dans le domaine de la santé mentale, merde !

Josie hocha la tête.

— Il est très possible qu'il ait essayé d'arrêter. Après Priscilla Cruz, plus aucune victime n'a été trouvée jusqu'à Gemma Farmer. Nous ne savons pas si la numéro 4 a été séquestrée juste avant Gemma et que nous ne l'avons toujours pas trouvée, ou s'il a enchaîné aussitôt après Priscilla Cruz, au début des années 2000, mais il y a un écart entre les crimes. Sans connaître l'identité de la Fille numéro 4, sans savoir quand elle a été enlevée, difficile de préciser la chronologie, mais l'écart entre Priscilla Cruz et Gemma Farmer est de plus de quinze ans.

— Pourquoi s'est-il arrêté ? Il n'était pas en prison.

— Je ne sais pas. Il n'y a qu'une personne sur terre qui pourrait le savoir, et c'est Winnie Hyde.

— Qui a clairement joué un rôle dans ces crimes. C'est elle qui a appelé Daisy sur le téléphone prépayé au nom de Laura Claxon. C'est forcément elle. Vous pensez qu'on va simplement débarquer dans sa petite cabane de tueur en série fétichiste et lui demander de répondre à toutes nos questions ?

— Non, nous n'allons pas faire ça seuls. À vous de déterminer quel shérif couvre la zone où se situe la cabane. Appelez-le, expliquez-lui ce qui se passe. Puis prévenez la police d'État aussi. Il fait nuit. L'endroit est isolé. La vie d'Erica Mullins est en jeu et, si tout ce que nous venons de dire est vrai, Winnie Hyde est dangereuse. Et elle connaît intimement le terrain, ce qui lui donne un avantage sur nous. Il nous faut des renforts, et vite, car nous sommes sur le point d'entrer dans une zone morte.

55

Chez le garagiste dont Harlan leur avait parlé, Josie et le chef furent rejoints par deux adjoints du shérif du comté de Wendig et par un unique membre de la police d'État. Il avait imprimé une carte topographique de l'endroit où ils se trouvaient, où ils avaient repéré le virage vers le chemin de terre à un peu plus d'un kilomètre puis, au bout d'environ trois kilomètres, la grange rouge que Harlan avait mentionnée. D'après le plan, la grange était flanquée d'un petit parking. Derrière, un sentier trop étroit pour une voiture montait vers la cabane bâtie dans une clairière. Ils devraient se garer devant la grange, fouiller ce premier bâtiment, puis aller à pied jusqu'à la cabane. Josie étudia le plan, mais il n'y avait pas d'autre moyen de s'en approcher, à moins de passer par la forêt.

Josie frappa la carte du doigt.

— Vous connaissez bien ce bois, adjoint ?

L'homme sourit et secoua la tête.

— Pas assez bien pour trouver votre cabane dans le noir, si c'est ce que vous voulez dire. Voici ce que je vous propose : mon collègue et moi, nous fouillerons la grange pendant que vous autres, vous monterez jusqu'à la cabane. Puis nous vous rejoindrons et nous encerclerons l'endroit. On sera à proximité si vous avez besoin d'aide.

— Ça fera l'affaire, répondit Josie.

Noah avait pu obtenir les deux mandats de perquisition, et un des adjoints du shérif de Wendig les avait imprimés et apportés. Josie les glissa dans sa poche arrière et endossa une veste tactique. Elle aurait préféré des renforts plus nombreux mais, théoriquement, elle et le chef n'étaient là que pour vérifier dans la grange et la cabane si Erica Mullins y était et, si possible, questionner Winnie Hyde. Le chef n'avait pas de gilet pare-balles, mais Josie avait celui de Noah dans son coffre. Il l'enfila, ils contrôlèrent leurs armes et leurs torches, puis remontèrent dans leurs véhicules.

Une fois garée près de la grange rouge, les phares éteints, Josie regarda le chef. Il n'avait rien dit depuis une heure.

Elle alluma sa torche.

— Vous êtes prêt pour ça ?

La lumière se refléta un instant dans les yeux du chef. Il la foudroya du regard avec plus de sévérité que jamais.

— Quinn, ça fait vingt-cinq ans que je suis prêt. Allons-y.

Éclairant le chemin avec leurs torches, ils se dirigèrent vers l'arrière de la grange. Josie braqua son faisceau lumineux sur un petit panneau à côté de l'entrée latérale de la grange, qui indiquait : « Hyde, traitement du gibier. »

Alors que les deux adjoints du shérif s'introduisaient dans la grange obscure par la porte arrière, Josie, le chef et le policier d'État continuèrent à marcher. Ils éteignirent leurs torches quand ils atteignirent le chemin de la cabane. La lumière argentée de la lune leur suffisait pour voir le terrain, une fois que leurs yeux se furent adaptés. Des milliers d'étoiles brillaient dans le ciel, formant un tableau magnifique. Ils avançaient sur le sentier jonché de cailloux, dans un silence seulement troublé par le chant des grillons, le hululement d'un hibou, et leur propre souffle entrecoupé. Finalement, la lueur dorée des fenêtres de la cabane apparut. La cabane proprement dite n'était qu'une silhouette noire contre un arrière-plan encore plus sombre, mais elle était plus grande que Josie l'avait imaginé. Tandis que le policier d'État restait en retrait, invisible, le chef et elle montèrent sur le perron. Le porche n'abritait qu'un unique rocking-chair.

Josie détacha la patte de son holster. Son cœur battait si fort, c'était comme un éléphant piétinant sa poitrine. Elle leva la main et frappa fermement à la porte.

— Police ! Il y a quelqu'un ? Je suis l'inspectrice Josie Quinn, de la police de Denton. J'ai un mandat de perquisition.

Aucune réaction.

Le chef posa la main sur la poignée de la porte, qui tourna sans difficulté. Tous deux dégainèrent leur arme et pénétrèrent dans la cabane. Josie franchit le seuil la première et partit vers la droite, le chef optant pour la gauche, une seconde plus tard. Une fois de plus, Josie cria son nom, qui elle était, et leur intention de perquisitionner les lieux. Tandis qu'une partie de son esprit était ultraconsciente et prête à neutraliser la moindre menace, une autre partie, plus étouffée, observa rapidement tous les détails de la pièce : plancher couvert d'une carpette tressée ovale. Mobilier rustique – canapé, chaise et table basse – en bois sombre patiné. Voilages aux fenêtres. Panneaux de cèdre sur les murs. Un ordinateur en partie visible sous une couverture sur le canapé. Du matériel d'enregistrement et des clés USB éparpillées sur la table basse.

— Personne ! dit le chef.

Josie risqua un coup d'œil vers lui, là où le salon s'ouvrait sur une petite cuisine. Une table en bois qui semblait avoir été fabriquée avec les arbres alentour. Quatre chaises. Un comptoir en stratifié vert, abîmé. Les appareils électroménagers habituels. Une photo sur le réfrigérateur, que Josie n'eut pas le temps d'examiner. Ils entrèrent ensuite dans un étroit couloir sombre. Une salle de bains, petite mais fonctionnelle. Personne. Une chambre avec un très grand lit, couvertures froissées, table de chevet et commode. Une autre photo sur la coiffeuse, que Josie n'eut pas non plus le temps de regarder. Un placard plein de vêtements et de chaussures, pour femmes et pour hommes, dans des tons ternes. Personne. Une deuxième chambre, ne contenant qu'un tapis sale et des chaînes en acier accrochées au mur. Personne.

Puis la dernière porte au bout du couloir. Une porte d'extérieur pour une pièce intérieure. Avant même de l'ouvrir, Josie sut que c'était l'endroit où avaient été tournées les vidéos décrites par Noah. Rose pastel, des dentelles et des volants partout, des peluches sur le lit, des meubles blancs, une coiffeuse sur laquelle étaient alignés des dizaines d'accessoires pour les cheveux. Un placard débordant de robes colorées. Des fenêtres condamnées, dont les planches avaient été peintes en rose. Un faux plafond à néons. Deux caméras fixées au mur, très haut, deux yeux morts observant la pièce.

— Personne ! cria le chef.

Ils baissèrent leurs armes. La déception s'abattit sur les épaules de Josie.

— J'étais certaine qu'Erica serait encore ici. J'ai peut-être raté un truc. Elles ne restent peut-être pas enfermées ici jusqu'au dernier jour. Quand les filles sont tuées, on les retrouve dans un autre endroit. Où elles auraient pu être pour leurs seize ans. Kelsey, dans une église. Gemma, à un bal de fin d'année. Sabrina, dans son lit. Un dernier repas est préparé quelque part, quelques heures seulement avant que leur corps soit déposé là où il sera découvert. J'étais certaine que c'était ici, dans cette cabane.

Le chef la dévisagea, rengainant son arme.

— Quinn, regardez cet endroit. La lumière était allumée dans la moitié des pièces, dont celle-ci. On est passés à côté de quelque chose. Ils nous ont peut-être vus ou entendus arriver, et ils sont sortis par...

Avant qu'il puisse terminer sa phrase, un des panneaux du faux plafond céda et éclata en morceaux en percutant son épaule. Il tressaillit. La stupéfaction se peignit sur son visage. Puis une silhouette tomba d'en haut et s'écrasa sur Chitwood. Les quelques secondes suivantes défilèrent dans un flou de mouvements frénétiques, ponctués par des hurlements. Le chef s'effondra, chevauché par son assaillante. Josie comprit seulement en voyant ses cheveux d'un blanc immaculé que c'était Winnie Hyde. Ils roulèrent sur le sol, agitant les bras et les jambes, chacun tâchant de maîtriser l'autre. Le pistolet de Josie était inutile dans ses mains. Elle ne pouvait tirer sur Winnie sans mettre en danger la vie du chef. Hurlant à pleins poumons, dans l'espoir que les policiers à l'extérieur l'entendraient, Josie rengaina son arme et se jeta dans la mêlée, sautant sur le dos de Winnie pour tenter de la neutraliser. Sous un jean usé jusqu'à la corde, vêtue d'un débardeur pour homme qui effleura la joue de Josie, elle était tout en os et en muscles. Le chef se cabrait sous elle, dressant ses avant-bras devant lui pour tenter de bloquer ses attaques. Josie commençait à glisser son bras droit sous le menton de Winnie pour lui faire une prise qui la rendrait inconsciente sans la blesser grièvement quand la femme déchaînée projeta violemment sa tête en arrière.

L'impact se fit entre les yeux de Josie. Des étoiles envahirent son champ de vision. Hébétée, elle relâcha sa prise. Winnie en profita pour se dégager. L'inspectrice retomba contre la commode, et sa tête heurta l'une des poignées. Un hoquet s'échappa de son diaphragme. Sa veste tactique lui protégeait le thorax, mais rendait plus difficile la lutte contre une adversaire à la fois rapide comme l'éclair et d'une agressivité farouche.

Josie n'avait que vaguement conscience de la voix du chef. Il se trouvait à un mètre d'elle, mais c'était comme s'il criait depuis une pièce très éloignée.

— Quinn ! Sortez ! Trouvez la fille !

Winnie asséna un coup violent dans la mâchoire du chef.

Le craquement inspira aussitôt à Josie une vague de nausée qui lui remonta dans la gorge. La bouche pleine de sang, il cessa de crier.

— Non ! hurla Josie.

Elle voulut se lever, et c'est alors qu'elle vit l'éclat d'une lame.

Josie se jeta sur le bras de Winnie, mais elle reçut un coup de pied dans le sternum. Elle fut de nouveau projetée contre la commode, si violemment qu'elle entendit le bois se fissurer. Les poumons vidés, elle vit avec une effroyable clarté Winnie Hyde à genoux entre les jambes du chef. Josie n'était même pas sûre qu'il en soit conscient. Il avait la tête sur le côté, ses paumes tâchant d'endiguer le flot de sang qui coulait entre ses lèvres. Winnie brandit le couteau très haut avant de le lui enfoncer à l'intérieur de la cuisse.

Tentant désespérément d'inspirer un peu d'air, Josie voulait crier, hurler, demander pitié pour lui. Aucun son ne sortit de sa bouche à part un faible gémissement. Winnie laissa le couteau planté dans sa cuisse, se leva et se tourna vers Josie. Elle semblait à peine plus âgée que sur la photo d'identité judiciaire prise lorsqu'elle avait dix-huit ans. Mais Josie ne connaissait que son visage. Cette fois, elle put voir ses bras nus, couverts d'épaisses cicatrices argentées, bombées. L'œuvre du Boucher. Elle avait à présent quarante-cinq ans, mais elle ne les faisait pas. Et sa façon de se mouvoir ne le révélait pas non plus. Le Boucher l'avait marquée et vieillie, mais il n'avait pas abîmé son visage. Le temps aussi l'avait épargnée. Sa peau mate était lisse, sans défauts. Quelques rides se réunissaient au coin de ses yeux et sur son front. Son long nez droit était saupoudré de taches de rousseur. Des lèvres larges et pleines. Des yeux noirs qui brillaient d'hostilité.

Le chef se tordit de douleur et toussa.

Winnie sourit à Josie. Puis elle s'enfuit.

56

Josie compta les secondes jusqu'à ce que le souffle lui revienne, tandis que le chef s'agitait, impuissant, devant elle. Une, deux, trois, quatre... À cinq, l'air s'engouffra dans ses poumons. Elle tenta de ramper vers Chitwood et faillit retomber aussitôt, succombant au vertige. Les yeux fixés sur le couteau qui dépassait de la cuisse du chef, Josie s'avança sur le sol.

— Ne bougez pas, lui ordonna-t-elle.

Elle se pencha au-dessus de lui et lui toucha l'épaule.

— Chef ! Ne bougez pas.

— Qu-qu... bredouilla-t-il.

Josie se rapprocha jusqu'à ce que leurs visages ne soient plus qu'à deux centimètres l'un de l'autre.

— Regardez-moi, dit-elle. Chef.

Toutes les sensations revenaient dans son corps, les couleurs et la disposition de la pièce devenaient plus nettes à chaque seconde qui passait.

Il ne la voyait pas, ses yeux semblaient aveugles.

— Bobby, dit Josie en lui serrant fermement l'épaule. Regardez-moi.

Il la trouva.

Josie avait une boule énorme dans la gorge. Au cours de ces dernières semaines, elle avait discerné l'homme derrière les paroles brutales et les règles tyranniques. Elle l'avait vu passer de la colère à la vulnérabilité et à un chagrin profond. Mais elle n'avait pas encore vu ça. La terreur.

— Bobby. Tout va bien. Je suis là. Tout va bien.

— Qui...

Le policier d'État fit irruption dans la pièce et s'arrêta net en les voyant. De sa main droite, il se soutenait l'avant-bras gauche, du sang filtrant entre ses doigts.

— Mon Dieu, qu'est-ce qui s'est passé ici ? Cette dingue a surgi à la porte, j'ai essayé de la retenir mais elle m'a poignardé. Je l'ai perdue dans la forêt. Les autres sont encore dans la grange, je pense...

— Allez les chercher et retrouvez cette femme, dit Josie. Et avant toute chose, appelez les secours. Nous avons besoin d'aide. Il nous faut une ambulance, peut-être même un hélicoptère. Vite.

Hésitant, il la regarda un instant, jusqu'à ce qu'elle répète :

— Vite !

De nouveau seule avec le chef, Josie lui promena doucement ses doigts sur le front. Elle n'osait pas lui toucher la joue. Winnie Hyde lui avait clairement fracturé la mâchoire.

— Qui... tenta-t-il une fois de plus, en vain.

— Ne parlez pas. Écoutez-moi. Vous avez la mâchoire cassée. Vous allez devoir être opéré. Mais surtout, vous avez un couteau dans la jambe. Il est très probable qu'il soit planté dans votre artère fémorale. Je n'en suis pas sûre, mais je ne veux prendre aucun risque. Si vous bougez, si vous tentez de l'enlever, vous pourriez vous vider de votre sang, donc je vous demande de rester parfaitement immobile. Clignez des yeux si vous avez compris.

Il battit lentement des paupières. Une de ses mains chercha

celle de Josie, l'attrapa et la serra légèrement. Une larme se forma au coin de son œil droit et roula sur sa joue.

— Arrêtez, dit Josie d'une voix ferme. Vous n'allez pas mourir. J'ai déjà perdu un chef avant vous. Vous le saviez ?

Il battit des paupières.

— C'était quelqu'un de bien, il est mort en me sauvant la vie. Il a sauvé beaucoup de vies. Je ne veux pas revivre ça.

Les larmes lui piquaient les yeux alors qu'elle parlait, mais elle les refoula. Elle enferma l'émotion qui menaçait de la submerger dans une boîte minuscule, quelque part dans son esprit. Plus tard. Plus tard, elle ressentirait tout ce qu'évoquaient cette pièce et ces instants. Pour le moment, elle avait une tâche à accomplir.

Elle fouilla dans sa poche et trouva le chapelet. Les perles étaient chaudes contre sa peau. Leur cliquetis lui procura un réconfort immédiat. Elle pressa le bracelet dans la paume du chef. Il écarquilla les yeux. S'obligeant à sourire, Josie dit :

— Vous aviez raison quand vous disiez que je saurais à quel moment vous le rendre. Accrochez-vous à ce chapelet. Concentrez-vous sur lui, et sur rien d'autre. Ça vous aidera à rester immobile jusqu'à l'arrivée des secours, d'accord ?

Il battit des paupières.

— Et, chef, rendez-moi service. Priez.

57

Dehors, il faisait nuit noire. Trois faisceaux lumineux se déplaçaient parmi les arbres entourant la cabane. Josie trouva sa torche et la ralluma, pour prendre le chemin qui la ramènerait à la grange. À mesure qu'elle s'avançait, elle se rendit compte que la porte arrière était ouverte mais que tout était sombre dans la grange. Les adjoints du shérif avaient eu besoin de lumière pour la fouiller. Ils n'avaient sans doute pas pris la peine d'éteindre quand le policier d'État était venu leur demander de l'aide pour fouiller la forêt. Winnie Hyde avait eu l'occasion de s'enfuir quand Josie et le chef avaient frappé à la porte de la cabane, mais elle était restée et s'était cachée. Josie n'avait vu aucun véhicule près de la cabane, ni même près de la grange, pourtant assez grande pour accueillir une ou deux voitures. Les policiers pourchassaient Winnie dans le bois : si elle avait eu un moyen de leur échapper, elle en aurait profité. Elle avait disparu des radars pendant des décennies. À l'âge de dix-huit ans, cette femme avait cessé d'exister. Elle était devenue un fantôme. De toute évidence, elle avait appris à fuir ; elle avait si bien affûté sa rage qu'elle en avait fait une arme.

Mais elle n'avait pas prévu cette attaque. Josie en avait la certitude.

Selon Harlan, la grange appartenait à Winnie bien avant que Lorna Sims ne libère la cabane. La grange était le sanctuaire de Winnie, l'endroit qu'elle connaissait le mieux. Elle était invisible depuis si longtemps qu'elle pensait sans doute pouvoir l'être encore. Assez longtemps, du moins, pour trouver un moyen de s'en aller et un endroit où se réfugier.

Josie dégaina son pistolet et retira la sécurité. Elle le tint devant elle, prête à tirer, tenant sa torche juste en dessous. Elle entra dans la grange et en balaya les ténèbres avec le faisceau lumineux.

— Winnie Hyde, je suis l'inspectrice Josie Quinn, de la police de Denton. Je viens vous arrêter pour tentative de meurtre sur la personne de Robert Chitwood. Montrez-vous, les mains au-dessus de la tête.

Elle progressait vers l'avant de la bâtisse, aussi vite qu'elle le pouvait, le dos contre un mur d'étagères chargées d'objets indiscernables. Winnie ne réagit pas davantage aux autres appels qu'elle lui lança. Dehors, des véhicules arrivaient, éclairant les lieux plus efficacement que la torche de Josie. La grange était avant tout un lieu consacré au traitement du gibier. Le chrome des différentes machines luisait à la lumière qui entrait par les fenêtres. Une série de longues tables métalliques occupaient tout le centre de la grange, presque d'un bout à l'autre. Josie resta entre les étagères et les tables, tous ses sens en éveil, à l'affût du moindre son, guettant le moindre mouvement. Mais elle n'entendait que les cris des hommes à l'extérieur. De l'autre côté des tables, elle repéra des box jadis utilisés pour le bétail. Aux parois de ces box étaient suspendus tous les couteaux dont pouvait avoir besoin un chasseur ou un boucher. Josie retint sa respiration, imaginant Winnie Hyde dans cet espace avec toutes ces lames.

Elle était littéralement devenue un boucher. Elle s'était

approprié ce qu'elle avait subi tant d'années auparavant. Mais au lieu de guérir, Winnie avait succombé au poison.

Josie passa devant un box contenant des armoires de classement. Le suivant abritait du matériel qu'elle ne put identifier. Ensuite, elle atteignit un box où des crochets métalliques avaient été fixés dans les poutres du plafond ; à l'un d'eux était suspendue la carcasse d'un cerf.

Une voiture à l'avant endommagé était garée dans le box d'après. Josie contourna les tables et s'approcha prudemment du véhicule. Alors qu'elle avançait, la lumière provenant de l'extérieur illumina une touffe de poils bruns sur le pare-chocs. Cela expliquait la présence de sang de cerf sur la tempe de Sabrina Beck. Winnie avait sans doute percuté un cerf avec sa voiture le soir où elle transportait la jeune fille, et elle avait rapporté la carcasse ici pour s'en occuper. Cela n'était pas rare en Pennsylvanie centrale. Souvent, Josie avait heurté un cerf sur une route de campagne, puis s'était dépêchée de prévenir les personnes compétentes une fois arrivée dans une zone où il y avait de nouveau du réseau mais, à son retour, quelqu'un avait déjà récupéré l'animal. Beaucoup de familles de Pennsylvanie centrale avaient du mal à joindre les deux bouts. Un cerf pouvait à lui seul fournir bien des repas à une famille en difficulté.

Josie braqua sa torche vers la cabine. Les sièges étaient inoccupés ; la banquette arrière était également vide. Un bruit, comme un coup sourd, l'attira vers l'arrière du véhicule. Les yeux, le pistolet et la torche en l'air, Josie s'avança. Les coups devinrent plus sonores. Elle baissa sa lampe et s'en servit pour frapper légèrement le coffre. Les coups cessèrent. Puis une voix étouffée lui parvint.

— Au secours.

Josie laissa échapper une bouffée d'air.

— Erica ? Erica Mullins ?

Un couinement aigu résonna dans le coffre. Envahie par le

soulagement, Josie s'approcha de la portière côté conducteur, l'ouvrit et tenta de trouver le bouton d'ouverture du coffre. Avant qu'elle ait pu le localiser, un autre bruit se fit entendre. D'un autre endroit dans la grange. Une voix de femme.

Josie repartit vers l'entrée du box et se posta près du capot de la voiture, la torche et le pistolet prêts.

— Winnie Hyde ?

— Vous ne pouvez pas la prendre, répondit une voix désincarnée.

Josie se figea, attendant que la voix s'élève de nouveau, dans l'espoir qu'elle pourrait ainsi situer Winnie. Comme elle ne parlait plus, Josie dit :

— Winnie, je ramène Erica chez elle. C'est fini. Montrez-vous.

— Vous ne pouvez pas la prendre. Je l'ai déjà préparée.

Josie se tourna vers la droite, en direction du box où pendait la carcasse de cerf. Sa torche ne trouva Winnie nulle part. Il fallait qu'elle continue à la faire parler.

— C'est vous qui les préparez ? C'est vous qui les tuez ?

— Je les prépare, mais je ne les tue pas. Il ne s'agit pas de les tuer, mais de les envoyer ailleurs. Dans un monde meilleur que celui-ci.

Josie fit un pas de plus vers le box suivant, la puanteur de viande en décomposition attaquant ses sens.

— Comment savez-vous qu'elles vont dans un monde meilleur ?

Le rire de Winnie semblait venir de nulle part et de partout à la fois.

— N'importe quel monde serait meilleur que celui-ci, non ?

Dans les moments les plus douloureux qui avaient suivi le décès de sa grand-mère, Josie aurait été d'accord, mais elle songeait maintenant à son mari, à leur chien, à leur famille par le sang et à celle qu'ils s'étaient choisie. Elle songeait à sœur Theresa et à son chapelet, à la compassion qu'elle avait témoignée envers le chef au fil des années. Elle songeait au chef qui avait recueilli sa petite sœur, qui avait sacrifié sa propre vie amoureuse pour elle. Elle songeait à Meredith Dorton, coincée dans l'annexe de l'unité affaires classées à Brighton Springs, les yeux brillant d'enthousiasme à l'idée de faire le bien, quoi qu'il lui en coûte. La joie, le réconfort, l'affection, l'amour, rien de tout cela n'était acquis, loin de là, mais lorsqu'on les rencontrait, lorsqu'on les dispensait, le jeu en valait la chandelle.

— Si vous pensez que n'importe quel monde vaut mieux que celui-là, dit Josie, c'est que vous n'avez pas fait ce qu'il fallait.

Un souffle bruyant, toujours impossible à localiser.

— J'ai vu le Boucher envoyer les petites filles ailleurs. J'ai vu la paix qui descendait sur elles quand il finissait par les y expédier. Il n'y a rien de comparable. Je fais ça pour ces filles. Travis leur donne un avant-goût de ce que pourrait être la vie parfaite et, quand il a terminé, quand il a ce qu'il lui faut, je les envoie ailleurs.

Josie fit encore un pas, maintenant sur le seuil de l'autre box. Elle distinguait la carcasse du cerf.

— Qui a eu cette idée ? Vous ou Travis ?

— Il en avait besoin. Il avait besoin de guérir, d'arrêter de s'accuser, alors je l'ai aidé. C'est la seule personne qui me voyait vraiment quand ils m'ont tirée de la maison du Boucher. Il voyait ce que j'étais vraiment, ce que le Boucher avait fait de moi, et il m'aimait quand même. Il est mon âme sœur. Mais il essayait tout le temps de m'abandonner.

Josie avança encore, à présent certaine que la voix venait de quelque part sur sa gauche, mais la lumière de sa torche ne révéla qu'une trousse de chasse sur une table.

— Il a tenté de se suicider, vous voulez dire. Vous pensiez que recréer le traumatisme causé par l'affaire du Boucher pourrait l'aider.

— Ça l'a vraiment aidé. Il allait tellement mieux après.

Quand il recommençait à sombrer dans la dépression, on en trouvait une autre. Je faisais le sale boulot pour qu'il puisse vivre en paix, la même paix qu'il m'a apportée en m'aimant pendant toutes ces années.

Une pile de caisses encombrait un coin. Josie s'en approcha, guidée par la voix de Winnie.

— Vous étiez la Fille numéro 1 ? La toute première ?

— Ah, nos marques ? Oui, j'étais la première. J'ai fait de mon mieux pour l'aider, mais je ne suffisais pas. C'est pour ça qu'il nous en fallait d'autres. Mais on était très sélectifs. On agissait seulement quand c'était absolument nécessaire, quand Travis risquait de se perdre.

Josie jeta un œil derrière les caisses. Rien.

— Qui était la Fille numéro 4 ?

Pour la première fois, Josie crut entendre dans la réponse de Winnie une sorte d'émotion réelle, dirigée vers quelqu'un d'autre que Travis Benning.

— C'était la plus précieuse de toutes. Une trouvaille. Un cadeau inattendu. C'est elle qu'on a gardée le plus longtemps et, grâce à elle, Travis n'a pas eu besoin d'aide pendant de nombreuses années.

— Comment s'appelle-t-elle ? demanda Josie.

Nouveaux éclats de rire.

Josie se tourna vers la carcasse.

— Winnie, il faut vraiment que je ramène au plus vite Erica à sa famille. Ne me rendez pas la tâche plus difficile. Sortez, que je vous voie. Les mains au-dessus de la tête.

Les secondes s'écoulaient. Josie repensa à ce que Harlan avait raconté, sur le jour où ils avaient retrouvé Winnie chez le Boucher. Assise sur une commode, aux aguets. Tout comme elle s'était cachée dans le faux plafond, pour observer.

— Winnie. J'ai une mauvaise nouvelle concernant Travis. Ce matin, j'ai emmené une équipe chez lui pour l'arrêter. Ça s'est mal passé. Il s'est débattu et je lui ai tiré dessus. Travis est mort, Winnie.

À l'instant où le mensonge sortit de sa bouche, Josie braqua son pistolet et sa torche vers le plafond, au niveau de la poutre à laquelle était accroché le cerf. Un cri déchira l'air. Elle détecta un mouvement de cheveux blancs, l'éclat d'une lame, puis Winnie tomba sur Josie en brandissant son couteau vers elle.

L'inspectrice tira deux coups. Winnie s'effondra au sol.

D'un coup de pied, Josie écarta le couteau. Puis elle regagna la voiture, cherchant sous le volant le levier d'ouverture du coffre. Elle finit par le trouver et l'actionna. Elle courut vers l'arrière du véhicule, éclairant avec sa torche l'adolescente recroquevillée dans le coffre. Elle était en pyjama. Ses cheveux bruns étaient graissés par la sueur. Elle ferma les yeux quand Josie lui mit la lumière en plein visage. Une croûte rose et blanche adhérait à ses lèvres. À côté d'elle, une flaque de vomi séché, composée d'écume blanche et de petits morceaux de pilules roses.

— Qui êtes-vous ? croassa Erica. Vous allez m'aider ?

— Je suis l'inspectrice Josie Quinn. Je suis là pour te ramener chez tes parents.

58

UN MOIS PLUS TARD,
DENTON, PENNSYLVANIE

Josie posa un verre de thé glacé sur la table à côté du fauteuil inclinable du chef. Elle plongea une paille dans le verre, puis tenta de la porter à ses lèvres, mais il la chassa, irrité. À travers ses dents serrées – on lui avait bloqué la mâchoire pour qu'elle guérisse –, il grogna :

— Je suis capable de boire tout seul, Quinn. Quand rentrerez-vous chez vous ?

— Je viens d'arriver !

Il voulut se lever et émit un grognement de douleur. Se rasseyant, il la regarda d'un air mauvais. Par chance, Winnie Hyde ne lui avait pas tranché ni même entaillé l'artère fémorale, mais elle lui avait infligé une blessure sérieuse et encore sensible. Le chef avait reçu des médecins l'ordre strict de ne pas travailler avant un mois. L'équipe se relayait pour passer chez lui afin de s'assurer qu'il avait tout ce qu'il lui fallait et qu'il ne fournissait aucun effort superflu. Enfin, Josie passait tous les jours. Les autres se relayaient quand elle n'était pas là.

On frappa à la porte. Le chef soupira.

— Allez donc ouvrir, tant que vous êtes là.

Josie avait deviné que ce serait Noah. Il apportait des informations importantes.

— Salut, chef, dit-il en pénétrant dans le salon, un dossier sous le bras.

— Écoutez, Fraley, je n'ai pas besoin de vous deux ici. Il n'y a plus personne qui bosse, dans ce commissariat ?

— Il reste Gretchen, répondit Josie. J'ai demandé à Noah de venir parce que nous avons deux ou trois choses à vous communiquer.

Le chef agita la main.

— Winnie Hyde est morte ?

Noah secoua la tête.

— Je crains que non.

Aussi incroyable que cela puisse paraître, Winnie Hyde avait survécu tant à son saut du haut des poutres de la grange qu'aux deux balles que Josie lui avait tirées dans le corps. Elle était déjà accusée de toute une série de crimes, mais l'équipe continuait à étudier les preuves retrouvées dans la cabane pour garantir que chaque accusation serait assortie d'une condamnation. À Brighton Springs, Meredith Dorton s'employait à ce que le meurtre de Kelsey lui soit bien attribué. McMichaels avait été libéré.

— C'est à propos de Daisy, dit Josie tandis que Noah lui tendait l'enveloppe. Pendant votre séjour à l'hôpital, la Protection judiciaire de la jeunesse nous a signalé qu'elle avait des entailles sur l'avant-bras droit. Ils pensaient qu'elle s'était mutilée. Elle refusait de leur en parler.

— Mais elle a bien voulu se confier à Josie, expliqua Noah. Nous avons vu les entailles. Ce sont les mêmes que sur les autres victimes. Daisy en a quatre.

Le chef dévisagea Josie, puis Noah, puis de nouveau Josie.

— Je ne comprends pas. C'est la Fille numéro 4 ? Mais elle est encore en vie.

— Winnie m'a déclaré qu'elle était précieuse, juste avant que je lui tire dessus. « Une trouvaille », a-t-elle dit. J'ai compris qu'elle était la Fille numéro 4 grâce à ce que nous savions, ce que Winnie m'a indiqué par le biais de son avocat, et ce que Daisy elle-même a pu nous avouer quand elle a su que Travis était mort et que Winnie était en prison. Vous vous rappelez que, selon Harlan, son indic, Lorna Sims, habitait la cabane du Boucher ? Eh bien, Daisy y vivait avec elle. Alors qu'elle avait environ sept ans, Lorna a replongé dans la drogue et est morte d'une overdose. Winnie habitait la grange. C'est elle qui a trouvé le corps de Lorna, et Daisy toute seule. Benning et elle ont recueilli Daisy et l'ont élevée dans la cabane. Elle figure sur plusieurs des vidéos de Benning, qui ont dû être tournées dans sa chambre. Souvenez-vous, quand nous sommes entrés dans la cabane, il y avait une photo sur le réfrigérateur et une autre, encadrée, dans la chambre principale. C'étaient des portraits de Daisy beaucoup plus jeune. Sa présence a dû contribuer à empêcher Benning et Hyde de tuer, au moins pendant un moment. Puis Daisy a eu seize ans, et elle est devenue un problème pour eux. Enfin, pour Benning. Je pense que Winnie aimait Daisy, c'est pourquoi elle l'a mise au travail plutôt que de la tuer comme les autres.

— Nous avons pu reconstituer ses déplacements grâce aux téléphones prépayés, poursuivit Noah. L'an dernier, Winnie a amené Daisy ici. Elles ont séjourné au *Patio Motel* pendant un mois – le gérant l'a confirmé –, assez longtemps pour que Daisy « rencontre » Kade McMichaels et le persuade de l'héberger. Ensuite, Winnie et elle n'avaient plus besoin que de communiquer par téléphone. Winnie lui disait où et quand rencontrer Benning pour qu'il lui montre la photo de la prochaine victime et lui apprenne où la trouver. Daisy se liait d'amitié avec elle et la conduisait au fond de la propriété de McMichaels, lui faisait boire l'alcool dérobé dans sa maison. Parfois, elle la droguait aussi avec du Benadryl. Puis elle appelait Winnie, qui venait les chercher.

— Daisy savait seulement qu'elle était censée se faire des amies, les amener au feu de camp, les enivrer et attendre Winnie.

— Quelle histoire de fous, commenta le chef.

— Daisy n'a pas connu Benning longtemps, elle n'a même jamais compris qui il était pour elle. Quant à Lorna, elle s'en souvient à peine. Winnie est ce qui se rapproche le plus d'une mère pour elle.

— Voilà pourquoi, en matière de compétences sociales, Daisy est un peu... déficiente, précisa Noah.

— Mon Dieu, c'est épouvantable. A-t-elle de la famille ?

Josie et Noah échangèrent un regard. Puis Josie lui tendit l'enveloppe.

— Oui. Vous.

— C'est votre sœur, ajouta Noah.

— Vous vous rappelez, Harlan a dit qu'il avait eu une liaison avec cette indic. Il a dû la mettre enceinte.

Le chef fit de son mieux pour rire malgré sa mâchoire bloquée.

— Voyons, Quinn. Mon père avait déjà plus de soixante-dix ans, à l'époque.

— Exact. Un homme peut encore engendrer à cet âge. C'est rare, mais c'est possible. J'ai fait analyser l'ADN de Daisy. C'est bien la fille de Harlan. Tous les résultats sont là-dedans.

Il contempla l'enveloppe sans l'ouvrir. Elle frémissait dans sa main.

— Vous ferez ce que vous voudrez de cette information, mais nous pensions que vous aviez le droit de savoir.

Le chef ne les regardait pas. Les documents tremblaient tellement dans sa main qu'il dut les poser sur ses genoux. Ses visiteurs attendaient une réaction de sa part, mais il se contentait d'examiner l'enveloppe. Après quelques minutes, il dit tout bas :

— Quinn, Fraley. J'aimerais être seul.

— Bien sûr, dit Josie. Vous savez où nous trouver.

UNE LETTRE DE LISA

Merci beaucoup d'avoir choisi de lire *La regarder disparaître*. Si ce livre vous a plu et que vous voulez être tenu au courant de toutes mes dernières parutions, inscrivez-vous via le lien ci-dessous. Votre adresse mail restera confidentielle, et vous pourrez vous désinscrire quand vous le souhaitez.

france.bookouture.com/subscribe/

Comme toujours, je me considère comme privilégiée de pouvoir continuer la série des *Enquêtes de l'inspectrice Josie Quinn*. C'est un plaisir de vous offrir ces récits. *La regarder disparaître* se déroule dans beaucoup d'endroits à la fois. La plupart, comme Lochfield, Brighton Springs et le comté de Wendig, sont inventés. Les lecteurs de longue date savent déjà que Bellewood, Bowersville, Fairfield et les deux autres comtés mentionnés, ceux d'Alcott et de Lenore, sont également de la pure fiction. J'ai fait de mon mieux pour rendre aussi authentiques que possible les éléments de procédure policière. Quelques détails ont été modifiés pour que la lecture de ce livre reste rythmée et divertissante. Comme toujours, toutes les erreurs et inexactitudes sont de mon seul fait.

Je sais que j'ai beaucoup de chance d'être suivie aussi fidèlement. J'adore avoir un retour de mes lecteurs. Vous pouvez me contacter sur Facebook, ainsi que sur mon site et sur ma page Goodreads. Et si le cœur vous en dit, j'aimerais beaucoup que vous laissiez un commentaire et, peut-être, que vous recommandiez *La regarder disparaître* à d'autres personnes. Les critiques et le bouche à oreille comptent beaucoup pour aider les lecteurs à découvrir mes livres. Merci infiniment pour votre fidélité à cette série et pour votre enthousiasme. Merci de revenir à Denton, volume après volume, malgré le taux de criminalité très élevé de cette ville. Je vous suis si reconnaissante ! J'espère vous retrouver pour la prochaine aventure !

Merci,
Lisa Regan

www.lisaregan.com

facebook.com/LisaReganCrimeAuthor

REMERCIEMENTS

Mes fabuleux lecteurs, merci d'être revenus vous joindre à Josie et à l'équipe pour leur dernière aventure. Vous êtes vraiment les meilleurs lecteurs au monde, et je vous dois tellement, vous qui continuez à lire ces histoires !

Merci, comme toujours, à mon mari, Fred, et à ma fille, Morgan, pour leur patience et pour m'avoir aidée à rester concentrée sur mon travail. Merci à mes premières lectrices : Dana Mason, Katie Mettner, Nancy S. Thompson et Torese Hummel. Merci à Matty Dalrymple et à Jane Kelly. Merci à mon incroyable amie et formidable assistante, Maureen Downey, pour m'avoir rappelé de quoi je suis capable. Merci à mes grands-mères : Helen Conlen et Marilyn House ; à mes parents : Donna House, Joyce Regan, feu Billy Regan, Rusty House et Julie House ; à mes frères et belles-sœurs : Sean et Cassie House, Kevin et Christine Brock, Andy Brock ; ainsi qu'à mes charmantes sœurs : Ava McKittrick et Melissia McKittrick. Merci aussi à tous mes complices de toujours, qui font ma promotion sans relâche : Debbie Tralies, Jean et Dennis Regan, Tracy Dauphin, Claire Pacell, Jeanne Cassidy, Susan Sole, les Regan, les Conlen, les House, les McDowell, les Kay, les Funk, les Bowman et les Bottinger ! Comme toujours, merci à tous les adorables blogueurs et critiques qui continuent à lire les aventures de Josie, et à ceux qui ont rencontré Josie quelque part au milieu de la série et dont le soutien est si généreux !

Merci, comme toujours, au sergent Jason Jay qui répond à mes incessantes questions, surtout quand la dernière (promis !)

n'est jamais la dernière. Merci à Lee Lofland pour ses réponses concernant les forces de l'ordre, et pour m'avoir mise en contact avec des experts chaque fois que c'était nécessaire. Merci à Lisa Provost pour son excellent cours accéléré sur les empreintes latentes. Merci à Stephanie Kelley, ma fabuleuse consultante policière, qui a pris la peine de lire ce livre et qui m'a aidée pour tous les petits points de procédure. Merci à Amanda Schmeltzer pour la boisson caféinée préférée du chef Chitwood, et à Sandy Klodzinski pour le nom du centre commercial !

Merci à Jenny Geras, Noelle Holten, Kim Nash, et à toute l'équipe de Bookouture, dont mon adorable préparatrice de copie, Jennie, qui est absolument extraordinaire, tout comme ma relectrice, Jenny Page. Enfin, et surtout, merci à la meilleure éditrice du monde entier, Jessie Botterill. Je ne pourrai jamais te remercier assez de m'avoir tenu la main à chaque étape du processus de rédaction. Merci beaucoup d'avoir sans cesse modifié notre planning pour m'arranger. Tu es si patiente et encourageante. Je ne sais pas ce que j'ai fait pour mériter quelqu'un d'aussi merveilleux que toi, mais chaque jour je me réveille pleine d'une reconnaissance incroyable, simplement parce que j'ai la chance de te connaître. Il n'y a personne d'autre avec qui je voudrais faire ce métier !

www.ingramcontent.com/pod-product-compliance
Lightning Source LLC
Chambersburg PA
CBHW021215220726
48287CB00015B/1386